图书 影视

（上）

舒虞 著

四川文艺出版社

CONTENTS

目录

Chapter 01	神秘转校生	001
Chapter 02	司庭衍	033
Chapter 03	迟到	075
Chapter 04	谁招惹谁	115
Chapter 05	高调灰	157
Chapter 06	一个月之约	183
Chapter 07	偏执少年	217
Chapter 08	不速之客	253
Chapter 09	黎楚	291
Chapter 10	旧事	349

神秘转校生

Chapter 01

黄昏快合眼,夜蛰伏暗处。

夏日暴烈的气温吊着最后一口气在初秋里苟延残喘,闷热难耐,马路都在躁动。

公交车刹停在闹市街头的站牌前,程弥拖着行李箱下车。

这趟大巴是从机场过来的,拉客摩托一窝蜂迎面拥上,十几张嘴汹涌在呼啸而过的车流声中,把下车乘客吵得晕头转向。

程弥从这无头苍蝇似的人群里找到路,站到路边。如果不是风衣口袋里手机振动,她可能会直接拦车走人。不过去哪儿,她也不知道。

程弥不用看都知道是谁来电,接通放耳边果然是黎烨衡的声音:"到奉洵没有?"

"到了。"

附近居民楼没白在这闹市里打晃十几年,墙面斑驳,塌垮电线攀缠出年轮,烟火气浓重吹不散。

风吹着长鬈发扑面,程弥抬手撩发往额后捋,零碎几根搭在挺翘的鼻尖上。指尖意料之外没顺畅到底,半道卡住,扯得生疼。

程弥打眼看去,风恶作剧似的把头发缠到耳环上了,她不甚在意地别头去钩。

黎烨衡在那边说:"你惠茹阿姨今天本来打算过去接你,但临时出了点事抽不开身,待会儿我把她家地址发到你的手机上,你自己小心一点,打辆出租车过去。"

"嗯。"

"你惠茹阿姨找我要了你的号码。"

"好。"

对比程弥没什么心情的只言片语,黎烨衡反常地话多:"这阵子先委屈你们住那里,等忙完国外这阵,回去我跟你惠茹阿姨把证领了,再挑个好地方带你们搬家。"

黎烨衡今年四十五,找了个人搭伙过日子。

本来黎烨衡结不结婚、搬不搬家这些都和程弥没关系,直到母亲去世那年。

程弥是在母亲去世那年被黎烨衡带回去的。

黎烨衡不是程弥的父亲,而是她发小黎楚的父亲。当年程弥母亲去世后,她这个拖油瓶怎么也轮不着非亲非故的黎烨衡来拖,但由于她和黎楚两小无猜,两个人已故的母亲又是情深义重的好友,于是未成年且身边没其他亲人的她顺理成章地被接回了黎家。

她虽说不是黎烨衡的女儿,黎烨衡却也算她的半个家长。

这次过来奉洵的只有程弥,黎楚在外地上大学,没有一起过来。

"明天记得准时到学校报到,另外,和惠茹阿姨还有弟弟好好相处。"

明明平时一解就开的头发,今天像要跟大圆耳环死磕,程弥索性不费劲了,晃眼去找人。

一米开外蹲着个"红毛",且对方比她更先投出目光,看向自己。

遍地凡人里最扎眼的那个人从来不用多情投给旁人目光,旁人的视线便会趋之若鹜,这男生便是"鹜"中之一。

"红毛"在看到程弥的脸时明显一愣。

雾霭在黄昏里酝酿,她像是被酿成的那杯酒。一杯人清醒时喝不下,烂醉时会喝断片,到头来显得最为高冷的酒。

神秘的,有距离感的。

但程弥没如男生想的那么冷淡,意外地像课堂上跟人借笔的女生一样温和,示意他手上的烟,弯唇:"借个火。"

她话音落地的同时黎烨衡的警告也入耳,带着长辈的威严:"程弥。"

程弥能想象出他皱眉的样子,却也没打算解释,接过"红毛"递来的打火机,直接烫断耳环上打结的头发。

"红毛"目瞪口呆。

程弥把打火机递回去,朝他莞尔:"谢了。"

与此同时,她和黎烨衡这通电话也到达尾声。他明显是开会休息间隙和她通话,会议继续,于是没再多嘱咐。

挂断电话后程弥才看到陌生未接来电,时间是两分钟前,正打算无视将手机塞回兜里,陌生号码再次打进来。

程弥大概知道是谁,没拂人面子,接听:"你好。"

那头估计没料到她接这么快,到口头的话明显卡了下壳,一看便是辛苦打好的腹稿被打乱了:"你……你好。"

对方又紧接着问:"是程弥吗?"

程弥的视线落在对街二楼防盗网后那个收衣服的女人身上,她依稀记得电话里头的女人也是这类贤妻良母:"我是。"

女人回话温柔,盖不过她那边哄乱的嘈杂声,自然也掩不住她话里忐忑不安的讨好:"我是惠茹阿姨,下午本来想着要过去接你的,但突然出了点事儿忙前忙后就没赶上过去接你。"

估计对方以为程弥是不好应付的青春期少女。

程弥说:"没事。"

对方明显松了口气,又问:"你现在在哪儿?到了吗?"

"到了。"

"那赶紧到家里去,"对方生怕怠慢她,"地址阿姨发短信给你。下午出门给你留了钥匙,就在门口的消防栓上。"

"地址有了。"

"有了啊?有了就好。"对方又说,"那赶紧回家,家里桌上水果都是可以吃的。"

程弥微垂着眸,指尖把玩着耳环,而后嘴角温柔地弯了一下,态度可以说良好:"好。"

又进行了几个来回的生硬问答后电话才结束,挂断电话后程弥才发现"红毛"还没走。

"红毛"从蹲变成站,十分自然地指指她的行李箱:"你要回家吧,住哪片啊？"

一看他平时就没少勾搭女生，搭讪技术练到炉火纯青。

住哪片，这种问题刚来这里的人怎么可能知道？但像这种男生，随口说哪里他都顺路。

"这片。"程弥说。

果然，"红毛"说："巧了，我也住这片，那我送你回去呗。"

"红毛"本以为会被拒绝，却见她又对他笑了，应得干脆："行啊。"

他乐了，说"走呗"，就要去拎她的行李，却被打断："不过我可不回家，你还顺路？"

"红毛"一脸疑惑："你刚才不还跟人打电话说回家？"

这话不知让程弥想到了什么，她淡笑了下，视线落向马路，没说什么。

见她没回话，"红毛"没再执着上一个问题："不过你提着这么大的行李箱，上哪儿去啊？"

程弥问住他："酒吧有规定不能带行李箱？"

"红毛"卡顿一下，一想："是没有。"

说完他又变得更兴奋了："你想去酒吧怎么不早说？我一哥们儿就开酒吧的，正好这个点快开门了，你要是过去我让他给打半折。怎么样，去不去？他那儿好玩的一堆。"

程弥信他说的朋友开酒吧这事儿是真的，将会挂头发的耳环扔进了垃圾桶里："带个路吧。"

酒吧是座笙歌不夜城。

在这里，人挨够清醒白日，招牌微笑全被打烂，高烧的灵魂原形毕露。

电音在耳膜中嘶吼狂飙，激光四晃着灼烧眼皮，但在这大动静下，程弥还是注意到了电话振动的嗡鸣声，声响如同蚊蚋，和来电人一样。

她看着仍旧没备注的陌生号码，拿上手机起身离开卡座。

走到外面，掉满飞虫的街灯跟里面的喧闹一比都显得寂寥，程弥刚按接听，那边便传来稍显着急的声音。

"程弥,你是还没上家里来吗?"

程弥到此刻才得空思索怎么应付还没回去这个问题,腹稿不用怎么费劲便打好,没半分紧迫慌张:"嗯,刚来这边不熟悉,到附近逛逛,毕竟以后就在这边生活了。"

"好,逛逛好,熟悉熟悉环境。"对方连声应和。

一时两个人又无话。

又是对方找了话题:"城南那边有家KTV,我看单位同事家小孩平时周末都喜欢上那边玩,你有空也可以去那里看看,你们年轻人应该会喜欢。"

大概对方以为她这个年纪的小孩出来只会是去唱唱歌和吃吃东西,程弥"嗯"了声:"好。"

"刚从医院回来的路上买了几个小炒,你叔说你爱吃辣的,买的都是你爱吃的。阿姨真的很抱歉今天没有招待好你,本来想在家里给你做顿丰盛点的晚饭,但愣是忙到现在。现在做又太晚了,怕饿着,所以今晚就先在外面买了点吃的,明天阿姨再下厨给你做顿好的。"

程弥捕捉到了"医院"两个字眼儿,但没多问。

"不用麻烦,明天我在学校吃就行,"她拿开手机看了眼时间,又挪回耳边,"还有我已经在外面吃过了,不用等我,都这个点了,您自己赶紧吃饭。"

"在外面吃过了?"

程弥手指敲敲手机机身:"嗯。"

她又加上了一句:"今晚也不用等我回去,我看附近挺多好玩的地方,晚点再回去。"

对方生性温敦,对此也没有二话,最后只嘱咐:"那今晚记得早点回来,明天还要去学校报到。"

程弥应好,这通电话也算应付过去了。

等她再回酒吧的时候,原来的卡座上已经坐了些新面孔,正闹哄哄地玩游戏。

一个女生好像玩游戏输了,正被起哄和一个男生做游戏,女生不乐意，说宁愿喝酒。

程弥还没走近，便听见那男生大声嚷嚷："还嫌弃我，你们女生尽看脸，不就一张小白脸吗？肉都没我结实。"

坐他对面的女生反驳道："你那叫油腻，还结实呢，恶不恶心？"

"就是个病秧子，你信不信我这身腱子肉给他一辈子都练不出来？"

"你说谁呢？！"女生不爽了。

"还能有谁，不就你们最近老挂嘴边的高二那小子司——"

有人打断："行了行了，别说了，厉执禹来了，再说下去你们都得完蛋。"

程弥本来乐滋滋地看热闹，被来人打断，抬眼。

对面走来一个男生，高个子长腿，浓眉深目，五官标致到让人第一时间想到证件照。不知道什么来头，方才还吵得热火朝天的几人此刻都噤声。

与此同时，卡座里的"红毛"发现程弥，朝她招手："去哪儿了啊？半天没找着人。"

这动静引得其他人抛来视线，对面厉执禹也是，转头便有男的去追问"红毛"了。

程弥刚在沙发上坐下，就听"红毛"说："人在这儿呢，你们找我要人的电话号码做什么？自己找！我自己都没号码。"

程弥权当没听见，十分随和地开口："在玩什么？"

话题就这么被她轻飘飘地翻走。提到游戏，方才的女生深受其害，正心存不满，听程弥问，便袭向这些男生，翻了个白眼："玩大瞎话呢，不知道谁想出来的这个鬼游戏，你千万别跟他们玩，输了要抽卡片的，卡片上全是他们弄的整人玩意儿，他们就会联手坑人，我刚才当瞎子就被他们坑了。"

男生们哈哈大笑。

大瞎话这游戏程弥玩过，简单说就是瞎子指定倒霉鬼，瞎子蒙上眼睛，旁人不断指人询问是否可以停下，喊停时指的那个人便是被瞎子选中的人，瞎子后续需要猜测谁是被选中的人，并抽出一张卡片让其完成任务，当然被选中之人也可能是瞎子自己。

方才那女生便是这么被坑的，她当瞎子时，男生们从头到尾指的她，于是她抽出的卡片任务由她自己完成。

程弥长了个心眼儿，后续玩游戏的时候高高挂起，浑水半分不蹚。

但人倒霉不分时机，程弥被厉执禹的卡片任务选中了。厉执禹作为被瞎子选中之人，卡片任务是和在场最漂亮的女生交朋友。

他都不用往外找了，人就在卡座里。

厉执禹没选择认罚，等程弥表态。她同意便交，不同意他再认罚也不迟。

经过方才短时间内的了解，程弥得知了厉执禹是个什么人物——一个在学校基本没人敢惹的存在。

程弥以前吃过亏，初来乍到，大腿不抱白不抱，就这么捡了一个"可靠"的朋友。

年轻气盛，直到凌晨一伙人才散场。

程弥坐上出租车后才终于正眼看手机上黎烨衡发过来的地址，欢愉过后的疲惫使人心理防线降低，她一路昏沉地坐在后座，路灯的灯光从她脸上忽明忽暗地飞掠而过。

直到下车，程弥才惊觉这是下午下车那地方。闹街、老居民楼、站牌，难怪黎烨衡说先委屈她们住这里。

程弥拉行李箱上三楼，停在 5 号门前，从墙上的消防栓上摸下钥匙。

凌晨的走廊冗长灰暗，钥匙插进锁孔，金属碰撞声格外冰冷，"咔嗒"一声门开了。程弥虽不至于脚步虚浮，但思绪有些发飘，推门时肩靠上门沿。

门缝慢慢裂开口子，屋里一片从房间投落出来的淡淡光晕，客厅里有人。

程弥手一顿。

昏暗灯光将空间一分为二，明和暗的交界处，一个单薄身影坐在轮椅里，扶手上的手背用力到筋络尽显，眉头紧锁，似乎在忍受什么剧痛。

程弥不可避免地看到桌上的白色药瓶，瓶身周围散落着几颗白色药片,被水渍淌湿。

光线切割出阴影,投落在男生苍白的肌肤上,碎发下的眸深不见底。

程弥突然想起下午黎烨衡在电话里跟她说的,要跟弟弟好好相处。

她看着他。他似有所感,眼皮轻微颤动,抬起了眼。

眼睛很好看,但两个人未因这分吸引人的好看拉近半分距离。黑色瞳眸波澜不惊,眼神带着棱角。

程弥靠在门边上,只剩一边的耳环晃动还未止。

世界像只剩下不远处轮椅上微微起伏的胸口,呼吸一口周围空气都变紧张,秒数被无限拉长。

他看着她。

程弥的神志被夜色烧沸,只有半分清醒,剩下的半分迷醉变成钩子沉在眼底。她和他对视。

谁都没开口,寂静空气里隐约掺杂了点什么,程弥道不明。几秒后,对方的视线冷淡地划过她,转动轮椅。

半夜两点,两个人的客厅,所有细节被无限放大。

程弥歪在门框上没动,视线跟着他。

藏进暗影的眉眼、苍白到毫无一丝血色的皮肤,像一件谁都不忍磕碰一分的易碎品。

直至西侧那扇厚重实木门被关上,房间内涌出的灯光被切断,程弥才收回视线。

乍一陷入黑暗中,眼前只有没有尽头的空洞。她缓慢地眨巴两下眼睛,无果,黑夜像张漆黑的膜紧贴在她的瞳孔上。

程弥没在门口待着,起身推行李箱进门。站在玄关处,她此刻才思考起自己的房间在哪儿的问题。

她掏出手机,司惠茹不出意外地给她发了短信。短信是几个小时前发的,司惠茹确实体贴入微,她的房间在哪里、浴室在哪里、新毛巾牙刷又放在哪里,事无巨细全写在短信里。

程弥没去开灯,等适应黑暗后推上行李箱往西侧走,朝刚才关门那个房间走。行李箱转轮咕噜响,从宽敞客厅到一米宽的廊道,最后在那扇门前戛然而止。

廊道尽头一扇平开窗，往外推了一半窗扇，月光透过窗外枝桠落在地上。

程弥夹在两扇房门中间，纤指闲搭在行李箱拉杆上，目光从手机短信上抬起。

右边那间是她的，左边方才关门那间，门底下的缝隙有一丝微弱光线漏出，夜悄无声息。

程弥经过时视线停顿一瞬，没怎么放心上，很快一晃而过，推开自己的房门进屋。

闹钟六点半准时响，程弥比它还早起。

按理来说昨晚折腾到半夜，此刻是个正常人都应该睡得死沉，但程弥不是那种正常人。

她的自律远强大于生理懒惰，该做什么，怎么做，她每天都活得很清楚，即使她看起来往往是人群中最散漫从容的那个。

天光乍亮，阳光搁浅在纱帘缝隙，灰暗里破开一道光。

她睁眼看到的是陌生的天花板、陌生的床，还有门外同样陌生的走动声。

程弥放空几秒，缓慢翻了个身。

她趴在床边，半条手臂挂在床外，涂成酒红色的指甲懒散垂下。黑色细吊带落下肩窝，半垂不垂地吊在手臂上。

她白，黑色、红色两个极端颜色使那身白色肌肤更为扎眼。

隔着扇门板，外头隐约有开水烧沸声和热油煎食声，她的视线定格在门上。

稍愣片刻，她光脚走去行李箱边，拎出文胸从背后扣上，又挑件衣服换上。弄完这些她从房间出来，打开门时玄关那里有声音传来。

程弥抬眼看去，一个女人正塞伞给男生："天气预报说今天有雨，伞要带着，千万别淋雨着凉了。"

女人又问："真有办法去上学？身体还难受吗？"

女人脑后松散地扎了个髻，发丝细软柔顺，声音和昨天电话里听到的一样，这人大抵就是司惠茹了。

而男生……

伴随司惠茹又一声"药带了没有？"，他似是察觉到目光，看了过来。

视线越过身前女人的肩膀，程弥刚从他腿上扫过的目光和他正正对上。他是站着的，没像昨晚坐着轮椅，原来腿没问题？

白天这人的苍白感也丝毫没少一分，像漫天白雪冒着寒气。

他像只是随意扫过来了一点余光而已，沉默挪眼。

司惠茹也发现她了，忙转身朝她笑："程弥醒了？"

程弥转而看向司惠茹，莞尔："醒了。"

"昨晚睡得还习惯吗？"

"挺好的。"

"那就好。"司惠茹笑笑，双手无意识地在围裙上抓两下，"那你赶紧洗漱，阿姨做了点早餐，待会儿你能趁热吃。"

"嗯。"

她的回答被关门声打断，男生接过伞便转身出门了，玄关已不见身影。

程弥洗漱后坐下和司惠茹一起吃早饭，司惠茹说送她去学校报到，程弥没让："昨晚认识了几个朋友，很巧也是奉高的，约了今天一起过去。"

司惠茹略有迟疑："今天是去报到，这是你第一次去奉高……"

"报到就是走走流程，这些我自己能搞定。"程弥微笑着说，看着像十分体贴，"如果实在遇到什么麻烦的话，回头我会打电话给您。"

司惠茹听她这么说才放心。

吃完早饭后程弥出门，和"红毛"他们在街对面某个路口碰面。

早高峰路上交通拥堵，众人耐性尽消，鸣笛声和扯着嗓子叫嚷的声音此起彼伏。

"红毛"他们在路口扎堆。今天是去学校，因此程弥穿着简单，一件白T恤在下摆处打了个结，还没走近，"红毛"他们就朝她吹了几声口哨。

"我看你这么一来,高二那谁校花位子不保。"

程弥走过去:"少拍马屁。"

一男生搭腔:"还真不是拍马屁,就那小细眼跟你有得比?也就郑弘凯喜欢。"

叫郑弘凯的那男生突然被点名,抬脚就踹:"不提我的名字你是会死?"

程弥记得这张脸,昨晚游戏惩罚被女生嫌弃那个。

"你哪班啊?""红毛"问程弥。

"(4)班。"老师通知的司惠茹。

"我去,你居然跟郑弘凯一个班,这也太便宜这小子了。"

郑弘凯锁他的脖子:"怎么了,跟我同班怎么了?做梦都得笑醒好吗?!"

程弥懒得理他们,事实证明不止她一人觉得吵,很快有人打断他们。

"行了,别废话,走了。"一旁的厉执禹吭声,率先抬脚走人。

程弥走完入学流程后第一节课上课铃凑巧打响,班主任领着她往教室走:"带你上班里认识认识新同学。"

班主任叫魏向东,三十岁出头,一米七的个子,五官凑在一起写着"精明"两字。别人眼镜架鼻梁上,他是搭鼻尖上,小眼睛从镜片上方瞟过来像在瞪人。

魏向东把手里的三本课本拿给她:"这是三科主科课本,正好之前分发教材剩下的,其他几本副科得等教材部那边批下来,我估摸着明天能去拿,你今天先跟同桌凑合看一下。"

程弥接过:"嗯。"

魏向东在手心敲了敲课本,说:"到一个新环境刚开始可能会有点不适应,但也别太紧张,咱们班同学和其他老师都挺好相处的,你学习上要是有什么不懂的,直接到办公室找老师就行。今年高三了,劲儿往学习上使,就别受换学校这事影响了啊。"

何止换学校,她是换了个家。

但程弥看起来像没太当回事,视线从走廊外收回。外面厚云蔽日,短短两小时,太阳刚从东边探头又被淹没,透不过气。她弯唇点头回应老师一番语重心长的话。

两个人去到教室,哄闹嘈杂声在课桌间游走,课间躁动还没被上课铃收干净。

打眼望去兵荒马乱,埋头补作业的、眯瞪眼背单词的,还有几个在过道追逐打闹,桌脚椅腿被撞得震天响。

那堆人脸里,不出所料有一张眼熟的面孔。

前面魏向东啪啪往门板上甩几下教案扼杀了这片吵闹:"都闲的是吧?把教室弄得跟菜市场一样。怎么,以后你们毕业了是要去卖菜?"

"菜有什么好卖的?我们杀猪。"郑弘凯回喊,全班哄笑。

魏向东拿书指指他,严肃神情里绷了丝笑,威慑力便大打折扣:"郑弘凯,没事做是吧?今天我给你单独印一张物理试卷,下午放学到办公室找我,不做完不许走!"

教室里更吵了。

程弥肩靠在门和窗中间的墙上,太阳穴嗡嗡作响。

"行了行了,都安静了啊。"

她耳朵里响过这么一句话后,视野里出现长茧的手。

魏向东用课本往教室里指了指:"上去做个自我介绍,让大家认识认识你。"

班里似乎早就掌握了新生转学过来的小道消息,还没等程弥进去,一片视线朝门口涌,交头接耳声窸窸窣窣,还有几个男生从窗口探头出来看。

魏向东一看,郑弘凯就功不可没。

程弥不畏生,自然不需要心理建设,向前一步踏进班里。

底下一片人头瞬间安静,和这形成鲜明对比的是后排郑弘凯几乎冲破嗓子的热情。他朝程弥招手,示意她前桌的空座:"程弥,坐这儿。"

程弥还没回上话,旁边魏向东一条手臂往她眼前一挡,往后指:"郑弘凯,别捣乱啊,人坐不坐那儿跟你有什么关系?把你那点儿心思收起来。"

他又让程弥上讲台。

程弥上去后在众人的打量下游刃有余，露出平易近人的笑："程弥，禾字旁程，弥漫的弥。以后相处愉快。"

自我介绍完后程弥从讲台上下来。

教室里只剩郑弘凯前面有个空座位，倒数第二排，靠窗，程弥坐下后郑弘凯趴在桌上跟她套近乎，话题抛来扔去，两个人的熟稔度上升。

程弥的同桌是个女生，齐耳短发，大眼睛，鼻子有点圆，性格和灵动俏皮的长相不是一挂，相反安静内敛。

她一直低头写试卷，也不说话，程弥见状也不打扰。

两节课过去两个人一句话没说，最后是程弥先打破这阵沉默。第三节生物课，程弥没教材，问是否能跟她一起看课本。

女生没料到程弥会跟她讲话，忙把课本推过去，到嘴边那句"可以"在抬眼对上程弥的目光时打结。

程弥很温柔，不是只挂在面上的敷衍，而是眼睛和嘴角都带着笑，认真地注视她。眼型似桃花，一层薄水光润着笑意，像四月天，是让人心跳加速的那种温柔。

女生愣了一下，又慌忙低下眼："可……可以。"

"谢谢。"

她来回瞥了好几次，又一次没忍住看过去的时候撞上程弥的目光。

讲台上，老师滔滔不绝，程弥用眼神询问她。

被她无声问一句"怎么了"，女生犹豫后说："你很眼熟。"

"是吗？你去过嘉城？"

女生摇头。

程弥笑："那应该是认错了。"

讲台上，生物老师视线扫过这边，后面两个人便无话了。

大课间，程弥被魏向东喊走："程弥，教材部刚来电话说可以下去拿教材了，你下去拿书，就在教学楼一楼105。"

程弥走后，女生拿出桌底频繁亮屏的手机，翻开手机盖，是她其他班朋友发来的信息，叫她中午一起去吃饭。

女生眼睛对着对话框慢慢睁大，不是因为朋友的信息，而是那个朋友用了将近一个月的头像。

头像是一个侧影,夕阳如火烧,天台上女生手撑在身后坐着。风吹得发丝拂脸,唇色比漫天残红更烈,眸色扫向拍照人时风情被定格。

那时女生大抵是在跟朋友说话,是放松的,却仍旧明艳到晃人眼。而这张脸,赫然就是一分钟前坐在自己身边的那个人。

连平时两耳不闻窗外事的好学生都认出了程弥,更不用说上下课都泡在学校论坛里的那帮人。

论坛鱼龙混杂,埋地里的事都能被人刨出来,何况程弥那套头像图很火,十个女生里有三个头像用的是她的图,想不被认出来都难。

她早上刚入学,可从长相、生活到感情已经被人来回嚼了一遍。

  名字叫程弥,一个小网红了,之前那套头像图走红后现在粉丝很多。平时在网上挺低调的,几乎不发东西,人粉丝都说这叫人淡如菊,不过你们懂的,现实嘛,呵呵。

  程弥性格挺好的,我一个朋友认识她,是真人美性格好,女孩子都喜欢的那种。

  这女的可厉害了,已经跟高三(15)班班草厉执禹混在一起了。

轻飘飘一句话掀风起浪。整日和题海打交道的枯燥学生时代,同学之间的八卦远比千斤重的课本堆要有趣得多。再加上厉执禹还是学校很多女生藏在日记里的心事,一石激起千层浪,论坛上关于程弥和厉执禹的帖子一时铺天盖地。

在别人忙着给自己贴标签的时候,程弥抱着书往二楼走。

学校高一、高二在高楼层,高三部在教学楼一、二层,刚才程弥去教材部教室还热闹着,现在一排教室空无一人。

天边滚闷雷,却不见一点雨,走廊被淡淡日光刷成一片暗色,隐约有广播声传来。

全国中学生做的可能是同一套广播体操,旋律恍惚让程弥以为回到以前的学校。走廊上安静得只有她的脚步声,影子被香樟树切割,时现时隐。

某一刻,另一阵脚步声闯入,步履平静,不躁也不懒,和她的节奏契合上又错开。

程弥的视线随意往那边放,转角晃过来一个人影。

少年人身形带着这个年纪独有的单薄利落,背对着走廊尽头那方灰白天色,融在冗长无边的暗淡潮湿里。天地在那一刻无形消弭,只剩那道穿着黑白色校服的身影。

来人眉眼处罩着一片阴郁,沉默,安静;黑发黑眸,细小青筋几乎穿透苍白肌肤,脆弱到干净,俨然一副好学生形象,却偏偏没半分好学生的温润有礼。

不知道是不是程弥的错觉,这人周身氛围比昨晚还要冻人几分,她步伐不慌不忙维持着原来的频率。

两道脚步声逐渐靠近。

到了无法忽略彼此存在的地步,两个人的视线不可避免地相撞。怀里的新课本边角锋利,硌着她的手臂,空气里所碰皆锋利,包括对方的眼神。

只一瞬,双方犹如陌生人一般擦肩而过。

程弥没有回头,不紧不慢地朝教室走,拐进教室门时想起刚才晃过眼前的铭牌。

那人果然和司惠茹一个姓。

——高二(1)班,司庭衍。

下午最后一节自习还没下课,"红毛"已经趴在(4)班窗口处。

现在不应该叫"红毛"了,叫卤蛋,这话是坐程弥后面的郑弘凯说的。

"红毛"那头红发没把漂亮女生招来,倒是引来老师,早上被教务处主任堵在校门口厉声呵斥仪容仪表,勒令他把红发染回黑色。

在退学处分的威压下,"红毛"稍微挣扎了那么一下,没把红发染黑,直接一刀剃光,剩层黑不黑红不红的发楂贴头皮上,远看和光头没区别。

"怎么样,我是不是得感谢老凸?要不是这次,我都没发现我剪寸头这么帅。感谢老凸为大家发掘了一个帅哥。""老凸"是教务处主任。

程弥听后面郑弘凯将笔往桌上一甩,冷嗤一声就准备朝"红毛"开炮。

他没来得及张口,外面由远及近地响起厉执禹的声音:"闭嘴吧你。"
程弥笔尖悠哉地在草稿纸上算出答案后才转眸看去。

"太阳打西边出来了?""红毛"也转头看往这边走的厉执禹,"最近不都神隐?平时喊你出来都不出来,今天怎么突然这么上道,知道来找我们弥姐了?"

厉执禹一脚踹在他的腿上:"要你管?"

"红毛"嬉笑:"管不着,管不着,您我哪儿管得着。"

他又从窗台上起开,作势说:"您请,爱看谁看谁。"

他声音不小,至少安静学习的(4)班的每个人都能听见。

话音一落,瞬间扯住教室内笔尖的沙沙声,无形中一种微妙氛围蔓延,像是教室里某一点和教室外另外一点拉起了一张大网,所有人被覆盖其下。

这种氛围是程弥所陌生的,就如她来到这座新城市,对它一无所知,但她的感官不迟钝。

程弥转着笔,晃眼扫了教室一圈。

时间只凝固两秒,被"红毛"略为僵硬地打破:"那个,今天天气这么好不出去玩亏了,放学后上哪儿玩啊?"

厉执禹是这尴尬氛围里最神情自若的那个,面上一表人才,但在场所有人里大概数他最狡猾。这种人太聪明,从他身上不可能找到破绽。他回答"红毛":"去台球厅。"

他又看向程弥问:"怎么样?"

程弥停笔,笑道:"好啊。"

放学铃适时打响,程弥收上书包跟他们一起走,又在楼下等来几个人,一行人往校外走去。

刚出校门,程弥口袋里的手机响了。

身旁男生聒噪,她拿出手机,是司惠茹发来的短信。

程弥，放学后早点回家，阿姨做了桌菜，今晚一起吃晚饭。

如果程弥没记错的话，司惠茹是有工作的，在一家公司上班做会计，虽然基本上不加班，但也不可能这么早在家，看来今天是请假了。

程弥指尖下意识地摩挲手机机身边缘。

厉执禹看向停下的她："怎么不走了？"

程弥抬眼，答非所问地问了一句："如果你不是很想跟人吃饭，还会不会去？"

莫名其妙的这么一句话，换一般人都会被问蒙，但厉执禹没有，开口说得条理清晰："那还去做什么？直接放鸽子。都不想去了，难不成你讨厌的那人还能拿根绳子把你绑过去？"

程弥抓到字眼儿："讨厌？"

"难道不是？"

她没回，笑了下，收起手机："行了，台球厅你们去吧。"

厉执禹看着她："去吃饭？"

程弥不置可否："先走了。"说完转身往另一个方向走去。

厉执禹没说什么，倒是一旁跟兄弟谈天侃地的"红毛"看她走了，冲她的背影大喊："你去哪儿啊？不一起去玩了？"

程弥没有回应。

校门口人潮交织，程弥的身影很快被黑白色校服浪潮冲散。

天色不明朗，压得楼道一片阴沉。

程弥靠在楼梯转角窗边，停住了脚步，注意到纠缠在空气里的剧烈争吵声。

那是从正对楼梯口的1号门传来的。女友埋怨男友不争气，两年没做出点像样的成绩让她父母心服口服。男友指责女友三番五次因为父母站在他的对立面，从未选择过他和体谅他。

不一会儿，门开了。

二十五六的女生，提上行李箱噔噔下楼，半道被门内的声响扯住脚，男生说"这次你再走，再回来我不会去接了"。

女生犹豫几秒,仍是走了,经过程弥面前时泪流满面。

程弥在心底微微叹气,随后走几步回5号门,推门进去时司惠茹正端菜从厨房出来。

看见她回来,司惠茹对她笑:"回来了?"又转头不太好意思地对她说,"就差一道汤了,厨房正煲着,等汤熬好了就能吃了。饿不饿?饿的话先坐下来吃。"

"不用,不是很饿。"程弥说。

她刚说完,身后"咔嗒"一声门开。

程弥回头,和来人撞上目光,对方的目光在她的脸上停留一秒,然后错开,弯身换鞋。

饭桌那边,司惠茹匆忙把菜放上桌:"回来了?正好让你和姐姐认识认识。"

她走过来这边,狭窄玄关一下立了三个人,稍显拥挤。

"还没给你们两个正式介绍过吧?"司惠茹手握上男生套着校服外套的手臂,跟程弥介绍,"程弥,这是庭衍,今年高二了,跟你一样在奉高上学。"

这不用司惠茹提,程弥早上便知道了。

"小衍虽然比你要小两岁,但平时如果有什么事的话你可以让他帮忙,他从小生活在这里,对这附近要熟悉一点。"

窗外阴天,没有夕阳,司庭衍立在阴影处,皮肤却仍旧白到晃眼。

程弥点点头,得体大方地笑了下:"好。"

司惠茹又跟自己的儿子说:"这是昨天跟你说过的姐姐,过来跟我们一起在这边生活,以后就是一家人了,平时在家里和学校要多照顾姐姐。"

程弥望向他,司庭衍也看了过来。

程弥才发现他睫毛很长,眼梢弧线稍摇尾往下摆,却一点也不显无辜乖巧,黑色瞳眸冷淡疏离,双唇虽看起来有些薄情,却让人连看一眼都会停下几秒,是一副即使气色略显病态也格外吃香的长相。

司惠茹的声音半路插进两个人的对视,程弥的视线被截断,循声看向司惠茹。

司惠茹身上的拘谨虽早随着程弥来到这以后的温和态度松绑，但笑起来仍旧腼腆，说话轻声细语："以后要是在哪里遇到什么事了，记得跟阿姨说，还有找弟弟帮忙，不用怕麻烦。"

程弥很给面子，笑道："嗯，好。"

"那我们赶紧去吃饭，饭菜过会儿要凉了。"司惠茹说完又转头对司庭衍说，"小衍，书包放好了就出来，和姐姐一起吃个晚饭。"

司庭衍说："知道了。"

他这么一张口，程弥意外发现司庭衍居然有小虎牙。

这也是她第一次听到他的声音，声如其人，质感冰凉，带着少年人的干净凛冽。

司庭衍拎着书包从她面前经过。

很快三人坐上饭桌，司惠茹问程弥："今天在学校还适不适应？"

"还行。"

"那就好，能适应就好。你叔叔说你接受能力比较强，到哪儿都能适应得很好，看来他说得没错。"

程弥伸出去的筷子一顿，她这一停，筷尖碰上同样夹东西的司庭衍。

司庭衍停下，似乎看了她一眼，默不作声地收回筷子。

程弥没回视，也抽回手，抬眸对司惠茹一笑而过："确实。"

话题中断，三个人无话。

毕竟只认识一天，话题不多，司惠茹也不是个很能说的人，再者司庭衍基本不参与对话，第一顿家庭晚饭便在这种断断续续的尴尬氛围中结束。

在奉高上学的第一周并不枯燥无味，至少对程弥他们这种不整天泡在题海里的人来说是这样。

周末那两天是这帮男生的狂欢日，四处野四处疯，就差睡大街。和厉执禹、李峻扬，也就是"红毛"他们混了一周，程弥可以说已经把奉洄这座城市旅游了个遍。

周一，校服底下的灵魂无精打采，死气沉沉的氛围笼罩学校，上课时一半人打瞌睡，"红毛"便是其中之一。

程弥上完物理实验课回教室，路上遇上"红毛"。

两个人一道上楼，"红毛"手里转着书怒斥："谁发明的星期一？就应该叫'人类历劫日'，这苦生活后面还有四天，我选择当条狗都没选择面对星期一这么痛苦。"

程弥沉默了几秒，又似释然般缓缓道："算了吧，做狗也挺难的。"

这句话很快被上下楼梯的人流挤散。一拨人过去，"红毛"又蹭回程弥身边，早忘记刚才的话题，捡起别的好奇事："问你个事儿啊，昨晚你跟厉执禹干吗去了？"

"什么干吗去了？"

"红毛"一脸明知故问的表情："啧，昨晚厉执禹不是送你回家了？后面你俩是不是一直待一块儿啊？"

"你怎么不问他？"

"红毛"骂了一声："你跟厉执禹不愧是一拍即合啊，一个比一个嘴严。"

"红毛"光顾着挖撬八卦眼睛没看路，话音落下的下一秒差点撞到从楼梯转角绕下来的人。

在指头飞转的书一个急刹车甩了出去，"啪"一声打在人身上，又"哗啦"一声掉地上。

程弥同样刹车，差点迎面撞上。她抬眼，视线定住。

司庭衍的目光也落在她的脸上。别人还在穿短袖的时节，他已经套上规整干净的冬季校服外套，和这个年纪的男生的朝气蓬勃半分不沾边。神色漠然沉闷，气场让人退避三舍，体弱底子却不配合，坚韧中掺杂着脆弱。

旁边的"红毛"反应快，捡书的同时先道歉："兄弟对不住啊。"起来看到对方的脸后尾音不自然地弱了下去，噤声。

他还没反应过来的时候程弥已经让到一边，司庭衍没多余的话，从他们两个人中间穿过。"红毛"视线跟人走，直到人下去了还在往后瞧。

程弥看出猫腻，问他："你认识？"

两个人继续往上,"红毛"回程弥:"还认识呢,我走近点都怕他不爽把我撕了。"

对司庭衍这人,程弥认知并不多,除了和他同处一个屋檐下还有知道他的名字,她对他其实一无所知。

明明他看起来是个不惹是生非的好学生,反倒是"红毛"这种人让别人在路上碰见就想绕开,但现在这两个人碰上竟然是相反的局面。

所以她对于"红毛"这个反应有些意外:"对你不爽?"

"红毛"手里抛着书:"何止对我不爽,我、你,还有郑弘凯什么的,但凡是跟厉执禹沾上边的,一个都别想逃。"说完做了个抹脖子的动作。

这更在意料之外,程弥好奇挑眉:"哦,跟厉执禹有仇?"

不巧,话音刚落,上课铃打响。

"这些说来话长,下次有机会再跟你说,反正厉执禹也不惹他就是了。"

(15)班离这里还有段距离,上课铃对"红毛"来说就跟催命铃一样:"我下节'灭绝师太'的课,变态得要死,迟到要做五十个俯卧撑,我怕死了,先走了啊。"

他说这话的时候三步并两步往楼上跑,转眼消失在楼梯转角处。

(4)班就在这层,走廊上还有很多欢声笑语,程弥收回目光,转身回教室。

程弥刚踩进教室便察觉出不对劲,女生的第六感很准,她抬眼便对上第三组第二排那道视线。

课桌后的女生一张鹅蛋脸,额头白净,秀眉冷目。但这种冷不是不友善,只是和自身清高气质挂钩。女生打量她的目光被撞上,没半分窘态,又和她对视两秒后,目光淡然地转回笔下试卷,笔尖继续写动。

程弥也没在意,走回座位。

上完一节生物课,教室内的学生犹如野马脱缰奔出门去。接下来只剩一节自习,郑弘凯那帮男生在后面商量逃课去网吧打 CF。

吵闹声中,程弥桌前停下一个人。

课本上投下一片阴影,她停笔,抬眼。入眼是课前见过的那张鹅蛋脸,女生校服干净整洁,长发束着,铭牌上写着初欣禾。

程弥对这个名字有印象,毕竟到(4)班后经常听见这个名字,对方是(4)班班长。

清冷气质傍身的原因,使初欣禾的面容看起来有些清丽孤傲,但言行举止不高傲,虽不随和,但也不目中无人,刚刚好。

"魏老师让我安排你的值日分组,今天下午打扫公共区域的小组正好缺一个人,以后周一下午你跟他们一起值日就好。"

"在哪里?"

"下午我让他们带你过去。"

程弥身上有种和这个年纪不符的淡定从容,她点头,对初欣禾笑:"行,谢谢。"

她那张脸用漂亮形容太过单薄,弯眉勾唇间的风情连同性都会被吸引。

初欣禾有那么一瞬愣了一下,随后点头回应,走了。

她走后,程弥身后传来几声男生嬉笑,是郑弘凯在调侃同桌:"你不是喜欢班长?怎么人来了也不跟人说几句?这次你考全班倒数第一,快去请教请教班长这个年级第一,要是她下学期转回(1)班了,你就连跟她说话的机会都没了。"

"去你的,一边去。"

一片笑声响起。

自习课逃课前郑弘凯没忘叫上程弥,问她要不要一起去。程弥没去,待到放学。

放学后程弥跟其他三位同学去值日,高三(4)班负责的公共区域是校道,周末两天没打扫,再加上昨天下了一场大雨,地上堆积了不少青灰掺杂的落叶。

她打扫完回教室,走廊上人影所剩无几。但窃窃私语声不小,擦肩而过的三四个人中便有两个人回头望向走廊那头。

程弥一开始还不知道发生了什么，直到顺着他们的视线看到前面。女生深色校服裤后染上了更深的一层颜色，而当事人浑然不觉。

那背影有些眼熟，矮个子，学生头。程弥认出是同桌孟茵，路过教室没进去，朝孟茵走去。她个子比孟茵高，没一会儿快和对方齐肩，从背后轻碰了一下对方的肩。

孟茵背着书包，回头看到是程弥还有些讶异，大眼睛睁得溜圆。程弥这同桌是个腼腆性子，两个人同桌一周多对话不超过十句，性格安静又乖巧。

没等她开口，程弥递给她手里的校服外套。

孟茵没懂，轻声细语："怎么了？"

程弥站的位置正好挡在她身后，但仍不少人看过来，她语气是抚慰的："遮一下。"

孟茵一开始还没反应过来，等看到路过的人的目光，脸唰一下通红，慌忙把外套围腰上。

程弥靠着走廊，看她因为着急屡次系不上。又一次失败后，程弥起身上前一步，从她手里顺过校服长袖，伸手帮她系上。

孟茵的脸一直红到耳朵根，很感激地对她说谢谢。

"你先去厕所等一下吧，我去趟小卖部。"

程弥到小卖部买完卫生巾，又顺手向班里内宿的女生借了条校裤，拿去女厕所给孟茵。

孟茵打开隔间门接进去："谢谢。"

程弥没走，靠去窗边。窗户日晒雨淋已经生锈，厕所里安静得只有龙头滴水声和隔间里孟茵换衣服的窸窣声。

窗外是片小树林，她视线不经意地往外一落，原本只是轻飘飘地晃过，半途却像被什么吸引住，停下了。

程弥眼睛朝向那处，看着看着来了兴致，索性不挪眼了，靠上窗台，一边手支着下巴。

孟茵出来时就看见程弥拿着手机不知道在拍什么，经过刚才那么一遭，她心里和程弥的距离拉近，拘谨自然也放下不少。

她好奇程弥在做什么，走过去问："在拍风景吗？"

靠近看清程弥的取景框那一刻，她瞬间噤声，下意识地捂上嘴。

风吹高树晃，底下人影若隐若现，但不难认出是谁。他们班班长初欣禾正被一个男生蛮横地纠缠着，而那个男生正是和程弥最近在被传八卦的厉执禹。

孟茵下意识地看向程弥，却发现程弥淡然得很，甚至称得上心情很好，愤怒和生气丝毫不和她沾边。

她接连拍了几张照片后还有心思欣赏："构图还不错。"

孟茵还没从震惊中回神，程弥已经将手机收起转身往外走，半途发现身后的人没跟上，回头："不走？"

"啊，走。"孟茵抱紧书包，赶紧跟上。

那天过后，学校里照旧能看到程弥和厉执禹他们一起玩。没有料想中的狂风巨浪，学校论坛上也平静如一潭死水。

这天天气意外燥热，暴烈如酷暑，却仍旧没晒蔫男生们想上体育课的热情。

去操场上课之前，一帮男生把篮球拍得满教室震天响，叫嚣着一会儿球赛完虐（15）班。

（15）班就是厉执禹和"红毛"他们那班，想必这帮人是早就约好打球，"红毛"他们一下课就跑来（4）班打嘴战，顺便给程弥带了水果茶。

程弥坐在窗边，看"红毛"从窗口探进半个身子把两杯水果茶放她桌上："厉执禹给你买的。"说完急哄哄地扭头对战郑弘凯去了。

厉执禹慢一步上来，慢悠悠地靠上窗口："买多了一杯，你看找个人分了，这玩意儿太馊了，我们男的不爱喝。"

旁边一个男生正好找他搭话，厉执禹转头跟人闲聊谈笑去了，没再注意这边。

程弥也没多问，从袋子里拿出一杯放在孟茵的桌角。孟茵虽然在做题，但他们说的话她也不是没听见，看着厉执禹买的那杯水果茶放到桌上，笔不自觉地停了，看向程弥。

表情干净,她没露出疑惑情绪,但往桌上的水果茶瞥的那一眼出卖了她的所想。她八成想到那天小树林里的事了,也搞不懂程弥为什么还和厉执禹混在一起。

程弥一眼便看出她在想什么,用吸管搅搅水果茶,嘴角轻松带笑:"有些帽子虽然发绿,但也不能这么容易就把它摘了对吧?"

孟茵愣了愣。

她不知道程弥话里的含义是不是她理解的那个意思,和"容易"相对的自然便是以牙还牙,但程弥明显不会歇斯底里地爆发,却也不打算就此揭过。

程弥没介意她听没听懂,往她面前的水果茶示意一下:"没事,别人请的,喝吧。"

(15)班这节不是体育课,和(4)班的球赛约在临放学前,预备铃响后教室里人已走得差不多,郑弘凯叫上程弥一起去操场。

郑弘凯路上开玩笑:"过会儿肯定和(15)班好一阵打,到时候程弥你别忘了你是(4)班的啊。我知道厉执禹在那边,但你不能倒戈啊。"

程弥说:"看情况,你们要是被血虐,我岂不是很丢脸?"

"不可能好吧!谁能厉害过我们班?"

这节上体育课的班级不多,去到操场就三个班,两班高二,一班高三。程弥知道高二其中一个班是几班的,因为她又碰见了老熟人。

"司庭衍这节居然来上体育课了。"

"对啊,他平时上体育课不都是在教室的吗?"

随着两个女生擦肩而过,程弥的视线也正好从她们的谈论对象身上收回。

体育老师吹哨子集合,这边高三年级拖拖拉拉地站完队,对面布告栏前高二班级已经在点名了。

"陈辉。"

"到。"

"刘嘉阳。"

对方男老师嗓门洪亮的声音响彻整个操场。

"李……戚纭淼，怎么回事呢？隔壁班是有什么东西这么好看？要不要我体谅体谅你，给你调到张老师那班去？是叫司庭衍是吧？我们高二年级第一，我让你去跟司庭衍站一块儿？"

笑声霎时响成一片，连高三这边的学生注意力都被引去。

程弥还没看过去就听站后面的男生问郑弘凯："喂，郑弘凯，那不是你的女神？上次要到人家的手机号码后有联系没？"

程弥突然想起上次有人调侃郑弘凯的那番话，说高二校花那小细眼只有他喜欢。今天是第一次见到，男生口中的小细眼是双丹凤眼，媚中带丝高傲。此刻虽然被老师当众点名，但女生笑靥如花，骄纵张扬和少女娇俏在她身上毫不违和地共存。

后面没等郑弘凯回话，另一个男生接过话："有没有点眼力见，没看见戚纭淼那点女生的小心思？看见没，要是在一个班，她现在都能黏人身上去了。"

"姓司那小子这么难搞？"

"你以为，要不然能让校花惦记这么久？白瞎戚纭淼那张脸，偏看上个这么废的，整天拿热脸贴人家的冷屁股。"

程弥清楚听到后面的郑弘凯冷哼了一声。

高三这边很快解散，高二那边则没逃出跑步魔爪，老师让全班绕操场跑八百米热身。

人影四散，热闹瞬间空荡。

小卖部在操场旁边，程弥进去买水，厉执禹买的那水果茶太甜，腻到喉咙发紧。老式冰柜旁堆着高高一沓纸箱片，程弥推开冰柜玻璃拿了瓶矿泉水，结账后从小卖部出来，一眼便注意到在操场上行走的司庭衍。

他们班其他同学都在操场上气喘吁吁地跑着，只有他是例外，显得格格不入。

程弥没多在意，拧着矿泉水往不远处等她出来的那几个男生那边走。她还没走近，郑弘凯带着鄙夷的声音便入耳："娘儿们唧唧的，连个步都跑不了。"

他不用指名道姓，单凭这一句程弥就知道他在说谁。

另一个男生的语气一听便知是反话："这就过分了啊，怎么能这么要求人？那些女生不都说他只是身体原因不能跑步，人跑个步那条小命可就没了，这么娇贵，能跟我们比？"

一伙人齐齐大笑。

郑弘凯又说："心脏病，能不弱？"

程弥脚步微顿。

矿泉水瓶盖严实，还没打开，她看向和他们隔着大半个操场那头的司庭衍。自从到他家，她就知道司庭衍身体不好，但没想过是心脏病。

"不是说'是药三分毒'吗？他司庭衍在药罐子里泡大的，你们说以后他会不会有什么'后遗症'？"

郑弘凯言语刻薄，讥笑道："他能活到二十就不错了，还想别的呢！"

"啪嗒"——

塑料瓶掉地的声音响起，水花四溅，那群男生也四处蹦，脏话此起彼伏。

"程弥你干吗？"

"还打球呢，鞋子湿了。"

程弥手里只剩瓶盖，笑是柔的："不好意思啊，手滑了。"

她的语气听起来不似道歉，倒像问晚上吃什么那般寻常。

郑弘凯摆手："没事，没事，这天鞋子过会儿就干了，多大事啊。"

"那就好，走吧，你们不是要去篮球场？"

厉执禹和"红毛"课上到一半就逃了，后半节课老师让上自习，老师一走，他们班男生就跑掉一半。男生一摸上篮球就打得热火朝天，周围不少人看热闹，里面一半女生是来看厉执禹的。

中途出了点小意外，"红毛"打得太猛脚崴了，换别人上去后，"红毛"瘸着腿往程弥旁边地上一坐。

程弥调侃他："上场前不是说你是（15）班的顶梁柱？这下你们班没你了是不是悬了？"

"红毛"拿结冰的矿泉水捂脚："那你可小看厉执禹了，他打球厉害得要死。我是（15）班的顶梁柱，他是什么你知道吗？球神，我们班的球神！郑弘凯就没打赢过他，有他我们班今天躺赢妥妥的，你没看过他打球？"

"没啊。"

刚说完，眼前半空忽然一道飞影掠过。程弥眼睁睁看着篮球在空中划出一道又快又狠的弧线，最后——

篮球砸上司庭衍的那一刻，周围顿时响起一片惊呼吸气声，包括程弥身边的"红毛"。

这球投出的手劲不小，几乎能听到闷响，篮球在地上噔噔滚出好远，司庭衍干净的校服袖子瞬间沾上灰。

球是郑弘凯故意砸出去的，他态度欠欠的："不好意思啊，没看到你路过，球不小心投歪——"

话没说完，往他脸上招呼的是一旁厉执禹挥过去的拳头。厉执禹没任何停顿，下手很重，带着要把郑弘凯的下巴揍废的狠劲，暴怒的声音即使压抑着也几乎快飙出人墙："你眼睛瞎了？！"

旁边那些男生反应很快，没等厉执禹一脚踹上郑弘凯的下腹，立马上前拉架。

郑弘凯那边也不甘示弱："厉执禹你是不是有病？！"

"红毛"只蒙了那么一瞬，当下也反应过来了，忘记腿还受着伤就想站起来，又被痛回去，朝那边直喊："快把厉执禹拉开，别让他揍人，再被记一次大过真得退学了。"

他爆完粗口后，又说："郑弘凯真有病！惹谁不好非惹小祖宗。"

小祖宗？

程弥有些意外，上次听"红毛"讲还以为司庭衍是和厉执禹有仇，今天眼前这么一出看来不是。而且，程弥敢确定没什么事比别人动司庭衍更令厉执禹生气。

一片混乱中，她看向了即使一语不发存在感也依旧强烈的司庭衍。

他站在几米开外，眼神冰冷。也是奇怪，程弥直觉他不会阻止这场失控的闹剧，不仅如此，可能会直接走人。

但她似乎猜差了那么一点。

只见司庭衍弯身，捡起地上郑弘凯那个限量款篮球，下一秒，眼也不眨地扔进了学校顺墙挖凿的臭水沟里。"扑通"一声，像利刃划过空气，刺耳的动静瞬间牵扯住篮球场上那片混乱。

明白过来发生了什么后，郑弘凯瞬间发狂，嘴里问候着司庭衍的祖宗十八代，就要挣开众人过去揍人。

司庭衍一眼都没施舍给他，脸上甚至看不出波动，也不管他们会不会继续打下去，走了。

程弥忽然问了"红毛"一句："他们是什么关系？"

"谁？"

程弥的下巴往司庭衍离去那方向抬了一下。

"红毛"瞬间意会："我没跟你说过？司庭衍是厉执禹他弟。"

"厉执禹的弟弟？"

司庭衍居然不是司惠茹亲生的？

"红毛"点头："何止弟弟，还是亲的。我要说厉执禹来奉洵这破地方就为了这人，你信不？"

程弥看向他。

"红毛"说："他弟弟小时候丢的，从小有先天性心脏病，还蛮严重的，差点就那个了。厉执禹来这儿就是找他的，不过司庭衍好像不是很想认他哥。"

这么一说，程弥发现司庭衍和厉执禹长得确实有相似之处，两个人都有小虎牙。

"红毛"摆了摆手："反正就是别惹司庭衍就对了，本身脾气臭得要死，有个什么三长两短又得罪他哥。你平时惹厉执禹，他心情好可能还会放过你；但要是惹司庭衍，厉执禹肯定和你没完。"

程弥看着司庭衍的背影，若有所思，半晌，薄唇微掀："是吗？"

司庭衍

Chapter 02

男生好时能穿一条裤子,翻脸时也不顾情面。

而且厉执禹和郑弘凯的关系,严格来说算不上好,郑弘凯是上学期通过"红毛"抱上的厉执禹的大腿,平时吃喝玩乐都有他一份。

过命交情没有,他们顶多算酒肉朋友。

这种朋友厉执禹教训起来眼睛半分不眨,好在拉架的人多,郑弘凯只是脸上挂彩和伤了一条胳膊。

最后郑弘凯在几个男生的陪同下去医院,厉执禹毫无影响,晚上一帮人还约了局。他没问程弥去不去,位子都帮她订好了。

程弥说:"不用算上我那份,今晚有点事,我就不过去了。"

"红毛"说:"你能有什么事?去打工啊?"

学校论坛上热衷聊帅哥美女,就是不聊学习,程弥从入学奉高到今天,每天名字都会出现在论坛上。

"红毛"和厉执禹他们一开始是不知道的,后面被论坛轮番轰炸后不仅知道了程弥在网络上小有名气,还知道她接过不少网拍。

那时正值网购热潮,网拍模特层出不穷,程弥被人扒出以前是某家销量极高的女装品牌的专属模特,学校里不少女生便是她家穿搭风格的狂热粉。

"红毛"当时进论坛的帖子逛了两眼,发现程弥能让学校男生女生都发疯也不是没道理的。她不像这个年纪的女生单纯羞涩如白纸一般,而是韵味正从骨子里探头,郁烈绽放,身上有这个年纪参悟不透的成熟。

她的一个眼神就能让人着迷,无声无息地牵人理智。就如此刻她眼弯唇笑,说着:"现在去打工也不是不可以,你给介绍介绍行情?"

"红毛"一掌搭在旁边厉执禹的肩膀上:"介绍行情你应该找这位大佬,他爸一挥手能给你十个。"

程弥笑笑,没说什么,一看就没当回事儿。

厉执禹倒也没多问她要去做什么,位子也没取消,重新叫了个人。

程弥和他们在校门口分道扬镳,路边摊冒着热气,人群车影交错,黄昏里满是烟火气。

程弥一路步行回家,上了楼。

日光偏移,从楼道窗口照进来,把她的影子拉得很长。打开门,屋里安静得像没人回来过。程弥打开鞋柜拿出一双室内鞋,同时看向最下面那层。

司庭衍回来了。

她关上鞋柜,起身往自己的房间走,停在房门前。

对门一点动静也没有,程弥收回目光,推门进房,将书包放上床,从床底拖出一纸箱碟片和书,是从她之前住的那地方寄过来的。

她挑了部片子,拿去客厅。

电视柜上老式电视机外壳臃肿庞大,底下置物格放着一台银灰色影碟机,程弥在机子前蹲下,拆开碟片放进去。屏幕上雪花闪动了一下,跳出片头,光影映亮程弥的脸庞。

桌上摊着放学后分发下来的试卷,她起身到矮几旁坐下,指尖按着试卷拖过来,笔尖勾勾画画。

电影里的人说的英文,在暗淡日光里轻声细语。她在客厅,他在隔着扇门板的房间里,听电影中的情人在他们耳边呢喃。

就这样一直到日落西沉,电影过半,程弥手头那张试卷做完,她抬眼,荧屏上情人拥吻,光影在她眼底晃动。空气被紊乱的气息搅得稀薄,呼吸被他们的唇吻到发烫。

她和屋里的人都在沉默。不过,她倒是泰然自若,眼见外面路灯亮起,又看了会儿才起身关电视。

程弥拿上试卷回房间没多久司惠茹就回来了,她今晚回来得早一些,一进门便到厨房张罗晚饭。

程弥在房间里没什么事，便出去打下手。她平时放学后很少回家吃晚饭，大多数时候都是等晚上才回，所以司惠茹在看到她回来后高兴得准备多做几个菜。

"晚饭我来做就行，厨房油烟大，你快上房间里学习，或者到客厅看看电视放放松，晚饭做好了阿姨再喊你们。"

程弥说："没事，反正也没什么事，您做的饭很好吃，我正好跟您学学做饭。"

司惠茹性子使然，不像有些大人面对晚辈总是一副高高在上的模样，被程弥夸赞厨艺好后明显有些无所适从和不好意思。

程弥那句学学做饭不过随口说的，司惠茹却教得很认真。司惠茹贤惠，做菜利索熟练，成品也色香味俱全。程弥学了点皮毛，不过她以前也做过饭，所以后面上手炒的那道鱼丁茄子算是很成功。

不多时，司庭衍从房间里出来，手里拎着袋垃圾。

程弥没和他碰上面，只听见身旁司惠茹走去外面跟他说："小衍，家里没酱油了，你路过楼下超市时顺便买一瓶上来。"

程弥没听到他回话，但猜想他应该是点了点头，他似乎挺听司惠茹的话。

司惠茹又嘱咐："别走远了，晚饭快做好了，扔完垃圾，买完酱油就回来。"

"不会走远。"

随后传来一阵关门声。

司惠茹再回到厨房后，又和程弥陷入那种稍显尴尬又安静的常态。

程弥能看出司惠茹明显不擅长聊天，方才做饭时还有一两句话跟她可说，现在又无话，且她能从一些小细节上察觉到司惠茹总在下意识地讨好她。

一顿饭做完还没开吃，台子上已经堆积不少碗盆，司惠茹在水槽边清洗这些东西，水龙头的水声哗啦响。

程弥没留在厨房里，从冰箱里拿出饮料放桌上。

冰箱放在墙角，一打开，丝丝凉意和昏黄的光往外散，那块角落得以见光。程弥注意到冰箱旁边墙上画的东西，看了过去。

昏暗朦胧的光线里，她大致看出了轮廓，是个身高量尺，应该是司惠茹画的。

一米一的刻度旁边写着"小衍第一次量身高"，往下那些刻度一片空白。在从"红毛"那里得知司庭衍是厉执禹的弟弟之前，程弥不知道司庭衍不是司惠茹亲生的，这么一看倒是有迹可循。再往上，是一米三的刻度，旁边是"小衍今天七岁了，会一直健康长大"。

每年身高旁边写的话都不同，不过大意都差不多，健康和平安。

程弥想起下午"红毛"说的先天性心脏病，又想起初次来奉洵那天，司惠茹因为在医院耽误去车站接她，还有初次见面时司庭衍是坐着轮椅的。她指腹下意识地点了点汽水罐外壁，冰凉的细水珠顺着罐身往下蜿蜒。

玄关在这时传来钥匙插进门锁的拧动声，她下意识地看去。

司庭衍正推门进来，第一秒便看见她，指节还放在门把上，那双黑色的眼睛看向她的脸。程弥回视他，纤红指甲不小心拨过易拉罐拉环，发出"咔嗒"一声。

司惠茹恰逢这时候从厨房出来，看司庭衍停在门口："回来了？快进屋，外面冷，小心着凉了。"

司庭衍没再看她，进门把手里的酱油递给司惠茹，换鞋："外面不冷。"

"刚才妈妈下班回来路上风还挺大的，出去还是得多穿点，这季节感冒的人多。"

司庭衍没说什么，去厨房洗手。

家里是张圆饭桌，程弥坐下后，司庭衍在她左边的椅子上落座。

顶上一盏老式吊灯，三个人位置离得不远不近，吃饭氛围照旧和往常没有太大区别，尴尬虽然淡了不少，但大多数时候饭桌上仍是一片沉默。

寥寥几个话题里一个便是功课，司惠茹跟程弥说："昨天你叔叔打电话来，担心你跟不上这边的课程。"

这几天，程弥都是从司惠茹这里听到黎烨衡的消息。

黎烨衡事务繁忙，平时只偶尔抽空给程弥发一两条短信，无非是一些长辈的关心：对新环境习不习惯，缺不缺钱。但这种话题一般一来一往便结束，无法和年轻人深入交流。

所以程弥少说也有四五天没和黎烨衡联系了，听完司惠茹说的，她放下手里的汽水，笑道："还行。"

"那就好，能跟上就好。"司惠茹又说，"你叔叔说你理科比较薄弱，平时你物理和数学上要是有问题可以问问小衍，他这些学得好，可以帮上忙的。"

程弥闻言看了司庭衍一眼。她没问他可不可以，接了话："好啊。"

不知道为什么，司庭衍一声没吭。

程弥来到这个家少说也有十天了，但和司庭衍仍如同陌生人，甚至从未说过一句话。

大概连司惠茹也嗅出了他们之间的疏离冷淡，想让弟弟和姐姐好好相处，问正吃鱼丁茄子的司庭衍："姐姐这道菜做得很好吃吧？"

没等他回答，司惠茹又跟程弥说："小衍平时不爱吃鱼，有一点鱼腥味都碰不得，这还是头一次愿意吃平时不喜欢吃的东西。"

程弥看着他，笑道："那我以后经常做给弟弟吃。"

司庭衍终于抬眼看她。

程弥眼睛还是盯着他的，司庭衍和她对视。最后是被司惠茹夹进程弥碗里的一筷子菜打断，司庭衍挪开了目光。

程弥也没再说什么，对司惠茹笑了下，拾起筷子吃饭。

晚饭后程弥回房间，桌上的手机里躺着一条银行汇款信息。

每个月的这一天她都会固定收到这么一条短信，钱是黎烨衡转的，数目不小。

程弥自打母亲去世后便一直是黎烨衡在养她，每个月生活费从不缺席。她虽不是黎烨衡的亲生女儿，但黎烨衡待她和自己亲生的无异，到现在她银行卡里的存款已经有六位数。

她将手机扔到床上，正想靠在窗边打发时间，有电话进来了。

程弥指尖还留在长发里，栗色长发带着五指梳过的蓬松感，脸旁窗帘款式略老，被风卷起又落下。

她回头看了一眼，回身拿过手机。来电显示是陌生号码，她没怎么放心上地按了接听："你好。"

"你好，是程弥小姐吗？"一个女人的声音传来。

楼外小巷通老街，往远望去还能看见一片棚户区，灯火热闹。

"我是。"

"程弥你好，很冒昧打扰你了。"那边女人的声音听起来很年轻，带着活力，"我是《GR》女刊的摄影编辑，想问一下你是否有意愿跟我们杂志合作？"

对这通突然找上门的电话，程弥有些意外，却也不至于受惊，只问："合作？"

"对的，你听过我们《GR》女刊吗？"

她对时尚类东西还算敏感："知道，挺火的。"

初、高中是女生在打扮上开窍的年纪，最直接的体现方式便是在衣服上开始注重款式和搭配。《GR》这本杂志目标受众便是这个群体，也做得极其成功。很多女生一期不落地跟它学穿搭和美妆，每次报刊亭里新刊一出便被一抢而空。

不管是在程弥原来那个城市，还是现在这个，《GR》一样风靡。

那摄影编辑问："那你有兴趣来当我们的模特吗？"

窗外有风进来，程弥单手托着下巴："你们走的是甜美小性感风对吧？"

"嗯，对，这本杂志就是做给女孩子们看的。"编辑又说，"你以前网拍那会儿我们就认识你了，风格也很喜欢，一直在关注。最近看奉高论坛出现很多你的帖子，才知道你转学到奉洵来了，正好我们工作室也在这边，就想看有没有机会合作一下。"

"你们还看论坛？"

对方笑道："对呀，毕竟随时得关注市场风向，像你们奉高论坛聊我们杂志服装穿搭的帖子就不少。"

有女孩的地方,有关漂亮的话题经久不衰,永远会被聚焦。

"是这样的,我们老板翻了你的很多照片后想把你签成专属模特,如果你过来的话,上镜频率不会低。"

其实程弥的风格并不是特别适合《GR》这本杂志,但她不会跟钱过不去:"行。"

对方没想到她这么爽快,愣了一下:"我还以为你得考虑考虑呢。"

"为什么?"程弥开玩笑,"被你们看上不是件值得高兴的事?"

像《GR》这种火透半边天的女刊,换谁被找上都不会拒绝,当然这对程弥来说不是最大的诱饵。

这个编辑明显对她有所了解:"你以前可是拒绝过《四季》的。"

《四季》女刊,是另一本跟《GR》火爆程度不相上下的青春时尚刊物。

程弥口吻轻松地说:"不一样了,毕竟现在得过日子。"

对方也笑,问:"那你现在有时间吗?因为我明天得去外地出趟差,后面几天是没办法回来了,如果你现在方便的话我们出来见一面,谈谈拍摄上的事和薪酬,没问题的话今晚就把这事定了。"

程弥也没什么事:"行,你在哪个地方?"

"东区这片。"

这地方程弥去过。

"那就望滨路那家咖啡屋吧。"

约定好地点和时间,程弥拿上外套出门,在客厅碰上司惠茹洗好碗从厨房出来。

"我出去一趟。"她说。

"好。"司惠茹没说她什么,"那注意安全,现在天冷了,早点回来。"

"好。"

那地方离这里有段距离。

程弥打车过去,到咖啡店时《GR》的编辑还没到。

程弥喝了几口咖啡后对方才匆匆推门而入。这位摄影编辑人如其声,长着一张活力四射的娃娃脸，鼻梁上架着副大黑框眼镜，笑起来很有亲和力，年纪不过二十，名字叫张玲尹。这人是个厉害人，高中辍学后精学摄影，成功混到了现在这个位置。

双方交谈得很顺利，相关事项弄清楚后约定三天后摄影棚见。

后面对方还有事就没多聊闲话，程弥从咖啡店出来后收到"红毛"的信息。

你来不来玩啊？

后面接了个地址，不远，她从这儿过去都不用打车。但程弥抬手招了辆车坐进车里，给他回了短信。

不去，你们玩吧。

短信刚发出去，"红毛"秒回。

怎么不来？厉执禹在这儿，他让你过来。

程弥简单回了"有事"两个字，让他们自己玩。

出租车停到楼下的时候已经十一点多，程弥付完师傅现金后下车。

老城区巷道交错，电线杆斜影映地，这个点不少人家已经入睡，楼上漆黑窗口和明亮灯光交错，隐隐约约有电视声传来。

程弥在这片寂静声中上楼，司惠茹和司庭衍平时都睡得早，所以推门而入时如她所料客厅早就一片漆黑。

但也有让她出乎意料的，一片昏暗里，司庭衍的房门底下透出一小缝光。

他还没睡。

程弥一根指尖虚钩着刚从咖啡店买来的一小块蛋糕，视线停在他的房门上。夜晚让人神经松弛，她脸上神色松散，从容到有些温和，身上香水尾调的女人味若有似无。

楼下有车驶过，引擎声在深夜里碾过人的神经，程弥的目光从他的门上收回，关上门回自己的房间。

她晚上吃完晚饭就匆匆去赴约，没来得及洗澡，进屋后拎了件衣服到浴室洗漱。洗到一半房间里手机铃声大作，大半夜这铃声响得实在要命，她草草冲完便从浴室出来。

手机在床上不停振动，屏幕上闪着一个陌生号码。

就刚才铃声的吵闹程度，程弥下意识地以为这电话已经连打了好几通。

可她拿起来接听后那边的人却是一声不吭，紧接着被挂断。耳边被通话切断声取而代之，她挪开手机看了一眼，才发现两分钟前有人发彩信进来。

程弥知道点进去肯定会看到一些什么东西，但也没犹豫，指尖点进去，是一张照片，这张照片跟前几天她拍的那几张本质上没什么不同。

卡座里，厉执禹腿上坐着一个圈着他的脖子的女生，瞧这架势女生下一秒就快亲上去了。

那些理应有的愤怒、悲伤、难以置信等情绪，却统统没出现在程弥的脸上，她只风轻云淡地略微挑了挑眉。

与此同时，房门外响起一阵关门声，隔着条走廊，动静格外清晰。

程弥抬起眼睛，没再去看手机。

听声音是司庭衍从房间里出来，往浴室那个方向去了。

她突然想起还有东西在浴室里，但也没急，又翻了下信箱内其他短信。有一条是厉执禹发的，内容是一个电话号码，后面跟着一句话，是给她介绍某个带网红的经纪人。

程弥象征性地浏览一遍，没去理，将手机扔回了床上，然后走过去从衣柜里拎出一件胸衣，穿过手臂往后扣上。做完这些，她才慢悠悠地打开房门出去。

客厅没开灯，窄暗走廊里只浴室那方光线投落在过道地板上。

程弥看了眼那处，抬脚往那边走去。四周寂静无声，她融进冗长黑暗里，没一会儿便走到那片光下。

灯光昏黄，司庭衍侧对浴室门，正要抬手去打开热水器，余光明显注意到她了，看了过来。他穿着宽松的黑色短袖，本来就白，这个颜色的衣服让他看起来更白了。

男生这个年纪独有的身体线条被罩在底下，肩颈单薄，小臂血管若隐若现。

程弥倚靠在门边，与他对视。司庭衍的眼神和往常无异，情绪是封闭的，视觉上总让人感觉很冷漠。

浴室里，几分钟前她洗完澡的热气还闷着没散，呼吸间感受到一片潮湿闷热。

程弥白皙的肩膀上只吊着两条黑色细吊带，一绺湿发搭在锁骨上，水滴沾上肌肤。她看着他，开口："东西忘拿了。"

什么东西，司庭衍没问。

他从程弥身上移开视线，没打算回应她，转回头去打开热水器。

就是这个反应，程弥知道他看到了，知道她要来拿什么。她瞥一眼他的背影，也没再说什么，起身进去。

地上瓷砖淌着水，热水器里煤气的蓝红色火焰跃动，水声淅沥，热气沉浮。

司庭衍背对的那面墙上有一排挂钩，程弥在他背后停下，两人背对背，只一拳距离双方就会碰到。

程弥抬手，弯指钩下挂钩上自己忘在浴室里的胸衣，黑色的，蕾丝纹理细致。

空间狭窄，空气都变得稀薄，时间走得格外缓慢。程弥却不受其凌迟，不慌不忙，转身之际手臂不小心碰到司庭衍后背的衣服。

黑色布料柔软，却不失挺括，干干净净。

程弥微弯了下嘴角，脚步没停，离开了浴室。

翌日程弥起床，外面雾蒙蒙的。

昨晚半夜下了一场暴雨，一整晚窗外大雨冲刷声不停。

一连持续几个小时，直到黎明破晓才稍微偃旗息鼓，但雨势依旧像兜头往下浇水。

程弥从房间里出来，屋里窗户紧闭也能听到外面的淅沥雨声。

司惠茹一大早在厨房里忙碌，已经做好两碗面条放在餐桌上，葱花薄油，煎蛋嫩肉，热腾腾地冒着香气。

她正拿着碗筷从厨房出来，看见程弥，笑道："醒了？"

程弥点头，也回了一个笑："嗯。"

"洗漱好了？"

"好了。"

"那快过来吃饭，早饭可以吃了。"司惠茹把手里的筷子放上碗沿。

程弥走过去坐下，没一会儿司庭衍也从房间里出来了。他拉开她对面的椅子坐了下来。

程弥抬眸看了他一眼，手肘拄在桌上，指尖下垂虚握着筷子。

司庭衍拿起筷子弄碎煎蛋，程弥这才发现他碗里的煎蛋和她的长得不太一样，一整个蛋白，没有蛋黄。

她收回视线，双方各自沉默地吃自己的。

吃着吃着手旁边多出一把雨伞，程弥停下筷子。

司惠茹在她旁边坐下："外面这雨一时半会儿不会停，得带把伞去学校。"

雨伞虽然已经拆掉吊牌，但布面整洁到一丝不苟，是新的。

程弥对她笑："好。"

司惠茹又说："等一下出门小衍带你去坐公交车。"

程弥去学校一直是步行，问："因为下雨？"

司惠茹点头，柔声细语地说："家里虽然离学校没多远，但路上雨大，你们就算打伞走过去，到学校衣服肯定也湿了。"

程弥没多话，点了点头。

吃完饭司庭衍拿上书包在门边穿鞋，司惠茹叫住他："小衍，等等姐姐。"

程弥没往他那边瞥，也不急。

她抽出张纸巾压压唇，放到桌上，而后起身拎起放在一旁的书包，对司惠茹说："那我们先走了。"

"好，路上躲着点车，地上现在积水多，车开过去可能会溅身上。"

司庭衍已经开门出去。

程弥看一眼他的背影，回过头对司惠茹柔声回道："好。"说完这句才往门外走去。

她去到门口时司庭衍已经走出一小段距离。

走廊上只两头有光，光线昏暗仿佛傍晚。走廊尽头的老窗年久失修，昨晚风刮雨淋，长走道的灰色水泥地面上一片湿。

司庭衍没等她，走在前面，程弥步履不紧不慢地跟在后面。

拐进楼梯口，两个人隔着不远不近的几步阶梯。楼道空洞到安静，只楼外雨声闷闷作响，四周泛着凉意。两个人一前一后，脚步声重叠，错开，又重叠上。

很快到楼下，程弥落后司庭衍半截，看他打开手里的伞走到楼外。她还是维持原来的步调，晃散手里折叠整洁的雨伞，打开后也走进雨里。

即使下着暴雨，生活照旧马不停蹄，大雨如注下人间依然热闹，上班、上学的人不断擦肩而过。人群里，程弥和前面那道身着黑白相间的校服的身影互相沉默着。

公交车亭离家也就两三分钟的路，去到那里时斑驳绿漆站台上人满为患，里面有几个人跟程弥和司庭衍一样穿着奉高校服。

程弥跟着司庭衍走到下面，两个人中间隔着人，伞檐不断往下滴水。人越来越多，公交车却三四分钟都不见来一辆，人心渐渐浮躁，一时埋怨声四起。

过会儿一辆车来，呼啦一群人拥上车，司庭衍没上去，程弥也站在原地没动。另一辆车紧随其后，5号公交车，程弥之前没跟司惠茹说她其实坐过去学校的这班公交车。

公交车缓缓刹停在候车亭前，坐这趟车的人不少，车门一打开，人流便往上挤。

果然，5号公交车停下后司庭衍有了动作，握着伞走下站台，程弥也跟着上了车。

这趟车每次早高峰都像沙丁鱼罐头，所以即使坐公交车去学校花的时间要比走路去学校少，但不少学生还是不喜欢搭乘公交车上学。今天是例外，外面暴雨，谁都不想湿着身子去学校上一整天课，因此今天车上更是挤得连呼吸都不顺畅。

两个人一道上车，司庭衍在前面，公交车卡在机子上"嘀"一声后往后走。程弥没办公交车卡，往里投进两块钱纸币。等她回头，司庭衍已经不见人，但不难找，那张脸在人群里一眼就能看到。他在窗边，抓着扶手面对窗外站着。

程弥抬脚往他那边走去，司庭衍旁边还有空位，但她没停那里，而是站去他窗前的位置。

背后车窗像被瓢泼大雨割裂，雨痕蜿蜒出无数道裂缝。程弥背对车窗，面朝着司庭衍。司庭衍的视线落在她的脸上一瞬，而后移开。

程弥将他的动作尽收眼底，没说什么。

下一站停车后又拥上来一批人，车内摩肩接踵。

程弥没事干便盯着司庭衍看，发现他长得比大多数人都要白，打眼望去有些晃眼。但因为他身体不好，肤色白里泛着冷感。

眉弓、山根那里线条立体，却不会显得突兀，睫长鼻挺，瞳眸很黑。离得近他那张脸看得更加清晰，好看到让人想动歪心思，也正是因为这份好看，才弱化了些许他身上的不近人情。

程弥这么明晃晃地盯着他看，知道他肯定知道。但司庭衍半分不被打扰，完全没看她。

车上人多，随着行车的晃动东倒西歪，突然一阵急转弯，车内爆发短暂的几声惊呼，人跟着大幅度摆动。

混乱中程弥的后背被人推挤，她来得及站稳，但没这么做，而是顺势借力被推去司庭衍身前。两个人之间本来剩余空间就不大，她只是轻晃一下就几乎贴上他。

司庭衍终于低眸看她，但也只是一眼。

程弥能感觉到他的气息微带热意地落在她的颊侧上,眼睛仍是流连在他的脸上,一步一步往上走,薄唇、鼻子,最后停在他的眼睛上。她自然而然地开口:"你中午去哪儿吃饭?"

　　从离开饭桌到现在,他们沉默了一路,这是他们开启交谈的第一句话。

　　司庭衍闻言,视线落回她的脸上,却没开口。

　　程弥又问:"食堂一楼、二楼,还是三楼?"

　　他终于开口,有点冷漠:"干什么?"

　　是个人都知道要干什么。

　　换别的女生碰这次壁后可能就这么南墙回头,但程弥怎么可能?她淡淡笑着:"一个女生找你吃饭还能干什么?总不会是姐姐关照弟弟。"

　　司庭衍看着她。

　　程弥坦荡回视,继续问:"还是校外?"

　　公交车不巧在这时候到站,车窗外学生不断路过,一个个身影被玻璃上的水模糊到只剩校服上的一团黑白色。后车门打开,司机在前面嚷着奉高到了。

　　人流鱼贯而出,不断从他们身边挤过。

　　司庭衍将目光从程弥脸上移开,没回答她,转身往车门处走。

　　程弥没立即跟上,盯着他的背影看了两秒后才动脚,跟着下车。

　　早读课时大雨转小,却迟迟不肯退场,泼天撒野近半天,终于在第二节课时收敛。但天仍旧阴着。

　　程弥他们班上午最后一节是数学课,几个男生手贱,偷摸在课上打手游惹怒老师,拖累全班一起挨训。数学老师怒火难消,拖堂痛骂他们十几分钟,夹上课本离开教室时脸还是黑的。

　　隔壁班已经有人从食堂吃饭回来,郑弘凯的同桌抱怨:"这数学老师太可怕了,跟机关枪一样,食堂肯定都没饭吃了。"

　　过道那边一个性格泼辣的女生怼他:"谁叫你们上课打游戏啊?上她的课还敢打游戏,下次自己认罚,别拉我们。"

"哎，不打了不打了，下次不打了行不？小祖宗。"

"郑弘凯今天怎么没来？"女孩问。

"你不知道？昨天他跟厉执禹打架了。"

班长初欣禾正好在这时路过，目光和程弥撞上，愣了愣。程弥对她极其友好地笑了笑。见状，初欣禾微点下头，和朋友挽手离开。

程弥收回目光时对上同桌孟茵刚从初欣禾身上收回来的视线，之前目睹厉执禹、初欣禾两人在教学楼后那片小树林里的场景时孟茵也在场，和程弥有着只有她们两个知道的秘密。

她犹豫着问程弥："你和……厉执禹怎么样了？"模样有些认真。

程弥将黑色水笔松松地夹在指间，往下那头弹了弹桌沿。伴随"咔嗒"声响，她笑着看孟茵："没怎么。"说完放下笔，问孟茵，"一起去吃饭？"

"你今天要去食堂吗？"

孟茵平时很少见程弥去食堂，她一般是和厉执禹他们去校外餐馆。

程弥轻嗯一声，又问她："很奇怪？"

孟茵摇摇头："没有，那我们走吧。"

食堂外高树葱郁，遮住大半天光，今天还是阴雨天，里面显得越发阴暗潮湿。

很巧，刚踏进二楼大厅，程弥一眼就看到了司庭衍。如她所料，她根本不用去他的教室找他，他不会等她。

"二楼的糖醋排骨好吃，但我们这么晚才来，可能已经吃不到了。"

孟茵的话把程弥落在不远处的窗边那桌的视线拉了回来。

吃饭高峰已经过去，但打餐窗口前仍排着长龙，程弥和孟茵聊着天，接在一条队伍后面。

停下不久后，程弥察觉出有视线落在自己身上。一抬眼，果不其然对上队伍前面几道往她这边看的目光，是几个女生和两个男生。

那几个人窃窃私语，眼里带笑，像在讨论她什么。

程弥一眼认出中间那个女孩，昨天刚在体育课上见过，冷白皮，小脸巴掌大，黑发及肩，打着卷往内扣，一边别在耳后，那双丹凤眼长着长睫毛，在笑。

是高二年级那位校花——戚纭淼。

程弥只往那边扫一眼，没在意，继续捧场地听孟茵细数这楼还有什么好吃的。

"凉拌海带、宫保鸡丁，这些都特别好吃。"

前面隐隐约约飘来一句话："也没有多漂亮嘛，还没你好看。"

"还有酸辣——"孟茵听到了，话语突然顿住。

那帮人很明显就是在说程弥，反应过来后她去看程弥，程弥听她没继续说下去，视线也正好探询地看过来："嗯？酸辣什么？"

"啊，那个……酸辣土豆丝。"

"行，"程弥对她笑了笑，"待会儿就照你说的点。"

孟茵去看她的神情，觉得她应该也听到了，但好像完全不在意。

孟茵很羡慕程弥这种人，她的洒脱不是装出来的，而是真的不在意旁人的看法，不像自己，连上课回答问题都不敢。

窗口内，阿姨打菜很快，眨眼间她们便排到头。

程弥打了几个菜，接过阿姨递过来的餐盘。

方才进来时她注意到司庭衍身边没坐人，接过餐盘后准备和孟茵往那边走。不料走到半路那个座位却被人抢先一步，是方才排她们前面的戚纭淼，还有她的那帮朋友。

戚纭淼黏着司庭衍说话，司庭衍看她一眼，没搭理她。

程弥颇有闲情逸致地看了几秒，见状也没上前扰人兴致，和孟茵随便找了个位子坐下。吃了没一会儿，她就看见那边的司庭衍拿起餐盘起身走了。

程弥用筷尖戳戳米饭，收回视线。

司庭衍一走，戚纭淼那帮朋友瞬间口无遮拦起来，他们的位置离程弥这桌不远，说话大声招摇。

"真是冷死了，我都不敢在他面前开你们两个的玩笑。"

一男生嬉笑道："还开玩笑，他有心脏病的，小心把人气死了。"

戚纭淼抄起旁边的筷子就往那男生身上扔："闭嘴。"

方才说怕司庭衍的那个女生给戚纭淼支招:"我看这样,你放学后把司庭衍约出来,溜冰场楼上不是有个小电影院吗?我们去溜冰,你和他去看电影,灯一关你就凑近他,是个男生都招架不住这招的。"

"对啊,你还这么漂亮,他不可能拒绝你。"

戚纭淼说:"白痴,你们觉得他有这么容易被约出来吗?"

旁边那男生继续泼冷水:"我看他都快被你烦死了,你要不干脆放弃得了。你不懂,男生嘛,感动那套没用的。"

戚纭淼的声音听起来毫不在意,她玩着头发:"我爱干什么干什么,你管我?"

程弥其实没怎么细听,后面也没再注意他们说了些什么。

孟茵吃饭慢,程弥吃完后等了她一会儿,然后陪她一起回教室。回教室路上路过小卖部,程弥不是很巧地遇上了厉执禹和"红毛"他们。

"红毛"大老远就朝她喊:"中午怎么不等我们一起去吃饭?"

程弥示意旁边的孟茵:"跟同桌去吃了,班里同学也得相处融洽,你说是不是?"

"是是是,你说得是。"

旁边的厉执禹手里抛着饮料玩,递给她:"刚买的还冰着,喝不喝?"

她对厉执禹笑了笑:"冷的这几天不太方便。"

厉执禹挑眉,了然地收回手。

他们午休还要去校外网吧,程弥要回教室,便和他们在小卖部门口分道扬镳。

午休时间教室里不少走读同学趴在课桌上睡觉,没睡的说话轻声细语,程弥回去后拿了本书走出教室,到走廊上透气。

她微倚栏杆,一只手斜支着脑袋,另一只手翻着文学读物。

一阵风来,栗色长发从额角滑落,程弥抬手将发拊至脑后,有一丝被遗落,被风吹得沾上唇。她动作慢条斯理,像一只午后慵懒地晒着太阳的猫。

也就是抬眼这瞬间她看到了楼下的司庭衍。绿荫一路疯长,他穿过斑驳罅隙往教学楼这边走来。也不知道从食堂出来后他去了哪儿,比她还晚回教室。

程弥的视线一路跟着他,看了会儿后撑在额头上的手换到下巴上,指尖微搭在脸颊旁,她继续悠闲地瞧着下面。

司庭衍没往上看,路过教学楼前的公告栏。

程弥另一边手摸去旁边的手机,目光终于从他身上挪开,看向手机屏幕上的取景框。镜头里的人走到了楼下,她的手机后置摄像闪光灯一亮,发出"咔嚓"一声响。

司庭衍察觉到了,脚步一顿,抬起头。

程弥的视线和镜头里的他对上,司庭衍的眼睛如一潭深水般盯着她,格外冷静。程弥和他对视两秒,目光从手机上离开,落回楼下,毫无阻隔地对上他的眼睛。

她格外光明正大,把手机拍的他那张照片朝向他,语气微带笑意:"好看吗?"

司庭衍看着她。

程弥托着下巴回视,看不清他眼神的含义。几秒后,司庭衍一句话都没跟她说,走了。

程弥唇上漾过一抹笑,目光还没从楼下收回来,孟茵刚好从厕所回来,问她:"还不回教室吗?"

紧接着她就看到了程弥手机上那张照片。

程弥知道她在看,问她:"拍得怎样?"

孟茵不太会夸,点了点头:"好看。"

在学校里不仅学霸是名人,帅哥也是,更别说司庭衍两样都占,孟茵自然认识。除此之外,她还知道司庭衍是厉执禹的弟弟,这不是秘密,奉高的人几乎都知道。她微微发愣,又下意识地问:"你跟司庭衍认识吗?"

他们不仅认识,每天还坐在同一张桌上吃饭,房间还是对门。程弥想到这里轻声笑了一下,目光对上孟茵:"我要追他,算认识吗?"

下午不过几节课,知识没吸收多少,课桌却已经被试卷淹没。教室里抱怨声连连,又被下节课的新知识洪流裹走。

上课时间枯燥难挨，不少人没撑多久就开始犯困，在老师的眼皮子底下蔫头耷脑，直到最后一节课那些止不住打架的眼皮才撑起来。程弥却格外清醒。她向来晚睡，昨晚熬夜也对她没影响。

讲台上，化学老师手里的粉笔在黑板上划出尖锐刺耳的声音，程弥在错题旁抄下几道化学公式。

笔在指间转了一圈，桌下的手机同时亮起。她大致扫了一眼，"红毛"发来的信息，问她放学去不去电玩城。

程弥拿出手机回复。

你们去吧，我有事。

没多久下课铃响，教室里瞬间一片哄闹，程弥拎上书包从教室出去。

学校里走读生多，一放学个个背着书包从教室里鱼贯而出，走廊上哄闹嘈杂。

程弥逆着人流往上走，从二楼到三楼，走上三楼后往左拐。

靠近楼道第一间教室是高二（4）班，从后门路过时里面传来嬉笑打闹声。再往左是（3）班、（2）班，最后是（1）班。

程弥停在高二（1）班班牌前，一块深蓝色铁皮，边角有些生锈。

奉高历来每个年级（1）班都是理科尖子生聚集地，年级前五十名全在这个班里。高二（1）班的学习氛围相比旁边三个班要安静一些，但也没有想象中那般死气沉沉。教室里座位空了一大半，有人在聊天，有人埋头刷题。

程弥扫了一圈，没看到司庭衍的身影。

窗边坐着一个扎着马尾辫的女生，程弥走过去问了一句："同学，打扰一下，司庭衍去哪儿了？"

女生正做完一道数学大题，闻言仰起脸。

"司庭衍吗？"她回头去找，反应过来，"啊，司庭衍去竞赛班了。"

"竞赛班？"

"对啊，数学竞赛班，以后走竞赛保送的，你要找司庭衍可以到实验楼找他，他们每天下午都要去实验楼上课的。"

程弥点点头，却没有要走的意思，反而问女生："司庭衍坐哪里？"

"你要在教室等他吗？"

程弥笑笑，说是。

女生指了指里面靠窗那排倒数第二张桌子："那里，四组第三排靠窗那个就是他的座位。"

程弥顺着她的手指看过去，视线落在那张课桌上。确认后她收回目光，对女生笑了下："谢了。"

她绕进前门，教室里不少人抛来视线。

程弥没管，径直从讲台上经过，然后穿过窗户和课桌之间的过道往司庭衍的座位走去，脚步不急不缓。

她停在第三排，右边课桌收拾得很整洁，课本整齐地放在一侧，几张试卷折叠堆好放在内侧，上面压着一本书。一看就是试卷刚发下来，人怕被风吹走帮他压的课本。

程弥拿起上面那本书，在司庭衍的位子上坐下。那是本英语书，翻开扉页连名字都没有，往后翻更是一片干净，跟新的一样，程弥怀疑他根本没看过。

她指间夹着书页合上，放到一旁。目光触及最上面那张试卷，是张理综试卷，已经被批改过，分数栏那里是一个极其显眼的鲜红色数字。

300。

满分，厉害。

她突然就想起之前司惠茹跟她说平时功课可以让司庭衍帮忙，他理科学得好。他这已经不是单纯学得好了，而是在理科上天赋极高。

不过人无完人，可能上帝打开一扇门必定要关上另一扇窗。

程弥看着姓名栏上司庭衍写的名字，没忍住发笑。这个笑没有嘲讽意味，她单纯觉得他的字和他的人有些反差。

她原本以为司庭衍的字应该跟他的人一样，书生气又干净整洁。结果他的字没人好看，或者说这字看不出是他写的。不过，虽然是小学生字体，但看得出在认真写，笔画间在尽力克制潦草。

看着看着程弥摸起他桌上的黑色水性笔，写他的名字。笔尖落在纸上，程弥写得慢，但能看出提落续顿挥洒自如，字体大气漂亮。

——司，庭，衍。

这是程弥第一次写他的名字，确切来说，是第一次认认真真地看他的名字。看了一会儿才从上面挪眼，她又随手翻翻他下面的其他试卷，有批改记分的全是高分，其他空白卷子估计是作业。

坐了会儿，外面仍不见人影，她实在有些无聊。

黑板上写着今晚的作业，程弥一眼看下来有六七条，都是明天需要交的。

程弥单手拂开司庭衍的某张试卷，在右上角找了片空地，帮他抄今晚的作业。

第一条，英语试卷两张，不用做听力和作文；第二条，数学练习册完成 30~36 页明天评讲；第三条，化学试卷做完明天交。

写到这里时程弥不知想到什么，指尖去翻那沓试卷底下的书本，抽出那张化学试卷塞进桌底。

很巧，程弥写到最后一条，司庭衍回来了。

她看他从外面进来，在踏进教室那一刻便注意到坐在他的座位上的她。不知道是不是程弥的错觉，司庭衍脚下似乎顿了那么一下。又似乎真的只是她的错觉，转眼他已经经过讲台。

程弥丝毫不慌张，从他身上收回目光，垂下眼，继续把尾巴写完。

司庭衍走到桌前时，程弥正好把作业总结抄好。她没起身把位子还他，抬眼对上他的视线。外面的天色仍不明朗，绿荫蒙着一层湿意，连带司庭衍的面色看起来都有些漠然。

程弥递给他手里的试卷，语气是放松的："给你抄好了，今晚的作业。"

司庭衍低眸看了一眼，移开目光："我不需要。"说完拿起书包，开始收桌上的东西。

程弥没问为什么，只收回手："是吗？"

但她没自己收走，而是翻开他的某本课本，随手把试卷夹进去。

司庭衍正好伸手去拿旁边的习题,和她的手差点碰上。他停下,没理她,绕开继续拿别的东西。

程弥瞟了他的手一眼,也收回手。人天生爱八卦,周围不少同学时不时往这边扫几眼,就差把耳朵贴到这边。

程弥不会被别人的目光影响,注意力放在司庭衍身上。

她终于知道司庭衍为什么不需要抄作业总结,如果她没记错,方才司庭衍只是往她手上的试卷扫了一眼,但往书包里放的东西跟她帮他抄的那份作业一条不差。

即使他故意打乱顺序,但明显全记住了,虽然他看起来并不是真的想记住,单纯因为记忆力太好。

程弥看司庭衍往书包里放物理练习册、数学试卷、英语试卷——

然后他在翻遍课桌上那沓试卷和习题,找不到某张试卷后,手一顿。

程弥把一切尽收眼底,知道他意识到了。

司庭衍看向她。

程弥耳朵上一枚不规则锡纸金色耳环,底下吊着一片褶皱巴洛克珍珠,随着她抬眼望进他的眼里时轻微晃荡。

明明现在是阴天,她那双眼睛却仍旧半分黯淡不沾,明眸似水,红唇有让人思绪脱缰的本领。明明她什么都没做,甚至是优雅温和的。

司庭衍没说话,看着她。即使神色还是和平时一样冷淡,却似乎已经把人看穿。

程弥却像是未曾看过那张被她放进桌底的化学试卷一样,颇为柔和地关心:"怎么了?"

她问:"你在找东西?要不要我帮你找找?"

这句话已经很明显了,程弥知道司庭衍听得懂。

化学试卷就在课桌里,只要他开口,程弥会帮他拿。或者,他自己走过来从桌底拿也不是不可以。

但程弥预估失误,司庭衍没如她料想那般开口,口吻有些不近人情。

"没少东西。"

程弥有点意外,却也不至于很惊讶。司庭衍这人就这样,虽然看起来是好学生，但实际上性格却是不会让人拿捏。

程弥看他差不多收完东西，问他："要回家了？"

司庭衍的眼睛是和程弥截然不同的，眼瞳黑沉，不带任何笑意。但情绪不外露不代表他看起来会人畜无害，相反大多数人会被他眼里的疏离弄得不敢直视他。

程弥不是这其中之一，自认识司庭衍以来还从没避开过他的视线。就如此刻，她也是不躲不避，迎着他的视线，等司庭衍回话。

"你自己回去。"他的声音淡淡的。

程弥没想到他会是这个回答，看着他，语调慢条斯理："我在这里不为别的，你应该知道。"

有些人，一句话就能让人无力招架，进退都是她的圈套。

程弥不得不说司庭衍很聪明，他没一脚踩进她的坑里，目光从她脸上撤开，什么都没回她。

程弥看他伸手去拿一本竞赛习题，问："走吗？"

司庭衍拉上书包，声音听不出情绪："别跟着我。"然后便转身走出教室。

程弥看着他的背影，也不急着去追，随手翻开他的某张试卷，用手机拍下，从他的座位上起身后还没忘带上课桌底下那张化学试卷。

她起身时，书包边角不知碰到什么，一个东西从课桌抽屉里掉下，细碎固体和塑料碰撞，落地哗啦响。

程弥低头看去，地上躺着一个白色药瓶，有点眼熟。不出半秒，程弥想起在哪里见过。她跟司庭衍第一次见面，就是撞上他在客厅吃药。当时，他手边便是放着这个白色药瓶。

那会儿她初到奉洵，对司庭衍和司惠茹完全不了解，自然不清楚司庭衍因什么病吃药，只知道不是什么小病，因为能看出司庭衍的身体底子已被病根缠身许久，即使他周身气场冷到筑起高墙，但病弱藏不住。

现在程弥倒是知道了，司庭衍有先天性心脏病。

司庭衍的背影已经消失在门口，程弥也没打算叫他，收回目光，把药瓶和化学试卷归拢到一边的手里，这才起身跟在他身后从教室出去。

奉洵草木四季常绿，绿荫沿走廊疯长。

教学楼已经有些年头，墙面被岁月浸泡得黯淡，窗户攀着褐色锈迹，推开都能发出涩响。

程弥身影慢悠悠地从众排窗户边路过，下楼梯的半途中手机铃声响起。程弥拿出手机，是见过面的《GR》摄影编辑张玲尹打来的电话。她接听："嗯，什么事？"

"有时间吗程弥？我看你那边应该下课了，想问你能不能到工作室那边拍几套图？"

这个点学校人已经走得差不多，只零星几个人和程弥擦肩而过。她问："你不是出差了？"

张玲尹说："我是出差了，得后天才回奉洵呢，所以才着急。杂志之前那个模特跟工作室耗着闹解约，弄得杂志社都没做成什么事。月中就得出刊了，现在整个杂志社都加急赶工呢，等我回去进度太赶，所以就先让其他摄影师帮你拍着。"

程弥已经走到一楼，往前望去是司庭衍的身影。他背影笔挺，正朝校门口走去，丝毫没有等她的意思。

除去司庭衍这个人，程弥确实没什么事，如果不是临时这通电话，她现在会追上去。但工作要紧，别人给了钱，她就得把工作做好。

她看了司庭衍一眼，收回目光："行，我现在过去。"

"那行，我去跟同事说一下，让他等你到了下去接你，那我先挂了啊。"

挂断电话，司庭衍的身影正好消失在校门口。

程弥收回手机，步伐没停，出校门后没随司庭衍转向左边路口，穿过街道往另一个方向走去。

《GR》的办公地在闹市区，这地方区域规划混乱，餐饮、娱乐、办公同挤在一条街上存活，显得有些不伦不类。

隔着街道，对面就是酒吧、麻将馆、旱冰场，疲惫不堪和醉生梦死仅一街之隔。

程弥到那里的时候，张玲尹那个摄影师同事已经等在楼下。

干艺术这行的人可能都很有艺术气息，对方是一个男生，留一头齐肩发，在脑后草草扎了个辫子，有点瘦，五官中规中矩，但神色柔和，平添几分亲和感。

对方看她来后，迎面走来："程弥？"

程弥笑着对他点头："张玲尹应该跟你打过招呼了，我过来拍套图。"

"她跟我说了，几分钟前刚撂下电话。"对方又自我介绍，"叫我邓子就行，那我们就开始工作了？"

"行，"程弥往楼上扫了一眼，"那上去？"

"先别急，我们得先到对面借双旱冰鞋。"

程弥闻言往街道对面看去，那边有家旱冰场，规模不小。她问："借旱冰鞋做什么？"

"拍摄得用到。"

"给我穿的？"

"今天就给你一个人拍。"

两个人说着过街往对面走去，去到旱冰场里，街外日光被截断，镭射灯晃得人眼花缭乱。

场上人不少，都是放学后的学生，才放学一个小时，大多数还没玩尽兴，玩闹声和尖叫声频频刺人耳膜。

程弥跟邓子去了前台，邓子跟老板认识，招呼一声老板就让人去拿鞋过来了。

程弥接过旱冰鞋后坐在一旁的长椅上换上。

邓子问她："你会滑？"

程弥系着鞋带，笑了下："可能吧，以前玩过，已经很久没玩了，不知道生疏没有。"

邓子说："不会滑也可以拎着，等上去拍摄的时候再穿。"

话音落地，程弥已经穿好鞋，手撑住两旁就要起身。她确实有段时间没碰，起身时脚底触感有些陌生。

旁边的邓子见状下意识地伸手去扶她，程弥却像一阵风吹过，脚下已经稳稳当当。

滑出去一小段距离后她停下,回头看摄影师:"走吗?"

邓子看着她:"我发现你这人有个特点。"

程弥:"什么?"

"谦虚。"邓子笑,"这叫生疏吗?说滑得比我好都不过分。"

程弥笑了笑:"夸张了,就动动脚的事,谈不上谦虚。"

邓子也就开开玩笑:"走吧,带你去工作室,早开工早结束,急着吃饭。"

程弥等邓子上来一起往门口走,滑到半路,迎面一个同样穿旱冰鞋的女生看到程弥,脚下一顿一时没站稳,往后趔趄一步摔倒在地。她手里抱着一堆薯片饮料,哗啦滚满地。

一瓶罐装可乐骨碌滚到程弥面前,她优哉地在那瓶可乐前停下。她本想拉那女生一把,但那女生已经自己爬起来,蹲在地上东捡西捡,只露出半边黝黑的侧脸。

程弥弯身拿起可乐,去到女生面前,女生已经把东西抱满怀地站起来,程弥帮她把可乐插进了臂弯里。

女生在这时看了她一眼,眼睛很大,长得有点黑。

程弥记忆力好,看着这张脸,不用一秒就想起在哪里见过。对方是中午在食堂里见过的,那个给戚纭淼支着约司庭衍的女生。

就在这时,女生手里的手机传来声音:"喂,傅莘唯,你怎么没声了?你说你看到谁了?"

对面的人咋咋呼呼,隔着听筒字句都听得分明,程弥目光落到女生脸上。

许是心虚,叫傅莘唯的那个女生眼神往程弥身上飘了一下,又欲盖弥彰般若无其事地收回。她没道谢,旱冰鞋一滑,绕过程弥往里面走去,语气有点不耐烦:"没谁!回去了。"

旁边的邓子旁观全程,看了眼女生离去的背影,笑:"现在的孩子真没有礼貌啊。"

程弥倒也没放心上:"走吧,你不说你急着吃饭?"

等程弥走远后，原本对程弥丝毫不搭理的傅莘唯又回头看她的背影一眼，埋怨手机那边的人："你吓死我了！声音那么大，刚才高三新转来的那个程弥就在我旁边，肯定都听到了。"

那边的人回道："我们学校那个程弥？"

"那还能是哪个啊？"她又回头望，"你猜我还看到谁了？"

"谁啊？"

傅莘唯说："邓子，之前我们跟戚纭淼去《GR》杂志社拍摄，那个给戚纭淼拍过照的邓子。"

对方有点惊讶："他们怎么在一块儿了？干吗去？"

傅莘唯还在往后看："还能干吗？肯定是去拍图啊。戚纭淼跟他们提条件他们嘴上说考虑考虑，现在背地里转头就找上别的便宜货了。戚纭淼这还没走呢，程弥就抢她的活儿，讨厌死了这女的。"

她看程弥他们往对街走去，《GR》杂志社就在那楼的二层。

傅莘唯有点咬牙切齿："我看他们上楼了，肯定是去杂志社，怎么这么势利啊这些人？"她太过义愤填膺，没注意到那边陷入短暂沉默。

突然，戚纭淼的声音传来："你说什么？"

傅莘唯顿时被吓到手机差点掉地上："纭淼，那个……我瞎说的。"

"你当我耳朵聋吗？"戚纭淼继续追问，"你说谁抢了我的位置？"

傅莘唯支支吾吾，怕被迁怒，最后还是说了："程弥，我们中午在食堂看到的那个。"

戚纭淼问："他们往哪儿去了？"

"对面那楼。"

傅莘唯战战兢兢地说完，电话被戚纭淼挂断。

她刚松口气，电话又进来，接起来是原来跟她通话的那个朋友。她气急败坏地说："你怎么让戚纭淼听到了？！我就是怕她生气才没跟她说的。"

"我放着扬声，我哪儿知道她会过来啊，烦死了，你快回来，戚纭淼走了。"

这不是程弥第一次站在镜头前，以往有经验，加上天生适合镜头，拍摄进行得很顺利。

邓子端着相机给她拍照时，内心暗自感叹无数次，程弥甚至比他曾经拍过的女明星漂亮许多。

她的五官挑不出任何缺点，那张脸已经悦目到某种让人惊叹的程度，气质更是出众，让她耀眼到另一个高度。就如此刻，她站在镜头前，黑色露肩V领荷叶边露脐装，下搭窄裙，再常见不过的一身穿搭，却被她穿出另一种味道。颈项一圈黑色细链，锁骨深却不显瘦，往下是一痕深沟。

挑着白色细眼线的眼睛直视镜头，她没过多情绪，像胜券在握地盯着猎物。

《GR》的风格偏甜美化，严格来说程弥并不百分百符合这个要求，需要衣装、妆容、氛围来弱化她的特点。但造型师没选择扬短避长，把可爱元素往程弥脸上堆，反倒保留其特点，在一些妆容小细节和小配饰上耍心机。

一开始邓子还担心程弥无法和这种风格融合，毕竟程弥和甜美丝毫不沾边，她明显是一只脚踩高跟鞋、自知风情却不爱抢风头的狐狸。

意外的是，拍摄完成得可以说完美，邓子更加笃定了心里那个想法，他认为程弥天生就是往娱乐圈那个名利场走的料。

程弥拍完后离开摄影棚，到外面窗边透气。

没一会儿邓子也出来了，走到旁边的饮料零售机前，投进硬币。

"喝点什么？"他问程弥。

程弥说："都行。"

邓子给她拿了瓶果饮，走过去递给她。

程弥接过："谢了。"

邓子知道程弥橄榄枝接得多，肯定听得懂他话里的意思："我有认识的圈里人，要不要给你介绍介绍？"

程弥开玩笑："怎么，要当我的伯乐？"

她没有惊喜，没有意外，没有讨好，反应和常人不太一样。

邓子知道她这就是婉拒的意思了，接下来也随口开玩笑道："可不是？你进那圈子肯定能红，这以后要真当大明星了，我这伯乐也能跟着沾光，还能吹吹牛。"

程弥笑了笑："你太看得起我了。"

"这叫实话实说，不过我不用瞎操这心，以后总会有人给你介绍。"

这茬就算翻过去了，邓子拧开汽水喝了一口："等收拾完我们要去聚餐，你要不要一起去？"

"不了，"程弥的目光在邓子松散扎着的小辫上停留了一瞬，移开，"你们去吧，我晚上还有事。"

"要回去写作业？"

程弥说："是啊，你也知道我虽然年满十八，但还是个高中生。"

里面有人喊邓子，他回了句马上过去，看回程弥："行了，我先走了。"

"嗯。"

邓子起身回去，走到门边又回头："对了。"

程弥看向他。

邓子指了指自己的头发："从刚才在楼下就一直盯着我头发看，我这发型像谁？"

程弥微愣，但也只是一瞬，很快恢复淡笑："走吧你。"

邓子笑笑走了。

他走后外间走廊安静下来，窗扇被风带过，轻轻拍打在落灰的饮料零售机上，像是连风都想抖搂尘封往事的积灰。

程弥看着窗外，脸色没显凝重，也没现喜色，像平常每一个平静的瞬间。

邓子说得没错，他的发型让她想起某个人。那人同样喜欢在后脑勺扎一指长的小辫子，一边碎长刘海松散地落在颊边，奶奶灰发色挑染闷青。

和邓子不一样的是，她是个女生。

程弥想到这里，拿出了手机，指尖拨弄几下后点开黎楚的聊天框。两个人的消息记录停留在一个月前，一两句来回，内容不痛不痒。

程弥和黎楚从小一起长大，后来程母去世后她被黎烨衡接去黎家，和黎楚更是日日碰面，但那时候两个人已经因为一些恩怨逐渐疏远。

黎楚比程弥大一岁，正上大二，学业繁忙的原因住学校里，几个星期才回家一趟。一个月前聊天，便是程弥问周末回家的她回不回家吃饭，黎楚当时回了她一个"嗯"。

后面两个人便没再联系过，包括程弥转学到这里。

程弥指尖落在对话框上，犹豫几秒后仍收回了手机。思绪还没抽回，目光却已经被楼下一抹身影勾去。

窗外天色未完全暗下来，路灯已经次第亮起，立在灯红酒绿半明半暗的光影里。对街一家餐馆里走出来一行人，打头那个今天中午程弥见过。

戚纭淼似乎心情不太好，脸上一贯的高傲骄纵被焦躁取代，眉眼间压着怒意。

程弥没什么兴趣，正移开眼准备起身离开。下一秒，她就见戚纭淼抓过旁边女生讨好地递给她的奶茶，甩手摔到地上。

旁边女生的那张脸庞程弥同样不陌生，不久前，旱冰场里她迎面碰上的零食撒满地那个。

他们几个人应该是害怕戚纭淼，包括男生，没人吭声，面面相觑。

程弥实在没什么兴致看热闹，起身就要离开窗前。

最后一眼，她却看见戚纭淼似乎往这个方向看了一下。即使程弥眼风只是一扫而过，但不难窥出对方眼神里头伸出来的利爪。

程弥的目光再转回去时，戚纭淼已经不做停留，转身走掉。程弥没怎么放心上，下楼离开《GR》杂志社。她坐的公交车，路上接到司惠茹的电话，问她快到家没有。

对方不是问她回不回家，而是直接问她快到家没有。

从程弥来到奉洵，司惠茹一直小心翼翼地对待着她，似乎总怕哪里做不好怠慢她，让她不高兴。虽然笨拙，但程弥知道她没恶意。对方反而是尽心尽力地在把她当亲生的孩子养，怕她会觉得被新家庭排斥。

程弥又想起黎烨衡，看向窗外，司惠茹见她没回答，又试探性地问了她一句。

车窗半开，风溜进来，程弥任风勾缠发丝，短暂愁闷只在沉默空当里闪过一瞬，很快又被淡淡笑意取代："在回去的路上了。"

她又问："需要买点什么回去吗？"

司惠茹赶忙阻止："不用不用，家里饭菜已经很多了，你叔叔说过你喜欢吃大闸蟹，阿姨刚买了一些回来，是这边的特色菜，挺好吃的，你应该喜欢的。"

程弥不对喜不喜欢表态，只说："行。"

电话很快被挂断，后面程弥没再看手机，看了一路窗外夜色。

从公交车上下来已经是半个小时后，马路上摩托、轿车混乱穿行，沿街电线杆下卖食小摊热闹嘈杂。

对面居民楼群高低错落，万家灯火拥挤出烟火气，程弥穿过马路往那里走去。

她爬上三楼回去后，进门处饭桌上的菜都还没动一口。司惠茹在客厅沙发上织围巾，听见开门声抬头，笑容在看见程弥脸上的浓妆时一顿，但也没说她什么："回来了？"

"嗯。"程弥弯身换鞋。

司惠茹放下手里织围巾的铁棒针："那我去厨房把饭菜热一热，小衍应该差不多也快回来了。"

程弥记得司庭衍是已经回家了的，问："他不在？"

司惠茹已经从沙发上起来："还没回来呢，他说是学习上的事，在学校里弄完再回来。"

明明放学时她看到他已经走了。

程弥没说破，了然般点点头回应。

她正腹诽，身后玄关处传来声响。她回头，司庭衍正好开门进来。

程弥还没进屋，就站在玄关处，司庭衍进来第一眼自然看到她。

入夜气温低，司庭衍身上沾带寒凉气息，恍惚间似乎连眼底都被冰霜浸透。他本就脸色苍白，此刻显得越发病态，拒人千里之外。

程弥没躲，去接他的目光，两个人的视线碰上。

身后,司惠茹在叫他们去厨房洗手准备吃饭。

是司庭衍率先移开目光,他没和程弥说话,进屋,换鞋。

从程弥这个角度看去,只能看见他的小半张侧脸,细碎黑发下山根、鼻梁线条高挺流畅,在鼻尖处勾了个好看的弧度,最后收入看起来有几分寡情的唇珠,却让人看一眼这张脸就鬼迷心窍。

司庭衍关上鞋柜,没再看她,拎着书包跟她擦肩而过。

程弥也没回身去看他,把手里的雨伞挂上墙上挂钩,这才转身进客厅。

司庭衍放下书包后往厨房走去,程弥的目光一直停留在他身上,放下东西后后脚也跟着他进了厨房。

司惠茹没在里面,刚才客厅来电话,她去接电话了。

程弥踏进厨房,迎面热气蒙蒙,热炉上熬着骨汤,咕噜的冒泡声和盥洗台那边的淅沥水声掺杂在一起。

司庭衍翻腕错指,修长白皙的指节在水流下冲洗不停,程弥猜他可能有洁癖。她看了他一会儿,走过去靠上台子。

程弥知道他余光能看见自己:"不是故意放你鸽子,临时有点事,所以没跟你一起回来。"

但司庭衍不为所动,没理她。

"生气了?"

司庭衍继续旁若无人地洗手,不应她。

这让程弥感到意外。她开口确实是抱着挑逗他的心思,但司庭衍没理由会上钩。现在他这反应看起来像真的生气了,倒有点出乎她的意料。

他长睫毛微垂,看不出情绪。

程弥微歪头,似是一副思索状,又像只是单纯询问:"真生气了?"

这下司庭衍没再沉默,关上水龙头,回过头看她。

程弥终于得以看他正面,司庭衍眼睛黑沉沉地看着她。

"我为什么要因为这个生气?"

程弥也看着他的眼睛。

悬挂在水龙头上的水珠滴进水池里,泛起细微涟漪。半晌,她笑了一下:"是吗?"

她没反驳,语气轻描淡写。

可虽听起来不足鸿毛,却挠得人心跳不止,仿佛是胜券在握。她总归会把他追到手的,不急于早晚。程弥没掩藏心思,意图袒露。

周围一时陷入安静,有什么东西在流淌。

几秒后,司庭衍的视线冷淡地从程弥脸上离开,与她错身而过。

一顿晚饭司惠茹都准备得格外丰盛。

疲于生活,三餐敷衍,这句话不适合用在她身上。

司惠茹做饭很下心思,顿顿如此,不仅顾虑到了司庭衍心脏病的饮食禁忌,还会考虑程弥的喜好和口味。今晚也不例外,餐桌上清淡咸辣的菜皆有,不下五个菜。

司庭衍照旧最早吃完,吃完便回了房间。

不久程弥也放下筷子,顺手想把碗筷收拾到厨房里,被司惠茹拦下拿走:"阿姨洗就好,奉高作业一直很多的,你快回房间学习,写完能早点睡觉。"

程弥没坚持。

回到房间后,她拿上衣服到浴室卸妆洗澡。

南方天气潮湿,最近又大半时间阴雨连绵,湿意都被逼出来,爬满浴室墙壁瓷砖。浴室灯光昏暗,程弥进去时没注意,衣服挂上墙上挂钩后被洇湿一大半。还是等洗完伸手去摸,她才发现衣服遭殃。总不能光着出去,她伸手拿下黑色休闲长T恤穿上。

墙上挂了一面镜子,一片雾蒙。

凹凸身线若隐若现,几番从容动作后,被黑色布料遮挡。任何一个人看见这抹姿色都很难把持住,但当事人淡定得很,甚至都没往镜子里看上一眼。

与其说她美而不自知,不如说她是最了解自己那张脸的人,她永远知道这张脸可以蛊惑多少人。

程弥套上长T恤后,随手将湿发拨到一侧。深秋蚀骨凉意蠢蠢欲动,侧腰那块水渍冰凉地贴上肌肤,她却眉都没皱一下。

回到房间,她开了罐饮料,玩了局游戏后才想起身上湿了大片的衣服,于是走过去把行李箱摊在地上,打算重新找身舒适的换上。

房间门大敞,程弥腿贴着地板跪坐,擦头巾披在肩膀上。她稍歪头,一边拿着易拉罐,一边去翻行李箱里那堆衣服。

门外突然一阵脚步声由远及近,这家里就三个人,她不难猜出这阵脚步声是谁。

程弥拿着易拉罐的手停了下来,耳边的声音正好停在余光里,她回头去看。司庭衍正要推门回房间,与此同时他似乎也察觉到什么,侧目看过来。

因为坐着,程弥的长T恤裙往上缩了一小截,边搭在腿上,膝盖雪白。

她的一两缕湿发落在脸侧,也看着司庭衍,手上动作没停,顺手将手里挑好的那件吊带裙放上床。两秒后,司庭衍像只是随意往她这边经过,按下门把进屋。

程弥眼睁睁看着那扇门被关上,收回目光,伸手去拿床上的裙子时稍顿,想起刚才门外司庭衍身上那件黑色卫衣,和她身上这身一个色调。

程弥手里的裙子半道换了个方向,被扔回行李箱里。

地板上的手机在这时亮起,程弥顺手摸过来,是"红毛"给她发来信息。

今晚来不来?

后面跟了个酒吧地址。

这群人真娱乐至死,程弥怀疑他们放学后就一直在转场。她点了点屏幕回复。

不去了,身体不怎么舒服。

回完短信程弥随手将手机扔床上,起身往书桌那边走去,从书包里抽出几张试卷。

高三年级每天放学都一堆试卷,语数英生理化一科不落,其中还夹着一张格格不入的高二年级化学试卷。程弥翻看那张试卷几眼,在椅子上坐下。

挺巧,这张高二试卷是他们最近在复习的内容。其实程弥虽然在学习上不紧绷,但成绩算不上差,甚至在以前的学校,她的成绩可以说得上优良。

毕竟有时候语文、英语能拿接近满分,虽然理科相对要薄弱一些,但既然她选理科没选文科,总体上也不会差到哪里去。也不是说她多有天赋,单纯不拿自己的人生开玩笑而已。

她是有时候放纵过活,但该玩时玩,该认真的时候也得认真。

写完几张高三试卷已经十一点多,光面前这张就花了一个多小时。放下笔后她稍伸懒腰,从椅子上起身时顺过桌上还没喝完的饮料,走去窗边。

她推开窗扇,城区披着夜色,高矮不一的楼房里点着零星灯火。冷风扑面而来,本来有点困顿的思绪一下清醒不少。

程弥背对外面,腰身靠上窗台,浅尝了一口饮料。饮料放置几个小时,气已经跑得差不多,丧失新鲜口感。

程弥喝了一口便没再喝,双肘往后微挂在窗台上,指尖垂落虚握着易拉罐,外壁铁皮因为她的指尖些微使力发出"啪嗒"一声。程弥的目光也在这时落在书桌上那张高二化学试卷上。

过了一会儿,她走到书桌旁把饮料放回桌上,拿起试卷。

屋里安静到只有她动试卷的簌簌声响,门外同样很安静,司惠茹睡得早,一个小时前程弥就听到她回房的关门声。

而司庭衍,大概还在房间里学习。

程弥拎着试卷往门外走去。她打开门,走廊上一片漆黑,只尽头那扇窗户有投落在地板上的一方光亮。恍惚间,似乎回到刚来这个家那天晚上,当时景象和此刻无异,只不过那时的程弥从没想过往司庭衍房间走。

她停在司庭衍的房门前，抬手，手腕微屈，指尖在门上点了点。声音不算大，却足以让房内的人听见，却迟迟不见动静，房门纹丝不动。

程弥却也不急，正想再抬手敲一遍，客厅玄关那处传来开门声。

她闻声回头，是司庭衍。他进来后没开灯，可借着从对面阳台围栏透进来的夜色，她仍是能看清他的神色。

最近阴天连绵，今晚月亮难得露点脸，暗淡夜色不带一丝暖色，隐约泛着冷白的光。这分冷色落在司庭衍的脸上，把他肤色里那丝病弱衬得越发明显，却不显得脆弱让人觉得好接近，反倒使他的气场因这分病态又消极冰冷几分。

程弥在暗中默然窥视，从他拧门把指节修长的手，到他踏进门时眼睫是垂着的，将所有细枝末节尽收眼底。她发现司庭衍很敏锐，进门后眼睛还没抬起来，已经立马察觉她的存在。

司庭衍准确无误地看了过来，程弥没躲没避，悠然自在地看着他。

司庭衍没把她当陌生人，至少这次视线在她脸上多停留了两秒。但也仅仅两秒，他没回应她，要做什么继续做什么，往厨房走去。

程弥没跟上去，待在原地看他进厨房，听里面传来水流声。

程弥猜，司庭衍十有八九是去楼下扔垃圾了，据这十几天在同一屋檐下的观察，这人绝对十级洁癖患者。

司庭衍从里面出来后，往这边走。程弥就站在他的房门外，等他靠近。

凌晨的客厅落针可闻，此刻只有司庭衍的脚步声。

不消一会儿他就来到面前，程弥就站在门前，司庭衍开门必须绕过她："让一下。"

离得近，程弥这才发现他鼻尖有点红。苍白里的一点红，莫名让人觉得有点楚楚可怜，即使这词本义和司庭衍的性格相差甚远。

"风吹的？"她答非所问。

说这话时她是盯着他的鼻尖看的，然后再回到他的眼睛上。她知道司庭衍懂她在问什么，但他没作声，只是看着她。

走廊尽头那扇窗被风吹过，窗扇撞上生锈窗框发出轻微声响。模糊暗沉的光线里，他们对立而站，一个穿着黑色兜帽卫衣，一个穿着黑色休闲长T恤。

抛开两个人的实际关系不讲，单看现在的服装，两个人怎么看都挺合拍。

程弥问："不问我来找你什么事？"

司庭衍紧盯着她，一言不发。

程弥问出来："你在想什么？这么看我做什么？"

她很确信，司庭衍此刻眼底是有含义的。只不过是些什么，她不清楚。

司庭衍转开眼，这次没跟程弥说什么，要直接进门。程弥没挡他，顺他的意往旁让开一点，靠在一旁的墙上。

她就那么看着他去开门，问："要睡觉了？"

她又晃了晃手里的试卷，明明是在逗弄他，话语却不显得调侃，反倒温柔至极："不过你可能还不能睡，作业还没写完。"

房门已经被推开一半，司庭衍朝她手中的试卷望过去。

"你们黑板上写的，作业第三条，"她复述给他听，"完成化学试卷，明天要交的。"

就窗外那点光亮甚至看不清试卷上"化学"两个字。

司庭衍收回目光："不做了。"

这些都在程弥的意料内。

眼见他快关门，程弥却一点也不着急，递给他："那如果做完了呢？"

司庭衍从门缝中看向她。

程弥又说："我看了一下，都是一些基础题，对你来说确实可以不做。"

司庭衍的房间里亮着灯，两个人的视野中终于不再是混沌一团黑，但也没多亮，勉强能看清试卷上密麻一片而已。

他看都没看，无情提醒："我们的字迹不一样。"

"怎么不一样？"程弥两手指尖顺着试卷折叠线玩弄拉直，拿起来给他看，"像吗？"

字体一笔一画，笔锋有些幼稚，有点小学生字体，和司庭衍的字简直一模一样。

程弥紧盯着司庭衍的眼睛。他背着光，黑眸里情绪不明。半晌，他才抬起眼看她。

程弥头发长卷，即使灯光微弱，但那双红唇依旧惹眼。

她不用做什么，一个眼神就能让人心跳加速，作茧自缚。更不用说此刻她口吻间略带一点俏皮，和单纯可人的女生那种浑然天成的撒娇不同，她像摇曳生姿的红玫瑰故意放任天性跑出来一点可爱。

"学了半个小时，写了一个小时，手可酸了。"

一言一语都和她的性感很好地融合在一起，让人无力招架。

况且她那话里还透着撩拨，意思显而易见。

她学他的字迹学了半个小时，后面那一个小时已然会写他的字体，已经不是在学。

那一个小时，司庭衍的字就那样在她笔下写出来，一笔一画，她未经思考就能落笔，已经磨成本能。

也会让人在想，她写时是一副什么样的姿态，哭笑不得，还是一脸认真？不管是哪一个，换个人都可能会忍不住脸红。

而司庭衍没有，就连程弥也看不出他所想。不知道为什么，可能是因为站在暗处，周边皆昏暗，程弥隐约有一种不适感，像是有什么看不见的东西要拖着她坠入深渊。

这种不适只一闪而过，程弥再也感知不到，像只是一种在黑暗里久站产生的错觉。

司庭衍开口："试卷拿走。"

程弥没收回手："你明天不是要交？"

就在这时，走廊另一头那间房间传来开门声，司惠茹从里面走出来。她身上穿着睡衣，骨架不算大，衣服撑不太起来，眯瞪的眉眼间没藏好忧愁，大概是被噩梦闹醒。借着司庭衍房间内外透的光，司惠茹看到他们两个明显愣了一下。

大概是他们两个从未在她面前交谈过，司惠茹一时没反应过来。她温声问他们:"这么晚了,怎么都还没睡觉?"

程弥微笑:"我有个题不懂,来问小衍。"

说着"小衍"的时候,她回头,目光和司庭衍勾缠了一瞬。不出所料,司庭衍也在看她,瞳眸很黑。

司惠茹听了却很高兴:"不懂的是要问问的,你们现在教知识快,不问就落下了。"

她又看向司庭衍:"小衍,给姐姐讲题了没有?"

程弥帮他答:"讲了,讲得挺好。"

司惠茹点了点头:"我出来喝水。那我去厨房了,你们继续聊。小衍,让姐姐进去坐坐。"

厨房那屋亮起灯,走廊上只剩他们两个。

程弥手里还拿着司庭衍的试卷,朝他走近一步。她抬起手,极其自然地伸向司庭衍卫衣下摆处,想帮他打个结:"也是浴室墙上弄湿的?"

她还没碰到,手腕被司庭衍握住。

他明明看着瘦,指节却有力。

程弥没从他手里挣脱:"我这身衣服今天也湿了。"

因为他也穿着黑色衣服,她没换。

司庭衍从头到尾都是一副从容不迫样,不说话。

厨房那边的灯被关掉,司惠茹已经喝完水,脚步声在接近。

"我就不进去了,困了。"她又往他手里塞了一样东西,"这个还你,下次别放在教室不管,记得要带在身边。"

他治心脏病的白色药瓶。

程弥说完,这才松手,对他笑了笑:"晚安。"

迟到

Chapter 03

早晨睁眼，屋内灰蒙一片，程弥就知道今天又是一个阴天。

昨晚窗帘没拉，外面无光无雨，只灰白天幕下立着几道枯枝，程弥起身离床。

行李箱摊在地上，衣服再眼花缭乱，在校服面前也堪称废布。她换好校服，立在全身镜前时房门外传来碗筷碎裂声，然后是司惠茹的细小惊呼声。

程弥往房门处扫了一眼，自然什么都没看到，门关着。

衣服还没整理好，她收回目光。镜子里的人颈项上是一条小钻细链，红唇没沾半分口红，却红艳到晃人眼。

她拉门出去时，司惠茹正蹲在地上收拾残局，白粥四溅，热气烧红她的十指。

程弥走过去要帮她收拾，司惠茹见状立马拦住她，不让："阿姨来就好，收拾一下就好了，桌上早饭还热着呢，你快去吃饭，吃完好早点去学校。"

她抬脸，程弥才发现她脸色不好。竟然比昨晚起夜时还糟糕，唇色苍白，眼挂黑眼圈，眼底更是疲惫浓重，程弥猜大概是昨晚噩梦作祟。

司惠茹说："肚子饿了一个晚上了，快去喝点粥暖暖胃。"

程弥没多问，点了点头："嗯。"又示意她手上，"您小心点，烫手。"

经她提醒，司惠茹才惊觉手背通红热辣，忙起身放到水龙头下冲洗，还不忘连声跟程弥说谢谢。

程弥没说什么，礼貌的人是改不掉礼貌这个习性的。

她回到桌边，桌上只有一只碗。清粥小菜，司惠茹给她盛的，司庭衍那份不见踪影。

程弥往司庭衍的房门看了一眼。

司惠茹正好收拾好残局,端着新碗回到桌边,看程弥这一时停顿以为她是不喜欢喝粥,语气有点歉疚:"不知道你喜不喜欢吃白粥,因为小衍今天起床有点不舒服,又急着去学校,就弄得比较清淡,白粥是会吃不惯的,阿姨现在给你下碗面吃。"

司庭衍去学校了?

程弥对司惠茹笑了一下:"不用,我挺喜欢粥的。"

她又随口问了一句:"他这么早去学校做什么?"

司惠茹有点苦恼:"值日,排到他去校门口查校卡。是学校安排那些成绩好的去干这些,我让小衍跟老师说一下他情况特殊,能不能不让他去,这孩子没去说。"

懂了,司庭衍不想被区别对待。

程弥没再问,坐下用早饭。

她吃完早饭临出门前,客厅矮几上司惠茹的手机铃声大响。

程弥没刻意去听,关门前却仍听到司惠茹回应黎烨衡担心她昨晚睡眠的只言片语。门彻底被关上,她的手在门把上稍停顿了一下,她没再停留,下楼。

临近校门口时早已人头熙攘,隔着重重人影,程弥仍是大老远就认出了司庭衍。

可能不怪她视力好,应该怪司庭衍这人五官确实拔尖。

周围的人都在着急忙慌地掏铭牌,看这阵仗,程弥才想起自己也没戴铭牌,指尖探进单肩包侧边,里面是空的。她摸去另外一边,同样的结果,空无一物。

昨天除了学校她只去过两个地方,家里,还有杂志工作室,大概是掉在这两个地方中的一个了。

不像周围忘戴铭牌鬼哭狼嚎的那伙人,程弥倒算坦然。

校门口不止一个学生执勤,程弥却目标明确地往一个方向走。还有六七米距离的时候,她的视线和司庭衍的碰上。

司庭衍站在校门口，长袖校服整洁规矩地穿在身上，垂在身侧的手拿着记名硬板夹。人影错开又重叠，再次无遮挡时司庭衍已经没在看她。

程弥走过去，最后停在他面前。没等他发问，她自己告知："高三（4）班，程弥。"平常到像在跟他说今天天气怎样。

司庭衍旁边是一个戴眼镜的男同学，镜片瓶底厚，长相有些成熟。跟他一比，司庭衍的五官竟然显出几分幼感。再加上他底子病弱，谁都很难不动点儿可怜心思，但这丝惹人怜爱被他自身那冷淡气场消磨得一干二净。

意外的是，不少女生好他这口，据程弥了解，喜欢司庭衍的女生跟喜欢他哥厉执禹的人数不相上下。

自报家门后，司庭衍注视她一瞬。

程弥故意逗他："知道怎么写吗？"

这时旁边的"眼镜男"插进他们的对话，他大概以为司庭衍真不知道程弥的名字，在旁边提醒道："就那个禾字旁程，然后弥漫的弥。"

话没说完，司庭衍已经冷漠垂眸记程弥的名字。

"眼镜男"说完，意识到自己暴露了平时没少听论坛八卦，他和程弥不同班级不同年级，更没交集，认识程弥当然只能是道听途说。而且跟司庭衍说完直接被忽视了，更是让他尴尬，他悻悻地摸了摸鼻子。

反倒是程弥不怎么计较，还对他友好地笑了一下。

程弥回头时司庭衍还在写她的名字，却不知为何程弥感觉他有哪里不一样。她没来得及深想，注意力已经被记名纸顶上那个名字吸引走。

是司庭衍记的，字迹自然熟悉到不能再熟悉，但那个名字更让程弥熟悉。

——高二（1）班，司庭衍。

她惊讶地看向司庭衍的校服外套，他竟然真没戴铭牌。

作为值勤生，大可以跟人借一个装装样子，毕竟值勤生带头破坏纪律有违校风校纪。司庭衍倒好，半点面子不做，直接把自己的名字记上了，然后记完站在这里继续逮别人。难怪旁边拉着一帮学生训话的教导主任，今天早上嗓门都大了几分贝。

奉高这方面一向查得严，没穿校服、没戴铭牌不止记名这么简单，惩罚还在后面等着。后头有个没戴铭牌想浑水摸鱼进校门的学生，被教导主任一个眼尖抓住推了上来。

程弥让位，站去旁边那庞大队伍里。

不多时，熬到早读铃声响，校门口的学生变得稀稀拉拉。问题学生总拖到这个点再踩上门，一连好几拨，教导主任喉咙骂到沙哑，转头又对他们唾沫横飞。

没什么人了，司庭衍把记名板交给旁边另一位值勤生同学，站进最前排。程弥只能看到他的后脑勺。

大家以为不会再有人来时，却意外看到一个伤员。

郑弘凯前天跟厉执禹打架，弄到脸上挂彩和手臂打石膏，今天竟然就上学来了。他就算受伤也没忘拉帮结派，一帮人嬉笑怒骂着往校门走。

就他们这仪容仪表，自然没进校门就被教导主任拦下了。

"吊儿郎当的什么样子，校服给我穿好！"

"你的校服呢？"

"铭牌，铭牌给我戴起来！"

结果教导主任吼完，没穿校服的说校服没带，没戴铭牌的说铭牌不见了。

教导主任一副"势必要叫他们好看"的架势，吼道："都给我去后面站好！"

这些人自然什么都不怕，郑弘凯看见程弥，还抬起能自如活动的那只手跟她打了下招呼。他站去程弥旁边："巧啊，在这儿碰上了。"

要是她天天不戴铭牌，他们每天早上都能在这里碰上。

"是挺巧。"程弥说。

"你第一次？"

程弥点头："我才来奉高多久？"

"铭牌丢了？"

"应该是吧。"

"哥有一堆，给你一个，要吗？"郑弘凯从兜里掏出一个给她，"不知道谁定的戴铭牌这破校规,这么小一个,老子一天能弄丢十个,刚补办完上一个不知道就从什么地方冒出来了,早上在牛仔裤里一摸四个。"

他说到这里爆了句脏话。

程弥看一眼他胸前:"你有怎么自己不戴上?"

"有事呗。"

程弥没兴趣问。

郑弘凯突然问她:"你跟厉执禹闹掰没?"

程弥看他:"怎么?"

"没什么,问问,你要还跟他混呢,我就暂时放他一马呗,给你点面子。"

程弥闻言笑笑,没说什么。

教导主任在队伍前踱步,恨铁不成钢地说:"我都说过多少遍了!穿校服穿校服,铭牌也都给我戴上,你们都把我的话当耳旁风了是不是?学生要有学生的样子,你们看看你们,不穿校服,不戴铭牌,丢学校的脸,像什么样子?!"

学生不服管教这点把他气到血压飙升,他教训得毫不手软。

"都给我去操场跑三圈,少半圈都不行,跑完把整个操场扫一遍,没扫干净明天继续扫!"

三圈,一千多米,真要命。

程弥身边原本噤若寒蝉,瞬间变成哀声一片。

"叹什么气,你们明天要是继续被我逮到,跑四圈。"

不乐意归不乐意,没人敢叫板,大家三五成群垂头丧气地往操场走。

程弥没立即动身。

前面司庭衍被教导主任叫住,他有心脏病这事大概让教导主任有点头痛:"司庭衍,你就不用跑了,你扫扫操场就行。"

大概因为身体这事,司庭衍在学校里经常会被区别对待。不出程弥所料,司庭衍拒绝了:"我跟大家一样。"

果然,这才是司庭衍。

等他往校门口走时,程弥才动脚跟上。

去操场需要经过教学楼，林木葱郁，个个窗口都有读书声。两个人一路走到操场，不少同学已经在跑道上气喘吁吁地摆臂。

程弥跑步的次数不算多但也不算少，慢跑一千米对她来说问题不大，但她今天不打算跑。

因为——司庭衍走上了跑道。

他不能跑，只能走。旁边不断有人从他身边飞驰而过，他全然不受影响，走自己的。

程弥感觉到了他身上那丝倦意，像是就算把骨头打碎也不会从他身体里消失的血肉。

该是他受的，他走也会走完。

周围的人不是衣冠不整就是染头或一身烟味，和他们一比，司庭衍那身干净校服显得格外突出。

脸更是长得不赖，让人想忽略他都难。走在程弥后面的两个女生就在谈他。

"那谁啊？"

"你不知道？高二的学弟。"

"叫什么？还挺帅。"

"司庭衍啊，你居然不认识？"

"原来就是他啊，还是厉执禹的弟弟。"

"你怎么什么都能说到厉执禹身上？"

一阵嬉笑过后，其中一个女生忽然轻咳一声，这明显是个提醒信号。

程弥知道她们是看到自己了，现在她在大家口中还是厉执禹的绯闻女一号。

她不甚在意，脚都没停一下，走上跑道，腕间戴着一条早上出门前戴的黑色皮筋。程弥三两下抓抓头发，钩出皮筋，松散地系了几下。

她离司庭衍不远，几步便跟上他。

她到他身边时，他头都没侧一下。

程弥问："知道我会跟上来？"

司庭衍还是没看她："你自己上来的。"

"嗯，"程弥轻巧地应了一声，"确实是我自己跟上来的。所以你现在知道没有？我是要追你的。"

话语明明很直接，她却语调散漫，不疾不急。

司庭衍终于看她。

程弥说话时目光还流连在他的侧脸上，此刻才落回他的眼睛上："怎么，不可以？"

她还是那样处之泰然地笑着："不可以也没办法，我喜欢你，司庭衍。"

就是这样，她永远用最从容的态度说着最动听的情话。手足无措、手忙脚乱、不知所措，全是别人的，不是她的。

当然，也有棋逢对手的时候，比如现在站在她面前这位。

司庭衍似乎要看进她的眼睛里，突然开口："你在说谎。"

沉默几秒，程弥带上几分认真："怎么这么说？"

司庭衍却忽然换了句话："你就不怕我？"

连着两句都让程弥没听懂："嗯？我怕你什么？"

司庭衍却没再回答她。对视几秒，他率先移开目光，没再理她，往前走了。

程弥的视线留在他刚才站着的地方，一秒后才侧头，看一眼他的背影。

别人跑，他们走，走到第三圈的时候，跑道上的人已经所剩无几。好几个人甩着两条灌铅一般的腿瘫在跑道旁，大口喘气。

塑胶跑道旁有小卖部，程弥问司庭衍："喝水吗？"

"不喝。"

"矿泉水也不要？"

程弥以为他会说不要，结果这次司庭衍没回她。

程弥看着他远去的背影，倒也没怎么介意。她离开跑道，朝小卖部走去。

程弥来过这里几次，轻车熟路地摸去柜台对面的冰柜，准备从里面拿两瓶矿泉水。

她又顿住，重新关上冰柜门。

没放进冰柜里的水就成箱堆在旁边，她从中抽出了两瓶。

她走过去结账，老板刚进一批新货，在柜台后拿东西往台子上摆。

这天气还有点闷热，稍动几下还是容易汗流浃背，老板整件衣服全汗湿了，肩上搭着条毛巾擦汗。电扇没开，老板被货物东堵西堵出不来。

程弥看他一眼，挑起旁边的电线，插头插上插座。风扇霎时呼呼运作，把玻璃柜上一沓塑料袋吹得簌簌作响。

这风让老板大松一口气，他忙对程弥笑："谢了啊，小姑娘。"

程弥笑了笑："没什么。"

她又示意老板："矿泉水的钱放这儿了。"

"好的，好的。"

从小卖部出去后，程弥第一眼找到了司庭衍。

只不过他旁边还有别人。

司庭衍大概已经打扫了一阵，桶里装满落叶。

一旁的郑弘凯和他那帮狐朋狗友靠在树上，扫把吊儿郎当地拖在手里，没在扫地，而是一边嬉笑一边一下一下往地上戳着扫把。

估计他们已经弄了有一阵，沙尘飞满天，视野一片黄。他们不时动作大点，沙粒扑簌着往某个方向飞，针对性很强。只一眼，程弥就知道情况不妙。

果然，下一秒——

一个装满落叶的垃圾桶甩向了郑弘凯的背部，闷声一响，隔着这么远都让人头皮发麻。

那边很快吵嚷推搡起来，不时响起的几声怒骂像要撕破苍穹，程弥赶紧往那边跑。在只剩几米距离的时候，混乱中银光一闪，她看见郑弘凯从兜里摸出了一把眼熟的东西。

早上她刚见过，是铭牌。

铭牌尖锐的别针发着光，好几根，郑弘凯朝司庭衍的方向挥去。程弥即便再镇定，也呼吸一窒，因为司庭衍站着没动。

那些人里，他校服穿得最整齐，只有他是意义上的"好学生"，却是他和郑弘凯对峙着，半分不后退。

铭牌带着寒芒，近在司庭衍眼前。可他就那样站着，冷视着郑弘凯，不肯动一下。

程弥头脑还算清醒，手里沉甸甸的矿泉水想脱手去打掉郑弘凯的那只手。郑弘凯的手，却猛地在司庭衍眼前堪堪一厘米处刹车。

他之前面目凶憎，动作快狠准，的确是一气之下奔着弄废司庭衍去的。临时犯怂，他硬生生改道，力道却也一时收不回。

铭牌不可控地在司庭衍的左脸前一闪而过，红痕立现，血珠见光。

前半秒郑弘凯那帮兄弟的怒骂声浪还在凶狠叫嚣，这一秒急转直下。时间像被按下暂停键，空气霎时被冻结。

程弥站在数米外，其他人还没反应过来，她冷静开口打破这片僵滞："都干什么？"

仿佛出窍的灵魂被硬生生拽回，那帮人顿时醒神。

郑弘凯明明脸上的那阵白还没褪去，眼睛也没敢直视司庭衍，却装成凶神恶煞一般："以为我不敢动你？！"

有人帮腔："这次是凯哥不计较，下次你最好识相点！"

这些人不会惊惧、悔过、道歉，靠着那点可笑的软弱支撑纸糊一般的硬气，明明已经连动动司庭衍的指头都不敢了。

横的怕愣的，愣的怕不要命的，他们都害怕司庭衍。

郑弘凯脸红脖子粗，虚张声势地给自己找回一些面子："这次先放过你。"

说完，他带着一帮人浩浩荡荡走了。

本就有一些同学打扫完回去了，他们这一走，操场瞬时变得空荡，只剩司庭衍、程弥，还有两三个窃窃私语的同学。

程弥看向司庭衍。他站在原地，冷淡地盯着那帮人离去的方向。

换作别人，或许早就怕了，认怂了。但眼前这个，脊梁骨比他们硬得多。

垃圾桶被掀翻在地，全是枯枝落叶。有的已经飘到两米远，这力道，有郑弘凯受的了。

司庭衍走过去重新打扫。真是好学生。

他左脸上细浅的一道伤口还在往外渗血珠,因本来就白,更显得刺眼异常。

地上有一把不知道谁混乱中没带走的扫把,程弥低身拿起,走过去帮忙打扫。垃圾不算多,几分钟就扫完了。

司庭衍全程没吭声,扫完也没跟程弥打招呼,直接去倒垃圾。

程弥目送他的背影,没跟上去,提脚朝跑道对面的小卖部走去。

再回到小卖部,老板已经坐在柜台后休息了。程弥绕去货架后面,拿了一排创可贴结账。

刚才外面吵闹的架势不算小,老板应该看到了。他问程弥:"有人受伤了?"

程弥点了点头。

他又问程弥:"没出什么大事吧?"

"没什么大事。"

"那就好,刚才我看这一惹事的一大群人,吓得我给你们教导主任去了个电话。"

老板有浓重的外地口音,边说边摇头。

"唉,现在的孩子动不动就胡闹,到学校里来就是要学习的。"

程弥没再和老板说什么,从小卖部出来,操场上已经空无一人。

教学楼那边琅琅读书声隐隐约约传来,程弥没往操场外走,走向操场旁边那栋老楼。

前阵子她经过这里,"红毛"跟她说这楼以前是栋教学楼,配上一段惊悚"往事",说得煞有介事,什么半夜听到奇怪的声音。然后他转脸大笑,说这里其实是体育器材室和几个老师的临时宿舍,教导主任老凸也住在这里。他还说,因为这事他被老凸罚写了检讨,厉害不厉害之类的。

因为那段时间,他那个鬼故事传满了整个学校。他说这叫因祸得福,让他找到人生目标,大编剧呢,以后有关梦想的作文不愁写不出来了。

程弥因此对这栋楼印象很深,但事实上这栋楼确实平平无奇,墙体斑驳老化,结构保守规矩,被苍青老树覆盖其下,终年凉飕飕的。

除了平时学生上去搬体育器材有短暂热闹外，平时最多人光顾的地方就是楼侧边那排水龙头。临近操场，上体育课的、放学打球的，经常有人到这边洗手。

程弥走到那里的时候，司庭衍果然在。

老楼竖起的两面高墙，墙体风吹日晒灰迹斑驳，中间一条两三米的长过道，墙边一排暗银色洗手槽，司庭衍站在最远的那个位置。

他脸上还挂着那道印子，红得比之前更刺眼，明显擦都没擦过它。

水龙头下水流冲力不小，唰唰冲洗着铁槽。程弥往里走，就近停在第一个水龙头前面，打开后水流倾泻，打上洗手槽底部，水声哗啦响。

一左一右，两道水流声合在一起，双方各自洗着手。

过了一会儿，程弥这边关上水龙头，水流声霎止。她朝司庭衍走过去，到他身边，没询问，也没叫他名字。

她伸手，指尖即将碰到他脸上的伤口时，手腕上一紧。

司庭衍起身关掉水。他苍白肌肤上是一道殷红细痕，眼睛则黑白分明。

"别碰我。"声音带着冷冽之意。

程弥趁他不备，指尖往他的校服口袋里塞进了一点东西，同时和他对视，目光又挪到他的伤口上。

铭牌留下的划痕虽然不深，却渗出细细血珠。

她只是手腕被他抓着，只要指尖稍动仍碰得到他。她伸指，指尖摩挲他伤口上的血迹，语气和平时无二："为什么不躲？"

听起来她像真的在心疼一样。

手下触感冰凉，轻微刺手，他的血沾上了她的指尖。

司庭衍看着她，一言不发。

这张脸看起来要比平时更病气一些，程弥想起早上司惠茹说他不舒服。

任何人如果被司庭衍这么注视着，不出两秒体面就会溃败，因为他长得好看；其次，他那双眼睛一般人受不住，不给予人情感反馈，根本让人捉摸不到一丝他所想，有时候冷淡到让人触眼即收。

程弥相信应该不少女生在这上面吃过苦头,一个眼神就让自己栽了跟头。他仍抓着自己的手腕,力道半分不减。

指腹被血染红,程弥抚摸他的伤口,望进他的眼睛里。

"疼吗?"

突然不远处传来一道讲电话声:"还在操场呢,我马上回去。"

这声音实在不陌生,就在半个小时前,程弥的耳朵刚被这道声音灌了半个小时的训斥。

教导主任的声音由远及近。

程弥都没偏一下头,视线仍旧落在司庭衍的脸上。

同样,司庭衍也是。

她没提高声音,也没放低:"这么好看的脸,留疤了怎么办?"

司庭衍沉沉看着她。

"几个学生闹事。我说今天这帮人罚跑一千米怎么不带头抗议了,原来是跑来给我惹事了!"

教导主任的声音更近了,带着火。

程弥再想动手摸他的脸时,脑后那条黑色皮筋忽然一松。她微讶异,去看司庭衍。

司庭衍仍紧盯着她,好学生模样的一张脸。

不用他开口,程弥都知道他在说什么。他说了,不要碰他。

几乎是同时,程弥手腕那里的力气忽然也变了个方向。双手还没被他握往身后,程弥就意识过来他要做什么了。

惊讶过一瞬后,她恢复平静。右手连同左手一齐被握往身后,因为手在她身后,司庭衍肩身靠近,两个人的距离一下缩近。

程弥却半点不后退,也不去反抗司庭衍。她明知故问:"你要干什么?"

呼吸再近一分都能碰到。

司庭衍顶着左脸那道细红血痕,因为皮肤苍白,完全不显狰狞,甚至有几分破碎美感。然而就是顶着这么一张让人碰都舍不得碰的脸,下一秒他下手下得毫不留情。

黑色皮筋圈上程弥的双手手腕,又一圈,皮筋勒上了她。

外面教导主任还在滔滔不绝地讲着电话,而且,声音越来越大,连脚步声都变得清晰可闻了。可能只剩五六米距离,他就要走过来。

程弥双手被他钳制在身后,声音掺杂在教导主任的讲话声和脚步声里。她明显不怎么着急:"你就不怕被教导主任发现?我们站这里挺容易被发现的,他可能走过去就看到了。"

一句话的时间,脚步声已经近到两人耳边。

司庭衍不应她,只看着她。

程弥看不出他有一丝紧张。

两米。

一米。

教导主任踏着生风步伐到了过道口。

突然,身后手腕那处传来一阵勒疼,黑色皮筋松紧性被扯到最大,将她的两只手腕勒得几乎要错位。

司庭衍下手重得程弥倒吸一口凉气。

余光里教导主任还穿着早上那身蓝衬衣、西裤:"说是有人受了点小伤,在学校里都敢这么明目张胆,翻了天了。"

程弥知道司庭衍就是故意的,没出声,轻咬下唇。

而司庭衍脸色淡然,程弥怀疑他在观察此刻自己脸上任何一丝细微表情。

两个人谁都没偏头去看从过道口经过的教导主任。

很快过道口只剩教导主任风风火火甩下的一句话:"我看不教训教训这帮小子,他们就不长记性!"

脚步声刚近了又远。

司庭衍的手从她身后离开。程弥听见他说:"是谁在怕?"

司庭衍校服穿得比她规矩整齐,忽略掉气场,五官也比她长得"白净",成绩更不用说,品学兼优的优等生。这样一个人说完,目光从她脸上离开,就这么走了。

程弥知道司庭衍是在回答她之前那个问题,她问他不怕被教导主任发现吗?

他反过来捉弄她。

程弥去看他的背影。

司庭衍没有给她松开双手的意思,很快消失在转角处。

身后的皮筋勒得人手腕发胀,好在多少还有点弹性。程弥费了点小劲才将双手解放出来,手腕受了不少罪,白皙肌肤上现出几道细小红痕。

这人下手还真狠。

程弥笑笑,指尖将栗色长发一拨,把黑色皮筋弹回头发上,也在司庭衍之后离开了这个地方。

高三争分夺秒的不只是学生,还有各科授课老师。

每到下课拖堂是常态,老师恨不得直接把自己那些知识全灌进学生的脑袋里。

上午五节课,没有任何一个课间休息幸免,全被老师占得满满当当,下课时间零零碎碎拼起来不到十分钟。

不过老师再用心良苦,也有学生不用功。

比如坐程弥后面的郑弘凯,今天特意跑学校这么一趟就是为了闹事,上午除了因为操场那事被教导主任和班主任叫出去,其他时间就没清醒过,趴在课桌上睡了一早上。

(4)班的学生本就良莠不齐,成绩有好有坏,品行有优有差。那些爱闹事的学生上课不捣乱老师就谢天谢地了,他们睡觉老师也没说他们什么。

到最后一节课,教室才勉强恢复一点生气。

郑弘凯的脑袋也从课桌上拔起来了,语文老师在上面讲课,他身子往前趴找程弥搭话:"你跟那姓司的认识啊?"

程弥手里转着笔,看讲台上老师没往这边看,回应道:"怎么这么说?"

郑弘凯说:"你早上不是在帮他说话?"

程弥记得自己就说了句"都干什么"。

她说:"那算哪门子说话?"

她又说:"少干点缺德事吧,他是招你还是惹你了?"

后面的郑弘凯一声气从鼻孔里发出:"我就看他不爽,跩成那个样子。"

程弥知道他是因为一名女生跟司庭衍拉的仇恨。他看上的女生喜欢司庭衍,所以司庭衍哪儿哪儿都让他不爽。但程弥没拆穿,只说:"你少关注点他不就行了?"

"我关注他?我疯了吧!我关注他?"

郑弘凯说:"那小子弄坏我一个限量版篮球,我暑假费好大劲从一个网友手里搞来的。你知道多少钱吗?这个数,他直接给搞坏了,我没让他赔都算好的!"

哦,对,程弥还目击过,郑弘凯那限量款篮球直接被司庭衍扔掉了。

"还不是有个好哥哥,这次算他走运,下次别再让我逮到机会。"

下次,其实就是没有下次的意思。

司庭衍那人,郑弘凯这种还要命的人知道惹不起,只能装模作样地咬牙切齿一下。

郑弘凯那话刚说完,窗外一卷课本兜头就砸下来了,"啪"一下很响。

程弥循声侧头,是班主任魏向东一书本敲在郑弘凯的头上。班里不少人被吸引得回头看,包括讲台上讲阅读理解的语文老师。

魏向东歉疚地跟语文老师点几下头,压低声音说郑弘凯:"你小子早上接受的思想教育是左耳朵进右耳朵出了是吧?!刚说完什么,不惹事,不惹事,这保证是被你吃了?"

郑弘凯万万没想到魏向东上课搞突击,抱头:"老魏你也太变态了,我们语文老师上课你也要偷窥。"

魏向东今年三十出头,谈婚论嫁的年纪,最近有人在牵线他和语文老师,在学生里这已经不是秘密。

郑弘凯拿这事调侃他,又吃了一棒子书:"就你话多是吧?给我好好上课!"

他来这一趟本来是来叫程弥的,说完去叫程弥:"程弥,你出来一下。"

程弥放下笔出去,问魏向东:"怎么了老师?"

"教务处那边来电话,说是你的入学手续有个地方出了点小问题,你得过去一趟,具体的你到教务处那边老师会跟你说。"

"嗯,好。"

程弥正准备走,魏向东叫住她:"知道在哪儿吧?三楼,最大的那间。"

"知道。"

三楼,高二年级所在的楼层。

教务处在三楼中央那块区域,找过去她必须从高二那一长排教室经过。

树荫连成一路深绿,空气中有股潮湿凉意,沿途都是老师的讲课声。

程弥今天栗色长发没放着,高束在脑后。她骨相好,五官本就张扬,长发绑起后更锋芒毕露。

临近高二(1)班,老师高声讲解数学题的声音从门口传来,程弥记得,司庭衍的座位是在第四组第三排。走到(1)班教室外,程弥第一眼就从那些校服堆里看到了司庭衍。

她根本不用刻意找,司庭衍那张脸任谁第一眼都会看向他。

他们班这节上数学课,讲台上老师讲着程弥理解程度有限的高难度大题。

这个教室里学生氛围是融为一体的,不像程弥他们班有好有烂,学习节奏不一,氛围杂乱,这里整个班级由内而外散发着一种好学生气息,司庭衍是其中之一。

他皮肤白皙,肩身笔挺,坐姿端正,和这间教室唯一违和的一点,是他左脸上那道细红血痂。早上她趁他不备往他校服口袋里塞的创可贴,他没贴。

就在这时,隔着一排窗户,司庭衍也看到了她。

两个人目光交会。

因为窗外有人,(1)班不少同学目光往程弥这边看,而她和司庭衍对视着。

他的眼神和早上在操场废弃老楼旁无二，淡淡的。程弥隐约又记起早上头上黑色皮筋给手腕带来的酸痛感。

两秒过后，司庭衍转开眼。

程弥也收回目光，不紧不慢地走了。

到了教务处门口，她想起司庭衍脸上那道没贴创可贴的伤口。突然，她像是想到什么，手伸到自己的校服外套口袋里。

果不其然，她探进去便碰到几条创可贴和一张折叠成方块的化学试卷。

司庭衍什么时候放回她兜里的？

程弥指尖抵着创可贴略微刺手的边角。她以为他是看到了没贴，结果早被他神不知鬼不觉地塞回她兜里。

教务处里，一个戴眼镜的女老师在里面。看到程弥进来，女老师问："什么事？"

"魏老师说我的入学手续出了点问题。"

"是你啊。"女老师伸手去拿旁边的表格，招手让她过去，"来，进来。"

程弥走过去，女老师指给她看："监护人这栏你没填，得补上。"

原来是这个问题。

程弥说："我今年四月过的十八岁生日，已经成年了。"

"比别人晚一年上学？"

程弥没点头也没否认。

"但你现在还是高中生，虽说你成年了，现在还在上高中就得按流程来，你不填这个没办法录入系统的。"

程弥犹豫。

女老师估计想不通这有什么难的，说："你随便填一个就行了嘛，你爸爸、妈妈，或者填你爷爷奶奶都行。"

她说的这些，程弥一个都没有。

可能这些对别人来说是极为平常的称谓，但对程弥不是。除了母亲，爸爸、爷爷、奶奶对她来说都是陌生的，她从来没叫过，但没跟老师多说。

监护人是系统限制的必填项,她逃不过去。

程弥只能问:"能填叔叔吗?"

"亲叔叔?"

"不是,没血缘关系。"

老师再迟钝也知道了,面前这个学生估计在家庭关系上不大顺遂和睦,皱眉凝想一下后说:"也行吧。"

程弥手边是老师递过来的笔。

老师说:"那你填一下,姓名、出生年月,还有手机号和身份证号码,一个都不能漏。"

黎烨衡的姓名和出生年月程弥倒是知道,但身份证号码不清楚。她问老师:"我能打个电话问问吗?"

"身份证号码是吧?可以,电话在那边,你过去打。"

座机在窗边的一张桌上,旁边放着一盆盆栽,窗户敞开着。

程弥带上笔和表格走去窗边,外面恰巧一阵风进来,锁骨链贴在颈上发着冷。她拿起听筒,顿两秒后按下黎烨衡的号码。

黎烨衡工作上生意来往频繁,手机常年二十四小时开着机。不出程弥所料,没到五秒,他接了电话。

一开始她没出声,那边反倒先猜出她是谁:"程弥?"

程弥愣了一下:"是我。"

她又问:"怎么知道的?"

黎烨衡说:"电话显示是从奉洵打过来的。"

程弥食指搭在听筒上:"嗯。"

黎烨衡跟任何长辈一样,开口便询问她的学习:"国内这个点不是在上课?"

程弥不是很想听到这种问题,但仍回答了:"在教务处。"

她又把打这通电话的目的告诉他:"入学表格得填写监护人信息,需要你的身份证号码。"

"你拿纸笔记一下。"

程弥指尖夹着按压式圆珠笔在桌上弹了一下:"你说。"

黎烨衡把十八位数字念给了她。

程弥一一记下："行了。"

身份证号码已经拿到手，电话也到尾声，临挂电话前，黎烨衡在那边嘱咐："程弥，把我的身份证号码记下来，以后需要的时候直接填上去就行。"

程弥把黎烨衡的名字填上监护人姓名栏处："嗯。"

挂断电话后，程弥交上表格，离开教务处。

从教务处出来后，她才发现下课了，每个楼层走廊上都很热闹。两个女生手挽手路过程弥面前，在商量要去食堂吃什么。估计是在她跟黎烨衡打电话那会儿打的铃，已经下课有段时间了。

程弥往刚来的方向走，很快到高二（1）班，司庭衍已经不在里面。

她又一天没和他吃上饭。

程弥收回目光，下楼回教室。

高三年级每个星期固定两次理综小测，时间定在星期二和星期四下午，三节课连在一起考，考完已经是放学时间。

班里一到放学就闹哄哄的，各种讲话声和拖椅拉凳声。在这片吵闹声里，程弥看见小小个的同桌跟她说了句话。她没听清，偏过耳朵去听："什么？"

孟茵即使凑近声音也还是很小："你要不要去喝奶茶？"

她说："我朋友她爸爸在我们校门口外面开了家奶茶店，今天要开业，买一送一，你要不要一起去？"

程弥笑："给你朋友打广告？"

孟茵不禁逗，结巴了一下："不……不是的。"

程弥看她想解释又不知道怎么说的样子，笑意更浓了，替她讲："知道了，你是想让我去占个便宜。"

对方是真的把她当朋友了。

"放心吧，过会儿路过会去的。"程弥说完，拎着书包起身离开座位。

孟茵看她要走："你不一起去吗？"

程弥中午趴桌上午休时把头发解了，长发在身后散着。

起身时耳边头发落到颊侧稍挡视线，她抬手将其捋至额后："嗯，有点事，我晚点再过去。"

孟茵想起她那句"我要追他"。

"你要去找司庭衍？"

"是啊。"

孟茵很认真地跟她说："那祝你成功。"

程弥笑："谢谢，大概率不会让你失望，只不过时间可能得拉长一点，先走了。"

程弥说完便走了。

最后孟茵一个人去的奶茶店找朋友。

她朋友家的奶茶店有个挺浪漫文艺的名字，叫"转角"，店里装修也是用钱堆起来的高档风格，门店就开在学校对面。

半路一个电话打过来，是她这个开奶茶店的朋友，说人好多让她快到店里帮忙。人在吃、玩上都图新鲜，孟茵到的时候店里都快被挤爆，有座的地方没一个空着，台前排着长龙。

孟茵这个朋友，是之前用程弥的头像那个。后来见到程弥本人她就换掉了，说是拿身边的美女做头像太奇怪了。

孟茵和这个朋友是发小，从小便是邻居，一起玩到大。虽说两个人相差一岁，上学也差一个年级，但关系一直很好。

孟茵的朋友和她性格截然不同，她安静，相反她朋友开朗大方，大大咧咧的，和男女都玩得来。今天店里这么热闹有一半是她的功劳，招来了很多同学。

戚纭淼也来了，孟茵的朋友是高二的，认识戚纭淼不奇怪。

戚纭淼她们那帮人向来高调张扬，是这个年纪很明艳的一抹亮色，店里全是她们的欢声笑语，孟茵在后面帮忙都能听见她们的说话声。

一开始孟茵并没怎么去注意，直到后面气氛变得奇怪，那些只言片语才真正落进了她的耳朵里。

"我跟你们说她有多讨厌。"

"她干吗了?"

"那个模特本来一直是戚纭淼在当,她把它抢走了。"

"什么嘛,心机这么多。"

"还很装,上次我的可乐掉了她还假惺惺地帮我捡起来,我都要看吐了。"

孟茵的朋友正好这时进来,她问朋友:"她们在说谁?"

"你说戚纭淼和傅莘唯她们吗?傅莘唯你认识?"

孟茵只认识戚纭淼,奉高的校花,另一个不认识,她摇了摇头。

"喏,"朋友指给她看,"那个长得有点黑的。"

孟茵顺着她的手指的方向看一眼后收回:"所以她们是在说谁?"

"程弥啊,就你们高三新来那个女生,她们讨厌死她了。"

孟茵愣了愣,慢几拍地问:"为什么?"

"那女的很有心机的,刚来就把戚纭淼一直在拍的那个杂志抢走了。"

孟茵没忍住,替程弥说话:"这里面是不是有什么误会?……"

朋友说:"能有什么误会呀?她们都看到她去拍了。"

她们两个偷偷聊着,一时没关注那边。

接下来,突如其来一阵刺耳的椅凳刮地声吓了她们一大跳。孟茵转头看去,只看见戚纭淼怒气冲冲地消失在门口的身影。

她直觉不太好,手上做着事,耳朵却是竖起的。

戚纭淼那几个朋友没走,在七嘴八舌地说着。

有人埋怨:"你干吗跟她说?"

接下来说话那个女生孟茵刚听过她的名字,叫傅莘唯。她也有点烦:"我哪知道她会这么生气啊?她喜欢司庭衍,但平时我们也老在她面前提他,什么都会跟她说。我哪里知道程弥放学去我们班找司庭衍这个不能说?"

"你知道她不让人追司庭衍的,你说了她不生气才怪。"

后面她们再说什么孟茵没再去注意。因为她确定傅莘唯后面说的那些是真的,程弥确实去高二找司庭衍了。程弥如果现在还在那里,戚纭淼这么过去,两个人一定会碰上。

戚纭淼除了那张脸出名，那身大小姐脾气基本上也人人耳闻过，优渥家境娇生惯养出一身的骄纵跋扈，眼里不容半点沙子。

奉高的人都知道戚纭淼喜欢司庭衍，也知道她不让别人追司庭衍。

高一那会儿，有个女生天天给司庭衍送早餐、送情书，最后早餐没送到司庭衍手上，半路全落入戚纭淼她们那个小团体的肚子里。情书里那些隐秘悸动的心事，也被她们当成好几天的笑料。

久而久之，再没女生敢追司庭衍。

一个原因是司庭衍本身难高攀；另一个原因就是戚纭淼，以戚纭淼为首的那群女生没有女生敢惹。

孟茵做奶茶做到一半，想掏出手机给程弥打电话，不想看自己朋友惹上麻烦。打开通讯录她才想起还没存程弥的号码，恰逢有人过来点单，她只能略微担心地放下了手机。

程弥没在高二（1）班教室找到司庭衍，以为他去竞赛班上课，等半天也没见人回来。

她在教室外的走廊上闲等一阵，问了一个从教室里出来的女生："你好同学，司庭衍去竞赛班了？"

女生抱着书停下："没有啊，他下午没来上学。"

"没来上课？"

"对啊，下午点名他都请假了。"

司庭衍居然没来上学。

程弥对女生点了点头："谢谢。"

她又想起早上司惠茹说司庭衍身体有点不舒服。

司庭衍不在，程弥自然没准备继续在这里站下去。她正准备走，身后传来一阵滑板轮落地声。

这时间是放学后又过了一会儿，教室和走廊都不怎么热闹，这道声音便显得有些刺耳。

很快，走廊上响起速度很快的滑板滑地声，巨响充斥整条走廊，动静大到教室里不少人往外看。

程弥自然也是，刚回头，就和滑板上那道视线正对上了。

对方一双黑色高帮鞋踩在滑板上，往上是一双匀称笔直的筷子腿，超短裙，再然后是一双也在看着她的眼睛。

程弥一眼便察觉出里面的敌意。

戚纭淼来势汹汹，带着风刹停在（1）班教室门前。落地后她滑板往脚边一竖，转头就往教室里看。看到司庭衍没在，她回头看向程弥，面色不善。

程弥没闪没躲，看戚纭淼看她，也看着对方。

一个人在走廊边，一个人在教室门前，没有任何对话。

有两个女生上厕所回来，大气不敢出，屏声静气地从她们中间经过。几秒后，戚纭淼滑板往地上一踩，滑轮溜在地上，很快消失在楼道口。

程弥没把在高二（1）班教室外遇到戚纭淼的这个小插曲放心上。

在学校耽搁一点时间，她回去的时候已经是黄昏斜阳。正逢晚高峰，交通又糟糕，马路上人车拥堵，鸣笛声响成一片。这种环境很容易让程弥想到初次来奉洵那天，一模一样的挤和吵。

中午，教务处那通电话过后她心里便隐隐压着一丝情绪，她没过分去在意，也没故意去忽视。任它飘在自己身体里自生自灭，要什么时候走便什么时候走。

然后，一阵夕阳让它飘到了程弥眼前。

程弥这人就算面对失落情绪，也很少会有恼羞成怒和歇斯底里的时候。不是麻木，也不是不难过，就是情绪找上门时她也是老样子，不被它们拉至下沉浑浑噩噩，也不和它们抗争故作清醒，就是很平和的心态，当作跟老朋友会个面，再安静地等待这次碰面结束。

老地方，三楼楼道那个窗口旁。

程弥一边胳膊肘搭在窗台上，书包挂在臂间，安静发呆。她将手伸到外面，黄昏的光爬到她的手背上，随影子徐徐四散。

程弥似乎每次来这里都不会闲着。上次在这里，1号门那对小情侣闹矛盾，她被迫听完争吵全程。而这次，她站在这里看楼下的人玩狗，已经看了许久。

别的不说,坏情绪她忘得一干二净。

那只狗通体黑色,个子矮,腿短,有点胖。这只狗程弥在楼下遇过几次,是个"小男生"。它似乎很听司庭衍的话,一刻不停地围着司庭衍转,一分钟前因为太过闹腾惹司庭衍烦被命令趴下,到现在都没起来。

司庭衍身上仍穿着校服,书包还在身边。他下午没去上课,那大概是刚从什么地方回来。

她正看着,底下的人像是察觉到什么,抬起眼。

程弥本就站在窗边正大光明地看他,两个人的视线一下正对上。

司庭衍看到是她后,收回目光。

本来就算他没看见,程弥也是要下去找他的。现在被他看见,她就更有下去的必要了。

程弥下楼,绕过他们住的这栋居民楼,后面就是司庭衍在的地方。

巷道交错处,电线攀缠在楼壁上,夕阳把半边巷子烧红。司庭衍在一家超市门前的台阶上坐着,那只狗还趴在他脚边。

程弥过去后没坐下,而是推门进超市里,到冰柜里拿了瓶酸奶结账。她没拿吸管,从里面出来,缓慢地迈下台阶,在小狗面前蹲下,也是司庭衍面前。

程弥指尖捏着酸奶封膜角撕开,绵长一声刺啦声过后封膜和酸奶罐分离。封膜上沾着一层酸奶,程弥递到狗狗面前,同时问了司庭衍一句:"你下午去哪儿了?"

她刚说完,话语一顿。

因为她看到了司庭衍手背上贴的输液止血胶贴,青筋脉络半掩其下,手背透出一种惨白色。这只手是指骨分明的,司庭衍还用它拿着一罐狗食罐头。

他去医院了。

空气中弥漫着淡淡的酒精味。

程弥正想挪眼,视线就和他对上了。她照旧没办法分辨出他眼中的意味,仅两秒,司庭衍就从她脸上移开了视线。

程弥手里拿的酸奶封膜动了一下,她低头看去,是小黑舔了一舌头,封膜上的酸奶被它舔缺了一角。

让程弥觉得好笑的是它舔完还要装作一副自己没偷吃的样子，以为他们没看到，火速趴回司庭衍脚边，装作忙碌一般舔自己的爪子。嘴巴上偷吃的痕迹都还没擦干净呢！

程弥没忍住发笑，指尖钩去小黑下巴下面，轻轻挠了几下："又不是不让你吃，做贼一样做什么？"

小黑的毛发还挺软的，摸起来很舒服。

程弥把酸奶拿过来："吃吧，都是你的。"

程弥看得出小黑挺聪明的，因为她做完这些后，它明显听得懂是什么意思。就是程弥不太懂它为什么要看司庭衍，而且是眼珠子滴溜溜来回转。

来回几次后程弥看懂了，它是在试探司庭衍的意见。她问："你不让它吃？"

司庭衍看小黑一眼，没说话。

程弥见他这样更想逗小黑，酸奶拿在手里招小黑："来，过来。"

人有时候面对美食都难以自制，更不用说小狗。小黑不用程弥招呼几句就从地上爬起来，又想吃又好像不敢。程弥确定司庭衍如果没在这儿的话，它早扑上来了。

程弥看小黑边观察司庭衍的眼色边慢慢往这边凑过来，见司庭衍没反对，就摇着尾巴吃了起来。这小狗挺能吃的，不多时已经舔掉一半酸奶。

这酸奶吃太多对小狗不太好，程弥让它适当节制。小黑吃完回到司庭衍身边，又窝回原来他脚下那个地方。

酸奶下肚可能只让小黑解了个馋而已，它回到司庭衍脚边后就开始发出类似呜咽的声音，表示要吃东西，可能知道司庭衍手里那罐头就是给它吃的。

但司庭衍无动于衷，不管它再怎么叫，司庭衍都没理。

程弥在旁边看着："为什么不让它吃？"

司庭衍很冷漠地给了三个字："它不饿。"

程弥听完笑了:"它叫这么惨呢,你没听到?"

她又往他脚下示意了一下:"喏,你再晚喂它几秒它真的要哭出来了。"

司庭衍铁石心肠一般,依旧不理。

病弱的特质容易让人误以为这人是个好人,所以明明他长相和气质看起来都要比她菩萨心肠一点,心却比谁都硬。

程弥看小黑实在叫得太惨,又想给它喝酸奶。这次小黑却张都不张嘴了,两只耳朵耷拉着,也不看,就蔫蔫地呜咽着。

这时,司庭衍手里那个罐头忽然"咔嗒"一声响,他开了罐头。垂头丧气地趴在他脚边的小狗忽然一个激灵,从地上跳起来,高兴得直叫。

程弥突然意识到为什么司庭衍之前不给它吃东西了。因为它知错犯错,知道司庭衍不允,还是吃了她给的东西。而她后面再一次招它的时候,它拒绝了。它听话了,司庭衍就让它吃了。

它不听话就得被惩罚,相反,听话了,惩罚解除。

程弥发现司庭衍这人控制欲强得可怕。

那小狗是超市老板的,司庭衍回来路过便和它玩一会儿。那小东西吃罐头吃得正欢,没待多久司庭衍就要上楼。

看他起身,程弥也跟着从地上起来。

见司庭衍看她一眼,程弥说:"怎么,我不能回去?"

司庭衍懒得理她,走了。他腿比她长,程弥落后他几步。两个人一前一后回到楼上,家里没人,昏黄里浮尘飘动。

司庭衍往房间走,程弥也拎着书包跟在后面。

"你的手机号码是多少?"她问,"不然总找不到你,像今天,你就放我鸽子了。"

司庭衍很直接:"我说过等你?"

"是没有,"程弥也没恼,"但你知道我一定会去找你。"

话音落地,两个人已经走到房间门前,两扇房门对着,他们也面对面。程弥说完那话后就那么直白地看着司庭衍,意图不掩也不藏,司庭衍也看着她。

"所以你的手机号码是多少？"她问他。

司庭衍从她脸上移开目光，去开门，说："我没手机。"

这话让程弥一噎，无言以对。她确实没看他拿过手机，但不信："是吗？我怎么不太信？我信你现在身上没有，但房间里呢？"

她站在司庭衍门边，要进去。下一秒，司庭衍的房门就在她眼前拍上了，"嘭"一声，差点打到程弥的脸上。

程弥"啐"了一声，对门里的他说："司庭衍，我这鼻子要是假的，你现在就得赔我钱了。"

回应她的是门内一阵落锁声，这一声挑衅意味十足。

换别人肯定得恨到牙痒转头走掉，但程弥偏不，也挑衅回去："你是觉得我会对你图谋不轨吗？司庭衍。"

程弥在门外，外衣掉下肩头，松松垮垮地挂在臂间，扬言道："我确实是，你这门锁得挺对的。"

她扳回一城。

她刚说完，玄关那边传来声响，厚重房门后有人在掏找钥匙，听起来很手忙脚乱，包里各种东西碰在一起乒乓响。对方好像很着急，但又找不到，程弥半天没听见开锁声。

她能猜到是谁，离开司庭衍房门前，走过去开门。

房门打开，外面站着司惠茹。

她脸色发白，额间还有细汗，明显是着急出来的。看到程弥来开门还蒙了一下，反应过来后有点抱歉地对程弥笑。

"程弥，你回来啦。"她又有点不好意思，"我没找到钥匙。"

分明这里才是她的家，怎么能有人活到这么温绵又小心翼翼？

程弥让开身，让她进来："没事，我还经常忘带钥匙。"

司惠茹对她笑笑，从她身旁进来的时候问："小衍在家吗？"

程弥看司庭衍的房间门一眼，点了点头。

司惠茹匆匆说谢谢，换下鞋，包都忘了放就匆忙往司庭衍的房间走。程弥的房间在那儿，她自然也往那边走。

司惠茹走到司庭衍的房间外后，伸手去推门，自然是没打开，房间门被司庭衍锁了。

"小衍,怎么把门锁了?"司惠茹隔着门叫他。

程弥走到自己的房间门前,对面司庭衍的房门正好打开。

两个人又碰上。程弥的视线从他的脸上掠过,她去开自己的房间门。

身后,司惠茹的声音里满是焦急:"怎么去医院没有给妈妈打电话?还是医生给妈妈打电话,妈妈才知道的。"

听到"电话"这两个字,程弥回头去看,司庭衍很意外地也还在看她。他收回目光,回司惠茹:"你怎么回来了?我没事。"

司庭衍这次没什么大事,身体上是什么问题,医生应该都跟司惠茹说了。

只是司庭衍有任何风吹草动都会让司惠茹担心不已,就连小感冒都会让司惠茹整天不安心。

"早上你就身体不舒服了,"司惠茹怪起自己,眉间忧愁浓重,"我怎么就没有早点上心带你去医院?"

"章医生说了我没事。"

司惠茹还是很自责:"但还是让我多注意点你的身体,后面手术——"

她还没说完,被司庭衍打断:"我饿了,要不要我去楼下买点什么?"

程弥将房门推到一半,听出司庭衍话里不想谈论这件事。或者说,他对别人听到他的心脏病这件事十分抗拒。程弥很识趣,推门走进房间,关上了门。

晚饭还没吃,程弥就被《GR》编辑张玲尹的一通电话叫出去了。

张玲尹下午刚出差回来,这趟奔波忙前忙后把她给累坏憋坏了,刚下飞机就想好好撒野一场,于是把程弥喊出来,说正好给程弥办个欢迎会,欢迎程弥加入《GR》大家族。

程弥知道这顿饭早晚逃不掉,现在推掉张玲尹下次还会继续约,只有约到程弥,才能让她把这个礼节人情补上。

所以程弥没拒绝,跟司惠茹说一声后打车去了商业街。

张玲尹不止叫了她一人,把邓子和工作室的另外几位同事也一起叫上了。张玲尹一一给她介绍所有人，程弥手机里一下多了一堆联系方式。

人多，整顿饭吃下来很热闹，打得火热的后果，就是饭局结束后一群人预备换个地方再喝两口。一场不够他们玩，继续赶下一场。

他们就近找了家酒吧，一帮人要了个卡座。对这家店，程弥不陌生，印象里，这里气氛炒得起来，能让人很兴奋，但一晚下来耳朵也不会被烂大街的音乐灌满。

《GR》工作室这些人都挺能玩的，有的就比程弥大一两岁，在卡座里喝了会儿就去疯了。

程弥今晚不大有兴趣去挤，就倒了杯饮料意思意思地喝一下。

这是张玲尹第一次跟她来酒吧，对她很刮目相看："没想到你居然这么安静，我以为你会玩得挺疯。"

程弥正好去拿饮料，笑："我是看起来很坏？"

"那不是，在夸你呢，"张玲尹的嘴抹糖一样，"这叫有魅力。"

"喏，你看看，这不叫有魅力叫什么？"张玲尹将手机亮出来给她看，往右翻，一堆她的精修照，"邓子发给我的，我们挑了半天废图，可是一张都没有，愁死我们了，敲定下来用哪些照片就用了我们好几个小时。"

手机屏幕上的人好几套衣服妆容都驾驭得很好，已经不是让人赏心悦目，而是从头到脚都会让人惊叹一番。切到近景，五官细节被最大限度地放大，仍找不到一丝缺点，张扬漂亮到让人气息窒停。

张玲尹说："你这些图不太像你。"

程弥问："怎么这么说？"

"你看起来很好相处，但这些图看起来很叛逆，你知道吧？就是很野。"

叛逆，和现在程弥整个人的气场来讲，好像不太沾边，但她这些照片里就是有这种感觉。

有表现力的模特眼睛会讲故事，张玲尹觉得程弥是其中之一。她这些图，像在讲某个人的故事，是她，也可能是别人，又很意外、很好地兼容了《GR》的风格特点。

张玲尹身为摄影师直觉出来的想法，却被程弥轻飘飘地推翻。程弥安静了一瞬后只笑笑:"风格多变,这应该很多人能做到。"

看出她不想多说,张玲尹也很识趣地没在这个话题上继续下去。

没多久卡座里就剩几个跟程弥一样不愿闹腾的人,张玲尹也去疯了。

程弥坐得无聊,在这种喧闹狂野的地方想起某个人。某个和这里的每个人、每杯酒、每一寸空气都没任何一丝关系的人。

她拿出一晚没看的手机,一解开屏幕,各种好友验证消息跳出来占满屏幕,刚才在饭桌上他们加的。程弥无所谓,对列表必须都是认识的人这事没有强迫症,每一个都点了同意。点完她发现还是缺点什么,用学号登录账号上的学校论坛。

程弥记得"红毛"说过,学校论坛是个八卦聚集地,什么都能聊出花来。如果她喜欢哪个人了可以到论坛里看看,说不准能搜出一些东西,当然前提是,对方得是个帅哥。

程弥要找的人,百分之百符合这个条件。

她戳进论坛,结果就在首页看到了自己的名字,那帖子飘得挺前,滑都不用往下滑。

高三(4)班那个程弥好傲,她是不是以为自己很厉害?

盖楼数字格外显眼,超百条,一看就知道讨论激烈。还有,自己应该……不怎么招人喜欢。

程弥看到了,顶多指尖顿一下,却没点进去,直接点开左上角搜索。

她直接输进去三个字——司,庭,衍。

程弥点击旁边的小图标,圆圈转啊转。转半天,页面终于跳出来,一页都挤满了,往下滑还源源不断。

论坛采用的是匿名,大家都看不到彼此是谁,恶意在这里放任猖獗,同样无名的爱慕在这里也汹涌泛滥。

司庭衍的帖子大多数是后者,其中有一栋已经盖成高楼的帖子,帖子名叫"心事簿"。

程弥看着那几百层楼高的帖子,有点好奇,点了进去。

第一条开帖人是个昵称为"UI"的女生。

他不喜欢上语文课,物理、数学经常满分,不爱吃糖,喜欢喝旺仔牛奶。

这明显是一个女生的暗恋记录史。他的每一个习惯她都分毫珍藏,小心翼翼地安放在这里,倾诉每个悸动和心酸的时刻。

她往下滑,还有很多回复,却不是开帖人回的,而是大家都心照不宣,把这里当成了一个秘密基地。

他叫司庭衍,我今天在本子上写他的名字,数了下有五十一个,我又多写了一个。

今天在考场遇到他了哎,经过我桌边两次,我真的好喜欢他。

程弥终于知道为什么叫心事簿了。

从这里面,她甚至看到了很多她从没看过的司庭衍:爱喝旺仔牛奶,不喜欢上语文课,很喜欢摆弄机器,学校物理实验室里有他做出来的机器人。

一件件关于他的事,都是被人几百上千个眼神偷偷记录下来的。

拉到一半,她意外看到她要找的东西——150×××196,司庭衍的QQ号。

那时,活跃度最高的社交软件就是QQ,人手一个,空间说说和个性签名每天变十几次。

程弥退出论坛,把复制的数字粘贴进搜索框里。一秒后,搜索页面跳了出来,昵称S,头像是半个放在地上的冰可乐瓶身,上面还泛着水珠。她正想点击加好友,就是这时,屏幕一闪,"红毛"来电跳动在屏幕上。

程弥隐约察觉到有什么不对,却没回头。

这酒吧里环境吵闹到耳朵疼,更别说听清电话。程弥起身想去外面接听,半路被一个醉酒的人不小心倒地上挡了路,索性转身去洗手间。

洗手间是男女通用的那种，里面酒气浓重，程弥没怎么去看人，径直走进一个隔间，将门落锁。

她接听后，"红毛"那边同样吵得人头脑发晕。

"我刚才没事上学校论坛，她们说你去酒吧了？""红毛"是用吼的。

程弥将手机拿远一点，说："是啊。"

"怎么回事呢？我还以为你最近是真有事，原来是不跟我们玩儿啊。""红毛"这语气听着就是无聊给她打的电话。

程弥随口应："没有的事，有空一起。"

"真的？"

"真的。"

"那说定了。哎，不说了，我有点事。"

电话那边传来挂断电话声，程弥将手机从耳边拿开，通话页面已挂断，手机屏幕上跳出原来的页面——司庭衍的账号资料。

程弥看他简单到不能再简单的资料，笑了笑，准备发送好友添加请求。

外面忽然传来一个女生有几分尖锐的声音："我真看到了！刚才她就坐在卡座里，拿手机加司庭衍的号！"

程弥点屏幕的指尖停顿，她抬起了眼。

隔着隔间门，另一个女生问："真的假的？"

"我又不是瞎了！坐她后面呢，我还看错那我就是瞎。"

跟她一起来的女生又接话："你这次别告诉戚纭淼。"

"为什么不告诉啊，你还当不当她是朋友啊？"

"不是这样，你说了戚纭淼又要把气撒我们头上，这样大家都玩得不开心。"

偷看程弥手机的那女生又说："那以后呢？以后戚纭淼自己会知道的，到时候她就不发脾气了？"

"就不能让程弥加，戚纭淼肯定抢不过她。"

这时，隔间门"咔嗒"一声轻响，程弥从隔间里走了出来。

意外地，此时的酒吧洗手间竟然没有热情男女，也没有发疯的酒鬼和一切闲杂人等，周围安静到只有透墙而来的强劲电音。

程弥那阵门锁打开声已经让那两个女生噤声，估计她们是没想到有人在。等她们回头看到是她，程弥有点失望没在她们脸上看到愤恨、厌恶的表情。反而那两个女生的脸色瞬间煞白，方才还张牙舞爪的，现在两片唇瓣抿得死紧。

当然，她们也没跟她道歉，就那么站着已经表明跟她是敌对阵营。

程弥自然也没开口跟她们说什么，也懒得计较。她走出隔间，没有避开她们，走去洗手台前，该做什么还是继续做什么，像没听到刚才那番话一样。

水声哗啦响起，将这洗手间里的肮脏隐秘冲刷得原形毕露。

程弥优哉从容，十指在水流下冲洗。那两个女生也一直没走，这种时候留下来除了挑衅没别的，如果是讲坏话被听到会愧疚的人，早面红耳赤地跑了。

程弥当她们不在一样，洗完手后关上水，继续刚才没做完的事。她拿过放在台面上的手机，屏幕变亮，页面仍是几分钟前那个，一个冰可乐头像，一个字母S，是司庭衍的账号资料。

她伸手，湿漉的指尖触上屏幕，这一下却犹如戳在人的心脏上。

下一秒，屏幕上方跳出几个异常刺眼的文字。

已发送好友请求。

随着这几个字砸下，洗手间里的空气像一下子生出了棱角利刺，没有任何声音，却如有实质一般深深扎进了空气里。程弥却不为所动，加完好友后按灭手机，在这片令人窒息的安静里响起"咔嚓"一声锁屏声。

唇上口红随着时间变得有些浓淡不一，程弥抬眼望向镜子，恍若未察觉这里有人，指腹轻点压上唇，动作不紧不慢地轻抹挑匀。

洗手间外的走道上这时传来的人声闯破了里面这方僵滞气氛，说笑交谈声由远及近，没一会儿便来到门前。

程弥透过镜子看，是张玲尹和邓子他们。张玲尹和邓子也第一眼看到她,邓子说:"我就说呢,怎么从舞池回来没在卡座里看到你。"

走进来,他才发现洗手间里还有两个人。邓子不认识,一眼就扫过,张玲尹则不同,虽然未露出任何端倪,但很明显她认识这两个人。

那一瞬间,就连站在镜子前的程弥都感觉到气氛不对劲。不过不是她和那两个女生的,而是身后这四个人之间的。

程弥有些奇怪,从镜子里扫了一眼。但也仅仅扫一眼,她没什么兴趣。

那两个女生很快走了,程弥再次把手放到水下冲洗,问邓子他们:"你们什么时候回去?"

"这才几点?怎么说也得玩他个通宵。"

张玲尹说邓子:"你还上不上班啦?"

程弥关上水,转身走来:"我觉得她说得对,我也得回去了,明天还要上学。"

邓子说:"这么好学?"

"毕竟还要考大学。"程弥说。

邓子给她竖了个大拇指:"够有目标。"

时间已经不早,程弥打算先撤:"那你们玩,我先走了。"

张玲尹那张娃娃脸笑起来可爱又亲切:"行,回头见。"

等程弥临走,张玲尹想到什么又叫住她,程弥停脚回头。张玲尹对她眨了眨眼:"我们的杂志这几天要下印厂了哦,过几天就能拿到样刊了。"

"行,到时候告诉我一下。"

程弥回到家已经很晚,司惠茹和司庭衍都已经睡了。

程弥没弄出太大声响,草草冲完澡摸黑上床,临睡前看了一眼手机,卧室仅这点亮光,把她的脸映得莹白。上面一条消息都没有,她发给司庭衍的好友请求他没通过。

他不可能不知道是她,验证消息里她写的八个字。

你未来女朋友程弥。

司庭衍这人，程弥信他能做出看到不回的事。她转头去看卧室门，虽然紧关着，但实在离得太近，他的卧室就在对门，仿佛转头就已经看到他。

不像别的女生会觉得难堪又焦灼，程弥倒很淡然，将手机放回床头，睡了。

她没睡几个小时，天光大亮。

她整晚睡得挺好，即使时长不多，但因本来就不嗜睡，对她没什么影响。她照旧站去镜前穿戴。

起床搭配服饰、配饰是程弥的习惯，当然她不是为了给别人看，单纯取悦自己。

她从小爱漂亮，和黎楚还在玩弹珠的时候就已经各种衣服和小配饰一堆。搭配这东西对她来说不是累赘，是乐趣。

弄完，她回身走去床边，手机横躺在枕头边，她拿起来顺手翻了一下。不出意外，老样子，没任何新通知，消息列表里只躺着昨晚认识的几个男生，问她今天要不要出来玩的消息。

程弥按灭手机，出了房间。

她打开门，司庭衍已经坐在桌前吃饭，司惠茹跟往常一样在厨房忙活。

听到她的房间门响，司庭衍抬眼看她一眼。程弥也不说话，就那么盯着他。目光交接不过两秒，司惠茹的话语打断他们的视线。

她在厨房擦拭厨台时，回头看到程弥："程弥醒了？"

程弥、司庭衍双方各自移开视线。

司惠茹说："快坐下来吃早饭，今天电视台天气预报说要降温，你要多带件衣服去学校，别着凉了。"

程弥笑笑，说好。

她走去桌前坐下，坐在司庭衍对面。

司庭衍起得早，已经吃到一半。程弥拿起筷子，两个人各吃各的。

他们都没说话，没一会儿司惠茹也过来坐下，饭桌上更安静了，只有筷碗轻碰声。

没多久，司庭衍吃好，起身拿书包，跟司惠茹说："我去学校了。"

他没跟程弥说话。

这对司惠茹来说无疑是发愁的，两个孩子已经同一屋檐下一起相处这么多天，可完全不见他们熟稔亲近。两个人反而跟陌生人一样，一天下来没听他们说过一句话，在同一个学校上学也不会一起去。那天晚上，她看程弥找司庭衍问问题，还以为姐弟两个终于彼此接纳。

现在看来问题是出在自己儿子身上，司庭衍从小不爱跟人说话，对人际关系也很淡薄，估计对程弥也是这样。小姑娘被送来自己家，突然跟完全陌生的人成为家人，能主动拉近关系已经很难得。

司惠茹叫住司庭衍："小衍，你等等姐姐。"

司庭衍看向司惠茹。

程弥也是，不过没那么意外，司惠茹一直以来都想让他们两个好好相处。

司惠茹跟司庭衍说："跟姐姐一起去学校。"

程弥看向司庭衍，司庭衍也看向她。

程弥原本以为就司庭衍这性子可能会直接拒绝，但很意外他竟然没有。司庭衍没说什么，拉开椅子坐了下来。他在外浑身是刺，在家里却意外地很听司惠茹的话。

程弥突然有点好奇，司庭衍是什么情况下被司惠茹领养的？

程弥正好吃得差不多了，放下筷子："我吃好了。阿姨，那我们走了。"

"好。"司惠茹笑。

对面的司庭衍从椅上起身，程弥眼风扫他一眼，也不紧不慢地跟着从椅子上离身。

"哎，等等。"司惠茹操心孩子惯了，从昨晚开始一直惦记降温的事，去阳台外面给他们两个收了两件衣服进来，"中午会冷的，把衣服带上，冷了好穿上。"

这一瞬，司惠茹让程弥想起了她的妈妈——程姿。

即使两个人的性格天差地别，但对她同样是温柔的。很多人说程弥性格像她妈妈，但其实只有程弥知道不像，她妈妈是真正温柔，她跟程姿像的只是皮毛。

程姿也不是故意把她一个人留在世上不管的，实在是没办法。

程弥回神，接过司惠茹递过来的衣服："谢谢。"

司庭衍已经去到门口，程弥也往玄关走去。身后司惠茹像突然想到什么："阿姨是不是还没把小衍的手机号码给你？"

手机号，某个人昨天不肯给她的手机号？

程弥回头，笑着跟司惠茹说："对的，还没有。"

话音落地她收回目光，看向了门口，司庭衍也正好看过来。

空气里漫着灰色阴天的凉意，丝丝凉凉地钻进人的呼吸，两个人视线对上。

"我真是糊涂了，本来你来那天就该给你的。阿姨把小衍的手机号码发给你，你要是有什么事可以找弟弟帮忙的。"

程弥看着司庭衍，说："好啊。"

司庭衍挪开目光，打开门出去了。

程弥出门前没忘跟司惠茹说一声："阿姨，那我们先走了。"

"好，赶紧去上学，别耽搁了。"

司庭衍已经走在前面，跟以前一样没等她。程弥也不急，关上门，这才转身跟在他后面。

仍是冗长灰暗的走廊，尽头处悬挂的生锈老窗，一眼望去还能看见外面的老旧居民楼。楼下隐隐约约有车声、人声传来，像在很遥远的深处，朦朦胧胧听不太真实。两个人脚步声一前一后，在这走道里重叠上又错开。

程弥看着他的背影，叫了他一声："司庭衍。"

司庭衍自然是没应她，或者说，是故意的。

程弥也不恼，仍是不远不近地跟在他身后，视线落向他的校服外套旁侧，几秒后移开，看着他走在前面的背影，走上前去。

走到他身边的时候，她指尖只轻微一伸，就轻飘飘地从司庭衍的校服外兜里顺了他的手机出来,然后停下脚步,有条不紊地点按几下手机。

不得不说,司庭衍也挺淡定的,都没恼羞成怒地去抢她手里的手机。

即将点下自己的好友申请的时候,程弥的手忽然就动不了了。

她的手腕被司庭衍的修长指节握住。

"我数三秒,手机还我。"司庭衍的声音干净冷淡。

程弥抬眼去看他:"为什么?"

同时,手机即将被他拿走的时候,程弥换到另一只手藏到身后,顺势往墙边退了一步。

下一秒,她原本和墙壁还留有空隙的腰身被司庭衍逼到了墙上。

谁招惹谁

Chapter 04

被司庭衍逼到墙上的那一刻,程弥没有半点儿着急紧张,反倒像只是顺势靠上去。她指尖弯曲握着手机,垫在腰后,十指抵在冰凉的墙面上,就那么抬眼看着面前的司庭衍。

司庭衍的五官其实很标致,线条也不冷硬,不管哪处都透着漂亮精致感,没有任何一笔是累赘又或者是逊色的。浓眉深眼,挺鼻薄唇,虽然病弱感稍微弱化了那份逼人英气,但他依旧很出色。

程弥就望着他这张让女生们一见钟情前仆后继的脸,说出一句他的秘密:"你的好友验证最上面那个是我,你点进去看了。"

好友验证消息会有红点提示,而刚才程弥看他的手机那几秒,看到那里已经被人点过。

程弥说完这句话,没再往下说,点到为止,多余的一句不讲。气氛一下变得暧昧,有什么在空气里涌动。

两个人互看彼此,都没移开视线。

离尽头老窗还有段距离,日光照不进长走廊。光线不甚明亮,司庭衍面色如笼一层淡霜。

程弥看见他薄唇微抿:"程弥,不要来招惹我。"

这是程弥第一次听司庭衍叫她的名字,音色冰冰凉凉的,让程弥想到高岭上触摸不到的雪。

她想象过不止一遍,现在听到,果然,她的名字被他叫出来好听得要命。现在不只她的名字,包括他那句话的后半句,都无比动听。

程弥微靠在墙上,语气是微带调戏的:"所以,是我招惹你?"

司庭衍的脸上分辨不出情绪,白日甬道,却如黑夜降临。

程弥就那么直勾勾地盯着他,眼神里的风情略带侵略性,她说:"司庭衍,你一直在注意我。"

这话每个字都带着笃定,像有实质的石子,每一颗都格外有分量地砸进这方空气里。世界静得似乎只剩他们两个人的双眼还活着,时间很短,却犹如过了一个世纪之长。

司庭衍的声音响起:"如果你不想我动手的话,现在把手机还我。"

换个人,早动了,但程弥没有:"我如果不呢,后果是什么?"

她说这话时,视线半寸不离他的眼睛。

之后视线又落到他的唇上,再依次往上走,鼻子、眼睛,最后落回他的唇上。和苍白肤色不同,司庭衍的双唇唇色不算暗淡,程弥缓慢凑近。

面前那双唇没后退。

薄唇轻合,略显薄淡,把人的欲望囚禁,却让人更加疯狂,欲望在囚笼里疯长。

而现在,他眼神里隐隐暗涌着一些不明情绪,在这张冷淡好看的脸和这身穿得齐整的校服下,他用这种眼神凝视着她。

程弥薄唇轻启:"司庭衍,有没有人跟你说过,最好不要这么看人?"

这会让人想弄碎你的清冷,看你跌落,在人间疯狂的样子。

她的呼吸靠近,碰上他的。

烟火气透过走廊窗口隐约渗进走道,人声、车声,包括楼上踩在头顶的匆忙脚步声。这个时辰正是赶着上学上班的时间点,这座小城市里每一处的普通人都在忙碌奔波。

他们这栋老居民楼也不例外,身侧几米开外,3号门住户那扇门传来"咔嗒"的开锁声响。程弥跟司庭衍从家里出来后,便没碰上人,走廊上格外安静,这一声在此刻显得尤其明显。

程弥闻声没任何惊讶,定定地看着司庭衍。司庭衍也是,和她一样不为所动。

那扇门已经打开一些缝隙,说话声隐约从门后传来,是个女人在说话:"你就是个给人打工的,脾气那么大做什么?脾气大当不了饭吃,回头人家就把你炒了。"

这下是个男人声音响起:"炒什么炒,他哪有这个本事?就是个小主任,每天装模作样多了不起一样,正事不干,看着就窝火。"

"又不是只有你一个人对他不满意,你干吗去当这个出头鸟?人家有个官也比你这个没官的强。"

琐碎家常,喋喋不休,一来一回的说话声即将走出门外。

程弥不担心被人看到,不介意别人的目光。但因为这些人低头不见抬头见,跟司惠茹和司庭衍是邻居,肯定认得司庭衍,所以她便留有顾忌,稍微收敛,没再逼向司庭衍,稍往后退。

就是这时,一只手忽然掌控住她的后颈。

程弥没料到司庭衍会这么做,这一瞬愣了一下。她后退不得,两个人仍保持前一秒的距离,气息交融。

司庭衍说:"你不是想听后果吗?"

3号门的说话声越来越近,程弥却半分动不得。

司庭衍脸色平静,声音淡淡:"我告诉过你的,程弥,你不要来招惹我。"

他白皙的左脸上还留有昨天铭牌留下来的淡淡印记,但不让人觉得狰狞,而是莫名和他这张脸相配,略显病色,却又格外好看。

程弥甚至忘记身后手里握着的手机,回过神来时已经被他拿走。

司庭衍起身往前走。

旁边的住户也在这时从里面出来,一出来就看到家门口旁边有两个人,还看了他们一眼。

程弥没去在意,回头去看司庭衍的背影。

他没管她,往楼道走了。

程弥后颈处仿佛还有他的手心的温度。

她看着他,半晌,也抬脚往楼道走去。

天气预报这次没出差错,如司惠茹所说那样,中午气温大降,天空都阴暗不少。

来奉洵这些日子,程弥对这里的天气最大的感触就是没几个晴天,空气中还总泛着潮意。

她跟孟茵去实验楼上课时路上说起这个,孟茵说奉洵的天气也不常是这样,就是最近程弥碰巧碰上,但潮湿确实一年跑不掉。

今天物理课是做实验,不在教室上课,全班人转到实验楼上课。

大家摆弄了一节课的仪器,四十分钟一晃而过。老师在讲台上让大家把桌面上的仪器收好,拿去讲台上。

孟茵轻拍了拍程弥的手,程弥回头看她。孟茵有点抱歉:"我肚子有点不舒服,要去个厕所。"

"你去吧,我收拾就行。"

等收拾完东西,半天也没见孟茵回来,程弥就从教室里出来去洗手间找她。

这节课已经是下午最后一节,从实验楼楼上望下去,学校里哪里都是背着书包往学校校门口走的人。

实验楼人少,显得格外空荡安静,走廊上已经没人,程弥臂间拿着她和孟茵的物理书。

程弥走到一半,走廊转角处晃过来一个人影。这是今天来学校后程弥第一次见到司庭衍,自早上从家里出来那一面过后。

两个人都在第一时间看到了对方。早上楼道里那些话还像在耳边,隔着长长的走道,和楼外一方天色,一个在西,一个在东。

走廊上只有他们两个的脚步声,两道脚步声错开后又重叠上。两个人之间距离缩短,往楼道中间的交点靠近。

程弥抱着书往那边走。很快,两个人到了面对面的距离,程弥看司庭衍一眼,没跟他说话。

两个人擦肩而过。

程弥去到洗手间找孟茵,孟茵正在水龙头下洗手。

实验楼洗手间少有人来,地砖和隔间都显得很干净,就是有点阴凉。

程弥朝孟茵走过去:"好点没?"

孟茵这时才从镜子里看到程弥,点了点头:"嗯,舒服多了,可能昨天喝太多奶茶,喝坏肚子了。"

说到奶茶,程弥想起昨天许诺孟茵的那杯奶茶还没去喝,笑道:"昨天忘记过去了,过会儿过去给你的朋友捧场。"

孟茵摇了摇头:"不用的。"

一提到昨天,孟茵就想起昨天下午在朋友的奶茶店里听到、看到的那些事,和程弥有关的,那些不堪入耳的八卦和偏见。

她认定那是误会,所以不会怀疑朋友,也不会去问程弥,反而问了程弥一句:"你昨天是不是碰到戚纭淼了?"

程弥没懂她问这个做什么:"嗯,怎么了?"

"没发生什么吧?"

程弥觉得好笑:"能发生什么?"又问她,"你问这个做什么?"

孟茵犹豫要不要告诉程弥那些话,又觉得说出来只会给她添堵,不如不听,于是只摇摇头:"没。"

程弥便也没再问,将手里两本物理课本递给她:"对了,你帮我把书带回教室一下。"

现在是放学了,但程弥的书包还在教室里,孟茵问:"你不回教室吗?"

程弥说:"回,但现在有点事要去做。"

孟茵没多问,接过书:"好。"

程弥离开了实验楼一会儿,去小卖部买了两瓶水,再回到实验楼,轻车熟路地绕去三楼。

实验楼每层楼都有一间大教室,刚才司庭衍出现在三楼,肯定是去三楼大教室上竞赛班的课。

她没猜错,三楼大教室里已经坐了几个人,但老师还没到,班里没开始上课,说话声小小的,程弥一眼找到了司庭衍。

大教室里课桌成排,一排五个座位,连在一起,程弥进去后从窗边过道往前走。

司庭衍旁边空着一个座位,程弥转开手里的矿泉水瓶盖的时候在他旁边坐下。

她半边手撑着下巴,将水递去他唇边。

司庭衍停笔,看向她。

两人靠得很近,只一只手的距离就快碰上。

程弥稍歪头,栗色长发从肩头垂下,视线爬上他的眼睛,嘴角带着丝浅笑:"司庭衍,我对后果很感兴趣。"

下午放学后的校园,降温迅速冻结嘈杂,教学楼只剩稀零人影。一墙之外,楼栋高低错落,电线杆上电线拖满楼巷。

这些从实验楼大教室走廊一眼就能看到,程弥背对这些楼景,一边胳膊支在桌上,下巴放在手上。

说了那句话后,她就那么直勾勾地看着司庭衍,毫不避讳。

他口中的那个后果,她不清楚是什么。但她有兴趣承受,也能奉陪到底。

时间仿佛倒流,两个人之间的气氛仿佛一下又回到早上的楼道里。

他让她不要再来招他。

她呢,不仅来招他,还更加放肆了。

程弥托着下巴,几根指尖点点颊边,看进他的眼睛里,眼底轻漾着笑:"你在偷看我,被我知道了,怎么还能叫我别来招惹你?"

"司庭衍。"她叫他的名字,"是你在招惹我,我没办法不看你。"

司庭衍对程弥一直要多冷淡有多冷淡。

可就是这张脸,这个人,在她看不到的地方看着她,就如现在。

细小青筋几乎要穿透司庭衍白皙的肌肤,带着易碎感,他那双黑色眼睛紧紧落在她的脸上,沉默在呼吸中蔓延。

他眼睛很黑,犹如旋涡般快将人吸进去。

程弥半分没动,直直望着他。两个人距离近到什么都能被看透,周围说话声似乎都远去,只剩眼前这个人。程弥突然开口:"你现在想更凑近一点,对吗?"

司庭衍眼底神色不变,只是紧紧盯着她。眼神从头到尾没变,可莫名地,程弥感觉到里面有更深的东西在,一眼望不到头。司庭衍忽然说:

"你猜错了。"

这句话,程弥感觉到不只表面意思。

"是猜错了,"她看着他,"还是没猜全?"

两个人目光对视着,程弥盯着他的眼睛:"你告诉我一下正确答案?"

她想做什么,这个后果是什么,这话什么意思,他们都听懂了。

一道从教室外进来的声音插进他们的对视,却谁都没移开眼。

是给他们上数学竞赛课的老师,高瘦,平头,穿着一件蓝衬衫。他将一沓厚厚的试卷拍在教室门板上:"准备准备考试了啊,其他作业什么的都收一收,半个小时把所有题做完,然后我们来评讲。"

程弥没从双方这种氛围中抽离,声音掺杂在老师的说话声里,慢条斯理的:"这正确答案,我等你告诉我。"

老师进来后,又拍了拍讲台。

程弥说完,没再打扰他,从椅子上起身。她手里的瓶盖转上矿泉水瓶,没忘放上他的桌侧,做完这些这才从教室里出去。

出了教室后门,迎面一阵冷风,程弥倒没什么感觉,要走的时候在走廊上碰上一个让她意外的人。

戚纭淼站在教室斜后方的窗户旁,黑发打着小卷往内扣,小脸巴掌大。她眼线今天挑得有点高,本就不好惹,现在看起来更凶了,垂在身侧的手里拿着可乐,指尖掐得发白,眼神不善地看着程弥。

程弥知道她这眼神是针对自己,又被她挡住去路,也不当作什么都没看到就这么走掉,迎视着戚纭淼冒着利爪的视线。

戚纭淼那眼神,看着下一秒就能把可乐倒她身上。即使知道对方敢这么做,程弥也没后退。

余光里教室后门走出来一个人影,剑拔弩张的气氛忽然间被撞碎。

是司庭衍,看到她们两个,他神色淡淡的。

让程弥意外的是戚纭淼在看到司庭衍后,那身刺儿一下收敛不少,虽然仍是不太友好地敌视着程弥。

司庭衍没说话,从她们两个中间穿过,往走廊尽头的洗手间走去。

戚纭淼看司庭衍走了,最后看程弥一眼,没再理她,握着可乐跟上去了。

程弥看着他们的背影。

一前一后,戚纭淼很快跑到司庭衍身边,在跟他说什么。等到他们转过转角,程弥才收回目光。

她没再逗留,转身往相反方向走去。

上学的每天都不断重复着枯燥生活,一个星期一晃而过。

程弥是在一大早接到张玲尹打过来的电话的:"告诉你个好消息,我们这期杂志出来啦。"

程弥刚醒,眉眼间还蒙着一层慵懒柔软的睡意。她侧身,一条手臂半挂在枕头上,鼻间"嗯"了一声,笑:"猜到了。"

"我差点忘了跟你说,昨天就出来了,但路上得花点时间,今天早上应该就能在书刊亭和书店看到了。"

张玲尹说着抱怨道:"哎,真的是,出这期麻烦也太多了,一个接一个的,弄到现在才出刊,天天在网上被人说。"

《GR》这本杂志每个月有固定发刊日期,以往是月中,但这个月大问题、小问题接踵而来,杂志因此没有如期发刊,拖后好几天。

很多学生每个月攒零花钱就为了买这本杂志,好不容易熬到月中,左等右等没等到,肯定是会打电话和到网上催问。这几天张玲尹便接了不少这种电话,说道歉说到她自己耳朵都长茧。

程弥跟她说:"被惦记是好事。"

不被惦记的时候才是真正的苦难,到那时候,就已经是消亡了。

张玲尹:"那是,你别说,每次被读者催出刊我还挺高兴的。"

程弥笑了笑。

"你起床上学没有?"张玲尹问。

"起了。"程弥正好从床上下来。

"那你快去吃早饭上学。"

微凉的空气覆在肌肤上,程弥要穿衣服:"嗯,先挂了。"

她从卧室里出来吃早饭,司庭衍已经走了。程弥记得司庭衍不是今天值日，没等她问，司惠茹倒是自己跟她说了。

司庭衍今天不上课，要代表学校参加一个机器人比赛，已经从初赛走到决赛，今天是决赛的日子。

程弥不是刚知道司庭衍会玩机器人，第一次知道是从学校论坛里那栋"心事簿"高楼里看到的。

她坐下去吃早饭的时候，拿出手机，打开和司庭衍的短信对话框。那天从司惠茹那里拿到司庭衍的手机号码后，程弥就经常给他发短信。

两个人的短信对话框从上到下只有一种颜色，全是程弥发的，司庭衍一条没回。当然，她发的也不是什么有营养的东西，比如现在，给司庭衍发了两个字。

加油。

有点虚伪，因为这句"加油"什么用都没有，她单纯是在骚扰他。但也有那么一点真心实意在，她确实很老套地想给他加个油。

吃完早饭从家里出来，程弥步行去学校。今天校门口教导主任照旧雷打不动地在那里逮人，程弥之前丢的铭牌后来补办了，再也没去那队伍里站过。

她今天来晚了一点，从校门进去，校道上人头攒动。

她混在人群里，往教学楼走，在学校教学楼花坛边碰到一些不太熟的老面孔，是戚纭淼她们那帮小姐妹。程弥倒没怎么去在意，奉高就一个高中，不算特别大，难免会碰到。

周围全是着黑白校服的人潮，熙熙攘攘，喧闹嘈杂。就是在这片吵闹声中，那个程弥之前见过不少次，皮肤有点黑的女生，尖锐的声音穿过人墙："烦死了，好热啊。"

明明是穿长袖校服的季节，怎么会热？不少人路过，听到她们肆意大声的话，都会忍不住看一眼。

"怎么这么热？"

"你们都不热吗？"

戚纭淼说:"热死了。"

傅莘唯接过她的话:"淼淼,那你要不要扇子?"

"废话,有当然要啊,你又没有扇子,问什么问?"

她的其他小姐妹跟着附和:"谁说我没有?看,一堆呢!"

随着这话话音落下,质感厚重的书页翻动声簌簌作响。

程弥即将路过她们身边。

"这杂志纸质多好啊,可比扇子凉快多了,反正看都看不下去——"话没说完,纸张撕裂声响起,很刺耳,一下又一下,被蛮力抓扯下来,"丑死了!"

几道尖锐娇俏的声音乍然响起,很多人往她们看去。

程弥没理她们,径直路过。

一路上走去教室,陆陆续续有目光黏到自己身上,程弥能感知到这种目光,对这种感觉并不陌生。走进教室也没有摆脱这种感觉,她从教室门口进去往座位走的时候,有几道视线抛来她身上。

程弥穿过课桌间的过道,走去倒数第二排自己的座位,然后拉开课桌椅子坐下。

孟茵在座位上背英语单词。看程弥来了,她停下背英语单词的细声,目光从单词本上离开,看向了程弥。

程弥余光注意到,稍侧头看她:"怎么了?"

孟茵指尖抠着单词本,眼睛圆圆的,连苦恼看起来都是可爱的。半响,她挤出一句:"你看论坛了吗?"

"什么?"

孟茵说:"我觉得你应该很少看那个东西,但是……"

程弥看她这样,笑了,柔声问:"有人骂我?"

孟茵慢半拍地"啊"了一下:"你怎么知道?你看过了?"

程弥觉得好笑:"这不是一直都有的事?"

她也没怎么介意。人嘛,生下来怎么可能人人都喜欢?只要是个人,就会被人讨厌。

孟茵被程弥的一句话说得哑口无言,程弥说得没错,从她来奉高开始,没有哪天是没出现在论坛上的。大家肆意讨论她那张脸、她这个人、她那些可能做都没做过的往事,能津津有味地嚼上好几天。

孟茵看得出程弥是真的不在意,不在意自己被说成怎样,或者换个说法,是没兴趣去知道。

怎么有人生下来,能活得这么洒脱坦荡?

孟茵问她:"你一直这样的吗?"

"什么这样?"

"别人骂你,你都不在意的。"

程弥想了下,笑:"也不是,我没你想的那么完美。"

人生在世,哪有什么真正的洒脱?不过是一难比一难,这一步远没有曾经走过的某一步痛苦,就也不算什么了。当然,也有可能她是吃一堑长一智。

孟茵听完,突然说:"那你不要去看论坛了。"

"为什么?"程弥拿了手机出来,"有时候可以上去听听'故事'。"

像孟茵这种一个月可能连一次论坛都不会去看的好学生,程弥知道既然她主动提起论坛,那上面必定发生什么事了。而且,这件事是关于她的。

程弥极其淡定,没火急火燎地去看大家到底说她什么,甚至在点开论坛那一瞬,先注意到的是某个人的帖子。话题是关于他今天的机器人比赛的,那是很大型的一个比赛,拿奖的话高考能加分。

一眼扫过后,程弥才将注意力放去有关自己的那条帖子。她和司庭衍的名字离得很近,她的帖子就在他的上面。连着两条,帖子回复量都很高。

《GR》这期的封面居然不是咸纭淼了!怎么是程弥了?!

是程弥有心机,乘人之危抢走咸纭淼的杂志。

在看到这两句话时,程弥指尖稍微顿了一下,然后微皱起了眉头。

当时的网络环境,美貌和网络流行歌曲一样,能一夜红出半边天。学生每天花费心思换头像,换个性签名,装扮空间,还熟知各个头像网红。那时候大家的聊天头像可能不一样,但照片里的人其实是同一个。

程弥就是因为一套天台夕阳图突然在网上走红的,有段时间十个女生里就有五个头像是她。这套图还是黎楚拍的,拍完后随意放去网上记录,却意外地让程弥这张脸浓烈绽放在了大众的视野里。

很巧的是戚纭淼也是,程弥是来这儿之后才知道的。

戚纭淼样貌不差,那张脸是多数人的取向狙击,性格又直爽张扬,经常活跃在网上,脾性出名加上漂亮,她拥有许多小粉丝。

在网上有点热度的人,很难不被身边人放大一言一语和行为举止。

她们两个本来在网上就小有名气,又都在奉洵高中上学,随便一个人在奉高论坛里都能被讨论半天,现在这两个人碰一起了,还是因为这种极具腥风血雨性质的矛盾,学校论坛里一下帖子如潮涌。

《GR》这本穿搭女刊虽然在初、高中学生群体中很火,程弥以前在其他地方上学也经常耳闻,但其实她基本上不看。

风格不相投,《GR》的穿搭不是她的喜好。

因为不关注,所以她根本不知道戚纭淼是《GR》的模特,张玲尹也从来没跟她说过。

程弥点进那个说她乘人之危抢东西的帖子。发帖人应该很生气,一句话里标点符号都是感叹号。

真的气死了!戚纭淼还没解约的时候她就已经去拍了!
她拍图的时候戚纭淼还没解约?
真的假的啊?如果不是真的,这样乱说会不会不太好?

程弥往下没翻几条就看到有人回复。

我们都看到了好吗!当时看到她去《GR》就觉得不妙,我们去问那个拍照的编辑,她说了程弥就是在戚纭淼还没跟他们杂志社闹掰的时候自己去找他们的。我们乱说什么啊？就是她在戚纭淼跟《GR》有矛盾的时候从中插一脚啊。

这段话信息量巨大。

什么叫她在戚纭淼还没跟《GR》解约的时候去找的杂志社？还有，她给《GR》拍图的时候他们跟戚纭淼有矛盾？

程弥一下察觉出这里面有问题。

不是不信对方的话，她知道对方说的是真话。因为对方是真的义愤填膺，而不是在添油加醋地造谣，这两者字里行间是能看出来的。

孟茵本来以为程弥看到帖子会不去在意，因为她认为这是个误会，误会是不会让程弥这种性格的人苦恼的。

可现在看程弥似乎在认真思索的样子，她也跟着紧张起来，轻声开口问程弥："怎么了？"

程弥没想到出神，听孟茵说话，目光自然而然放去她身上："什么怎么了？"

"她们……"孟茵轻指了一下程弥手里的手机，"说了什么过分的话吗？"

过分的话？好像也不是，对方只是在说她们认定的"实情"。

程弥没说是和不是，只是略微想了一下，然后轻描淡写地对孟茵轻声笑了一下，说："今天应该就会结束了。"

孟茵自然是没听懂。

程弥看着她，突然问："你不问我，她们说的是不是真的？"

孟茵也看她，不到一秒摇了摇头："我觉得没什么好问的。"

程弥真的觉得孟茵长得挺可爱的，是让人想伸手捏捏脸的那种小妹妹。听她这么说程弥觉得好笑，又问："为什么？"

孟茵被她盯得有点不好意思了，移开眼，挠了挠小圆脸："就……就觉得你不是这样的人。"

程弥看她这样也不逗她了，两指间倒夹着水性笔，轻晃几下敲上桌沿，跟孟茵说："以后不能太信任别人。"

这么可爱善良的小姑娘,可不能被骗了。

两个人说话间,班主任魏向东赶着几个在走廊上晃荡的男生从外面进来,催促他们把语文课本拿出来早读。

程弥便没再和孟茵说什么,伸手从桌底掏出语文课本。

一天下来,不管班里,还是从外面窗口走过的人,源源不断有视线落在程弥身上。

不过,这些目光不带恶意,只是好奇和八卦。

不出意外她的名字现在应该还被泡在论坛里,但她没再上去看过。

临近放学的最后一节课是自习,程弥写完物理练习题,最后一道题不会做,答案没看懂。她正转笔嫌无聊,想到什么,伸手摸进桌底拿出手机。

她点进短信,果不其然,就一条运营商扣费短信。某个对话框只浮着"加油"两个字。

司庭衍没回信息。

没多久放学铃打响,程弥没在教室里逗留,收拾好物理练习册和其他作业,拎上书包离开教室。

学校外公交车鸣笛来往,程弥走去公交车亭底下,坐上2号公交车,和回家的5号公交车背道而驰。这趟公交车程弥坐过一次,十几天前,去《GR》拍摄那次。

《GR》杂志社离学校不算远,公交车在闹市磕绊穿行二十分钟后,停在那条规划混乱的老街上。

程弥沿街走了几十米后,来到《GR》楼下。

《GR》工作室的装潢挺有艺术气息,和他们杂志的风格很搭。程弥没给张玲尹打电话,直接走上楼。

临近六点,正值下班时间,一路上碰上好几个从《GR》出来的人,程弥没问他们张玲尹在不在,去到楼上张玲尹果然还没走。她这工作不闲,还在给模特拍摄。

程弥在旁边站着看看了一会儿,也没打扰。还是过来拿东西的邓子先看到她，开口第一句就是："来找张玲尹？"

程弥对他笑了一下："你说呢？"

"找吧，我支持你找。"

他拿上东西要走后，又退回来，拿出手机："要不，留个号码？"

之前大家一起出去吃饭那会儿，别人都留了程弥的号码，唯独邓子没有。当时他说没什么好留的，常能见到，但现在要留了，足以说明这人明白程弥此行的目的。

留好电话后，邓子走了，没过多久，张玲尹那边拍了一下午后终于完工。

回头看到程弥她还格外讶异："程弥，你怎么过来了？"

程弥还是平常那样，笑道："欢迎我吗？"

"当然欢迎啊，怎么不欢迎呢？走啊，到我的办公室吃东西，下午刚去超市搬了一堆零食呢。"

外间走廊有台饮料零售机，程弥上次和邓子在那儿聊过，她说："我挺渴的，想喝点东西，要不我们去趟外面？"

"啊，也行啊，那走吧。"

程弥看她一脸自然平常的样子，也没立即拆穿什么，和她一齐往外走。

走廊窗外人声、车声不断经过。

程弥推门出去后，走去饮料零售机旁，推进几个硬币。底下很快掉下两瓶果饮，程弥拿起来，走去窗边递了一瓶给张玲尹。

张玲尹接过："谢谢啊。"

还是老地方，程弥站在这窗边，想起上次在街对面的旱冰场碰上戚纭淼的那个小姐妹。当时，她是和邓子在一起的。

难怪呢，对方把她当仇人一样。

张玲尹问她："你看杂志了吗？"

程弥礼貌性地回："看到了。"

张玲尹看起来很开心："怎么样？内容是不是很不错？"

程弥笑："挺好。"

张玲尹说:"我们这期可卖得不错哦,好几个书店中午打电话过来说要再进一批货,一个早上呢,全卖光了。"

程弥看一眼窗外:"效果挺好。"

"对啊,销量特别好。"

程弥将目光从楼下收回,看向她:"论坛效果也特别好。"

张玲尹神色一顿,一脸蒙样:"什么论坛效果不错?"

"如果我没记错的话,"程弥语调还是不疾不徐的,"你第一次打电话给我时说过,你们经常会去看学校论坛。"

她看着张玲尹:"所以你今天看奉高论坛没有?"

张玲尹的眼神飘忽了一下:"我今天都忙疯了,哪有时间上去看那些?"

她一下跳进程弥的坑里。程弥说:"没事,不看也没什么问题。你回答我两个问题。"

虽说是问,但她根本没给张玲尹拒绝的机会:"第一,你来找我的时候,你们是不是还没跟戚纭淼解约?"

说完,她就那么看着张玲尹。

张玲尹顿了一下,在这种眼神下根本说不了谎:"当时是在协商,已经准备解约了……"

"可你没告诉过我,当时你只跟我说模特闹解约,你们需要另外找一个。"

张玲尹张嘴:"那我们也不能干等着她啊……"

程弥说:"好,我们现在来说另一个问题。是不是有人给你打过电话问过我?"

张玲尹的脸色已经肉眼可见地不自然了,却还是强撑:"没啊。"

程弥说:"你是不是说,是我自己来找你们签约的?"

张玲尹微愣。

程弥补了一句:"在戚纭淼还没跟你们解约的时候。"

张玲尹可能没想到程弥会这么直接,一下都不知道该怎么接话。

程弥说:"不用装作不知道,在你决定两边都不想得罪的时候,这件事的后果就已经兜不住了。"

张玲尹这人说好听点是开朗好相处,往难听了说是圆滑世故。但世故也会被世故误,她在程弥这边隐瞒实情,在戚纭淼那边捏造实情。

如果双方性格都是不闹事、不计较的话,可能这事就这么过去了,可她遇到的偏偏是戚纭淼她们这种人。她们是不会把委屈吞回去的,只会加倍还回去。

这件事程弥不想跟戚纭淼她们计较,因为她们也被耍得团团转。

张玲尹顿了顿,许久没说话,最后很抱歉地说:"程弥,真的很不好意思,这事是我做得不好,但我会到网上说清楚的,我们就——"

她没说完,就被程弥打断:"合同里写的违约是归还所有收益。正好,不用麻烦你们给我打钱了。"

从杂志社出来已近天黑,坐公交车回去到楼下时天已经黑透。程弥上楼,拿钥匙打开门,和每次她晚回来一样,司惠茹坐在客厅沙发上等她。

"回来了?"

司惠茹好像很喜欢织东西,上次回来她手里拿着铁棒针,今天也是。只是毛线变了个颜色,上次是黑色,这次是白色。

她放下手里的铁棒针:"外面是不是很冷?阿姨去给你倒杯热水喝,热热身子。"

程弥开口拦住她:"不用,不是很冷。"

司惠茹便没坚持,继续起身:"那我去把饭菜热一热,你洗洗手,我们可以吃晚饭了。"

"嗯。"

司惠茹进厨房去了。

程弥看一圈家里,没看到司庭衍。她走去鞋柜旁换鞋,看到他的鞋,抬眼看他的房间门一眼,门关着。

程弥移开目光,将鞋放进鞋柜,手臂挂着书包往房间走。

这房子已经有些年头,隔音效果糟糕,平时外面一点响动房间里听得一清二楚。她回来和司惠茹在这外面说话，司庭衍在房间里肯定听得到。

房间外的过道很安静，只厨房那边传来一两声锅勺碰撞声。

她的脚步声响在过道上，从客厅逐渐接近房间。

司庭衍房间的门纹丝不动。

程弥停到自己的房间门前，看对面的房间门一眼，收回目光，推开房门进屋。

放下书包后她从房间里出来，房门带上发出声响。她没再看对面那扇房间门，径直走去厨房。

程弥和司惠茹两个人实在没什么话题，在餐桌边坐下，司惠茹跟她说："小衍跟老师在外面吃过了。"

程弥像顺口问了一句："刚回来？"

"没，回来有一会儿了。"

两个人沉默。

吃完饭，司惠茹照旧不让程弥动饭碗，程弥和往常一样，该做什么做什么。

路过对面房间时她依然没有停顿，进自己的房间，打开衣柜拿了件白色休闲长T恤，从房间里出去洗澡。

奉洵的天气已经开始转凉，温水淋身的时候已经能感觉到丝丝凉意入骨。

从浴室出来后，程弥擦着头发回房间。

今晚作业不算少，一张英语试卷、一张生物试卷、两本练习题。都算程弥拿手的科目，做起来不怎么难。

她做作业的时候，对面响起过一两次开门关门声，程弥的笔尖没有停顿，流畅地走在试卷上。

认真的时候时间会过得很快，程弥做完作业已经十一点多了。

窗帘没拉，窗外灯火都少了一半。夜里发凉的风从窗口钻进来，哗啦轻翻过程弥桌上的一张纸页，又掉下，也把程弥的头脑吹得一片清醒。

她的视线落在桌上的物理练习册上，其实今晚魏向东布置的物理作业她在学校已经做完，只不过有道题实在不懂，这本练习册带回来后也一个字没动。

房间外一片安静。

程弥放下笔，拿上物理练习册，打开房门出去。熟悉的场景，走廊上一片漆黑。

程弥臂间抱着书，几步慢慢走过去，手放上门把。门把上的金属泛凉，程弥指尖在上面点了点，两秒后按下。

她推开房门，一小方不甚明亮的光线映入眼，是台灯。

司庭衍在桌前刷题，程弥才发现他是用左手写字。

听到声音，司庭衍回过头。

程弥的长发一边在耳后，那双桃花眼在微光中盯着他。关上门后，她光脚走了进来。

司庭衍回过头去，没再看她，继续写他自己的。

程弥缓缓走到他的书桌前，旁边有张椅子，上面放着一些电路板和零件，还有几张图纸。她自然而然地靠上他的书桌边沿，手里的物理练习册顺手落去他的桌上，几乎已经快坐到桌上去。

司庭衍笔尖继续在草稿纸上随思路不断地走动，他没理她。

程弥将目光从他的笔尖上移开，落回他的脸上。光从前面过来，他的长眼睫在白皙皮肤上投下一层阴影。

程弥盯着他这张脸看了几秒，轻缓抬手，指尖摸上他的脸颊虚虚滑过，半似玩笑地说："一天没见，想过我没有？"

司庭衍的笔尖不知什么时候停了，他抬眼看着她，眼底情绪难辨："你想说什么？"

程弥目光稍动，来回描摹他那双眼睛。她说："我猜你想了。"

她看进他的眼睛里，连询问都省略，笃定般问他："'加油'两个字，是不是太短了？"

短信，他肯定看过了。

程弥不知道什么时候已经坐去司庭衍的书桌上。那身白长色 T 恤稍短，微往上缩，搭在腿上。她指尖轻微摩挲："你说是吗？"

司庭衍只看着她:"我如果没看呢?"

桌上灯光昏暗,一小点落在他的黑色瞳眸里,将灭未灭。

程弥一只手臂撑在身侧,耳朵稍歪向肩侧,眼睛还是看着他的:"我不怎么信呢,司庭衍。"

她每个字都讲得非常清晰,一个字一个字,不着急问完,也没有拖慢,像是询问,可每个字都带着侵略性:"现在你手机里的那些短信,我的是不是已读状态?"

昏暗房间里安静肆意横行,爬满他们两个人之间的每寸呼吸。

司庭衍说:"你什么时候能猜对一次?"

话音落地,两个人都没移开眼。

程弥没听懂他这句话的意思,说:"是吗?我没说对?"

司庭衍说完一句让程弥不明所以的话,就不开口了。

程弥试图从他眼里找出什么,又问了一句:"为什么我没说对?"

司庭衍却明显不想再跟她说什么,弄开她的手,目光从她身上离开,拿笔继续做题了。

这样的司庭衍有点反常。程弥坐着的书桌桌面被空气沾得发凉,冰意渗上她腿根,她视线不离司庭衍的眼睛一瞬:"不开心?"

说完她伸手想碰他,结果手没碰到,零件落地声和椅腿拖地声比她快一步。

程弥的脚腕被司庭衍握上,整个人被他往下一扯。身体一下离桌,顺着椅背往下滑,整个人摔坐在椅子里。

这一下用劲不小,程弥身后长发都散了,她深嗒一声。椅垫是软的,她尾椎骨没发麻,身下坐着他的几张潦草的电路图稿。

程弥被司庭衍拽着摔进椅里后也懒得调整坐姿,就那么靠在椅背里看着他。

司庭衍眼睛那里眉骨、山根很标致,肤色白得晃眼,薄唇唇珠显得有些冷淡。

两个人的视线在昏暗光线里相对。

程弥的几丝发丝沾在唇上,脚腕动了动:"怎么,你怕看到什么?"

话里每个字都正经无比,连着从她嘴里说出来却每个字都露骨。

怕看到什么,他才把她拽下来?她的目光直白。

司庭衍眼底则一片安静黑沉。

然后,"啪"的一声,灯被司庭衍关了,程弥的视野里突然一片黑。

她瞬间被未知的黑暗包围,周围原本还可以视物的环境一下变得伸手不见五指。眼前只有混沌,程弥看不见对面的司庭衍,但没着急。

"为什么关灯?"

回应她的只有安静。

程弥能感觉到司庭衍还在对面,两个人的距离很近。

其实台灯就在旁边,程弥想开伸手就能碰到,但她没有。

黑暗里涌动着什么。

几秒后,程弥伸起早没被桎梏的脚腕,屈腿跪坐在椅上,衣料发出细微窸窣的声响,她朝司庭衍靠近:"司庭衍,你在做什么?"

听不到任何声音,她往他的气息靠近。即使什么都看不见,但程弥能感觉到他一直盯着自己。

在快要碰到他时,程弥下巴一紧。她的手正好摸去台灯那里,紧跟着"啪嗒"打开台灯。

眼前一亮,程弥果然准确无误地捕捉到司庭衍的视线。他确实在看自己,还和之前一样坐姿端正,衣衫整洁,面色透着易碎感。

两个人在对方面前分毫毕现,谁都没错开视线。程弥被捏着下巴,观察他的神色一番后说:"你不想更近一点?"

司庭衍薄唇一张一合:"你怎么知道我想?"

"是啊,我知道。"她说,"你想。"

程弥这人向来直白坦荡,而且在这方面从来不说谎。

司庭衍只看着她。

对视一阵后,程弥问:"刚才关灯,你在做什么?"

两个人的鼻尖没几寸距离,空气中弥漫着一种讲不明的气氛。

这时房间门突然传来一声叩响,门外是司惠茹有几分担心的声音:"小衍,你房间里怎么突然那么大一声,怎么了?"

她应该是被司庭衍把程弥拽到椅子上那一下的动静吵醒了。

程弥听见司惠茹的声音在门外响起并不觉得惊讶。不怪司惠茹大惊小怪,是司庭衍确实和别人不一样,一个不起眼的动静可能关乎他的心脏病。

如果程弥没记错的话,她刚才进来没锁门。不过她不担心,因为程弥猜司庭衍不会让司惠茹担心。

司庭衍确实开口了:"我没事。"

房门外司惠茹的松气声都听得到。

"没事就好,好晚了,明天再学习,要早点睡觉。"

"知道了。"

房门外很快响起一阵关门声,司惠茹回房了。

两个人之间那种气氛已经被打断,程弥坐回椅子里,靠回书桌边,单手托着下巴,倒夹着笔,笔帽点点自己带来的物理练习册,对司庭衍说:"帮我讲讲题?"

接下来让程弥意外的是,司庭衍似乎没觉得她奇怪。

性格原因程弥经常让人误会她是个不爱学习的人,来奉高后已经考试过几次,第一次考试成绩出来,当时班里的人都很意外,包括孟茵。

她虽然成绩跟年级第一、第二这些没得比,但也不至于糟糕到一塌糊涂的程度。不过其他人一般不会这么认为。

有一次孟茵不在,程弥问过路过座位的班主任魏向东一道题,周围同学都跟看到什么稀奇事一样频频回头看她。

而司庭衍竟然没有。他很平常,跟听到他们班任何一个同学问他题一般,没戴有色眼镜。

程弥只认为是这样,因为除此之外,另一方面就是有可能这个人对她很熟悉。就像孟茵,后面知道她其实成绩没那么差后就没再惊讶过。但要说司庭衍对她熟悉,似乎不太可能。他们是不同年级,以前更不认识。

司庭衍问她:"哪里?"已经没再看她。

程弥这才收回看他的视线,翻开练习册,指尖点点某页最后一道大题:"答案没看懂。"

此刻程弥深刻感受到了司庭衍这种人智商和平常人的差距。她连答案都没看懂的一道题,司庭衍看一遍题目就已经开始讲解。

程弥平时跟司庭衍待一起的时间大多不怎么正经,但此刻她也听得认真,没听懂时就问上一句。

司庭衍讲题挺条理清晰的,程弥确定他是用的最规矩的一种解题方法跟她讲的,因为那些公式和知识她都听得懂。

智商高的人,有时候和平常人不是同一套知识体系。

讲完已经是十几分钟后,程弥拿笔在练习册上写下最后一个公式。

旁边,司庭衍在看她写完。

她停笔后,司庭衍便转开眼。

时间已经不早,程弥没再烦他,收拾好书本和笔,起身要走的时候,将一瓶旺仔牛奶放上他的桌子,眼睛是笑着的。

"谢谢我们司老师,晚安。"

翌日,某社交软件上一条动态被轮转了上千次。

《GR》找的程弥,程弥不清楚《GR》和前模特的纠纷。

短短一句话和发这条澄清动态的人的身份,让这条动态一下在网上爆炸开来。

震惊、喜悦、愤怒的网络情绪都在狂欢。

而发这条澄清动态的人不是始作俑者张玲尹,也不是受害者程弥,而是和程弥还没算多熟的邓子。

邓子这做法正直讲义气,但也离被炒鱿鱼不远了。

程弥是隔天在学校看到的消息,邓子凌晨发的这条动态,而且发完竟也没找她,没跟她说任何一句话。

程弥趁课间去厕所给他去了个电话。电话响一阵后才被接起,对方开口带着困倦感。

"大清早的,打什么电话呢?"

如果不是程弥记忆出问题,现在是上午十点多。她说:"你看一眼时间。"

邓子说:"早着呢,昨晚大半夜卷铺盖走人,今天怎么说也得睡它个天昏地暗,享受一下无业人员的幸福。"

不管什么工作室,只要涉及利益,永远不缺自身立场。利益没有仁慈之分,只有利不利己。

邓子昨晚那条动态对工作室来说无疑就是在往工作室脸上抹黑,影响工作室的形象,损害工作室的名声。

对他们来说,邓子就是"胳膊肘往外拐",员工只需要闭嘴,但邓子没有,当然得卷铺盖走人。

程弥说:"邓大摄影师,有一点你认知不清,你不是被他们请走的,是自己从他们的工作室跳槽的。"

那边邓子听着是去摸烟了,打火机"咔嗒"一声响,他笑:"啧,真会说话,不过你别说,从昨晚到现在不下三个工作室给我打电话了。"

"厉害啊,邓大摄影师。"

邓子说:"那倒没有,脑子一热罢了,本来就一直有从那儿辞职的想法。得,你给个机会,我这不就跳了?"

程弥印象中邓子跟张玲尹关系还算不错,一开始程弥和邓子会认识就是通过张玲尹。那次张玲尹出差托邓子帮忙先给程弥拍摄,能帮忙解决工作问题的同事关系,算不错了。但邓子那条澄清动态,就是把张玲尹推出去了,彻底站在对立面。

"你跟张玲尹关系不是还行?"程弥问。

"你也知道是还行,就有事想到你,没事没你这个朋友那种还行。"邓子开玩笑,其实平时帮忙很仗义,"老偷懒让我做事情,我忍她很久了呢。"

"没看错,你就一个老好人。"

邓子叹气:"我确实是。不过这回我不是没当老好人吗?"

程弥笑。

"这么说吧,你们这事,你算个老好人。"邓子咬烟,声音有点模糊,"你就应该这么做,先不解约,撺掇张玲尹出来给你道歉,等她这头道完歉了把这乌龙给澄清了,你回头再把她给踹了。这事要么解决多解气?你倒好,直接解约了,这约一解,要等张玲尹道歉,下辈子可能都看不到头。"

程弥去找张玲尹那天,对峙过后张玲尹给程弥道过几句歉,还承诺会澄清这个误会,当然她这么诚恳的态度是在程弥还没解约前,因为还要留程弥继续合作。

程弥解约后跟他们毫无瓜葛,他们当然不会为一个不相干的人给自己的工作室带来争议谩骂,张玲尹更是不会当什么烂好人把自己推去风口浪尖。

一些人之本性,都不用多加揣摩。

邓子说:"我理解你不想跟他们再多共事一分钟,因为我也一样,但这关乎你自己的名声,你就应该跟张玲尹计较计较,她也就是笃定你不会再找她算账。"

程弥安静了一会儿,说:"被人欺骗的感觉蛮恶心的。"

这话从程弥嘴里说出来程度很重,平时说什么都不带棱角的一个人,话里突然冒出一些小刺,连邓子听了都有些意外。

但不得不说,这让他在程弥身上多看到了一点人气,那种正常人都有的会生气、会愤怒的精气神,毕竟他没看过程弥生气。

这可是程弥呢,竟然也有因为喜恶考虑事情不周到的时候。

邓子说:"厌恶到要跟对方立马撇清关系的程度?"

程弥不是一个喜欢对别人发泄情绪的人:"你下一句是不是要让我说来听听了?"

"哟,还真被你猜到了。"

邓子这通电话叹气不下两遍:"不过我还是觉得你应该强硬一点,就该找张玲尹算账,就你这气场,她跪着都得跟你道歉。"

"这么狠?"程弥轻笑一声。

"不狠那些无赖不怕。"

"我才来这里多久,就不惹事了。"

现在她这情况惹事,不是她自己一个人的事,而是在麻烦黎烨衡和司惠茹。

邓子闻到八卦意味:"怎么,你以前老惹事?"

"这位邓大摄影师,你很八卦啊。"

"这不很正常?我们这行啊,眼睛和耳朵可都得经常保持'八卦'状态。"邓子又说,"对了,你还找不找活儿?要的话我这边帮你问问。"

"你先操心操心你自己吧。"

邓子听着不像口气大,而是有十足把握:"我怕什么?我明天就找好下家。我经常在这片领域混,人脉虽然不算多,但帮你找个模特活儿应该不难。当然条件可能跟《GR》比不了,但也不会差到哪里,给你找肯定找条件不错的。"

程弥说:"除了模特呢?"

邓子感到疑惑:"你不做模特?你可是能靠这个吃一辈子饭的。"

"没兴趣。"

除了这次来奉洵《GR》杂志找上门,程弥以前做过唯一一次模特也只有当某个品牌女装的专属模特,接这两次工作都是和钱挂钩。程弥自身很适合做模特,但其实她本人对这工作并不感兴趣。

邓子问她:"那你对什么有兴趣?大明星?"

"那倒不至于。"程弥笑,说,"像酒吧驻唱那类。"

邓子惊了:"深藏不露啊程弥,你居然喜欢唱歌?"

"还行,跟模特比,我对这个感兴趣点。"

程弥跟她妈程姿一样,有一副好嗓音,有段时间程姿专门把她往这方面培养过。但后来程弥有自己的想法,就没再学,但还是会时不时玩玩音乐。

邓子说:"这个可比模特容易找多了,你应该是要找清吧那种吧?"

"都行。"

"容易,一堆呢。"邓子那边有嘈杂的电视声,"你要的话今天我就能帮你联系联系朋友。"

"人脉挺广。"

"这叫个人爱好。"

这课间全拿来聊天,没一会儿预备铃打响。

程弥来的这厕所没什么人,安安静静的。她从窗边离开:"不说了,上课了。"

"行,好好学习啊高三生,有空出来一起玩。"

邓子那条动态不仅在网上掀起风浪,也把奉洵高中的论坛弄得热闹非凡。一时间论坛里看不到任何学习话题,全被程弥和戚纭淼两个人的名字占据。

《GR》那个编辑真的太恶心了,在搞什么啊,做人还阴阳两面吗?

这样会让人误会的好不好?昨天论坛把程弥骂成那样。

不过程弥真的好漂亮哎,《GR》这次虽然恶心,但这期杂志拍得真的好好看,程弥长得太好看了。

我也觉得,程弥要比戚纭淼漂亮好多。

一时间各种声音都有,同情的、愤怒的、抱着好奇心看热闹的,全混乱不堪地挤在一起。程弥来到这学校后什么事没干,名气已经跟戚纭淼不相上下。

程弥回教室的时候迎面碰上熟人,司庭衍一身校服,正往他们教室走去。

走廊上响过预备铃仍旧闹哄哄的,还有人聊天说笑追逐打闹。

司庭衍和周围那些言行举止幼稚夸张的男生完全分隔开来,肩身虽稍单薄但很笔挺,一身黑白校服套在身上利落整洁。

不出五六米,两个人的视线便对上了,但不像老朋友那般热络,隔着距离挥手打招呼。

两个人面对面,距离随脚步缩短。

程弥也穿着校服，外套没拉拉链，松垮地挂在身上，却一点不显不修边幅，校服外套在她身上用处不只是校服，已经被她当成搭配。

因为在网上和论坛上是个人物，最近又因为杂志模特那点事儿没少出现在别人口中，走廊上不断有人朝她抛来好奇的视线。

程弥倒没去注意，眼睛只看着司庭衍。

两个人逐渐靠近。

身后传来一声有些俏皮的"司庭衍"，紧接着程弥的肩膀被人从后面一撞，肩膀稍歪，头上扎着漂亮黑色丝带的人影从她身边经过。那颗后脑勺挺眼熟，虽然这是程弥第一次看见她扎头发。

在论坛上被讨论得沸沸扬扬的两位主人公突然一齐出现在这里，周围聚过来的目光更多了。

程弥被她撞一下后没停下脚，自然而然地重新回到原来的步调。

戚纭淼跑去司庭衍身边："你去哪儿了？我去你的教室没找到你。"

程弥的视线只晃去戚纭淼身上一瞬，很快又回到司庭衍身上，司庭衍也在看她。

两个人已经到面对面的距离。

上课铃声在这时敲响，走廊上闲聊晃荡的人纷纷回教室，脚步声、说话声凌乱起来。

走廊上回荡着急促的铃声。

程弥和司庭衍对视最后一秒，下一秒擦肩而过。

高三年级的教室就在高二年级楼下。程弥从楼道下去，隔着长长的走廊，尽头的女厕所外站着几个嬉笑玩闹的女生，笑声挺刺耳，行为也张扬。

程弥来奉高近一个月，时间不长，倒是什么人都认识了。女厕外，那几个女生是戚纭淼那帮跟她一样上高二的小姐妹。

程弥看到能认出来，但并不代表会去注意。

她沿着人影还热闹的走廊走回教室。

（4）班的班级氛围一直很闹，以往临上课时班里的男生女生还吵闹玩笑到震天响，但今天似乎不太一样。除开教室后排玩得比较开的郑弘凯他们几个，还有那些埋头学习不闻窗外事的学生照旧埋头学习，其他同学嘴巴跟被粘上一样，安静到反常。

程弥走了进去。

教室后面那个性格暴躁的女生在座位上指着郑弘凯的鼻子骂道："郑弘凯，你把我的手机还我！"

郑弘凯半个身子吊儿郎当地坐在课桌上，晃着腿，拿着书和手机在手里抛着玩，贱兮兮地笑："一个小女孩子家的，这么暴躁干吗？脾气这么差怎么交朋友啊？"

"滚，"女生拿书扔他，"把手机还我。"

"干吗啊？你在看什么不能让我看，紧张成这样。"

女生站起来去抢手机："我看你是故意找碴儿。"

程弥这时走到座位周围，郑弘凯余光看到她，就松了手机还给女生，胳膊上挨了那女生用力的两巴掌。

郑弘凯坐在课桌上没下来，问程弥："去哪儿了？"

他关心得有点刻意。

程弥之前跟"红毛"他们玩那会儿，郑弘凯跟厉执禹他们还没闹掰的时候，程弥连带着跟他的关系也还行。

本来就是她来这里后认识的第一批人，在这班里跟谁都还不熟的时候，也就郑弘凯和他那些男生朋友跟她聊聊天。即使两个人关系也没好到死党那程度，但在这班里还是能经常说上几句。

程弥又不是那种爱憎分明的性格，不过自从上次郑弘凯在操场上对司庭衍做那事后，程弥跟郑弘凯是没以前关系亲近了。她走过去："没去哪儿。"

郑弘凯看她一眼，没说什么。

程弥拉开椅子坐下，感觉挺多人在看她，包括孟茵。

孟茵这种腼腆性子的人很少这么盯着程弥，一般这么看她的时候，就应该是有什么话要说，而且孟茵的面色看起来像是有点……

程弥看她一眼。

是的，紧张，孟茵看起来像是有点不安，两手攥着放在桌底下的腿上,程弥感觉她手里现在应该冒汗了。

她看着孟茵:"怎么了?"

孟茵也看着她:"程弥,那个……"

她眼睛往桌上某个地方看了一眼。

程弥顺着她的视线看过去。

班里好像屏声静气一样,大家都在沉默,虽然没往这边看,但明显全班焦点都在这儿。

孟茵不管眼睛、鼻子还是脸,都有点圆,不带任何棱角。就长相这么绵软的一个人,虽然有点紧张,但语气是坚定的:"你水杯里的水不要喝了,她们在里面装了厕所拖地的水。"

她们是谁,不言而喻。

程弥闻言,看向自己桌角那个奶白色的磨砂水杯,棕黄色桌面上水杯底下一小片水渍。

孟茵看她这样,还想说什么:"就傅……"

她没说完,被程弥阻止:"孟茵,你不要说。"

孟茵到口的话卡在喉咙里。

那个一开始跟郑弘凯抢手机的女生这时在后面说孟茵:"你干吗出头啊,那几个人说了不能说,你不怕被她们报复啊?"

都有人说了,也没什么不能挑明的了。

后面郑弘凯跟程弥说:"她们跟你这梁子是结下了,现在网上哪儿都拿戚纭淼和你放一起说。"

虽然程弥抢戚纭淼的活儿这事是误会,但目前双方的恩怨已经不止这点,从《GR》杂志这期出刊以来,网上到处都在拱火,拿两个人的脸和性格做比较。

加上今天舆论风向明显偏向程弥,"戚纭淼"这三个字在网上已经不能看。不过程弥也没好到哪里去,毕竟戚纭淼在网上比程弥活跃,粉丝比她多不少。

就戚纭淼那性格,不可能大度地装淡然。

班里陆续有人转头往这边看,但没人敢说话。特别是当外面娇俏的笑声和说话声在靠近教室窗口。

程弥坐在座位上没动,在那些脚步声快接近教室后门时,拿过桌角的水杯从椅子上起身。

她的动静不算大,跟平时每一次起身一样。

班主任魏向东就是在这时走进教室的。程弥却仿若没看到一般,往教室后门走去。

外面那几道笑声、说话声有几分矫揉造作,明显是故意在吸引人注意,像要看什么可笑猎物那般靠近。

程弥指尖下垂,虚握着水杯朝声音来源处走去。

郑弘凯、孟茵、那个女生都看着程弥,包括班里的其他同学。

魏向东在前面看程弥往后走,叫了她一声:"程弥,上课了,你离开座位干吗?"

程弥往教室后门走的时候,校服拉链链头打在水杯壁上,"咔嗒"一声脆响,在此刻安静的教室里尤其刺耳。

教室外那些笑声同样让人耳膜不舒服。

程弥快走至后门的时候,傅莘唯她们那帮女生的身影也出现在教室后门口,嘴上带笑,没有任何一丝这个年纪的美好,爬满了丑陋恶意。

她们没料到程弥会出现在后门,而且明显是冲着她们来的,脸上的笑霎时顿了一下。但她们很快反应过来,还没从她们脸上消失的笑意顿时转为愤意。

程弥五官明艳,不笑的时候看起来有点严肃。就如现在,她的眉眼、嘴角没像平时那么笑着。

外面那些女生的气势一下有点弱了下去,虽然还是凶巴巴的,但气场一下被程弥压制了。

一敌五。

她们就那么看着程弥靠近。

程弥走到门口停下。

为首的是傅莘唯,为了保持自己的气势,半分没后退。

程弥也看着她,拿着水杯的那只手抬起,动作是从容不迫的。

傅莘唯喉咙咽动了一下:"你干吗?"

她挺成功,声音没发抖。

她后面那些女生也傻了,一时都没反应过来。

程弥看着傅莘唯,另一只手手腕弯下,五指指尖搭在杯盖上,像是要转开。傅莘唯没办法不去注意她的动作,眼睫毛终于轻颤了一下。

程弥转开杯盖的手顿时停下,眼睛看着她,面色带上一点悠然,语气也是:"你以为我要干什么?"

她说完,手伸至后门旁边的垃圾桶上方,松开手。水杯"扑通"一声掉进垃圾桶里,震得垃圾桶壁四晃。

傅莘唯这时才回过神来,知道自己被耍了,脸色黑了一层:"程弥,你有病啊?!"

"我是有病,"程弥说,"但我感觉你应该也差不多,所以我们两个谁都别招谁,好吗?"

"都干什么呢?"魏向东是在这时走到后面来的,"都上课了,还在这里做什么?你们哪班的?程弥,你回座位。"

程弥将想说的话跟傅莘唯说完后懒得再说什么,转身往教室里走去。

奉高虽然不良学生不少,但老师还是有几分威严在的。傅莘唯她们被魏向东这么一呵斥,没有顶撞,但态度也好不到哪里去,连招呼都没有打,就差翻白眼,黑着脸走了。

程弥走过去坐下,魏向东经过她的座位的时候跟她说:"程弥,你下课后到我的办公室来一趟。"

然后他在课堂上把这事翻篇:"上课了啊,物理书都拿出来,翻到四十五页,我们今天复习一下你们高二讲过的内容。"

班里响起书页翻动声,大家的注意力没再放在程弥这边。

郑弘凯在后面跟程弥说:"你以后离她们远点,她们那几个人都跟疯了一样。"

虽然郑弘凯就喜欢这样的人,戚纭淼是他的取向狙击。

孟茵已经将物理书摊开放在桌上,在翻页。

程弥也从桌底下拿书出来:"最近不要一个人去厕所,跟着我。"

孟茵侧头看着她，几秒后才反应过来，点了点头："哦，好。"

程弥转头看她，朝她笑了下："谢了。"

孟茵摇了摇头："不用，应该的。"

魏向东上午下课后，临时被高三物理组组长的一个电话叫走，找程弥谈心没谈成，下午最后一节上体育课前才叫她过去。

她刚进办公室，魏向东就拖开办公桌旁边的椅子："过来了？来，坐吧。"

这是程弥第二次来这办公室，第一次是将近一个月前，入学办完手续被魏向东带过来。那次魏向东跟她聊得最多的就是高三的学习，这次开场也是。

"最近学习上怎么样？还顺利吗？"

他很和蔼。

程弥点了点头，实话实说："还行。"

"有没有什么跟不上的地方？三科主科和副科？"魏向东把桌上的文件整理了一下后放在桌旁。

她确实有。

"数学。"程弥说。

"那我回头跟你们数学老师说一声，让他多照顾照顾你，你平时有什么问题记得到办公室找你们陈老师。"

程弥还是点头，然后对老师笑了一下："谢谢老师。"

魏向东起身，从柜底拿出一次性杯子到饮水机旁给程弥接了杯水递给她："行，学习上如果没什么问题的话，那我们现在来聊聊别的事。"

程弥接过杯子放在面前："老师是想说早上的事？"

"你也知道啊？"魏向东在椅子上坐下，木头发出一声"嘎吱"声，"知不知道你们早上要是闹起来，影响有多大？"

程弥没反驳："知道。"

魏向东班里一堆调皮学生，平时没少教训，这个年纪的学生都难管，叛逆得不行，说一两句就炸毛了。

程弥认错认得这么干脆，魏向东还有点不适应，突然就语重心长起来："你是个挺懂事的小孩，到奉高这段时间也挺乖的，完全不用我操心。但是呢，今天早上和你闹起来的那几个女生，连教导主任都对她们几个感到头痛，我这么说你应该听得懂。"

当然听得懂，程弥点头。

魏向东不放心，还是把自己话里的意思又说了一遍："教导主任都拿她们没办法，你离她们远点。还有啊，你课外打工这事，是钱不够花还是……"

程弥隐隐有不好的预感，笑："没有，够花的。"

"那怎么还去打工？高三了啊，凡事以学习为重，你这样怎么可能不影响学习？"

这时从办公室外走进来一个人。

魏向东还在说："哪天我给你的家长打个电话，或者上你们家拜访，和你的家长聊聊你的情况。"

办公室里突然响起另一个老师的声音："司庭衍，你怎么过来了？我不是说让你先去上课，放学后再来找我也行的？"

程弥虽然在听魏向东的教训，但耳朵准确捕捉到某三个字，眼睛看向那处。

隔着一条过道，司庭衍正往对角那边的办公桌走，回答老师："下节是体育课。"

"啊，体育课啊。"他们老师招了招手，"这张卷子你拿去做一做，做完拿给我。"

魏向东是一直看着程弥的，看到她的目光朝那边看，下意识地顺着她的目光看过去。司庭衍高一那会儿他教过司庭衍，认识这孩子，和程弥这次谈话也挺轻松的，就随口问了一句："你跟司庭衍认识？这朋友交得不错啊。"

朋友？

程弥又想起魏向东刚才说的找家长的话。她收回目光，看向魏向东："老师，司庭衍是我弟弟。"

"你弟弟？"魏向东很惊讶。

"对的，家属。"程弥说得脸不红心不跳。

魏向东听她这么说，去拿学生资料簿，翻到程弥那页，家长联系人那里果然是个熟人——司惠茹。

"真是，我怎么没注意到？那这不正好？家里平时有这么个学霸，你学习上不懂的都不用愁了。"

程弥说是，开始坑司庭衍："我们家长忙，老师如果担心我有事不跟家长说的话，可以让我弟弟代为转达。"

司庭衍这时拿上试卷刚想离开办公室，就被魏向东叫住了："司庭衍。"

"程弥是你姐姐是吧？怎么进来你都没跟你姐姐打招呼？来，你过来一下，我跟你说一下你姐姐的情况，正好你平时学习上能帮帮她。"

魏向东话都还没说完，司庭衍就看向了程弥。

程弥在旁边听着，看着他的眼睛没忍住笑。

"司庭衍"这三个字在奉洵同样名气不小，不只是品学兼优，还是学习上出了名的天才，理科每科单拉出来都能参加竞赛，成绩常年位居第一，和第二名还拉开不少差距。

课外机器人还玩得好，他就是不死读书的典范。

奉洵高中基本没人不认识他，不管哪个年级的老师，教没教过他的，总喜欢在课堂上把他拿出来当模范讲。更别说，司庭衍那张脸比他的成绩更出名，想不知道他都难。

就算没听老师说起过他的人，也会因为他那张脸认识他。

魏向东还教过司庭衍，对这个学生的情况更是了解，他当过司庭衍一年的班主任，面对司庭衍没什么陌生包袱。

再说两个人是姐弟，魏向东当然知道他们不是亲姐弟，以前没听说过司庭衍有姐姐，程弥也是最近才转学过来的，刚开始在奉洵这边生活，不难想八成是重组家庭。重组家庭双方的孩子一般很难相处融洽，不是关系不和便是不熟络。

魏向东看程弥主动提，以为他们两个关系还不错，关系不好不会这么搭理,就招手把司庭衍叫过来。

办公桌旁的椅子上的程弥看着司庭衍往这边走过来。

午后阳光半斜着照进办公室,光影切割空气,一半澄黄,一半昏暗。空气里浮尘飘动,读书声隐隐约约从走廊外传来。光淡淡一层落在司庭衍的校服上,从他的肩身斜下,半边隐在阴凉里。

程弥坐在办公桌右侧,司庭衍没站去她身边,在魏向东左边。

司庭衍的视线已经不在程弥身上,程弥的目光却还是一直放在他身上。

前天高三考试过一次,今天成绩刚出来,魏向东从桌上那堆教案和文件里翻出成绩表,顺带拿过手头上那沓物理试卷。

眼镜都快掉下鼻子,他的食指从上到下很快停到程弥的名字上。

大致看完她那一行成绩,魏向东说:"整体还行,名次保持住了,语文、英语、生物都不错。"

他惋惜地"嗞"了一声:"就是这个数学啊,拖了整个后腿,这数学的分要是能提起来,年级进个几十名没问题。数学试卷在你们陈老师那儿,现在我手头上没有,明天你们数学老师应该会发下来评讲,你要总结总结问题都出在哪里啊。"

他又跟司庭衍说:"你帮你姐姐看看问题都出现在哪些知识点上,你基础知识牢固一点,应该大致一眼就能看出来,能节省下时间。"

程弥的目光凝在司庭衍的脸上。

司庭衍垂着眼睫,视线落在成绩表上。

魏向东又抽出她的物理试卷,来回翻动扫了一眼,纸张簌簌作响。

"还有这个物理,粗心丢分倒是没有,应该还是知识点的问题。"魏向东说完看向程弥,"程弥,这个知识点你不理解?"

程弥顺着魏向东点在试卷上的食指看向试题,是某个她可以说几乎陌生的知识点。

来奉洵以后,目前教学进度还没复习到这里,她完全没概念,考试自然是瞎选。

魏向东在疑惑:"你是没听过这个知识点还是不理解?按理来说这个

知识点高二都会讲的，只要上课听讲，多少能听懂一点。"

是，高二都会讲的，但这是一个程弥完全没听过的知识点。

在这时，程弥感觉到司庭衍的目光似乎落在她身上一瞬。

她没停顿很久，回复魏向东："嗯，讲过，我没太听懂。"

"这样啊，"魏向东听她这么说，又去看别的了，"那后面复习到了，可要认真听了啊。"

程弥抬眼。

司庭衍在看她。

程弥感觉这一刻司庭衍的眼神有点奇怪，虽然他没明显表现出情绪，但她总感觉有哪里不对劲。这不是程弥第一次感觉司庭衍看自己的眼神奇怪，但她的思路很快被魏向东打断，他又找到程弥另一个有点薄弱的知识点。

前后花了有三四分钟，魏向东从头到尾分析了一遍程弥在学习上的优缺点。

语文、英语是程弥的强项，单说这两科，成绩已经挤进班级前五。理科也不能说不好，化学、生物都还不错，物理也还可以，只是数学不行。

魏向东最后说着看向程弥："程弥来奉高还没一个月，对吧？"

确实不足一个月，程弥"嗯"了一声。

魏向东接下来的话是对司庭衍说的："别说跟上学习进度，有可能都还没适应这里的生活，学生这么多老师难免也有照顾不到的时候。所以你平时有空的话，帮帮你姐姐，你们住一块儿，要问什么也方便。"

"嗯。"

换别人魏向东不会让人这么帮别人，高中学业繁重，一般人自己都顾不上。但魏向东清楚，帮程弥梳理知识对司庭衍来说可能就几分钟的事。

他对每个学生都尽心尽力，才会啰唆这么多。

让程弥意外的是魏向东没跟司庭衍提她打工的事，让他回去跟父母说说。

只是在临上课放他们走前，他叮嘱程弥一声这事自己注意一点，可能知道学生并不想让家长知道这些。

两人才出办公室，上课铃声正好打响。这节课他们都是上体育课，以往每个星期这个时间他们都是在操场上碰到。

从办公室里出来，旁边某个班的读书声一下清晰很多，在读文言文，每个字连起来都很耳熟。

司庭衍走在前面，路过那个班的窗口。

奉高的教学楼没翻新过，窗户还是十年前的样式，锈迹斑驳的细铁条嵌在透明玻璃窗上，一条铁推把窗户往外平推开至半空，锋利边角整齐划一。

程弥没立即上前，站在办公室门口，看一眼司庭衍的背影，过了一会儿才跟上。

他们一前一后经过一排教室，每经过一个班，总有几个分心的学生往外看。

程弥保持着不远不近的距离，视线紧紧落在前面的司庭衍身上。

他垂在身侧的手拿着两张试卷，有一张是她的。只有他们两个知道。

不断听到各个老师的讲课声，路过每张挂在教室门上的班牌。

最后所有声音被抛在身后，两个人走进楼道。

楼道里空无一人，脚步声都在回响。

司庭衍已经走下楼梯。

程弥跟在他身后，这时才不急不忙地叫他的名字："司庭衍。"

楼道里这三个字带着回音。

司庭衍没应她。

程弥又叫："司同学。"

司庭衍还是没理她，后脑勺对着她，已经到了楼梯转角。

程弥也不着急，又慢慢往下走了两级台阶。

等他转下楼梯，和她变成面对面的时候，叫他："程弥家属。"

下面那层楼梯上的司庭衍终于停下脚步，视线也终于看到她的脸上，程弥还在上面这一层。一上一下，两个人目光对望。

楼道里没了脚步声，突然变得格外安静，像是连呼吸都变得清晰可闻。

程弥本以为司庭衍会对她的挑逗视而不见,就听他的声音在楼道里响起:"弟弟?"

虽是询问,他尾音却是平的,听起来不像在询问,倒像在质问。

程弥竟然在里面品出一点味道。司庭衍像在介意,介意她在别人面前说他是她弟弟?介意他们的这个关系?

程弥的目光对着他的脸,司庭衍也是。一时间谁都没开口,楼道里再次安静下来,熟悉的读书声又回到楼道上。已经是另一首文言文,读到末尾,声音戛然而止。

程弥也是这时候回答司庭衍的那句弟弟的:"是啊。"

时间像凝住一般。

她看着他的眼睛,字字清晰地说:"我对我弟弟挺感兴趣的。"

说完,她紧盯他不放,司庭衍也没有移开目光。

程弥在扶手旁,双臂搭上扶手趴去栏杆上,手背垫着下巴。两个人一下子脸凑得很近,平视着对方。程弥对他说:"你也一样,不是吗?"

一样,对你姐姐这个人感兴趣。

她靠得近,那截颈项白皙纤细,颈间银色细链轻晃,缠上她胸前长发。司庭衍的目光忽然落去她的颈侧,黑眼睫稍垂下,遮去他眸里的神色,似冷淡,又似涌动着什么。

程弥顺着他的视线看过去,司庭衍在看她的脖子。

她抬眼,再想看向司庭衍的时候,一张试卷糊上她的脸。

程弥隔着纸张能感觉到他骨感修长的五指,拇指指腹恰好在她的嘴上,力道不轻。

程弥"哟"了一声。

试卷从脸上掉下,司庭衍已经往楼下走:"你的口红太红了。"

睁眼说瞎话,她今天根本没涂口红。

程弥接过试卷,朝他的背影说:"你还我试卷做什么?家属要给讲题的。"

高调灰

Chapter 05

程弥跟在司庭衍身后,一起走去操场。

远远的操场旁站着三个班级的学生,已经上课有一会儿,早列队完毕,各个班的体育老师拿着点名板在点名。

程弥跟司庭衍姗姗来迟。

校道上没什么人,他们两个一下在这空荡无人的地方显得有些突兀,走过来极其引人注目。

三个班,高二到高三,几乎一半人转头往这边看,几十道目光,不算多不算少。

程弥感觉到其中有一丝极其尖锐,像要把空气都穿破,直刺向她。她没怎么费力,一下便捕捉到这道视线。

公告栏前的高二(10)班,站在第二排的戚纭淼看着她,怒恨沉在眼底。

不奇怪,因为她现在和司庭衍走在一起。

有老师转头看过来,是程弥他们班的体育老师,男的,挺黑。

"你们那两个同学怎么回事?都上课了怎么才过来?赶紧站队伍里面去。"

程弥当没看到戚纭淼的视线,和司庭衍各朝自己的班级方向走去,站去高三(4)班队伍里。

郑弘凯就站她后面,在老师的点名声里问她:"被老魏叫去办公室了?"

"是啊。"

"我就说呢,"郑弘凯说,"你怎么跟姓司那小子混一起了。"

程弥听完没说什么。

司庭衍他们班在斜对面,程弥能看到他,他面色平静地站在队伍里。在别人眼里他们两个就是陌生人,但事实或许并非这样。

以往高二到操场跑步热身时高三这边早已经解散,但今天高三没逃离出体育考试的魔爪,不仅没解散,接下来还有好几个项目等着。

体育老师站在前面,点名板一下下敲在手里,通知他们考试项目:"五十米短跑,立定跳远,然后女生有个仰卧起坐,男生引体向上。这些你们高一、高二都练过不少啊,应该都没什么问题,稍微热一下身子,准备考试了啊。"

周围哀叹声一片,一个个还没考就已经痛苦得跟要气绝一样。

体育老师拿着点名板指他们:"看给你们出息的,高三天天不锻炼,就考个试还嫌累,要你们的命了是吧?"

程弥后面的郑弘凯对老师高喊:"可不是吗老师?我们都是脆弱的祖国花朵,您待会儿能放点水就放点水。"

班里的人哈哈大笑,郑弘凯挨了老师一句笑骂。

考试这事儿躲不过,老师让体育委员带他们做了遍热身运动后就开始考试。

等程弥他们做完立定跳远和仰卧起坐,操场旁高二那两个班已经解散四处活动。

打篮球的、跑步的、打羽毛球的,闹哄混杂。程弥扫一眼周围,没看到司庭衍。

那边体育老师叫到程弥的学号,排到她跑五十米了。四个女生四条赛道,程弥在外侧第二条,她随手抓几下头发在脑后扎了个高马尾。

五十米就一截跑道,不考验耐力,只看速度。

那几个女生里程弥占了腿长的便宜,加上她平时也不是完全不跑步,几秒下来跑得还行。

她从跑道上下来后,在旁边等着过会儿跑的孟茵跟她说:"你跑起来很好看。"

性格原因，这话虽然是夸奖，但从孟茵嘴里说出来声音听起来总有几分腼腆。孟茵脸颊白圆，声音细软。

程弥笑："这是什么形容？"

孟茵琢磨一下后说："就是，大家跑起来都不好看。"面目狰狞，头发乱飞。

"但你不一样。"连气质都跟别人不一样。

孟茵的短发已经长长一些，撩在后脖颈处，她有些不舒服便弄了弄。

程弥看着她，指尖钩下自己后脑勺上绑头发的皮筋，栗色长发一下松散，黑色皮筋"啪嗒"缠上她的手指。她将皮筋顺手递给孟茵，接过她前面的话："没，大家都一样，自信一点，你也很漂亮。"

程弥又跟她说："我不自信的话也不漂亮。"

孟茵稍愣。

很快孟茵被老师叫到名字，到跑道那边准备去了。

今天所有的项目程弥都已经考完，在这里站着没什么事，又看了一圈没看到司庭衍，便往操场旁边的小卖部走去。

体育课小卖部里人不少，买水买零食的，柜台旁边的烤肠机前挤了几个人。

程弥走到冰柜旁，拉开上面的玻璃挡板想拿瓶矿泉水。凉气丝丝地泛出来，里面的饮料、冰棍五颜六色地混在一起，就是一瓶矿泉水都没有。

程弥早上扔掉了水杯，中午也忘了这事，已经半天没喝水，是跑完步后才被勾起渴意的。

又翻找了一下没看到，她问老板："还有矿泉水没？"

老板应该是刚才被问过很多次这个问题，回答得很快："没啦，货还没拉来，可能得放学后才有。"

老板在拿袋子给人夹烤肠："刚才很多人来买都没买到，最后一瓶半个小时前被一个同学买走了。"

说起这个老板似乎觉得有趣。

"刚才几个女孩问那男生能不能把水让给她们，那同学都没给。"

程弥听完就过,没怎么注意这话。

没矿泉水,只能退而求其次,程弥拿了罐冰可乐,到柜台那边结账。

她买完可乐从小卖部出来,操场那边他们班还有人没跑完,闹哄哄地在排队。

程弥手指卡在拉环上,正想往上一掰,他们班体育老师旁边突然有一个女生抬头找到她,朝她跑过来。

这女生就是程弥他们班体育委员,在运动各方面都很有天赋的一个女生,长手长脚的。

体育委员气喘吁吁地跑到她面前:"程弥,刚才你跑步老师没按到计时器,没记录到你的成绩,让你过去重新跑一下。"

还好只是五十米,不是八百米。

"行。"程弥说,随手将手里的可乐放在旁边的花坛台沿上,跟体育委员一起朝跑道那边走过去。

他们班还有一批男生女生等着跑,等得无聊就围在一起七嘴八舌地闲聊,热闹到程弥觉得像来到什么派对上。

她是之前跑过的,一过来体育老师便让她插进队里,重新再跑一遍。

程弥这次头发没束着,哨声一响,长发随风飘散。那不长不短的一截跑道,程弥跑过去耳边只有呼呼风声。

隐隐约约地,又夹杂几道女生肆无忌惮的笑声,还有踢撞东西声。

五十米不怎么耗费体力,程弥这次跑完跑得和上次差不多。记好成绩后她离开跑道,可乐还放在原来那花坛上,她朝那边走去。

她还没走到那里,远远就看到戚纭淼她们。

她们几个人现在在乒乓球球台边,也没在打乒乓球,一个乒乓球拍都没见影,就靠在那里说说笑笑。

看到她过来,她们也没像平时那样明里暗里地讽刺,只是互相使使眼色。

乒乓球球台在花坛几米开外。

程弥当没看到她们,径直走去花坛那边。

可乐跟之前一样放在台沿上,因为是冰的,底下融了一小圈水渍。

程弥原本没怎么在意,稍弯身去拿可乐。

指尖在碰到可乐外壁时,顿了顿。

冰凉罐壁上水珠斑驳,一层黑灰混在里面,不细看发现不了。她突然想起,刚才跑步的时候听到的声音。

可乐虽然平静地立在花坛边上,可现在这么一看,程弥感觉它浑身上下的气体都快冲炸出来。

她伸手过去捏了一下,果然,硬邦邦的。

也就是在这时候,程弥面前不远处那栋放体育器材的老楼上走下来一个人,是司庭衍。

程弥看过去,司庭衍也正好看到她。

程弥看到他之前,指尖原本只是搭在可乐罐壁上,想到身后乒乓球球台边那几个人,五指忽然就毅然决然地收紧了。

可乐可能是被她们在地上当足球踢了好一阵,气体膨胀到整个瓶身跟铁一般。程弥拿上可乐,稍直起身,没直面向司庭衍,而是稍微侧眼,用余光看了戚纭淼一眼。

戚纭淼靠在乒乓球球台那里,抱臂看着她,似乎已经隐隐约约看出她要做什么,原本眼里那抹恶劣讥诮的笑变成冷意。

看到她这种表情,程弥有一瞬难以言喻的快感。她轻飘飘地收回视线,没再看戚纭淼,抬脚朝往这边走的司庭衍走去。

程弥和司庭衍之间距离并不远,没几步她就走到司庭衍面前。

程弥都能想象到戚纭淼在她身后脸色铁青的表情。

你不是欺负我吗?不是喜欢司庭衍吗?那可以。我可以让司庭衍看看你恶劣丑陋欺负人的样子。然后,我也欺负欺负你的司庭衍。

她停在司庭衍面前。

司庭衍也停下脚步,看着她。

程弥抬眼看着他:"渴吗?要不要喝可乐?"

她说这话时声音不算大,但足够身后的人听到。

而且她虽然是询问,但明显没有征求司庭衍的意见的意思,慢悠悠地抬起手腕,指尖卡在可乐拉环那里。

不出程弥所料，后面传来戚纭淼的声音："程弥！"

其实程弥也就是故意吓吓她，听她这么气急败坏，一丝笑意没绷住。然而没等她将注意力从身后收回来，手里的可乐忽然被拿过去了。

手里忽然一空，程弥稍讶异地抬眼，下一秒就听"咔嗒"一声，可乐拉环被司庭衍的指节拉开。

躁动的气体瞬间找到口子，夹带着深褐色液体的气泡，顿时冲出司庭衍骨节分明的手，弄了司庭衍一身。

程弥当场愣住。

司庭衍的眼神有点沉，但这种不善不是对着她的："你不是想这样做吗？"

程弥看着他："我没这么说。"

司庭衍看进她的眼睛里："你有这个想法，为什么还不做？"

后面脚步声慌乱地响起，紧接着程弥就被戚纭淼推开了。

"你有病啊！"

不知道为什么，也就是在这一刻，戚纭淼感觉司庭衍的眼神第一次真正放到了她身上。

戚纭淼看过去，司庭衍果然在看她，眼神是平静的，却莫名让人一阵打寒战。

只一个眼神，戚纭淼那身嚣张气焰顿时下去不少。手里忽然多出一听可乐，她一愣，司庭衍塞进她手里的。

司庭衍很快移开视线，没再看她。

戚纭淼她们那帮小姐妹平时也有些怵司庭衍，在戚纭淼面前还敢调侃这调侃那，但在司庭衍面前却不敢，现在就站在戚纭淼后头面面相觑，不知道说什么。

程弥站在一旁把这些尽收眼底，看向司庭衍。

司庭衍似乎一刻都不想在这里待着，走了。

程弥看看他的背影，又看了眼明显已经蔫头耷脑下去的戚纭淼她们，没说什么，转身跟上司庭衍。

最后一节课已经下课，学校里到处都是背着书包往校外走的人。

夕阳初现，校道上绿树葱郁。

程弥和司庭衍保持着不远不近的距离，中间不断有人影来去。

一到放学，校内校外都是热闹景象，街边小摊、书刊亭、公交车亭，哪里都挤满叽喳闹哄的校服身影。

程弥走在司庭衍后面，两个人一齐安静默契地路过这些热闹地方。他们没坐公交车，而是步行回家。

住他们那片的人不少，但他们那楼里就几个奉高学生，两个人回来的路上身边那些穿奉高校服的人越来越少，到家里楼下时更是一个都没看到，只剩他们两个。

下班的人都还没回来，楼道里安静得只有他们两个的脚步声。

程弥比司庭衍晚到门口，没走近就听见玄关那里司庭衍在开门。

即使现在外头黄昏浓烈，但周围居民楼多，老房子透光性不算很好，阳台外只透了半边昏黄进来，夕阳没到的地方灰蒙暗淡。

司庭衍开了两次灯，没动静。

停电了。

程弥靠在门口看他。

司庭衍应该挺习惯时不时就停电，没再去开它，在鞋柜边换完鞋后进屋。

程弥看他一会儿后，回了一趟屋，然后去了厨房。

平时家里司惠茹多少会煮些开水备用，要喝的时候不会没水喝，但今天不凑巧，玻璃水瓶里一滴水也没有。

早知道刚才应该在楼下超市买瓶矿泉水，没水喝的程弥从厨房里出来。

司庭衍没在客厅，听动静是回房间了。他的书包在沙发上，拉链开着，应该是刚拿了什么东西出来。

程弥没想不尊重司庭衍的隐私，窥探他里面的东西，问题是她从厨房出来，从那个角度扫一眼沙发，他书包里的东西看得一清二楚。

书应该被他拿进房间了，上面半搭着被可乐弄脏的校服外套，里面躺着瓶矿泉水。

那是程弥去学校小卖部经常买的牌子，不知道为什么，她脑子里突然浮现出某句本不可能被她注意到的话。要不是看到这瓶矿泉水，她可能像下午在小卖部那样，听过就抛去脑后了。

程弥走过去把矿泉水拿出来，也没跟他客气，拧开了瓶盖。

司庭衍从房间里出来时看到的就是这幅景象，程弥站在沙发边正要喝矿泉水。

沙发近阳台旁，黄昏的光爬了她半边脸。

看到他出来，程弥凑往唇边的矿泉水停下。她的眼睛直盯着他："是不是有女生问你要这瓶水？"

司庭衍身上换了件白色卫衣，他看着她，没应她。

程弥说："然后你没给她们。"

她没问他是不是，语气虽和平时无异，但是肯定的。

司庭衍往这边走过来。

程弥看着他，问："为什么？"

司庭衍很快走到她面前，程弥手里的水被他拿走。

男生的指节要比女生的骨感一些，擦过她的，碰在她手指上时略微硌人。他说："没有为什么。"

程弥也没去他手里拿回水来，略微抬眼看他："是吗？那你为什么不给她们？反正你也不喝。"

她说完这句也没有真要司庭衍回答的意思，视线又爬回他的眼里。

"司庭衍，"程弥叫他，"你怎么知道我一天没喝水？"

司庭衍只是看着她。他明明可以反驳的，可以说他不知道，可他没有，只是将视线紧锁在她的眼睛上。

程弥也半寸不离他的注视，说完话后，抬手攀上他拿着矿泉水的手。

矿泉水打开着，她缓慢凑近，司庭衍没让开。程弥凑过去就着他的手喝水，矿泉水还留有一点冰镇过后的凉意。

隔着空气，两个人视线交会。

橙红天际落在司庭衍的眼底，他脸庞冷白，夕阳和他这张脸相比，程弥只看得到他了。看着看着，程弥便离开瓶口，转而向他靠近。

随着她凑近，司庭衍眼睫稍垂，观察她脸上的任何一个地方。

呼吸很快近到相碰，在光线里熏人发晕。

程弥的视线终于舍得离开他的眼睛，眼睫覆下，盖住半截视线，她已经凑至极限距离。

司庭衍仍低垂着视线看她，没有躲闪拒绝。他眼里已经没有外面的夕阳，只有让人快要沉溺进去的黑。

周围的光线已经慢慢暗下，昏黄快被黑暗吞噬，朦胧又不清醒。

程弥的目光已经移去他的另一处地方，他薄唇带着淡漠，光看着都让人按捺不住情绪，想把他那层冷淡碾碎，看他难以自持，看他这样一个人从高处坠落。

楼外遥远处传来一声公交车的鸣笛，长长的，穿过高楼巷道。

程弥感觉到有炙热的视线落在自己的颈项处，司庭衍忽然抬手，修长五指拢握上她颈项，冰凉感袭上皮肤。而后他低下头，朝她靠近。

意料之外，贴近没有到来。

反而是颈上一阵刺痛直冲她天灵盖，司庭衍五指稍收，中指抵上她颈项。她轻咬了一下唇，却也没忍住声音，任由它们出来，也没去推开司庭衍。

她的声音落地，司庭衍停顿了一下。然后，看起来这么品学兼优的一个人，下一秒又加重了一下那处的疼痛。

程弥感觉自己那块肉都快被他弄走了，抓着他的手没忍住，痛感施加到他身上，抠在他的手上。

她问："下午在楼道里，你看的就是我这里？"

那处疼痛更不留情了。

一阵麻意从背后而过，她知道自己那里有什么。她颈侧那里有一块几乎淡到快没痕迹的疤痕，还没指头大小，小时候意外留下来的。

平时如果不细看根本发现不了，是个隐秘的小秘密，而司庭衍的手就落在那上面。

司庭衍骤然放手，声音离她的耳朵不算特别远，音色淡冷，又带一丝克制："程弥，你知不知道你很烦？"

痛感渐渐带上一阵麻意，周围的空气似乎在升温。

程弥问："为什么？因为我让你心烦了是吗？"

司庭衍说："你再说话。"

程弥没听他的，问："司庭衍，知不知道为什么会心烦？"

很简单的一句想把他带入圈套的话，却又把他惹毛了，司庭衍指节又稍稍施力。

程弥吃痛，稍别肩："我到底哪里惹你了？"

司庭衍："你哪里都在惹我。"

说完他终于松开她，起身。太阳已经落山，阳台外黑夜落幕，只剩点余光，司庭衍穿过客厅回了房间。

房门被关上，客厅一片寂静，那瓶矿泉水在程弥的手里。

邓子动作很迅速，不出一天就帮程弥搞定了驻唱的活儿。离奉高和她住的地方不远，平时她从哪儿过去都方便，环境不错，薪酬也不低，想什么时候过去随时能过去。

程弥不着急，打算明天过去。

之前买后搁置的染发剂也派上用场，程弥来奉高这段时间没怎么打理头发，有点素，正好往上添点颜色。

晚上洗澡的时候，她顺手用染发剂染着头发。浴室里是老式热水器，程弥洗完澡就把浴室门开了通风，在盥洗台那边对着镜子弄头发。

一次性手套黏糊糊的，一动塑料纸就发出黏腻声响。她没弄几分钟，司庭衍从浴室门外进来。

镜子没正对门口，贴在侧墙上，程弥余光里注意到司庭衍，侧过头。

她颈侧那一小片红痕正对着他。他弄的，在她那块陈年疤痕上。司庭衍的视线落在那上面一眼，又移开，他像没看到一样，径直走进来。

他有一件衣服忘在浴室里，要进来拿。衣服在镜子旁边的挂钩上，他得路过程弥身后。

浴室里空间不算大，程弥没打算给他挪，手上往发上弄染发剂的动作照样有条不紊。司庭衍路过她身后，衣料擦过她的衣服。

程弥从镜子里看他，司庭衍整张脸弧线很精致，没一丝多余，现在镜子里那侧脸就已经很赏心悦目。

他走过去，伸手去拿下衣服。

程弥想跟他说话，放下手里的染发剂，腰身离开台沿，慢悠地转过身。

司庭衍拿上衣服便要经过她面前。

程弥的目光从他脸上过了一遍："你弄的，当没看到？"

司庭衍停了下来，视线落到她的脸上。

程弥看人时总喜欢看人的眼睛，唯独司庭衍，程弥的视线喜欢在他脸上走，把每一处都放进眼底。

她从他的眼睛看到他的黑色短发上。司庭衍本身白，黑色衬托下这分白多了几分冷感，还有这个年纪独有的少年干净的味道，让人有五指穿过摩挲的念头，更让程弥动了歪心思。

她十指还套在一次性手套里，透明薄膜上染发剂黏腻，在快碰到他时也没有停下。

司庭衍也没躲开，看着她回答她的问题："你自己为什么要凑上来？"

"为什么？"程弥像在自问，又像是在告诉他。

她指尖碰上他的短发，隔着薄膜，触感在她的指尖下绽开。

程弥看着司庭衍的眼睛，指尖微屈钩上一指头。她动作不急不忙，钩住他那丝发丝卷动，只一瞬，在她的头发上的颜色也爬上了他的。

程弥告诉司庭衍他那个问题的答案："因为你什么样子我都喜欢。"

不管你是成绩优秀的年级第一，还是对我那么疯的你，我程弥都挺喜欢的。

司庭衍这次没有说话，看着她沉默。

程弥也从始至终没离开过他的眼睛。

她的长发上有几丝未干的染发液，而司庭衍那丝在左额前。她指尖从上至下缓缓拨弄，终于离开他那丝发梢。

程弥是故意的，也是有意图的。她没自作聪明到觉得司庭衍不知道她的意图。

一个学校同样挑染烟熏灰发色的人能有几个？何况在清一色的黑头发的学校里。只有他们两个，不会有第三个人像她跟司庭衍一样，这是一种近乎宣示的占有。

浴室里冰凉潮湿的水汽爬满每个角落，水滴从花洒上掉下，"啪嗒"一声落在瓷砖上，两个人谁都没说话。

半晌，司庭衍的目光从程弥的脸上移开。

程弥还是有一丝不确定的，不确定司庭衍是不是会在还没上色前把那东西洗掉，但司庭衍没有。

他没做什么，离开了浴室。

隔天早上上学她从房间里出来，司惠茹这种细心的人一眼就发现了。

程弥的几丝烟熏灰发丝在长发里若隐若现，司惠茹叫她吃饭的时候视线在她的头发上多停留了一会儿，但没指责她什么，只在没来得及移开视线被程弥碰上的时候笑笑，跟程弥说："挺好看的。"

司惠茹很不像那种严厉保守的长辈。

程弥过去饭桌边坐下后，司庭衍才从房间里出来。

程弥坐这位置正好对着他的房间那面，刚听到动静，五指垂下松松地拿着筷子的她便抬眼。

司庭衍和平时一样，校服穿得整洁笔挺。但今天有一点不一样，他黑色的短发里有一丝不怎么明显的银灰发丝，比程弥的要淡一点，一眼看过去却丝毫不逊色。

司庭衍肤色本就偏冷感，那点烟熏灰加深了这丝感觉，却也没让他显得不善，很衬他那白皙的脸。

程弥看着他，一眼都没挪开。

不仅程弥发现了，司惠茹也是，不是特意细致观察，只是那么一眼扫过去就注意到了。这是她从小养到大的孩子，一丝细微改变她都看得出来。

大概是无意，程弥感觉到司惠茹的视线扫过她一下，然后又回到司庭衍身上。

昨晚程弥没出门，司惠茹知道他们是在家里弄的。

司庭衍过来，司惠茹问他："小衍，你是……不小心弄到姐姐的染发剂了？"

程弥看向司庭衍，司庭衍的视线也一瞬扫过她。

"嗯，是。"然后他拉开程弥对面的椅子坐下。

看来司庭衍平时在家真的是个好孩子，司惠茹对他的话没有一丝怀疑。

而司惠茹也确实是个很温柔的母亲，看到司庭衍顶着这丝灰色头发，他没弄掉的意思，她便也没让他去洗掉。

这事就这么翻过去了。

司惠茹拉开椅子在程弥旁边坐下，想起什么要跟程弥交代时，转头才看到她颈侧那一小块异常的红痕。

程弥昨晚散着头发，这块位置被遮挡住了，司惠茹昨晚没看到。今天早上她扎了头发，角度稍偏一下便看到了。

程弥察觉到视线，侧过头。在对上司惠茹的视线那一瞬便明白过来怎么一回事了。同时对面的司庭衍也察觉了，抬起眼睛。

空气一瞬间有些凝滞。

一般长辈看到这种情况，难免责问。

程弥看着司惠茹。

但事实上，司惠茹在想的事和程弥不一样。司惠茹对程弥一直这样，想关心但又担心管得太紧，现在的孩子肯定不喜欢。

而司惠茹恰恰又不是那种会把孩子管得手脚伸展不开的家长，像司庭衍，司惠茹除了从小对他的身体格外注意外，其他也不会严厉要求，只会很关心他。他的吃穿用度、学习上，司惠茹一向很上心。

司惠茹知道程弥这样漂亮的女孩子很讨男孩子喜欢，这是一件值得高兴的事，孩子能得到比一般人多的喜欢是幸运的。

所以她没过多说什么，当作没看到最好，孩子肯定不喜欢被长辈知道这些、提到这方面的事，但最后想想还是没忍住叮嘱了一句："程弥，如果男孩子欺负你的话，不要让他欺负。"

司惠茹这话说出来的时候,程弥愣了愣。

这话题很快被司惠茹匆匆翻过,她说起刚才就要告诉程弥的事:"你叔叔刚才打电话过来,说让你给他回一下电话。"

司惠茹问她:"是不是最近学习太忙了,忘记看手机才没接你叔叔的电话?"

对上司惠茹那双善良柔软的眼睛,程弥在这一刻有一瞬难以察觉的慌乱,转开目光。

"没有,"她说,"我下午放学给他回个电话。"

这时程弥碰上对面司庭衍的视线。

司庭衍那双黑瞳很深,深到像把她的什么心思都看进了眼里。程弥觉得自己的破绽没在司惠茹面前露出,反倒被他看到了。

司庭衍的眼睛波澜不惊,却很难让人想到愉悦。没等程弥探究出什么,他已经移开眼,没再看她。

程弥能感觉到司庭衍从餐桌边下来后情绪便一直不怎么样。说来奇怪,其实司庭衍的情绪基本从外表上看不出来,他很少将情绪表现在脸上,但程弥总能或多或少地感知到。

今天,两个人到公交车亭坐的公交车,车上和往常一样人挤人,两个人这次上去后根本站不到一块儿。

程弥知道司庭衍是不想跟她说话的。

公交车晃晃悠悠地到学校,司庭衍也比她先一步下车。程弥从公交车的后门下来的时候,司庭衍已经走在前面,程弥看了他的背影一会儿后才跟上去。

这个点不早不晚,是校门口人最多的时候。程弥走在后面,能看到前面有几个女生手挽手路过司庭衍身边时,装作不经意地看他一眼,然后放慢脚步,眼睛是笑的,手半掩在唇边窃窃私语。

同样,看她的人也不少。

司庭衍只是一小簇染发都让人目不转睛,程弥则是马尾中若隐若现好几丝,更何况他们两个人挑染颜色是一样的,这很难不让人议论。

到校门口的短短这段路，耳边已经有不少细语声。

程弥是在校门口碰上的戚纭淼。别人都注意到了，戚纭淼这种时时刻刻将目光放在司庭衍身上的人，更不用说。许是因为昨天下午司庭衍明显生气，今天戚纭淼没敢凑上去跟他说话。

程弥第一次见到戚纭淼没一见到司庭衍就去缠他。

司庭衍已经进了校门。

戚纭淼则站在原地，身边陆陆续续有同学经过，她一动不动地看着程弥。程弥的步子丝毫没被影响到。戚纭淼还没到校门那里，在校门前面的空地上。

原本程弥是不想和戚纭淼她们计较的，杂志模特那事解决完彼此各走各路，但戚纭淼她们私底下三番五次对她做小动作。

包括昨晚，论坛上她们还在骂她。

当然程弥这不算是在和她们计较，顶多是注意到她们了。

程弥朝戚纭淼走了过去。

校门附近人群热闹拥挤。

和戚纭淼近到只剩一米距离的时候，程弥的马尾高扬，颈处红痕尽显。她从戚纭淼脸上别开目光，径直路过了对方身边。

邓子介绍的那份工作待遇很好，老板是邓子的朋友，托邓子的人情程弥捡这么一个好工作，上班时间宽松，薪酬不低，店里酒水也不收她的费用。

第一天去的时候程弥跟老板道了声谢，老板是个好相处的性子，笑说他不领人情，是邓子给他保证说，朋友漂亮人又好说话，肯定镇得住他这里的场子，所以才让她过来。

这当然就是句玩笑话，老板对她挺好，听邓子说她虽年满十八岁，但正值高三，让她平时有考试什么的可以不来。

虽然老板这么说，但一个星期也就上三个晚上班，程弥自然是能到场就到场。

这天，程弥照旧吃完晚饭后去清吧，一去就碰上在店里嗑瓜子的老板。

老板白天开公司晚上经营清吧,堪称工作劳模,比员工还拼命。看程弥来了,他问:"吃晚饭没?"

程弥说:"吃了,你吃没?"

老板笑说:"吃什么?留个胃喝酒。"

程弥笑了笑,老板拿过吉他给她:"最近有看合眼的没?"

程弥接过:"什么?"

"这几天来喝酒的人不是一堆找你要手机号码的?"

程弥才来几天,每天晚上就有不下五个人跟她搭话,还有掐准她哪几天上班就过来喝酒的。

老板挑眉:"一个没给?"

程弥确实一个没给,说:"我就是来练练嗓子。"

老板将瓜子皮扔盘子里:"牛啊,据我目测,这里面有几个条件还不错,长相、家世没得挑,谈谈朋友不亏。"

程弥靠着高脚凳,调吉他弦。她指尖稍停,不以为然地抬眼:"如果我说,我见过比这好的呢。"

"哟,是什么神仙?"老板挺有兴趣。

提到这儿,一般人会开始罗列对比,但程弥没有。她手上仍不急不忙地调着弦,只是说:"能让我着迷,光是第一步已经没人能比过他了。"

老板听明白了,程弥这种女生看起来高不可攀,搭讪都需要勇气。

事实也如此,一般的男生很难有能让她真正看进眼的。能让她动心思的人,肯定不简单。

老板问程弥:"是学生?"

程弥点头,说:"是。"

"那这小子可了不得。"

后面又聊了几句,老板被人叫走。吧里还没什么人来,程弥拿出手机看了一眼,屏幕上一片干净。

自从上星期那顿早饭后,司庭衍便一直对程弥爱答不理,程弥很确定是因为那番提及黎烨衡的电话的对话。

但司庭衍具体在气什么，程弥并不清楚，更别想从司庭衍口中撬出什么。两个人最近便一直保持这种不冷不热的状态，像今天，程弥只早上从家里出来见过司庭衍一面，到现在两个人还没碰上第二面，没说过一句话，也是程弥第一次没给他发短信。

这时，其他乐手走过来问程弥准备好没有。

程弥收起手机："嗯，开始吧。"

清吧的氛围不如酒吧火热，底下的客人只是喝酒，顺便听听歌。

程弥唱歌好听、长得漂亮，平时眼睛都不抬的客人视线频频抛往台上。

晚上一场两三个小时，中途休息的时候还有人端酒上来搭讪，问她要不要一起玩乐队。程弥想都没想地回绝："没这个打算。"

对方又问她的联系方式，碰几次壁后识趣地端酒离开。

程弥连唱好几首，嗓子有点干涩，拿过一旁的矿泉水，就是这时，余光里闪过一个熟悉身影，一个熟悉到能让她眼皮一跳的说笑侧影。

她去拿矿泉水的指尖忽然一顿，倏地抬眼。

清吧通往二楼的楼梯口，一个流里流气的黄毛男生眼弯眉笑地往楼上走去，他旁边那个人影被墙挡住半边，只剩一片衣角，别的什么也看不到。

程弥不知道是不是错觉，脑海里顿时浮现让她产生不适的回忆。她微皱眉，及时止损地把神志拉回，却丝毫没注意到她已然忘记原来要喝水。

后半场程弥都有些心不在焉，二楼陆陆续续有人下来，没再看到那个熟悉面孔。

今天吧里生意不错，程弥下班后里面还很热闹，她带上书包从清吧里出来。这条街一到午夜行人不多，程弥从清吧出来后没立即走，在清吧斜对面十几米开外的路灯下站着。

不知道过了多久，有酒鬼路过，酒气冲天，程弥有点躁意，将头发顺到额后，拿出手机点开了某个手机号码，上面备注是黎楚。

程弥的指尖悬停在上面，犹豫着要不要拨出这通电话，又觉得自己脑子不清醒，就算真是那个人找到这里，也不能让黎楚知道。

午夜时分街上萧索，风带着一股刺骨凉意。程弥吊耳上的耳环被风吹得微晃，白皙皮肤被屏幕上的荧光映亮。

她指尖停在字母"L"上。

程弥看着那排字母，点开"S"。

这一行有两个号码，司庭衍和司惠茹的。想到那个人影，她停在司庭衍的号码上的指尖没怎么犹豫地收回。

对面清吧的门被推开，狂言浪语从里面传出来。程弥抬眼看去，是老板和他的那帮兄弟，一眼扫过去都不是相熟面孔。

应该是要关门了，里面一片黑，程弥才惊觉已经半夜两点。

老板和那几个人都喝得醉醺醺的，她站的这地方顶上路灯报废不亮，没人看到她。

老板关上门后，一帮人勾肩搭背着走远。

她在这里站到热闹四散，没放过每一张经过的人脸，也没看到那个人。是自己眼花了？

某种程度上来说，除了黎烨衡和司惠茹两个人要领证这个原因，那个人也是间接导致程弥离开原来那个地方的原因。

距离上次见过那个人已经有两年，程弥已经很长时间没想起过那个人，仿佛他已经从这个世界上消失。她对那个人的名字是刻进骨髓里的恨，恨到她希望他如果消失最好。

程弥脑海中一瞬间闪过阴暗的想法，但很快止住。她没再在这里待下去，起身从这条街上离开。

程弥回去的时候已近三点，而让程弥意外的是司庭衍的房间居然还亮着灯。

也是奇怪，平时这时候他早睡了。

暗淡光线从底下门缝漏了一丝出来。程弥站在玄关处，没去开灯，看着那丝贴在地板上的暗光。

半晌她才有动作，走回自己的房间。

房间里窗帘没拉，月色铺了满室，程弥摸开灯，慢走至桌边。

她桌上还放着一排拆封一半的旺仔牛奶，上次去司庭衍的房间找他问物理题拆了一盒给他，后面就忘记把剩下三盒拿去外面冰箱放着，一直遗忘在房间里。

她拿起三盒牛奶，往房外走去。

和平时一样，她走到他的房间门前，摸上门把按下，顺顺利利，很轻松地打开了。

门扉向内打开，灯光由细细一线变成一片，没阻挡的亮光往外透出来，打在对面她的房间门上。

薄光半笼在司庭衍的侧脸上，从山根、鼻尖，到往内收的薄唇，一层微光从上至下沿线覆着。暖色光可丝毫没让他的肤色变暖，留给她的侧脸仍旧如结冰霜。

注意到动静，司庭衍转眸看过来，看似冷静又阴沉地看她一瞬。

程弥微倚在门边，手还在门把上，外套已经脱在房间里，身上就一条黑裙。

"生气了？"她问。

司庭衍："没有。"

程弥说："因为我今天没给你发信息？"

她明明知道，却还故意。

司庭衍看着她："故意的是吗？"

程弥目光柔和地看着他："司庭衍，你也没给我发信息。"

司庭衍突然说："如果是黎烨衡呢？"

程弥和他对视，想起那天早上司惠茹让她给黎烨衡回个电话那会儿司庭衍的神情。半晌，她眼神柔和，笑："连我叔的醋也吃吗？"

司庭衍看着她。

程弥问："你这是什么眼神？"

司庭衍却像不想再跟她说什么，头转回去了。

别说，司庭衍闹起脾气来还有点可爱，程弥无声弯唇。看了他无动于衷的侧脸一会儿，她起身。

房门没关，屋外凌晨的寂寥安静和屋内连通，程弥朝司庭衍走去，将手里的牛奶放上他的桌子，停至他的椅后。

她纤指攀上他的后颈，指腹轻摩挲过那处，又离开。

司庭衍的笔尖在纸上一顿。

程弥注意到，笑着将目光从他的笔尖上离开，起身，一句话没说，往房门外走去。她还没走到门边，身后椅子滑出声响，紧接着面前房门"砰"一声被甩上。

程弥手腕一紧，被拽了回去。

门板被摔上，发出一声响。

程弥对身后没防备，脚下一时不稳，没来得及抓住东西，已经被扯到书桌边。耳边似乎还有门震动的余响，程弥看着司庭衍："你疯了？不怕被你妈听见？"

虽然这么说，但她语气是慢条斯理的，眼神在他脸上锁得很紧，看着他略显冰冷的侧脸。她知道自己成功惹恼他了，明明是这么冷静自持的一个人。

即使司庭衍面上不露恼色，只有冰霜沉在眼底，但这番失控举动已经说明一切。

"你怕什么，不是连不关门都敢动嘴？"

程弥的视线微仰着，落在他的眉眼间，她说："是啊，我是不怕。"说着话语里带上一丝轻佻，"但是你呢？如果阿姨现在进来看到我们这样，你觉得她会怎么想？"

有司惠茹摆在面前，程弥要比司庭衍无负担得多，她只是高三这学期被黎烨衡送到这里短暂地当一阵司惠茹的"女儿"。但司庭衍不一样，他是司惠茹从小养到大的儿子。

"我会跟她说，是你先暗恋我的，"程弥慢慢地说，"骗我跟你亲近。"

"然后，"她停顿了一下，"告诉她你欺负我。"

司惠茹几天前刚在餐桌上目睹她脖间的红痕，还温柔地留给她一番话，让她不要被男孩子欺负。司惠茹无论如何也想不到，把她弄成这样的是自己的儿子。

司惠茹那种温暾性子是不可能会怪罪程弥的,压力全在司庭衍身上。

司庭衍目光不避不躲地对着她:"你觉得我会怕吗?"

语调没一丝起伏,每个字都不带疑问,他肯定地回击程弥。

程弥接着这道尖锐利角,也没闪避开。她差点忘了站自己面前这个是什么人,某种程度上来说,他跟她是一丘之貉,即使他们两个性格天差地别。甚至某些时候,他身上不经意间冒出的那些东西要比程弥刺人得多。

程弥烈起来明目张胆,司庭衍和她不一样。可本质上,他们走在一条路上。

程弥要抬起手去描摹他的眼睛:"司庭衍,喜欢你的那些女孩子知道你这么疯吗?"

她的指尖没到他眼前,纤长五指被硌人的修长指节桎梏在股掌间,然后包裹收拢,被抓在手里压回了身后。动作一气呵成,他像熟练地做过无数遍。

明明这是一双天生用来学习的手。

司庭衍说:"知道我疯就不要三番五次地碰我的底线。"

"我是你的底线吗?"话音落地,空气里气流凝滞。

城区马路上的刺耳鸣笛声刺破凌晨的夜,透过走廊生锈的老窗而来,夭折在房间门口,他们和这个世界彻底剥离。

"所以我才能一而再,再而三地招惹到你。"

司庭衍此刻眼底是沉静的,可能是凌晨人的心理防线弱化原因,也可能是那盏台灯光线太过柔和,他的皮肤又白里透冷。英气五官带来的那点冷意难得有一次被消磨掉大半,此刻黑发下那冷淡的眼角眉梢竟然显出一丝乖顺感。

司庭衍声音淡淡:"刚才那一下还没招惹够?"

程弥抵在桌沿上,一只手撑在身后的书桌上,正好按在司庭衍的书桌上的黑色水笔上,手底下触感突兀。

她掌心撑在桌面上,指尖微屈,漫不经心地玩着他的笔。目光还是在他身上的:"司庭衍,我跟你说过的,不是我要天天缠着你不放,是你在招惹我。"

司庭衍没打断她。

程弥上身从书桌边沿稍离,两个人不远的距离一下子更近,她眼睫下的眼神直勾勾:"你什么都不用做,只是站在我面前,我就——"

她凑到司庭衍耳边,说了最后的内容,很是淡定自在,不羞不恼,讲完后,从他耳边离开。

司庭衍沉沉地看着她。灯光弱暗,去不到对面的白墙角落,那里是一座立柜,整齐摆放着机器模型,但它们见不到光,全待在黑暗里。

这房间里最亮的地方立着他们两个,光影朦胧地笼在他们身侧,彼此的情绪一览无余。

两个人靠得很近,呼吸似要把凌晨仅存的那点清醒都烫破。

程弥的眼神跟她在司庭衍耳边说的那两个字一样,意欲袒露。

没等她窥探出司庭衍眼中的含义,她那只被禁锢的手没被松开,反倒被用力一拖。只一秒,程弥从站着转瞬间摔进了床上。

这床就跟书桌隔一窄道,离得很近。

程弥没预料到,但愣怔一瞬后,并无半点慌张。从这个角度看去,司庭衍身后的书桌上还摊着几本竞赛习题。

程弥索性放松地看着他:"司庭衍,你要干吗?"

司庭衍从上至下地看着她,不说话。

程弥也望进他眼里。

她忽然感觉颈侧耳后那处被碰了一下。

那处红色已经淡去不少,司庭衍有意无意地碾过。

看着她的眼睛即使冷静安静,这稍露病态的动作,却仍是让程弥一愣。

程弥忽然觉得,眼前的人从不拘泥于她的想象,永远有另一面。她抬眼。

司庭衍一直看着她,见她看过来:"你在害怕。"

"我怕什么?"

可方才她那一愣却已经被司庭衍收进眼底，她像是在勉强。

突然，司庭衍开口："对厉执禹你也会这样警惕是吗？"

程弥忽然一顿，下一秒，视线重回司庭衍的脸上。

司庭衍背对着光线，没光落在他的眼里，眼瞳显得尤其黑，仿佛暗夜，快要将程弥溺毙。这是司庭衍第一次提到厉执禹，很明显不是以弟弟的身份，而是站在某种敌对面。

他什么都知道。

程弥问他："吃你哥的醋了？"

司庭衍没有回答，只是沉沉地看着她。

程弥说："司庭衍，你到底知道我多少事情？"

"你靠近我只是为了报复厉执禹。"

话音一落，程弥愣了愣。

司庭衍字字清晰，音色里带着一阵寒意，砸在她耳旁。她直直看着他，一时间没说话。程弥想过这个秘密被厉执禹知道的样子，可万万没想到，司庭衍先知道了。

这是个久到差点被程弥遗忘的秘密，并且她一直以为只有她和孟茵两个人知道。

当时，厉执禹跟初欣禾在小树林的秘密，只有她和孟茵两个人在教学楼的女厕所看到。她看着司庭衍："厉执禹和初欣禾在教学楼后面那事，你看到了？"

司庭衍却答非所问："就因为我是他弟弟？"

这件事突如其来，程弥一时语塞，难以回应。

司庭衍将目光从她脸上移开，起身。

程弥被他从床上拽了起来，门一开，关到了门外。

一个月之约

Chapter 06

翌日早晨，程弥从房间里出来时司庭衍已经走了。

程弥记得今天不是他值日，司惠茹在窗边修剪盆栽，那堆花草每天被她悉心照料，长势喜人，花繁叶茂。

看程弥醒来，她放下剪子："醒了？阿姨去给你热杯牛奶。"

程弥叫住她："不用，我对牛奶过敏。"

司惠茹一下有些不好意思，像是因为她来这么久，而没注意到她牛奶过敏这个问题感到愧疚。

预料到她接下来会下意识地抱歉，程弥先一步补上一句："牛奶过敏这事，来这里之后我还没跟你说。"

司惠茹抱歉的话头就这么被拦住，转而道："那阿姨去给你冲杯麦片，今天早上做的三明治，要配点东西喝。"

程弥说好。

跟司惠茹去到厨房，程弥状似不经意地问了一句："司庭衍去学校了？"

司惠茹从柜子里拿出麦片："半小时前就去了。"

"这么早？"

在司惠茹这里，程弥提起司庭衍挺难得，她很乐意跟程弥讲司庭衍："小衍平时其实很早去学校的，也不知道最近怎么回事，可能是天气在变冷，犯懒起得比较晚。"

程弥将玻璃杯拿离唇边，看司惠茹："他以前一直这么早？"

"对的，小衍不赖床。"

程弥将三明治和麦片吃完，从家里离开去学校。

临近月底，全校举行月考。

高三今天上午考语文，下午考数学，英语、理综排在明天。考场安排是打乱学号，程弥被随机安排到对角线教室，离自己班教室不算近。

高一、高二也在考试，楼上时不时有拖动桌椅声。

下午铃声一响收卷，程弥从考场回到教室。

高三大考小考见多了，面对月考他们都习以为常，班里完全没考试气氛，教室走廊上十几张课桌贴墙而放，男生们吵吵嚷嚷地打闹跑过。

程弥的课桌没放在走廊外，堆在教室后面，她从后门进教室，走去窗边。

孟茵的课桌在她旁边，程弥过去的时候孟茵正拿着手机一筹莫展，连程弥回来了都不知道。等程弥拖开椅子稍俯腰从桌底拿课本，长发不小心在她面前一晃而过，她才倏忽回神。

程弥余光注意到她这失神模样："你看起来有点心不在焉。"

孟茵下意识地把手机塞回桌底。

程弥看到了，但没说什么，也没窥探人的隐私的欲望，指腹稍推课本，从底下摸出英语书。倒是孟茵在旁边拧笔纠结，说："跟朋友吵架了。"

孟茵这性格无疑在任何一段友谊里都是充当包容角色，有矛盾不会选择争吵而是会退步，居然有人能跟她吵得起来，或者说……程弥问："你能跟人吵什么？"

孟茵犹豫了一下："就，她说的话我不喜欢。"

程弥没说让她消消气，跟朋友好好说说，而是说："挺好，有点小情绪是好事，让你自己少受点罪。"

"嗯，这次我不听她的。"

孟茵如果没说的意思，程弥也不会去问，只是随口搭话："奶茶店开在学校外面那个？"

孟茵性子安静不主动，平时就没什么朋友："你怎么知道？"

程弥笑："猜的。"

朋友之间闹闹小情绪这个年纪常有，不是大仇大怨转眼就能和好如初。程弥带上书包要走了，走前告诉她："别皱眉，你们明天能和好。"

说完她却莫名想到黎楚,她和黎楚就不是。

念头只一瞬而过,程弥没再去想,跟孟茵说走了。

教室里的人已走大半,走廊外更是一个人没有,程弥从教室后门出来,正想往楼道走,上楼去高二(1)班,眼睛却瞥到楼下的人影,脚步缓停。

一天没见,司庭衍走在校道上。

程弥站在走廊边,看着底下。

司庭衍不是一个人,旁边是蹦蹦跳跳的戚纭淼。戚纭淼不知道跟司庭衍说了句什么,他回了。

程弥眼睛一眨不眨地看着他的侧脸。没有厌烦,没有不耐,她清楚如果没有司庭衍准许,戚纭淼现在不可能跟着他。

两个人往校外走去,程弥看着他们的两道背影。

身后突然冒出一个人影,指尖转着书,两条胳膊拄上走廊围栏,吊儿郎当的。郑弘凯顺着她的目光看去:"看谁呢?"

他过来,程弥也没立即把视线收回来,半晌才慢悠悠地收回:"没谁。"

郑弘凯跟没听到她的话一样:"我来猜猜,肯定是姓司那小子对不对?"

在程弥的印象里,第一次在酒吧见到郑弘凯,这人就把司庭衍贬低得一无是处。那时候的程弥还不认识司庭衍,当时只当八卦听,现在稍回想就能知道他那会儿说的是司庭衍。

郑弘凯说他病秧子、小白脸,搞不懂一堆女生怎么喜欢这么个人。

程弥瞥他:"怎么,你承认他有这个魅力了?"

郑弘凯跟听到什么大笑话一样:"谁承认了?是你们女生眼光不行。"

跟这种人讲不通,他那脑里一根筋,好面子得紧,程弥没做坏人让他下不来台阶,于是只笑笑保持沉默,懒得多辩解。

两个人还看着校道上那两个越走越远的身影。

郑弘凯回想到蛛丝马迹,跟侦探一般:"我就说呢,没戴校卡被老凸抓去操场那次,你俩就有点不对劲。"

"怎么就不对劲了？"

郑弘凯下巴往楼下抬了一下："站他那边呢，还帮他说话。"

那时候郑弘凯跟司庭衍正有矛盾，操场那次正面对上，司庭衍受了点小伤，但也是从这次郑弘凯了解到司庭衍不是什么善茬，后面没再敢明目张胆地针对司庭衍。

但不爽肯定还是有的，不管是因为司庭衍这个人，还是他有那么一个哥。

程弥这段时间跟郑弘凯走得不是很近，对他后来又被厉执禹教训了一次这事也是在教室后面那些人聊天的时候得知的。

上次郑弘凯用别针在司庭衍的脸上划了一道，后来不知道厉执禹从哪儿听来消息，也伤了郑弘凯。以牙还牙，到现在郑弘凯的脸上那道印子还没消。

这两兄弟都不是什么好惹的主儿，郑弘凯没少在这两个人身上吃亏。

但明显目前郑弘凯要对厉执禹恨得更牙痒一点，毕竟厉执禹的拳头都砸进他的尊严里去了。而司庭衍，因为郑弘凯的懦弱退缩，暂时还没从司庭衍身上领教过什么。

男生对拳头的事能记一辈子。

说起操场闹矛盾这事，郑弘凯就想起厉执禹，眉扬起来："等等，如果我没记错，你跟厉执禹还不清不楚呢吧？"

程弥看他："你问这个干吗？"

"没，我还能干吗？"郑弘凯抖着腿，神色间没藏住那点儿幸灾乐祸，"厉执禹也有今天，我不能高兴高兴？"

说完他又问程弥，示意她司庭衍的那个方向："怎么吃起这款了？跟厉执禹差得有点大啊。"

两个人除了在长相上有点相似之处，其他完全不沾边。

程弥不想深聊，随口应付了一句："换换口味，不行？"

"没想到啊，我们程大美女会喜欢司庭衍这种人。"

程弥听得有点不舒服，看他："哪种？"

郑弘凯笑嘻嘻地说："好学生这种。"

当然他那贱兮兮的话里还有别的意思,以前郑弘凯和他那帮狐朋狗友就没少对司庭衍进行人身攻击。现在看来未必,司庭衍能让程弥一秒起兴致,郑弘凯他们这种人一辈子都做不到。

郑弘凯又跟程弥说:"司庭衍可是出了名的难追,奉高到现在没一个女的追到手过。"

程弥点头:"这点我赞同。"

"你有信心能追上?"

"你说呢?"

郑弘凯脸上的神色里不只有八卦,还有点高兴在:"你觉得多久能把他追到手?"

说实话,程弥对这个问题也有点兴趣,也很好奇司庭衍什么时候会让她追上。

她自己打了个赌:"一个月。"

郑弘凯回想了下操场那天是多少天前:"司庭衍这小子真这么难追?就连你追了他半个多月他都无动于衷?"

他无动于衷吗?

程弥想起昨晚司庭衍的失控,不置可否。

郑弘凯说:"行不行啊?我们的程大美女。"

程弥知道郑弘凯为什么对司庭衍的事兴趣这么大,不仅是因为厉执禹,还因为戚纭淼。

郑弘凯和司庭衍结下梁子,最初的矛盾就是因为戚纭淼喜欢司庭衍。郑弘凯确实对司庭衍不爽,现在还是。但这点不爽不敌他对厉执禹的恨,还有戚纭淼的目光不再只放在司庭衍身上带给他的快感。

程弥如果能追上司庭衍,对他来说简直是一石二鸟。

"好像也没剩几天了,加把劲儿,"郑弘凯将书拿在手里抛,看热闹不嫌事大,"让我看看你能不能把司庭衍追到手。"

程弥说:"急什么?"

孟茵从教室后门出来,看到程弥还没走,走过去轻拍她的手臂:"你怎么还没回去啊?"

程弥转过头看她:"你要回家了?"

孟茵点了点头。

程弥说:"一起走。"

她回头跟郑弘凯说了句走了,和孟茵一起下楼,往学校外走的时候,不是很凑巧地遇到了傅莘唯她们。

戚纭淼跟司庭衍回去了,没在这儿。傅莘唯白眼都快翻到天上,但这次不只翻白眼给一个人,还张口骂了句什么。

她们在那边的树下,离程弥她们有点距离,程弥和孟茵只隐隐约约听到三个字。

程弥本身就拿她们当空气,没仔细去听。但孟茵不一样,这三个字她这几天已经听过很多次。

多话精。

每遇上傅莘唯她们一回,她就能听见那几个字,因为傅莘唯她们是在骂她。

上次傅莘唯她们在程弥的水杯里装厕所拖地水,孟茵告诉了程弥,不知道他们班谁传出去的,被傅莘唯她们知道了。这几天她每碰上傅莘唯她们一次,就会被翻白眼,不动手完全是因为她朋友说情。

孟茵的朋友跟戚纭淼、傅莘唯她们是同学,虽然不是她们那个小团体里面的,但关系还行,孟茵的朋友经常请她们喝奶茶。

刚才孟茵和她这个从小一起长大的朋友吵架就是因为这事,她朋友让她不要再跟程弥玩,说程弥就是个麻烦精,只会害她被傅莘唯她们欺负。

孟茵以往哪会跟朋友起争执?就因为这事两个人吵了架。她朋友说她再和程弥玩,要有下次都救不了她了。

其实孟茵也不是不害怕,每次遇到戚纭淼、傅莘唯她们手里总会闷出一层薄汗。但这些孟茵没跟程弥说,以后也不打算说。

两个人回家不同路,在校门口分道扬镳。

晚上八点,夜幕早已降临。

楼外万家灯火通明，黄光点点，一派和乐融融的景象，相比之下司庭衍家要寂寥安静不少。

餐桌上饭菜碗筷整齐摆放，灯下泛着热气，餐桌边却一个人都没有。司惠茹在客厅打电话，手握手机，漫长一段嘟声过后，程弥那边接听。

"程弥，我是阿姨。你现在在哪儿？可以吃晚饭了。"

司惠茹温软的声调传来，司庭衍在房间里听得一清二楚。一段沉寂后，程弥那边在说话。

司惠茹脸上隐隐现出担忧："不回来了吗？"

程弥应该是回了什么。

"晚饭在外面吃？"司惠茹问。

之前程弥不在家里吃晚饭都会提前跟司惠茹说，司惠茹一直很担心她的安全，她来奉洵这边也就一个多月，人生地不熟。司惠茹问她："可以跟阿姨说你去哪里了吗？"

接下来程弥说的话让司惠茹一愣后才开口："离岛酒吧？"

这是司惠茹第一次听程弥跟她说去酒吧，当即一愣。以往程弥不在家里吃晚饭都是跟她说和朋友一起去外面吃饭，或者要去趟朋友家。所以司惠茹也以为这是她第一次去，问："酒吧安全吗？"

不多时，司惠茹这边应了一声："好。"

很快电话挂了，屋内又恢复一片安静。

司庭衍在房间里捣弄机器人，司惠茹来到他的房间门口的时候，他正操纵调试一个机器人。

"小衍，吃饭了。"

司惠茹不懂司庭衍弄的这些机器人，但有哪几个还是能看出来的，平时打扫房间经常能看到，司庭衍也经常玩。他现在手中这个司惠茹就明显没见过，从没见司庭衍玩过。

机器人通体银色，在司庭衍的操纵下捡起地上一块电路板，往书桌边走来。

到达桌边，它停顿了一下，然后把电路板甩上书桌，"啪嗒"一声。

司惠茹在门口看着，笑："这个是新弄的一个？"

"嗯。"

"最近是有什么比赛？"司惠茹问。

"没有。"

司庭衍让它自己走回立柜那边。

司惠茹说："可以吃晚饭了，姐姐晚饭不回来吃。"

听到某个人，司庭衍操纵控制器的手稍顿，机器人还没走到立柜边，电被司庭衍切断。他将控制器扔回床上，起身往房间门口走去："走吧，吃饭。"

司惠茹回到餐桌边后微皱着眉，还在因为程弥的事发愁，吃到一半时说："不知道酒吧安不安全。"

司惠茹活到现在四十多岁，还没去过酒吧，对酒吧的认知还停留在酒吧里乱又不安全上。

她拿出手机："我看看离岛酒吧在哪儿。"

司庭衍直接说了："陈西街那边。"

司惠茹愣了愣："你怎么知道？"

"之前路过。"

提到陈西街司惠茹便知道了。那一片什么都有，酒吧、洗浴店、宾馆，全都挤在那条街上，每天一到晚上人流量很大。司惠茹眉间疙瘩愈深，她更担心了。

"这怎么办呢？"她想现在过去找程弥，但又知道孩子不喜欢，会觉得她小题大做。

司庭衍说："她晚上自己会回来的。"

"酒吧里那么乱。"司惠茹还是不放心。

跟司惠茹这种感性、杞人忧天的性子一比，司庭衍要显得冷漠理智得多。他直接给她安排好："她十一点还没回来的话你要过去再过去。"

他正好吃完饭，放下筷子起身回了房间。

程弥今晚得到清吧驻唱。

邓子今晚没半途被工作拉走，也一起来了。两个人在一张沙发上坐着,邓子听她跟电话那边的人说她在离岛酒吧,挂电话后问她:"谁呢?"

"一位长辈。"

邓子给她鼓了下掌:"厉害啊,敢直接跟长辈说你在酒吧,我现在一工作的人了,都不敢让我爹知道我爱上酒吧玩。"

程弥手腕稍弯,拿起水杯浅抿。

"还有,"邓子没个正形地瘫在沙发上,说,"什么离岛酒吧?"

要不是他还没喝一杯酒,头脑清醒,看程弥刚才打电话说得格外理直气壮的样子,都要怀疑是不是自己记忆出差错。

他说:"离岛酒吧在旁边呢,我们这儿不叫离岛酒吧。"

程弥头脑十分清醒:"知道。"

邓子搞不懂:"虽然清吧、酒吧都是吧,但你跟长辈说个清吧也比说酒吧好吧?"

程弥还是这句,慢悠悠地说:"知道啊。"

邓子知道她这么说肯定有理由:"干吗这么说?"

程弥笑:"秘密。"

说完,她放下水杯就起身去忙了。饭点那个时间还没什么人,九点、十点那会儿人开始多起来。

程弥唱完一轮下来,邓子已经喝空了三杯酒。

程弥一下来他就朝程弥竖了个大拇指:"头回听你唱歌,你说你这人到底怎么长的?脸蛋没得挑,嗓子也是万里挑一。你爸妈到底都是什么奇才,才能生出你这么个女儿?"

前面的话程弥还自如地听着,后面那半句让她倒酒的手直接一顿。但她反应快,灯光又不明亮,邓子根本没发现。

程弥嘴角带上笑,话出口却没那么温柔:"我爸唱歌烂死了。"

"那你肯定是随你妈。"邓子说。

"你说对了,"她说,"我没一点像那个男的。"

父女关系如果亲近,没人会用"那个男的"去形容父亲。不过,那会儿台上已经有人接过麦克风,程弥的声音被歌声盖过。

"对了,给你讲个八卦。"邓子像想到什么,一条胳膊撑到她身后,凑到她旁边,"你猜我刚才看到谁了?"

"谁?"程弥随口胡扯,"张玲尹?"

邓子"喊"了一声:"她张玲尹算什么大人物,值得我用八卦讲吗?"

程弥笑。

其实邓子自从从《GR》离开后,经常私底下在程弥面前骂张玲尹,完全不装大度。因为他发的那条帮程弥澄清的动态把张玲尹推到了风口浪尖上,张玲尹因为这事骂了他一条长语音,邓子记仇到现在。

"我现在不跟你讲张玲尹,晦气。"邓子说,"刚才我看见李深了。"

这普通平凡的两个字,连起来却是大半国民都认识的名字,他拍过很多知名电影,手下还带出了个影帝和几个炙手可热的女演员。

程弥说:"大导演李深?"

邓子打了个响指:"对了。"

"他来了?"程弥环视一下周围,"这儿?"

邓子"啧"了一声:"不是,你好歹来这儿上班好几趟了,不知道你老板楼上有特殊业务?"

他转念一想:"不过不知道也好,反正你好好在这下面干着就行了,千万别往楼上踏一步。"

其实程弥知道,但没把正常人往那上面想。

"所以,"她看着邓子,"人在楼上?"

邓子点了点头:"烟、酒、茶、女人,估计一样不少。当然我要告诉你的不只这个,因为我还看见那里面有个老熟人。"

程弥其实对这些八卦有点心不在焉,目光不经意间扫过门口,随口接话:"谁?"

"戚纭淼。"

程弥本来指尖搭在酒杯上有一搭没一搭地敲着,闻言停下,看向邓子。

"想不到吧?我也很惊讶,不过她应该不是来干那个的,他们来了一群人。"

邓子之前在《GR》工作时给戚纭淼拍过照片,后来戚纭淼跟程弥那乌龙事件闹得沸沸扬扬，戚纭淼这人让邓子记得更深了。

邓子看程弥的表情："本来以为你们仇人见面分外眼红，看来你是真不感兴趣啊。就你这样，难怪能把那群小姑娘惹毛成那样。"

"哪样？"

"你瞧瞧，你瞧瞧，就你现在这样子。她们背地里骂你，做梦都得梦到你，气得要命，结果你根本没把她们放眼里，完全没当回事过。你说换谁谁不得被气吐血？"

程弥被他逗笑："你夸张了，我又不是神仙。"

邓子憋了有一会儿了，坐得不舒服，摆了摆手："算了，我先去趟洗手间，回来说。"

邓子一走，耳边没人叽叽喳喳，一下安静很多，只有歌声和缭乱的灯光，周围喝酒的人和同伴低头耳语。

没一会儿，程弥看到了邓子口中那个老熟人。

今晚的戚纭淼和平时不大一样，往上飞的眼线乖顺地往下走，也没穿热短裙，身上一条黑色束腰长裙，把少女单薄漂亮的身姿全勾勒了出来，配上出众的长相，衬起来如一只黑天鹅。

光线暗淡，她根本没发现程弥。

戚纭淼身后跟着一个穿着雍容华贵的女人，程弥后面还有座位，她们在后面坐下。

两个人刚坐下，那道娇纵的声音立马传来。

"烦死了，无聊，我坐得都快睡着了。"

"淼淼，你爸爸是在给你以后铺路。"女人说。

"我用你说吗？"

那女人便不说话了。

"你别想教我做什么，你跟我爸什么关系不用我说，别天天妄想着爬我头上当我妈。"女人的模样看起来也不像是个好欺负的主儿，她却被戚纭淼说得一声不吭。

戚纭淼的语气听起来像极翻了个白眼："就知道喝酒喝酒，他们哪一点聊正事了？全在说废话。"

女人说:"不着急,酒喝开了后面就什么都好说了。"

戚纭淼很直接:"我看李深就是要钱。"

一阵手包碰撞声响起,女人要去捂戚纭淼的嘴。

戚纭淼躲开了:"别碰我。"

她又说:"要走这条路,我能靠自己。"

女人又一次没忍住嘴:"你在网上是有点小名气,但哪能跟他们那个圈子比?你想走娱乐圈这条路,你爸要提前把你带进门,只能这么做。我们都知道你心高气傲,不想靠这种方式,但你爸爸是为了你好,想让你少受点儿苦。"

戚纭淼一个白眼扫过去,女人闭嘴了。

程弥不是故意听她们说话的,实在离得太近,她刚才又暂时不想动。就像现在她不想坐下去了,也丝毫没有想再多听一句话的欲望,起身直接从沙发上离开。

她往常来唱歌就是单纯唱歌,今晚是邓子来了,所以跟他坐着聊了会儿。可能昨晚熬夜熬得太厉害,今天脑袋便有些昏沉,程弥去了趟洗手间。

接下来,她还得再唱一场,急需精神,就在洗手间里接了捧水泼在脸上。洗到一半,她便感觉身后有人盯着她。

程弥抬眼,眼睫上挂着水珠,看向镜子。

洗手间洗手台是共用的,男女厕则分隔两侧。洗手间门旁立着一个五十几岁模样的男人,也从镜子里看她。

这男人的脸并不陌生,程弥才刚听过他的名字。

李深导演眉眼的褶皱有点深,很随性地穿着件衬衫,袖子挽到小臂,很有文艺工作者气息。

这时洗手间走廊上过来一个男人,是个已显中年富态的男子,程弥本来没去注意,扫过眉眼,知道他是谁了。

戚纭淼那双眼睛,简直跟他一模一样。

戚纭淼的父亲朝李深走过去:"李导,那我们再上去喝一杯?"

李深看向他,眉目笑起来是和蔼的:"走。"

程弥没将这茬儿放心上，等人走后，继续往脸上泼了点水，然后起身离开。

后半场顺利唱完，程弥拿下吉他。

邓子还在原来那座，低着头在看手机。程弥过去坐下，邓子将手机递给她看："我技术怎么样？"

屏幕上，程弥双手握在立麦上，浓艳眉眼在暗光下也明艳动人，一边栗色长发别在耳后，露出一枚耳钉，眼睛里有光在，好看到万物失色。

程弥已经忘了自己当时在唱什么。

屏幕上跳出一条信息，程弥不是有意看到的，眼睛就放屏幕上，很难不看到，信息是约邓子去过夜的。

程弥提醒邓子："有人发信息给你。"

邓子听完拿回去看，"啧"了一声："我自己都把老底掀没了啊。"

程弥笑，说起短信，她像忽然想起什么，拿出手机，屏幕上挤了几条信息。她一一往下滑，没有短信，司庭衍的名字更是没出现。

程弥看了眼时间，十点多。

她按灭手机。

吧里越晚越热闹，老板带头炒热气氛，让人来了点节奏感比较强的音乐。大家本来各喝各的，一下变得热络起来。

灯光乱射，让人一瞬间有去到酒吧的错觉。

脑袋晕乎乎的时候只想喝点什么清醒清醒，程弥倒了一点水在杯里，伸手拿起。

程弥的余光里，也是在这时出现一阵违和的骚动，本来大家都在跟着音乐热血上涌，突然出现一道游离在氛围外的人影。

程弥抬眼看去，就看到了某个前几秒还在她的脑海里待过的身影。

她预料过他出现在这里的画面，但略有偏差，因为她以为他会是一个人，但此刻不是。有两个女生走上去，拿着手机，看样子是在跟他要号码，他的气质和这里的火热碰起来是两个极端。

程弥将水杯搭在唇边，看着他。司庭衍也是这时看到她的，没看面前的两个女生，直直看向她。

程弥赌赢了。她从没跟司庭衍提起过这个清吧一个字，在这里驻唱也是秘密。

和司惠茹那通电话里她也没说这个清吧，但司庭衍准确无误地找到这里了。

流光流淌四壁，光影吻上酒杯。程弥歪靠在沙发里，和司庭衍隔着人群和灯色对望。

酒精弥散在空气里，强烈的节奏律动侵蚀着众人的神志。

他眼神冰冷，没让周遭沸滚消融在眼底。只一个眼神，便让程弥忍不住想要丢盔卸甲。

司庭衍的目光也没从她的脸上移开过，水里冰块轻碰玻璃杯，像他一样。

指尖一片冰凉，程弥的目光紧落在司庭衍身上，杯沿搭去唇边。

站在司庭衍面前的那两个女生跟他们差不多年纪，一身成熟打扮，漂亮长相上却还带少女青涩感，拿着手机在跟司庭衍说什么。

程弥眼睛避都不避开一下，和正在被搭讪的他对视。

司庭衍跟没看到那两个女生一样，话都没说一句，穿过她们，往这边走过来。

程弥垂落下指尖，将水杯搁回桌面上，转而从包里摸出什么，掌心轻撑着桌子起身，从沙发上离开。

她迈着不算磕绊的步伐，却也不颠簸，有一种很从容的风情。

有喝酒的客人被她吸引，程弥却只看着司庭衍一个人，不急不忙地朝他走过去。

司庭衍也朝她走来。

灯影从走过来的司庭衍脸上一掠而过，肤色冰霜一般，浓光爬上他的眉眼，有一瞬间浓墨重彩到淋漓尽致。

两个人的脚步越来越近，最后在清吧中间相交。

侧面几米开外是躁动的舞台，光束齐闪，音乐震动。司庭衍停下脚步后程弥却没停下，她自然而然地一小步靠上前，近到几乎抬头就能碰上他的唇。

两个人呼吸碰呼吸。

程弥眼底似有几分迷醉,却显得眉眼更潋滟了。她抬起右手里的口红,碰上司庭衍的脸。口红在他冷白的肌肤上走着。

昏暗灯光里,司庭衍没推开她或者后退,眸色晦暗不明地看着她。

157××××××××。

程弥写完自己的手机号码,抬眼看他。

一小排红色数字出现在司庭衍的左脸上,冷白皮肤上多了一抹红痕,意外碰撞出一丝邪冷感,像月亮上爬了一只狐狸。

狐狸趴在上面,告诉人这个月亮是她的。

觊觎的人看到会自动绕道。

程弥看着司庭衍,眼里微带笑意:"不能乱给别的女孩子手机号码哦。"

卡座那边的邓子是这时候发现程弥不见的。他不过低头回个信息,再抬头时程弥已经不见人影。他四处搜望,就看见程弥拿着口红在人脸上为所欲为。

他心下当即惊了一声,程弥不会疯了吧?

邓子担心程弥胡作非为得罪人,虽然他觉得就程弥那张脸,是个男的被她留了电话号码都会暗自偷笑,但还是起身走了过去。

邓子没见过司庭衍,不知道他们两个认识,伸手就去拉程弥,胡诌了句:"不好意思啊小兄弟,我朋友喝醉了。"

话没说完,手里程弥的手臂被一股力扯了过去,力道很大,邓子的手有一瞬发麻。同时,他感觉一股寒凉从自己的脊椎生出。

他抬眼,果然。

面前这个高中生模样的男生看着他,眼底一片冷漠。

邓子愣了愣。

程弥其实头脑是清醒的,骤然被司庭衍拽回去撞他肩上,回头看是邓子,一下知道他误会什么了。她笑:"干什么?我们认识的。"

邓子回神,目光从司庭衍身上移开,看向程弥:"原来认识的啊,我还以为你认错人。"

程弥说:"放心,我就算喝醉了也不会认错。"

她被司庭衍拽过去后就不动了,干脆靠着他。

邓子从没见过程弥这番模样,他认识程弥以来,就没见哪个男的能让程弥的视线在他们身上多停留哪怕一秒,就算是个帅哥,也完全吸引不了她,邓子甚至一度怀疑程弥对男的不感兴趣。

当然,这个猜测今天被推翻了。

被喜欢沾身的人和平时无欲无望的人是不一样的,就如现在的程弥,身上不再单单有勾人理智的风情,还有一种和她身边这个男生契合的东西在。

是的,邓子很意外,意外居然能有男生和程弥有这种感觉,一般男的站程弥身边不是不般配就是降不住。

有一者都难,别说两者。

邓子那边还约了人,现在要赶过去,看他们两个认识,而且他站这里就是一个大灯泡,跟程弥说一声后就撤了。

周围一下仿若只剩他们两个人。

程弥微抬头,看进司庭衍的眼睛里:"带不带我回家?"

距离上次她被他关在房间外,还没过二十四小时。

司庭衍看着气还在:"如果我不带呢?"

程弥作罢,笑了下:"不带就不带。"

突然,司庭衍开口,音色冰冷:"就为了气厉执禹,值得你这样?"

程弥就知道他还在介意,可是一早知道,他为什么要等到现在才拆穿她?她盯着司庭衍的脸:"你为什么不明白,我是因为你!"

她语气是慢条斯理的,又带着一丝让人难以不去沉迷的温柔,如真似假,不管是真是假,听的人归路都只有一条——深信不疑、肝脑涂地。

司庭衍看她良久,脸色如安静的高岭雪,话出口却不是如此:"程弥,你是不是觉得我就是你的一条狗?"

这话音一落,程弥稍愣,昏沉的脑袋瞬间清醒不少。

司庭衍看着她的眼睛:"知道你接近有目的,还是任你玩弄。"

这句话,半句是事实,可是——

"司庭衍,你觉得我就是在玩弄你,是吗——?"

话没说完,被司庭衍更为冷寒的话打断,他的眼神还是和平时无异,窥探不出什么大悲大喜的情绪,如高高在上的泛寒冷霜。

"我知道你今晚说离岛酒吧是在放饵。"

程弥被刺得话头一止。

司庭衍紧盯她的眼睛:"可我还是上钩了。"

今晚司惠茹打来那通电话,程弥跟她说的在离岛酒吧。其实程弥是在赌,赌司庭衍从未停止过注意她。他知道她在哪里打工,知道她在做什么,赌他知道自己在这个清吧里驻唱。

司庭衍真的过来了,而且,程弥敢肯定他没去隔壁的离岛酒吧,直接来的这里。

在某些方面,他们都对对方格外了解。

但这些全基于她对司庭衍有兴趣,如果没兴趣,她跟司庭衍即使处在同一屋檐下也连一句话都不可能有。

"你就认为我一直是在处心积虑地对你。是吗?司庭衍。"

司庭衍看着她,移开目光,和她侧身而过,往原来她和邓子坐的那桌走去。

鼓点重拍在空气里。

程弥不至于失态,还是和平时差不多平静,转身也走了回去。

程弥不知道司庭衍怎么认出她的水杯的,他和这里格格不入,半点清冷没被拽下,可当那能把人的欲望禁锢又释放的指节拿过她的水杯时,那种感觉还是让程弥即将开口的话一顿。

几秒后,程弥开口:"司庭衍,我承认一开始是你说的那样,因为想报复厉执禹。"

灯光太暗,她没注意到司庭衍眼里悄然冒出的阴暗情绪。

"但后面——"

程弥后面的话司庭衍大概能猜出是什么,无非是一些会让他失控的话。

司庭衍忽然抬手,修长指节握上程弥的后颈,将人按近。

"你说什么我没信过？"

程弥神色不带讶异，紧紧看着司庭衍。

"我不知道我会做出什么，所以，程弥，你不要说话。"

程弥今晚本就有点困，现在脑子更加发沉，但回去时在车上还没忘给司惠茹发了条短信，不报平安的话司惠茹会一直等下去。

平时这个点司惠茹早睡了，这条短信能让她现在去睡个好觉。

司惠茹果然在等，很快回短信，跟她说餐桌上放了碗热汤，让程弥回来记得喝。

程弥彼时靠在出租车后座上，头稍靠在车窗上。

马路两旁路灯昏黄，一明一暗的光滑过车内。程弥和司庭衍一左一右地坐着，车内很安静，只有出租车轧过路面的行驶声。

她收起手机，去看司庭衍。

司庭衍没看窗外，也没看手机，就那么坐着。从这个角度看去，她能看到他脸上她用口红写下的手机号码。

即使不开心，他也没去擦掉她弄的东西。

换个人刚被司庭衍那么对待一通，可能连句话都不敢跟他说，但程弥不是。

程弥经常会放一小包卸妆湿巾在包里，之前当模特时养成的习惯，模特妆一般比较浓，拍完不卸掉走在路上会很夸张。

她探进包里拿出卸妆湿巾，抽了张出来，随手把包装放在包上后便朝司庭衍那边靠了过去。

程弥一条腿稍屈，微跪在座椅上，靠向他。

司庭衍抬眼看她。

程弥也第一时间看他的眼睛，贴去他身边后，目光落在他脸上的那道红痕上。

她刚要伸手过去，手腕被司庭衍抓住。

程弥看他："怎么，不舍得？"

司庭衍眼神平静，但有点冰。

程弥说:"没关系。"

她微仰,凑近他的脸:"像这样的,我以后还会留几千次的。"

他们的耳语在车厢内格外清晰可闻。夜色浓重,狭窄空间内,气息与触感更为明显。

即使是在暗光里,司庭衍的目光也没被遮到消失于无形,如有实质一般穿透暗色落在她的脸上,肤色在夜色里依旧显眼。

程弥也回视他,靠得很近。

司庭衍忽然抬手,四指骨节抵在她的下巴上,拇指指腹按上她的唇,蹭掉。程弥唇上的口红瞬间歪掉,嘴角蹭上一抹红,到尾巴是一层浅淡薄红。

这让程弥想起从老师的办公室出来那次,楼梯间里司庭衍就是这么对她的,不过,那次隔着张试卷。

她说:"司庭衍,你是不是早就想这么干了?"

司庭衍直视她的眼睛。

程弥被他盯到有一瞬心里悄然冒出一丝奇怪感。司庭衍眼睛里有时候总会出现一些程弥摸不清的情绪,这些东西来得毫无缘由。

就如现在,程弥就不知道他的眼神是什么意思,像有什么强大情绪笼罩着她。

但她完全找不到出口,此刻看着司庭衍的眼神虽然还是和往常一样,没拧眉也没疑惑,但带着几丝冷静的探究。

她本来以为司庭衍会说什么,但没有,他淡淡地转开头。

程弥几秒后也没想出个所以然来,看着他的侧脸,卸妆湿巾凑近他脸,轻擦那一小排红色痕迹。

司庭衍又避了一下,语气冷淡:"干什么?"

程弥追上:"这些东西不卸掉对皮肤不好,你是不是没卸过妆?"

司庭衍似乎觉得她说了句废话,眼神扫过她的脸。

程弥抓住他的这道视线,轻佻地抛话:"没事,这些等以后我当了你的女朋友,都告诉你。"

司庭衍的视线久久定格在她的脸上。

程弥说"女朋友"这三个字说得丝毫不心虚,即使司庭衍压根儿没答应过她。

出租车正好到楼下。

程弥还没把司庭衍脸上的红色印记擦干净,剩下一小截。她伸手要再去擦,司庭衍却没再给她擦,推门下车。

两个人回到楼上,司惠茹已经去睡了,给他们两个留着灯。

司庭衍进门后回房间去了。

程弥去房间随便拣了件衣服到浴室洗澡。

一到睡前,那些不碍手碍脚的衣服最得程弥钟爱,衣柜里宽大的T恤和吊带裙不少,今天洗完澡出来,她就选了件白色宽大半袖T恤。

程弥从浴室出来后,看到桌上的汤,才想起刚才回来坐车上时司惠茹叮嘱的话。

这汤司惠茹还用保温瓶保温着。

程弥将白色毛巾披在肩膀上,擦着头发过去坐下,喝到一半,手边的手机振动。程弥随意地扫过去一眼,发信人在意料之外,她指间的瓷汤勺稍停了一下。

是黎楚发来的信息。

程弥立马拿过手机点开,却只是一张图片。图片上是某个信息分享传播的社交平台的聊天界面,是她自己的账号。

程弥很少玩这个平台,账号还是以前黎楚帮她弄的,到现在账号还是一直在黎楚那边。

黎楚平时很少给她发信息,除非有什么大事,这条信息在黎楚那里应该认为挺重要。

程弥看图片里的内容。

发信人是李深的工作室。

程弥小姐您好,我们是李深工作室,因对您……

后面还跟着百来字，一番诚恳又官方的话，对方对程弥发起合作邀约，最后告知她李深导演这几天正好在奉洵这边，询问她明天是否有时间见上一面，李深导演会亲自会见她。

不得不说，黎楚真的很了解她。

曾经不是没有圈内人向程弥抛过橄榄枝，还不少，但程弥都拒绝了。

不是因为她没有往那个圈子发展的想法，恰恰相反，因为某些事，她从小就有进圈的打算。她拒绝只是因为宁缺毋滥，走这条路有个大靠山公司很重要，名不见经传的小公司不仅机遇小，有可能还会因此赔上职业生涯。

而现在摆在程弥面前的，是国内数一数二的大导演。

如果程弥记忆没出错的话，她四五岁的时候，她妈程姿就很喜欢看李深拍的电影，而且只看年纪轻轻就拿下影帝称号的某个演员主演的，抱着她来回看很多遍。

几秒后，她给黎楚发了条信息过去。

谢了。

这意思很明了，就是她要去的意思。

这时司庭衍打开了房门，听到声响，程弥将目光从手机上移开，看向司庭衍。

司庭衍也一眼看到她，左脸上还挂着一点红在那里，身姿笔挺，垂落身侧的手拿着衣服。

司庭衍往浴室走去，没一会儿，浴室门关上。

手机有信息进来，程弥收回目光，落到屏幕上。黎楚回了信息，应该是她给出肯定答复后李深的工作室那边发过来的。

内容是一个酒店地址，明天跟李深见面的地方。

程弥不知道的是，在她今晚和司庭衍在清吧里纠缠的时候，他们两个的名字已经在论坛里炸开好几番。

晚上七点，论坛里突然空降一条帖子。

校花程弥在追高二年级第一司庭衍。

短短十几个字，一石激起千层浪，冲开了今晚论坛里大家在认真复习准备明天考试的假象。

发帖人首楼告知八卦。

人大美女说一个月就要把人拿下，追十来二十天了，虽然司庭衍这人难追，但就程弥这张脸，我把话放这儿了，这次司庭衍肯定得栽。

不出十秒，帖子一下刷出了十条回复。

什么时候的事？！

真假？！这俩人八竿子打不着啊。

楼主你什么意思呢？司庭衍根本不是那种看脸的人好吗？如果他是看脸的人，戚纭淼能追了他三年多没追到手吗？

有司庭衍在的地方，暗恋他的女生跑得比谁都快，下面附和上面这一条的那几个人一看就是喜欢司庭衍的女生。

就是，楼主偏见好大，不是你们喜欢司庭衍就会喜欢好吗？司庭衍没你们那么俗。

30天追上，程弥是在开玩笑吗？司庭衍可能一辈子都看不上她。

接下来一条看热闹的帖子隔开了附和回帖。

哈哈哈，我同意楼主！程弥这个女的真的是个男的都顶不住，别说脸，光是那个身材，啧啧啧。

晕，程弥都把手伸到司庭衍那里去了吗？

这话一下点醒了在震惊中尚未反应过来的众人。

等等？程弥不是之前一直跟厉执禹混在一起吗？！
说起来，确实好久没见他们在一起了哎。
楼上你是不是还忘了一个？我们高三年级主任的女儿初欣禾，那位清高仙女。

但这条已经被大家忽略了，因为接下来有人扔出了重磅炸弹。

没人注意到吗？司庭衍是厉执禹的弟弟啊！这是什么修罗场啊？！

司庭衍是厉执禹的弟弟在奉洵高中不是秘密。
这层帖子盖楼原本就火热，被这么一提，帖子回复数激增。
程弥在追司庭衍本身已经是个大八卦，人人皆知的校花校草，八卦爱好者很难不去注意。现在又一盆"狗血"往下洒，楼里一时混乱不已，看热闹不嫌事大的，暗恋两个男生的，喜欢程弥的，大家各执己见，百张嘴说百句不同的话。
奉高就这么点地方，程弥在追司庭衍又是事实，必定会被少数人看到。

发帖人说的应该是真的，就一个星期前在校门口，程弥还跟司庭衍一起呢。
对，你们都没注意到吗？那天我看到后上来论坛看，居然都没人在说他们。

一时间下面问号重重,奉高论坛连续爆热了几个小时。

程弥是晚上两点多的时候被一个夺命电话吵醒的,刚接起来,那边"红毛"的声音几乎要把她的耳膜炸开。

"程弥!论坛里说的是真的假的?你在追司庭衍?!"

"红毛"一通电话把论坛里那事抖在了程弥面前。

那帖子一看就知道是谁发的,听过她随意调侃的那句30天要把司庭衍追到手的话的,除了郑弘凯没别人。当然,从语气也不难认出是他。

不过这对程弥来说没什么,本来她追司庭衍就一直追得很坦荡。反倒"红毛"比她这个当事人更震惊到无以复加:"我刚醒,一起来手机就被兄弟炸蒙了,这是怎么一回事啊?!"

程弥被吵醒,太阳穴一阵不舒服。她一边掌心微撑在太阳穴上:"就是你看到的那么一回事。"

"不是,""红毛"说,"最近你跟厉执禹没在一块儿,我以为你是真忙,也没听说你俩闹矛盾啊。我是不是看错你了,程弥?怎么你还追别人去了?"

程弥说:"这事你应该问厉执禹。"

"我问他什么?不是,你俩到底发生啥了?"

程弥懒得说:"你自己去问他。"

"不是,就算你俩有点什么事,你非要追别的男的行,你追谁不好追司庭衍?"

程弥说:"我想追就追。"

"你得庆幸厉执禹现在醉得跟个死人一样,不然早杀你家里去了。""红毛"还把程弥当朋友,听着很头痛,"咱们朋友一场,我告诉你一声,这事可能没这么容易就过去,明天你稍微跟厉执禹服一下软。"

程弥被吵得脑仁疼:"先挂了,明天还考试。"

挂断电话后,程弥也没去论坛看他们都在说什么,睡了。

隔日程弥去到学校,一踏进校门一堆八卦视线往她身上黏。不管是在去吃饭的路上,还是在考场上,一天下来程弥都没摆脱这些视线。

但她没去躲避这些眼神，照旧该吃吃该喝喝。

下午五点，铃声打响，广播提示收卷，最后一场考试结束后，程弥被戚纭淼她们堵在了女生厕所里。

厕所里还有几个女生在闲聊，她们一进来，把人全赶出去了。

这是直接找上门了，之前她们还算有所收敛，只明里暗里动手脚。看来论坛把程弥追司庭衍这事曝光后，正踩到她们的痛处上了。

把场子清干净后，一个女生"砰"一声把女生厕所大门踢上，声响回荡在空荡洗手间里。女生厕所进来那面墙三四米高处有排气窗，灰白日光落在对面那面墙上。

程弥只在她们进来的时候扫了一眼，后面她们动静闹再大也全程不闻不问，自顾自地在水龙头下洗着她的手。

那些女生一看她这样便来气，前面戚纭淼还没说话，一个女生就对程弥吼道："离司庭衍远点，再让我们看见你找他你就完了，听见没有？"

火药味不小，呛满整间厕所。然而程弥跟没听到一样，继续慢条斯理地洗着手。

水声潺潺，像踩在她们的头上，在安静的厕所间里格外刺耳，氛围一下变得紧绷。

小姑娘的高调跋扈被忽视，矛盾一触即发，这次是傅莘唯。她本来就看程弥不爽，推了程弥一把："跟你说话呢，听见没有？！"

程弥被她推得肩膀往后。

傅莘唯手上的指甲油没干，这一推，指甲油便蹭到了程弥的衣服上，干净校服上瞬间有了一道黑色印子，散发着刺鼻的指甲油味道。

傅莘唯也看到蹭到她的衣服上的印子了，但没当回事。

其他女生见状一个个都在笑，只有戚纭淼脸色冷漠严肃地看着程弥。

程弥被她们推搡也没恼羞成怒，扫一眼自己校服外套上肩膀前面那道黑色指甲油印后，抬手去拉拉链。

傅莘唯跟程弥不是没交过手，上次她们在程弥的水杯里装厕所拖地水，两个人便正面碰上过。虽然双方到最后都没动手，但那次傅莘唯确实有那么一瞬间是被程弥的气场震慑到的。

所以即使此刻程弥的脸色看起来没那次严肃，但傅莘唯摸不透她要干什么，气势稍微弱了点下去。

程弥的神色和平时无异，仍旧懒懒的，像没怎么上心。她将校服外套脱下来，露出里面一件黑色吊带背心，贴着身，皮肤白得扎眼。

她将校服外套递给傅莘唯："带回去给我洗干净。"

她们这群人本就自以为是，脾气又暴。傅莘唯一下子就炸了，"啪"一声把程弥递过来的校服扫到地上。

"你这是跟谁这么说话呢？有病啊！"

戚纭淼没管。

程弥还是一副气定神闲样。

傅莘唯却已经气到跳脚，又连着在她的校服上踩了几脚："你再傲一个我看看？"

说着她就踩着校服，走上前又伸手去推程弥："看你那——"

话没说完，声音转为尖叫。

程弥一只手拽上她的头发，带着连根拔起的力道，傅莘唯痛到五官扭曲。

程弥直把她拖到水池旁，卡着她的脖子猛力往下按。这事发生得猝不及防，其他人反应过来的时候傅莘唯的头已经被程弥按在水里。

傅莘唯尖叫连连，在水中不断扑腾。那帮女生这时才反应过来，就要冲过来帮傅莘唯。

"程弥你活腻了是吗？！给我放开！"

水池旁有一堵墙，程弥的身子卡在水池和那堵墙中间，不利于别人拖开她。

那几个女生骂骂咧咧地过来的时候，程弥也没着急，握着傅莘唯的脖颈的手又往下按了一寸，傅莘唯挣扎得更厉害了。

程弥的声音慢慢地："你们再过来的话，我发誓我绝对不会撒手。我把话放这儿了，你们要想过来就过来。"

她说得极其淡定冷静，几个女生一下站住脚，面面相觑。只有戚纭淼没有，继续面色不善地往这边走："你最好给我放开。"

程弥看着她，点开刚才顺手拿出来的手机，切开拨号界面。她点了几下屏幕，按下拨号键，将手机放到耳边，动作没有一丝紧迫，和面前的人拉锯着。

通话很快接通，那边的人说了句什么，程弥的声音落在厕所间里："这里是奉洵。"

又是一秒沉寂。

"嗯，转接到这个地方的派出所。"

戚纭淼终于停下了脚。

程弥看她一眼，果然，治这帮不良少女还是得靠警察叔叔。从一开始这些女生针对她的时候，程弥就没想跟她们计较。她不想惹事，能少点事就少点事，所以都是把她们当空气。

背地里骂骂她不在意，但现在这帮人已经威胁到她的人身安全。太把自己当回事，以为她是软柿子，想爬到她头上撒野，那也就别怪她不客气了。

程弥的手机还通着电话。

这些女生到底还是小孩，嚣张归嚣张，但都没动过真格的，一下子怂了。

程弥也没要她们保证松开傅莘唯后，她们不过来动她，因为她们不敢。

傅莘唯的尖叫声里已经带了点痛苦哭音，程弥松手，傅莘唯一下从水里面挣脱出来，几乎软倒在地。

戚纭淼死死盯着程弥，她身后那些小姐妹也是，愤愤地看着她，但是没一个人上前来。

程弥平静淡定地站在那里。

过一会儿，是戚纭淼把傅莘唯从地上架起来，眼睛盯着程弥，话却是对她那些姐妹说的："走。"

厕所门被打开，脚步声稀稀拉拉地从厕所出去。很快，厕所里恢复空荡的安静。

通话还没挂断，程弥突然叫对面一声："司庭衍。"

程弥并没有打电话报警,清楚那帮小孩吓吓就走了。她预料这个结果不会有半分差错,用不着动真格真麻烦警察来一趟,所以她从一开始就打的司庭衍的电话。

程弥问他:"为什么不说话?"

司庭衍之前就问过程弥一句在哪儿,但程弥当时在做样子应付戚绲淼她们,就没有回答。司庭衍又开口:"我问你在哪儿?"

声音跟之前差不多平静,却不知道为什么让程弥神思稍滞,像有什么让人脊椎渗出凉寒的东西从他的声音里爬了出来。

一阵风从窗口吹进,和通话那边的风声融在一起。

程弥说:"五楼东边的女生厕所。"

那边的人没挂电话,程弥站在窗边。

听筒那边风声呼过。

程弥在想象司庭衍现在的样子。

耳边手机里有上楼梯声,走廊上有忽闪而过的说话声,门外走廊响起铃声,程弥却能听到两道声音,一道在门外,一道在手机里。

她抬眼看向门口。

不出两秒,手机里的脚步声和来到门外那阵重叠,司庭衍出现在了门口。

程弥的目光没一刻离开过那里,准确无误地落到了他身上,司庭衍也紧紧盯着她。

程弥注意到司庭衍胸口微微起伏,又仔细看他的脸色,司庭衍不能跑步。

他眉心细动一下,脸色却看不出什么,还是和平常一样如笼一层薄冰。

程弥肩上吊两条细吊带,很白,两条手臂没有一丝赘肉,肩窝不过分瘦削,胸前一道漂亮弯弧收入平坦的小腹。

空气里有凉意,沾上程弥的肩头。像此刻他那双黑色眼睛一样,侵入她的四肢百骸。

程弥颊边的头发被风吹着几丝沾上唇,她站在原地不躲不避,看着他，也给他看着。

司庭衍从门口进来。因为刚才戚纭淼她们清场，也没人敢再来，这里除了他们两个，一个人没有。

程弥知道司庭衍是知道没其他人在才进来的，但就是故意说："这里是女生厕所。"

司庭衍跟没听到一样，走进来，落锁。"咔嗒"一声清脆声响，在空旷的洗手间里落下回音，如敲在程弥心上。

然后他朝这边走了过来，程弥没挪地，就么看着他靠近。

司庭衍来到她面前，程弥忍不住想碰他。

明明天气带着凉意，她却浑身微带热意一般，想靠近他，去汲取他从身上泛出来的冷。

两个人靠得近，程弥弯唇："司庭衍，你是狐狸精吗？我这还没追上你呢，你就给我找麻烦了。"

司庭衍看着她，不知道程弥怎么说出这句话的。

程弥的长相属于典型的初见惊艳且又耐看型，没人长得比她更像"妖精"，而且是那种勾引中又带着让人抵抗不了的柔情的。

她不用做什么，一个眼神就能拽走人的理智。

司庭衍反驳她："狐狸精只有把人招到了才叫狐狸精。"

"可不是吗？她们都是你招来的。"她补了一句，"包括我。"

司庭衍的眼神似乎很深，黑色底下掩盖了什么，在紧紧注视她。他声音有点冷："我没招她们。"

这话落下，程弥紧盯他的眼睛。

"你这话是说你只招我，是吗？"

周围很安静，安静到两个人能听到篮球场上传来的投球叫嚷声。

忽然，司庭衍像看到什么，声音竟然要比刚才还冷淡一些："谁弄的？"

程弥说："什么？"

"脖子上。"

司庭衍这么一说，程弥才发觉脖子左侧偏后的地方似乎有点涩疼。从皮肤上传来的，有点不舒服。她伸手去摸，摸下一点血珠。

她一直没怎么注意，应该是刚才把傅莘唯按水池里那会儿被对方抓的一道。程弥没在意，和把对方按水池里相比，她一点也不亏。

程弥去看司庭衍那张虽然不动声色，但明显让人感觉到气氛有变的脸。她偏去惹他："怎么，你上次不也把我的脖子弄红了一个星期？"

司庭衍看着她，没说话。

程弥视线紧紧抓着他，时间像过去许久，她薄唇微张："还是说，只能让你欺负？"

"司庭衍，你忘了？"程弥的鼻尖离他很近，"你妈说过的，不要让男孩子随便欺负。"

司庭衍看着她。

"也就是说你这个男孩子不能欺负我这个女孩子。"程弥也望进他的眼睛里，"就像现在，你不能随便看我。"

但是她从唇里吐出的气息被司庭衍截断："我可以。"

他们的气息彼此交缠。

程弥依旧没从他的眼睛上撤回目光："为什么？别人不能看，就只能你看，你怎么这么双标？"

又是一阵风来，程弥的一丝发丝钩上眼睫，半落不落，像半褪衣裳。

程弥一直认为司庭衍的手很好看，指节线条不硬朗到突兀，却又不失骨感，掌骨宽，五指修长，指尖抬动时手背上中、食指那处会牵动两条筋，一直延至腕骨。

此刻这双手的指节擦过她的眼睫，将上面那丝头发不算温柔地弄回她的脸侧。他无阻拦地逼视进她的眼睛里，语气却仍是那样清高在上："不只看。"

程弥说他双标，别人不能看只有他能看，而司庭衍要的不只是看。他会说这句话，程弥竟然一点也不意外，他们两个是一路人。

下一秒，一件男生校服外套罩上她，然后，拉链被司庭衍唰地拉到顶。

程弥一下被罩在他的衣服里面，身上热意还没消："你什么意思？司庭衍。"

她觉得自己被司庭衍耍了，就他这个样子，她原本以为会发生点什么。

结果司庭衍什么都没让它发生，让程弥白期待一场。

没想到他手段完全不比她低。

"这欲擒故纵的把戏你到底哪学来的？"程弥说他，"司庭衍，你以前是不是喜欢过什么小姑娘？"

这话让司庭衍的目光落在她脸上一瞬。

程弥看出端倪，八卦心起："怎么，真有？"

司庭衍不理她了，往厕所外走去。

程弥问他："去哪儿？"

"上课。"

程弥才想起那些竞赛班学生即使考试有时候也照旧上课。

程弥的校服被弄脏不能穿，她就穿着司庭衍的。他的校服比她的要大一些，长袖过指。衣服哪儿都透着干净感，这在男生身上很难得，气息好闻清冽。

程弥不喷香水的时候身上其实也是这种味道，他们住同一屋檐下，用的同样的洗衣液。

她要从五楼回教室，打算收拾好东西去趟酒店，昨天跟李深那边的工作室约好的下午见面。

时间还算充裕，程弥没那么着急。

结果在回教室的楼梯上，她碰上了不速之客。

厉执禹明显她来的，今天应该是一天没来上课，得知消息后才赶过来，双眼带有红血丝。

程弥也没躲，直面他，站在原地等他过来。

厉执禹暴怒下仍努力保持着教养，眉都拧在一块儿，插兜踩上几级阶梯，来到她面前，驻足。其实厉执禹对程弥就跟程弥对他一样，两个人都对对方不太上心。

但得知程弥主动招惹司庭衍，厉执禹不可能就此放过她。

厉执禹虽然性子野，但从小家教良好，骨子里是有教养在的，在这种暴怒情况下，他对女生也只是语气沉了点。

"程弥，你什么意思？"

程弥说："什么什么意思？"

厉执禹："别装傻，你为什么招惹司庭衍？"

程弥看他几秒，拿出手机，点进相册后拖到某张照片上，递给他。那是程弥拍到的厉执禹和初欣禾在小树林里的秘密。

"我想，"她说，"我有追求司庭衍的自由。"

偏执少年

Chapter 07

厉执禹有点头痛,他没想到那次冲动之下去找初欣禾这事,会被这么多人知道。

不过这是事实,也是他的问题,他不做辩解,只不过不能把无辜的初欣禾和司庭衍牵扯进来。

厉执禹捏捏眉心:"这事儿跟初欣禾没关系。"

程弥倒是很拎得清:"我知道,她那天并不怎么愿意配合你。"

那天很明显就是初欣禾全程都在试图推开他。

"所以放心,我不会去打扰她。"

厉执禹看她,点了点头,这时候竟然有点程弥认识他以来没见过的温柔:"谢了。"

程弥也看着他:"不过,就算她当时真跟你有什么,我也不会找她的麻烦,还是会找你。"

她跟厉执禹的事,就得他们两个解决,厉执禹没打断她。

程弥说:"你呢,只是拿我当气初欣禾的工具。"

厉执禹久久地看着她:"程弥,你有没有想过,你能这么理智地分析我们的这点事,是因为什么?"

"我知道你想说什么,"程弥说,"确实,我跟你一样,我们两个是没什么感情。"

她说完停了一下,才又对厉执禹说:"但我就是讨厌任何形式的背叛。"

程弥是不会干出这种事的,她对任何关系都有一点偏执的霸道。

这事是厉执禹不对,他确实没什么好讲的。只不过碰司庭衍便是碰他的底线，提到这个他稍微有点失态："你要报复我可以，但不能动司庭衍。"

程弥也直视他："我说了，我想追谁是我的自由。"

这两个人本就气场都强，一对峙，空气中无形弥漫火药味。

厉执禹紧盯程弥的眼睛，神情是冷的，一字一顿地道："反正司庭衍不行，你怎么对我都可以，但司庭衍不行。"

程弥直对上他那双怒火几欲喷薄而出的眼睛，那双眼里泛着细微的红血丝，眼瞳很黑。

她言语很慢，跟厉执禹比起来要闲散得多，明明这样一副平静口吻，气势却丝毫不减弱，和厉执禹仍然是利矛对上铁盾。

程弥说："可是我只对司庭衍有兴趣。"

厉执禹脸色愈发沉："程弥，我说过了，有事不要牵扯到别人，我俩的事，我们两个自己解决。"

有两个女生结伴嬉笑着走进楼道，碰到他们两个，周围气氛如乌云压顶般扑面而来，两个人顿时不敢吱声，匆匆下去了。

程弥对厉执禹说："你不会真以为我费这心思，就只是为了报复你吧？"

厉执禹："你觉得你这时候说对他有兴趣，我能信吗？"

"你信不信无所谓，"程弥直说，"司庭衍信了才是最重要的。"

这句话让厉执禹的眉峰一下变得更锋利。

程弥已经不想再多说什么："厉执禹，这事就这么完了，我们以后最好井水不犯河水。"说完这句，程弥下了楼梯。

厉执禹叫住她："你对他是不是真心的？"

程弥停住脚，回头看他。许久，她说："这个我应该有资格不回答你。"

说完，她离开了楼道。

程弥去到教室，还没迈进教室后门，就听到几个还没离开教室的女生在聊八卦，围坐在一张课桌旁："所以程弥真的在追司庭衍吗？"

"我觉得肯定是咯，你们最近有哪个时间看她放学在等厉执禹？我朋友是高二的，说真的老是在那层楼看到她。"

"这对厉执禹好不公平啊！"

一个女生说："我感觉最惨的还是班长哎，之前厉执禹天天来找程弥，她都看到了。"

另一个女生附和："她还是因为厉执禹才调到我们班的。"

"可是是她自己要跟厉执禹划清界限的。"

"那是她妈不让啊，初欣禾的妈妈是我们年级主任，平时我们就怕她怕得要死，初欣禾回家还要被她妈看着，我想想都感觉快要疯了。之前还有人看见初欣禾在办公室被她妈打了一巴掌。"

"厉执禹以前对初欣禾超好的，天天陪她上下学，下课都要去（1）班看她，跟怕人丢了一样。"

女生容易为女生着想，有女生替初欣禾打抱不平："明明是初欣禾更喜欢厉执禹，厉执禹的绯闻八卦就没消停过，初欣禾就喜欢他一个。"

走进教室的程弥将这番话全听进了耳朵里，突然想起刚和厉执禹认识那会儿，厉执禹来教室找她，班里当时氛围有点古怪。原来是大家都知道厉执禹有过这么一段往事，只有她不知道。

也难怪当时班里个个屏声静气，大三角摆在眼前，耳朵想不去注意都难。

还有，一开始来到这个班，有一次她上课进教室就碰上初欣禾在看她，眼神中看不出情绪，只是注视着她。

那时，程弥并不知道初欣禾为什么看她，现在一切都清晰明了了。

其实程弥在没听那帮女生的这番话之前，也大概猜到了厉执禹和初欣禾是这么一个关系，而且能看出厉执禹很在意初欣禾。所以，她知道厉执禹就是拿她当个工具。

那些女生在说的时候程弥步伐一直没停过，她径直走进教室。那几个女生说得正热闹，突然一个人影进来，回头看到是她都吓了一跳，因为她们刚才就在聊程弥，个个脸上都有点心虚。

程弥对戚纭森她们动手动脚都能风轻云淡，更别说这些，走到自己的课桌边，拿上书包走了。

沙地上单杠双杠旁边，厉执禹和司庭衍对面而立。

厉执禹靠在单杠上，司庭衍双手插兜靠在对面的双杠上，和厉执禹是截然不同的类型，一狂一冷，丝毫没让人感觉到哪方气势低。

厉执禹突然开口："你那天看到程弥了，对不对？"

司庭衍知道他说的是哪天，就是他被程弥拍到的那天，也不拐弯抹角："对。"

其实那天厉执禹是知道司庭衍在场的，因为他偶然抬眼，看到了在实验楼四楼窗口的司庭衍。

那时候厉执禹只觉得是碰巧，也没说什么。直到他今天知道程弥也看到了。实验楼跟教学楼距离不远，中间有树遮挡，司庭衍确实是能看到程弥的。

厉执禹说："所以你看到她了，明明可以提醒我，为什么没有？"

厉执禹这话如果是别人来听，可能会以为他是在怪罪司庭衍，其实不是。厉执禹生气的是，一些接下来他有可能得知的、长在司庭衍身体里的东西。

他问司庭衍为什么知道程弥在那里不告诉他，司庭衍颇为冷淡地回："我为什么要告诉你？"

厉执禹听笑了："所以你是故意放任程弥看着的，是不是？"

厉执禹渐渐敛了笑，看着司庭衍，不再拐弯抹角："你算准了，如果她看见了，就会转而去找你是不是？"

程弥就是在这时路过这个地方的，走去校门需要经过这里。她还没走近，就传来厉执禹的一句暴喝："司庭衍，你为什么非要自己栽去她身上？！"

程弥脚下一顿，而后抬眼看了过去。即使树影遮挡，但她还是能看到司庭衍和厉执禹他们两个人。

"你连程弥会去找你都算计好了，明知她就是玩玩，为什么还要凑上去？"随着厉执禹的声音落下，空气像被按下了停止键。

在这片窒息寂静里，程弥的神志却像忽然被砸了个缺口，短暂空白。什么叫，她会去找司庭衍都是他算计好的？

厉执禹的声音打破这片沉默:"从小你就这样,谁心里那点卑劣的想法是你不知道的?"

就像他们小时候,由于家里经济负担过重,五岁有心脏病的司庭衍被他们的继母常湄带到火车站丢弃。

继母所想所做的那些事,司庭衍都是知道的。

那年厉执禹七岁,司庭衍五岁,司庭衍还叫厉庭衍。

那时正值他们的父亲破产后东山再起,家里经济拮据艰难,司庭衍因为心脏病身体状况每况愈下,治疗费、手术费极其昂贵。

司庭衍就是在这种情况下,被继母带去火车站丢弃的。

那天厉执禹也去了,继母常湄出门前说要带他们两兄弟去吃好吃的。当时的厉执禹没想到很平常的一次出行,会成为他这辈子对司庭衍最深的愧疚。

三个人去的是火车站附近一家快餐店,吃到一半,弟弟被妈妈带走了。后来,弟弟再也没有回来。

最后,他是在回家的大巴上看到的弟弟。透过车窗,他的弟弟小小一个站在火车站的人来人往里,在看车里的他。厉执禹拍着车窗,跟妈妈说弟弟还没上车,要带他回家。

那时候妈妈常湄告诉他:"弟弟要去一个更好的地方。"

厉执禹问她:"什么是更好的地方?"

妈妈说:"那里有饭让弟弟吃饱,有钱给弟弟治病,弟弟不会再痛到睡不着了。"

每一个都是厉执禹从小生日的时候许的愿望,他问:"真的吗?那弟弟以后就能跟我一起踢球了吗?"

妈妈点了点头,笑说:"真的,弟弟以后什么都会好的。"

那一天,厉执禹就这样在车窗里看着弟弟离他们越来越远。

五岁的小司庭衍那时个子还没有面前经过的大人一半高,小脸白皙好看,站在那里看着妈妈和哥哥渐行渐远,不哭也不喊。

到最后,厉执禹什么都看不见了。

厉执禹后来长大才知道,那时候的弟弟是知道的,他们不要他了。

他知道妈妈常湄在他的汉堡还没吃下去一半的时候把他带到火车站门口，跟他说乖乖站在这里不要乱跑，她会回来找他是骗他的。

他知道哥哥和妈妈在车上，是不会下来接他回家的。

…………

跨越十几年的空白时光，厉执禹看着此刻站在眼前的弟弟。

"你从小聪明，"他稍微敛了敛下颌，"有一次知道我不带你出去是嫌你烦，不能跑不能动拖我的后腿，回去就抓了条我最怕的小蛇放在我的被窝里。"

"像程弥，你明知道的，她在想什么。可为什么你还要自己凑上去？你想靠近谁都可以，但为什么偏偏是程弥？"

在他们几米开外听着的程弥，其实能理解厉执禹，她确实一开始是带着目的接近的司庭衍。有目的，就代表被靠近的人随时会被玩弄于股掌之间。

哥哥希望弟弟不要靠近一个会戏耍他的人很正常。

然而，程弥下一秒就听见司庭衍冷冷地说了一句："厉执禹，我要做什么轮不到你说不行。"

里面很快响起脚步声，沙砾声响簌簌地传来。

程弥站在原地，和里面出来的司庭衍正正打了个照面。

司庭衍的视线落在她的脸上，程弥亦是，紧紧回视他。

厉执禹侧头，也看到了程弥。

三个人，三种情绪，但有一点不约而同，三个人都一样坦荡。

厉执禹讲程弥不好的话被她当面听到后丝毫没有心虚，依旧一身公子哥姿态地靠在单杠上。

司庭衍在晦暝黑暗里编织的那张悄然疯长攀缠她的手脚的密网，被曝晒于白日天光下。可他没有惊惧难堪，秘密被撞破，也没有解释掩藏，任由眼里那些风涌暗浪把她绞紧。

程弥去迎他的视线，同样沉稳淡定。没被扑面风浪侵吞桅灯，身上那股轻松劲儿依旧。她突然想起两个星期前进校门没戴铭牌被罚跑圈那次，司庭衍问过她一句话，问她不怕吗？

那时，程弥并不知道这几个字是什么意思，但现在知道了。她在司庭衍面前，穿着他的校服外套，拉链密不透风直拉到顶，臂间松垮堆叠。

司庭衍问她："全听到了？"

程弥没否认，点了点头，强调："全部。"说完，就看司庭衍朝她走了过来。

她在原地不动，看他直到她面前停下。

程弥没往后退半分，两个人距离一近，视线高低差距便愈显。她视线稍往上走，去看他的脸。

天色灰暗，司庭衍这张脸是唯一亮眼的存在，很白，却不显娇弱，没拖垮他眉目间那份英锐，却也不锋利到棱角硬朗，弧线流畅漂亮，没一处多余。

这是长在程弥的心跳上的一张脸。

她问司庭衍："怕我跑了？"

司庭衍却说："你怕仓鼠。"

他说出来的那一瞬间程弥有点惊讶，不知司庭衍从哪里知道的。这东西程弥确实很怕，怕到平时就算在手机里无意刷到，都会一阵胆寒。对害怕的东西，人很难不下意识地严肃，她问："你怎么知道？"

司庭衍没回答她的问题："我会把它放在你的房间里。"

他的眼睛像被空气里的潮润碰过，漆黑发亮。

程弥紧盯着他，知道他不是在说假话，是真的在恐吓她。只要她敢走的话，他真有可能这么做。

可程弥竟然不害怕，不害怕眼前这个他。

她问司庭衍："舍得吗？用那东西吓我。"

司庭衍说："你自己能选择。不走，我不会动你。"

程弥一直看他的眼睛："你好像小看你自己了，司庭衍。"她顿了一秒，笑言慢语，"我为什么要走？靠近你都来不及。"

司庭衍看着她。

程弥溺在他的视线里："不过想接近一个人，不是像你这么接近的。"她笑，"我今晚回去教你。当然，你要教我也可以。"

一个眼神，如火烧遍野，地底下的囚铐纷纷断裂。

飞鸟乌压过境，她如纵身葬进这片火土，星火燎原过后，万物飞灰，唯余一枝红玫瑰在心底盛放。

万千飞鸟，皆对他恐惧害怕。

就像司庭衍年幼时，继母、生父都指责过他不像正常人。他稍挣脱牢笼出来看一眼，只要是个人，都会像父母那样冷眼旁观，或者害怕不安。

但程弥没有，只有程弥，没有害怕，也没有同情。

厉执禹不知道什么时候走的，可能清楚只要是司庭衍想要的、想做的，没有任何人能让他迷途知返。

程弥也没去注意。

司庭衍问她："你去哪儿？"

程弥说："去见个导演，吃完饭就回。"她对司庭衍笑了笑，"不过，不知道会吃多久，等我回来去找你。"

司庭衍还得回竞赛班上课，程弥独自坐公交车回家。

中午吃饭那会儿黎楚又给她发了一条短信，这次还是转达聊天记录，李深的工作室问程弥的手机号码，她给了。

没过多久，陌生号码来了短信。

是李深工作室那边的人，告知她这次见面除了李深，还有其他几个知名导演和经纪人也在场，让她过去之前自己稍微打扮一下。

化妆和着装，有时候在某些场合是一种礼节和尊重。

程弥现在身上一身校服，便回家上妆换衣服。她底子好，不化妆都亮眼，只象征性地稍微上了层淡妆，然后换身裙子，踩上高跟鞋。

李深的工作室那边给的酒店地址离家不近，是个五星级酒店，在奉洵挺出名。

程弥打车过去，到那里天还没黑透，华灯初上。门口有侍应生，服务态度热情，行为绅士，主动将程弥带至五楼某间包间门口，推开门。

包间里一盏璀璨吊灯，正中央放着一张转盘圆桌，玻璃台面上空空如也,只有一只茶壶。

李深坐在桌边看菜单,旁边站着服务生。听见声响,他抬头看过来。不陌生的一张脸,眉目深邃,岁月在眼角留下褶子,他笑起来很亲和。可能是因为没酒气傍身,整个人显得要比上次和蔼。

李深对她笑道:"来了?"

程弥打了声招呼。

李深拉开旁边的一把椅子:"挺守时,年轻人这个品行挺好,你看其他前辈,到现在一个都没见影。"

程弥过去坐下。

李深又对着菜单报了个菜,然后合上,递给旁边的服务生。

服务生很快掩门离去。

李深似乎很喜欢穿一身白衬衫,上次程弥见到也是,袖扣别致,袖口挽至小臂,不显邋遢,气质、阅历原因,反倒显得斯文有风度,没有距离感。他说:"昨晚见面太匆忙,没来得及打招呼。"

"没有,是我失礼在先,没先跟您问好。"

李深给她斟了杯茶:"这么客气做什么?"

"昨晚差人去找你,你已经走了,最后是向你们老板问的你。刚进门那会儿听到你唱歌,"李深放下茶壶,欣赏道,"唱得不错。"

程弥回:"半吊子。"

李深态度可亲:"虽然我不搞音乐,但好听不好听还是能听出来的。不过我这次过来不是跟你聊音乐这方面的事,是想问你有没有兴趣往演员这方面发展,你如果有兴趣一试的话,我这边能给你这么一个入门机会。"

程弥实话告知:"想过,不过音乐放在演戏前面。"

"哦?"李深轻微挑眉,"你各方面的形象条件可以说天生是吃演员这碗饭的,也不是说搞音乐不好,只是相比之下演戏要有出路得多,音乐这条路可不好走。"

"嗯,我知道。"

"不过也不是不能调节,现在演戏和唱歌一起来的明星也不少,你对音乐这么感兴趣，到时候如果真考虑好到我手下，我会介绍一些音乐制作人给你合作合作，不难办，这点你不用担心。"

又聊了一会儿后，他明显已经是更像一个长辈，而不是前辈。

在其他前辈来之前，他叮嘱道："待会儿过来一起吃饭的都是一些有名的前辈，你主动跟他们问好，我介绍你给他们认识，打好关系。"

没多久，随着服务生进来上菜，陆陆续续有人来了。有不少熟面孔，都是一些响当当的人物。

听李深跟他们聊天，程弥才知道是这两天奉洵有个活动，在座全部都是受邀出席，李深也是。他面子大，组局人都是抢着来的，没有请不到一说。

所以，才会有这么多程弥说得出名字的面孔。

她是晚辈，在李深的引见下跟这些人都有了接触。

程弥长得实在太出色，脸就是最好的名片。一个前辈让她帮忙递一下茶壶，叫她的名字叫得十分顺口，这是已经把她的脸和名字记住了。

程弥话不算多，都是在大家问到她什么才说什么。

在大家已经酒过一巡的时候，包间门被推开。

大家正推杯换盏得热闹，一时没注意到那边，程弥是最先看向门口的。

一个女人走了进来，气质优雅，身上一件灰棕色毛呢大衣，脑后松散绾髻，左脸旁留一小缕烫卷碎发，五官精致，透着股从容淡雅，又能从气质上看出是个在事业上格外成功的女士。

程弥搭在小酒杯沿口的指尖轻点了点。

她这道目光太突出，女人一下捕捉到，对上她的眼睛，而后轻微一停顿，视线在她的脸上停留了一会儿。

喝酒寒暄的那些人很快发现女人，一个个嘴上挂上调侃："哟，我们蒋大经纪人来了，快坐下来快坐下来，酒都快让人喝光了。"

"特意把李导旁边那位子留给你的，你和李导下部戏有合作，要聊点儿什么方便。"

"那得跟你们道声谢，我还真有事得跟李导聊聊。"女人笑道。

程弥旁侧的李深也玩笑道:"来晚了可得自罚三杯啊。"

女人在李深身旁的另一个位子上坐下:"我们李导可一向体贴女性啊,从来不来灌女人酒那套。"

冲这句话,就能看出女人位置不一般了。敢和李深这么说话的人,明显已经不受权力和地位桎梏,关系也比寻常人更为亲近。

李深听女人说完也笑:"是,这局今天都是尽兴喝,不罚酒,哪儿有罚你酒的理儿?再说了,这要把你灌醉了,你那大影帝一不开心下部戏将摊子一撂,我可就完蛋了。"

"李导谦虚了,"女人说,"祁晟可是一直把参演你的戏当荣幸。"

祁晟,十年前年纪轻轻拿下影帝称号,演技实力派,李深亲手捧出来的大演员。

程弥是在这时候被李深点名的,他跟她介绍:"这是启明影业总裁蒋茗洲,你应该听过,也是影帝祁晟的经纪人兼贤内助。"

别人替她拉拢关系是好意,程弥对蒋茗洲弯唇问好。

李深又跟蒋茗洲介绍她:"我要带的一个小孩儿,程弥,样貌、唱歌上都很不错,我准备把她往演艺圈带带。"

蒋茗洲在李深介绍的时候,视线一直落在程弥脸上,很认真地在听,没有因为她是个不起眼的晚辈,对她忽略和不尊重。听李深说完,蒋茗洲嘴角带着温婉迷人的一抹笑,对她伸手:"你好,程弥。"

程弥伸手过去,交握:"您好。"

后面饭桌上话题热闹不断,多是演艺圈内的事,聊电视剧、聊电影、聊演员。

像蒋茗洲和李深,就在聊某个资源,李深表现得很有兴趣,但那资源握在蒋茗洲手里,她对此嘴巴很严。

一顿饭眨眼过去。

程弥东西吃得不多,反倒酒喝得有些上头。她已经尽量少喝,但一些前辈在李深跟他们介绍她后,就会端起酒礼貌一下,程弥这时就会象征性地端起杯子抿一小口。但酒桌上喝的是白酒,程弥酒量本来就不算特别高,喝了一些后便有些晕乎。

一场饭局下来，程弥的手机里多了几个名导、名人的手机号码。

散局时，已经接近十一点。这些名导、名人就住楼上，楼都不用下，醉醺醺地往电梯里一进上楼了。

程弥想打车回去，李深说楼上顺手帮她准备了一间房，和蔼劝说："再说你一个女孩子，现在坐车回去到家应该也深更半夜了，这附近最近乱，不太安全。"

程弥的脑袋被酒精灌得有点沉，思绪也有点飘，但尚存思考能力。到此刻，如果她再没发现问题，就真的有问题了。

方才在酒桌上她只以为是自己不胜酒力，但此刻仅存的那丝清明在挣扎着告诉自己，这一切出了问题。

她什么时候喝酒喝到浑身软弱无力过？程弥甚至感觉自己站都站不稳，但仍强撑着，她得马上离开这个地方。

虽然心里这么想，身体也难受到不行，但眼神、嘴角没泄露半点儿情绪。

"不用，我自己会注意。"她没轻举妄动，对李深笑了笑，"先走了，下次再说。"

说完她转身，强撑清醒，手摸进包里要按下三个数。

身后的人也没跟上来，像看戏一样不急不忙。

程弥这才发现自己连迈腿的力气几乎都快没了，下一秒头脑一阵刺痛，眼前彻底一黑晕了过去。

程弥再有意识时，只觉有什么灼热触感落在眼皮上，是光，可她眼下竟然连抬眼皮的力气都没有。

她努力挣扎着不让神志下坠至混沌处，眼睫挣动几下，她睁开了眼。

视野从一条细缝逐渐变大，一个人影从模糊到清晰。

柔和醉人的光影下，李深坐在她对面墙边那把椅子上，跷一边腿，白衬衫领口微解开两粒衣扣。

他倚靠在背椅里，眼眸深远地盯着她，静静的，像毒蛇吐着芯子。

毒渗进空气里，直碰程弥的肌肤。

程弥一下清醒,在想起身时四肢绵软无力。她还没习惯自己这种状态,手臂一下发软,栽回床里。

李深在旁边看她起身要走,也一动不动地坐着,在那里看她徒劳无功地挣扎,慢悠悠地开口:"怎么样,身体有力气吗?"

程弥的呼吸融在床被里,她看着他:"你什么时候在我的酒里下的东西?"

方才没陷入昏迷之前,她就已经察觉出不对劲。现在再醒过来,可能是药效过了有段时间的原因,她的头没之前那么痛,也清醒了一些,她稍微一想就知道哪里出了问题。

"嗯?"李深丝毫不辩解,"重要吗?"

李深终于有了动作,皮鞋落在地毯上,起身:"程弥,这不怪你,这玩意儿就是这样。"

程弥死死看着他。

李深逐步走近,挽起的衬袖下,小臂青筋浮现,弯身不紧不慢地撑在她的脸侧,目光在她脸上游走。

"但那些都不重要了,重要的是接下来,你接下来的样子。"他语气和平时没多大差别,微带笑意,"程弥,我很好奇。"

程弥一阵恶寒。

她没想到一个人能这么费尽心思地伪装来演这么久的戏,从以工作室之名联系合作消除她的疑虑,未开饭前假模假样地扮演好一个好长辈,再到在酒桌上给她拉拢关系。

他费尽这一切心机和时间,就为这么点猎奇情趣,是她太低估变态。

程弥看着李深:"你给我到酒店的时间,比他们早是不是?"

所以她到包间时只有李深一个人。也正是这个时间,给了李深消除程弥的戒备心的机会,后面喝酒的时候人又多,她没怎么防。

李深笑了,就要伸手去摸她的脸:"聪明啊。"

程弥抬不起手,犯恶心狠狠一口咬在他的虎口上:"滚。"

"挺好。"李深丝毫没生气,去抓她的下巴,"程弥,你知不知道你这样只会让我更兴奋?"

李深起身，解开衬衫衣扣，眉目深处直白地涌现出一些欲望，从程弥的脸爬到脚。

程弥胃里一阵剧烈翻涌。

李深稍俯身，她一动不动。这让李深有些许意外，取下皮带："怎么不反抗了？"

他俯身，继续靠近程弥。

程弥依旧忍着，没有任何动作。

李深见状，单腿跪在她身侧，俯身："你以后想要什么资源我都能给你，刚才饭桌上的话我说到做到。"

就是在这个时候，程弥胸口憋着一股气，用尽力气抬起右腿，狠狠撞上李深。

李深一时没防备，吃痛，一下被程弥推开。程弥本没什么力气，但仍强支撑着下床，顺手拽过地上的高跟鞋往门口奔去。

但李深很快追上来，嘴里难得飙脏话，从后拽上程弥的头发："想死吗？"

男人与女人力气悬殊，程弥一下被他抓了回去扔到床上。程弥一个转身，手里紧拽的高跟鞋猛地往李深头上招呼。

她不怯不惧，也没想任何后果。

高跟鞋利角砸上李深的眼角那一刻，程弥有一秒感觉回到以前某个瞬间。

一滴血往下滴，落在程弥的脸上。

李深额头上青筋暴起，扬起巴掌就要往程弥脸上甩。

这种时候暴怒会分心，李深没防范片刻前刚在程弥这儿吃过的亏。

程弥又是一脚抬起，这一次即使力不如上次，但连续两次，足以让李深痛到无法动弹。她迅速从床上爬下来，这次畅通无阻。

程弥跑到玄关房门边，李深略缓过劲儿，面目狰狞地要冲过来抓她。

程弥从墙上抽出房卡往门把上碰。她脸上沾了点血迹，眼睛里映着李深的身影急速冲近。

门没开。

程弥继续用房卡一碰。

门锁"嘀"一声响起,手指抖都没抖,她按下门把。

房门厚重,摔在墙上"嘭"一阵响,程弥跑至门外。

走廊上空无一人,只有亮如白昼的一排顶灯。身后李深已经从房门里跟出来,看到这幅场景脸上竟然扬起一丝变态至极的笑。

这一层住的全是饭局上那帮人,程弥记得饭桌上他们提了一嘴。

现在这层楼全是他认识的人,平时圈里大家低头不见抬头见,李深还要在这个圈子里混下去,可没什么比脸面更重要。

程弥往后倒退着看他,毫不犹豫地抬手,高跟鞋鞋跟砸上右边那扇房门。尖锐的鞋跟几乎要把门板砸破,声响如雷贯耳。

她处之泰然地倒退,这个时候已经比在房间里冷静许多,眼神都恢复了平日模样。

她看着逐渐靠近的李深,又是一只高跟鞋鞋跟不紧不慢地砸在另一扇门板上:"我看是你脸皮厚,还是我走运。"

而后她往后,依次用力一扇扇门砸了过去,声响刺耳得要把黑夜撕裂。

这时,前面不远处那扇房门"咔嗒"一响,然后被拉开了。那个大经纪人蒋茗洲出现在门后,身上一件黑色紧身立领薄毛衣,头上还绾着髻。

蒋茗洲一眼便对上程弥,然后看到李深。

看到她的神情,程弥一下明白了,他们这些圈内人恐怕都知道李深是个什么货色,脸上完全没有震惊,是习以为常的平静。

李深也丝毫不顾面子,看到蒋茗洲也没理,脸上挂着血迹朝程弥走去。

越来越多的人打开房门,可没有人管。

程弥没慌乱,死死盯着李深。

就是这时候,转角忽然出现一个人影。程弥被吸引目光,下意识地看向那里,一顿,神情是在这一刻出现破绽的,一瞬变迷茫。

司庭衍没有看她。

李深像是注意到什么，要回头，可是已经来不及。

一阵风一样，和他外表的斯文完全不同，司庭衍一个甩手，酒瓶砸在了李深的头上。玻璃四分五裂，溅至司庭衍的左脸上，像利刃迎面，刺破一点细红。

碎裂声响起，整个世界在坍塌。

李深倒下，走廊上响起惊呼声、脚步声、惊叫声，瞬间满世界慌乱。

程弥看着司庭衍，司庭衍也看着她，踩过李深的血迹。

一只高跟鞋歪在走廊中央，是程弥的，司庭衍捡起。

程弥一动不动地看着他，他脸上不沾血色，像痛苦隐忍着什么剧痛，朝她走了过去。

司庭衍眉心稍动一下，面上不动声色，往这边走来。

程弥一眼察觉出不对劲，朝他跑过去。跑到司庭衍面前，她扔下手里的高跟鞋，双手捧上他的脸："带药没有？"

十指贴合他的脸，她的语气比今晚任何一个时候都着急。

明明能看出有点疼痛难忍，司庭衍却仿若未觉一样，身上深黑色牛仔外套落到她身上，她胸前稍微被撕裂的裙子被裹紧遮挡。

做完这些，司庭衍从程弥脸上移开目光，落到她的颈项上。

程弥颈上被套了黑色皮带，金属锁扣贴在喉间。她皮肤很白，黑色横锁其上，那份白便流露出几分病态欲色。

几乎是一下，就灼伤了司庭衍的双眼。

顶上嵌灯散发出冷白色光，落在司庭衍的肌肤上，透出一种浮动透明的破碎感。他伸手，程弥只觉颈间一窒，甚至感觉他要直接去拽，连伸手去解开都等不得。

修长指节圈搭在皮带上，程弥能感觉到他的指节按压施力在她颈侧的肌肤上。然后，那股力慢慢消失，直至全无。

程弥的视线紧跟着司庭衍。

他的目光也从她的脖子上离开，看向她。

而后手伸向皮带金属扣，动作算不上温柔，坚硬皮质磨着程弥的颈项，金属"咔嗒"一声，程弥的脖子骤松。

金属里面已经沾上程弥的温度,此刻被司庭衍当废弃垃圾一样甩至脚下。

很响的一声,如鞭打在地。

不远处,地上一片狼藉,散着颗粒细碎的玻璃。那些慌乱赶至李深旁边的人,被这声响吸引看过来。

程弥没把他们放眼里一刻,一直关注司庭衍的神色。

他呼吸已经平稳,没事了。

程弥松一口气的同时,司庭衍拇指指腹按压上她的左脸侧,那里有一滴血红。

不是他的,是李深的。

程弥没问他什么。

司庭衍同样什么都没跟她说,指腹蹭擦那滴血红痕迹。

那处渐渐变灼热,到最后,程弥那块肌肤被磨得发红。

那边人声混乱,有人手忙脚乱地在给李深急救,有人打电话叫救护车,有人在报警,可这些都和他们两个无关。

直到此刻,程弥才放任自己的四肢瘫软,背后裙料汗湿在背,药效还在。她靠向司庭衍,整个人的力道都压在司庭衍身上。

一丝摇晃也没有,司庭衍把她揽得很紧。

"他干的?"

程弥说:"怎么,你还想做什么?"

司庭衍没说话。

程弥不想司庭衍卷入更大的麻烦,如果是她自己,她无所谓,但司庭衍不行。

她稍微侧过脸,唇贴向他的耳边:"如果我说就这么算了,你会听吗?"

司庭衍开口:"如果我不听呢?"

程弥在他耳边说:"你乖一点,司庭衍。"

她的声音里没有无奈,带着丁点儿温柔,尾调不可抑制地黏着一点沾在酒里,从她的气息中缱绻出来的东西,能把人骨头都吹软。

司庭衍脸色淡冷，身上那份从骨子里冲撞出来的寒意刺人，丝毫没减弱半分。但他没再执着，至少当下这一刻是。

突然，越过司庭衍的肩膀，程弥看到了蒋茗洲。和那些围在李深旁边的人不一样，她现在才从房门里走出，到李深那里。

然后，她并没有去看李深一眼，而是伸手拦下了已经在打电话报警的那人的手机。

"手机给我，这事我来办。"

也是这时，蒋茗洲余光注意到她的视线，看了过来。

程弥靠在司庭衍的肩上。

蒋茗洲并没跟她说什么，接过电话放至耳边交涉，转身走去走廊尽头安静处。

司庭衍忽然动了，程弥的身子被他从肩上扶起来，握着她的肩让她靠去墙上。

其实程弥现在也不是完全不能站、不能走，李深下的那东西已经过去两个多小时，最混沌无力的那段时间已经过去了。但司庭衍将她靠至墙边她也就那样站着，没挣扎起来。

程弥半靠在墙边，看着司庭衍。

司庭衍在她面前蹲了下来，掌心握住她的脚踝："抬起来。"

从程弥这个角度看去，司庭衍的眼睛抬起的那道深褶利落一线，延至眼尾。视线从下往上仰，他黑色的眼瞳比平时平视人时还要淡漠。

程弥冰凉的脚踝被他的掌骨熨热。

她看了他一会儿，略微抬起脚踝。

司庭衍那拿来考年级第一的手，从她的脚踝顺到她的脚心，将高跟鞋套回她的脚上。

世界人声喧闹，可一切都与他们无关。

将另一只鞋也帮程弥穿回脚上后，司庭衍起身，走回去拿程弥的包，路过那群人时目不转睛。

回到程弥身边后，隔着外套，司庭衍小臂揽上她的腰。

程弥顺势借力从墙上起身，双手攀上他的颈项，任他带着自己离开。

身后那处慌乱里，人情世故还在紧戴面具。

他们头也不回，将这片兵荒马乱抛在身后。

这地方占尽地理优势，出酒店门口一招手就拦下一辆出租车。

城市灯火零星，在高矮错落的楼群里长明。程弥在司庭衍关上车门后，膝盖跪爬上后座，去到司庭衍身边，微微靠着他，他们的灵魂在这个疯狂病态的世界里互相汲暖。

刚才事发突然，司庭衍突然出现在眼前，程弥根本来不及问他为什么能找到这里。

她虽然现在脑袋还有几分昏沉，但在彻底失去意识之前，发生的那些事她都还记得一清二楚。她记得在包间外彻底昏过去之前，匆忙按了手机报警。

现在可想而知，那个电话没打出去。

程弥问司庭衍："你怎么找到这里的？"

出租车外一辆警车呼啸而过，红色警灯映在车窗上，警笛声一闪而过。

司庭衍视线落在上面，突然开口："黎烨衡的女儿报的警。"

程弥愣了愣："什么？"

司庭衍从外面收回目光，看向她："是她往家里的座机打的电话。"

程弥刚才意外听到黎楚的名字，一时没反应过来。

现在稍微想一下便猜出来龙去脉了，她还是贴在司庭衍的颈侧："她是不是打电话问我回家了没有？"

司庭衍看着她："嗯。"

程弥到此有点疑惑，黎楚会把李深的工作室联系她合作那信息发给她，就是跟她一样，认为"工作室联系合作"算靠谱。

因为觉得靠谱，所以黎楚才会发给她。且李深是个大导演，谁都不会想到这么响当当的一个人物会是这么个人渣。

她问司庭衍："她怎么会想到打电话到家里问？"

司庭衍说了："因为刷到一些李深的丑闻。"

宁信其有，勿信其无，所以黎楚打电话过来了。

至于为什么黎楚会刷到李深的丑闻，这点程弥不难知道。黎楚一向不是爱看八卦的人，不可能是意外看到。

程弥对司庭衍说："她问清楚我没回家后，告诉了你酒店地址？"

"嗯。我来找你，她报警。"

这严谨的分工方式，真的是这两个人的风格。

司庭衍这副不算热络也不算太冷冰的语气，让程弥有一瞬间有点好奇他和黎楚的交流方式。

但其实也不难猜，司庭衍和黎楚都是正经的人，跟她不一样。

程弥想到司庭衍跟黎楚都已经商量好报警，稍从司庭衍身边离开。午夜空气寒凉，她身侧瞬间感觉一片冰凉。

她看向司庭衍的侧脸："已经报了警，为什么还要给李深那么一下？"

程弥说这话时，没有责备，也没恼怒，很平静，很平常，反倒像在询问一个同样困住她许久的问题。

司庭衍侧过头，看向她。

程弥说："即使我们一开始是受害人一方，但只要我们打了人，就可能得负刑事责任。"

司庭衍一直看着程弥。突然，他说："然后呢？"

程弥也看着他，说："你给李深那一下，少说轻伤以上，轻伤三年以下有期徒刑，再往上呢？"

她本以为司庭衍至少会思考一下，但没有，他很快回："那又怎么样？"

司庭衍瞳眸很黑，像深不见底的深潭，深远神秘，让人不知道那下面藏着什么。凝视她的时候，他像是要把她整个人吸进去。

程弥也紧紧看着他。

司庭衍脸上白皙肤色和深黑瞳眸是两个极端。

"他的脏手碰你一下。"司庭衍开口，"我就不想再在这个世界上看见这个人。"

即使程弥平时再怎么游刃有余，此刻也没有任何能应对面前这个人的回答。

她看着司庭衍,眼睛一眨不眨地看着。

司庭衍直视她的眼睛,脸色冷淡。

"我更想他消失。"

谁碰到她一分一毫,那他就拼个你死我活。

程弥不知道这些东西是什么时候深种在司庭衍身体里的,她目光久久没从他的眼睛上离开。

"司庭衍,从什么时候开始的?"

什么时候开始你这么维护我,什么时候开始有的这些念头?

司庭衍脸上异常干净苍白,神色平静,语气也是:"觉得我可怕是吗?"

可此刻程弥却没再去听这句话了,因为发现了司庭衍的异样。司庭衍像终于忍耐不了,右手摸上心脏。

"司庭衍。"程弥叫了司庭衍一声,一只手去摸他的脸。

出租车在居民楼下停下,她却没去推车门,一只手在自己身上的外套上摸索。

司庭衍像是知道她在做什么,双唇已经有点苍白:"在左边。"

程弥从左边口袋里摸出药瓶,问:"几片?"

然后药就被司庭衍自己抢走了。

忽略苍白脸色,他看着和平常人无异,甚至连神情都看不出几分端倪。他冷静地打开药瓶。

程弥问:"不用水?"

司庭衍没回她,吃药时只喉结稍微滚动一下,安静沉默得不行。

前面司机发觉不对劲,从驾驶座上回身:"要不要现在开到医院去?都吃药了,看起来好像很难受啊。"

程弥对司机笑了一下:"师傅,能不能让我们在这里休息一会儿?"

司机连忙点头:"怎么不可以?当然行。"

司庭衍却递钱给司机,然后推开车门下车。程弥见状便也推开车门下车,刚下车便一阵风过来,长鬓发糊上她的脸。

程弥边往司庭衍那边走，边伸手将头发拨去脑后。本来她想过去扶司庭衍，可他竟然走得比她还稳。

程弥刚从车上下来那会儿，脚刚碰地便一阵浮软。

两个人一齐回到楼上，家里一片漆黑，司惠茹并不知道他们出去了。

程弥进门后，去厨房倒了杯水出来。

司庭衍坐在沙发上，靠在沙发背上的身板照旧很笔挺，一边指节搭在旁边的扶手上，后颈微仰，靠在沙发背边沿上闭目养神。

月色从阳台进来，在司庭衍的脸上落下一层莹白的光，像只要指尖稍微一碰，他便会碎掉。眼睫在他的眼底落下一层阴影。

这一刻，程弥很难错开视线。

沉默着看了一会儿后，她走去沙发那边。

像是感知到什么，司庭衍睁开了眼，也看向她。

程弥快到沙发边时，边走脚后跟边轻落下高跟鞋，爬上沙发。司庭衍看着她。

程弥眼睛看着他，凑近。

这时，司惠茹的声音隔着一扇房门从房间内传来。

"小衍，是你在外面吗？"

两个人刚才进来那声响，估计吵醒司惠茹了。

程弥看着司庭衍。他丝毫没有惧色，跟她一样。

程弥缓慢缱绻地在他的脸上轻碰了一下，而后才笑着缓慢离开："我有没有说话算话，说今晚回来教你？"

司庭衍看着她。

程弥也没放过他的眼睛："想接近一个女生就是要让她接近。司庭衍，以后我想接近你，不要拒绝我。"

空气安静到能听到房间里司惠茹掀开床被下床的声音。

程弥带着笑，这才优哉游哉地离开他。

司惠茹出来的时候，程弥头还有点晕，踩在高跟鞋上没踩稳，身子晃了晃。

司惠茹意外看到她，愣了愣。

程弥朝她温和一笑:"阿姨。"

司惠茹回过神来,也对她笑笑,目光稍移,看到后面沙发上的司庭衍。

司庭衍是司惠茹的儿子,司惠茹养他养了这么多年,一下就看出他脸色不对劲。脸上血色顿时尽失,她仓皇地跑了过去:"小衍,又不舒服了?"

程弥自觉地往旁让了一步。

司庭衍心脏病发作,司惠茹比当事人还紧张。她走近后,程弥甚至看到她额前在这短短时间内紧张出了薄薄一层冷汗。

她说不清是什么滋味。

司庭衍跟司惠茹说:"我没事。"

"又痛了是吗?"

"嗯。"

"把药吃下去没有?"

"吃了。"

司惠茹还是没放心:"不难受了?"

程弥看司庭衍那双紫得异常的唇微动了动,他对司惠茹说:"我没事。"

司惠茹明显骤松一口气,去看墙上的时钟,惊讶地发现已经半夜一两点:"都这么晚了,怎么都还没睡?"

说着她也看向程弥,眼神里带着询问。

程弥都不用怎么想理由,随口回道:"今天一个朋友过生日。"

年轻人过生日喜欢零点过,司惠茹便没多问什么。

司庭衍在这时看了她一眼,程弥也回望他。明明今晚发生了不算小的事,可他们都没跟司惠茹说,也没有因为这事而焦虑着急。

程弥两秒后将视线从司庭衍那里移开,跟司惠茹说:"那我先去洗澡了。"

司惠茹听她还没洗澡:"那要赶紧去洗,有点晚了,要小心着凉。"

程弥点头笑笑,最后看司庭衍一眼,回了房间。

一夜到天明。

隔天程弥去学校，意外没有警察上门，也没在学校里听到半点风言风语，平静得像昨晚什么都没发生过。

高三月考成绩下来得很快，这次程弥的成绩比上次进步几个名次。名次表贴在教室黑板旁边的墙上，程弥拿手机拍了张照片，给司庭衍发过去，用的彩信："司老师，你教的学生名次上升了。"

今天程弥没怎么在学校里见到司庭衍，月考试卷从早上第一节课发到下午最后一节，每个老师都想挤在一节课内讲完试卷，所以他们班整天下来都在拖堂。

最后一节自习，魏向东来班里逛一圈查勤，发现郑弘凯翘课，臭骂了他一顿，又问他同桌他去哪儿了。

他同桌不知道演了多少次这种戏码，张口就说"我哪儿知道啊"。

程弥反倒觉得，耳根终于清净。

郑弘凯因为跟厉执禹那些恩怨，一直耿耿于怀，所以故意在奉高论坛发程弥追司庭衍那个帖子，也不知道从哪儿听到说真把厉执禹气得够呛，嘚瑟了一整天。

他跷腿坐在后面讲了一天他的"成功"事迹，讲到他们坐他旁边这一圈人耳朵都长茧，那暴脾气的女生听得烦，还拿书砸了他一把。

"你好烦啊，讲够没有？再讲看厉执禹来不来打你。"

所以郑弘凯一走，对他们都是解脱。

也不是没人试探性地问程弥，问她是不是真在追司庭衍。

程弥很坦荡，都是一个笑容，说"是啊"。

拿书砸郑弘凯那个女生比别人敢问，上来就问程弥成功没有。

程弥笑笑，没回答。

今天，司庭衍放学后照旧要去竞赛班上课，程弥今晚上班，没等他一起放学。

后来离开学校，程弥在校门口遇到一个人，一个她不怎么意外会出现在这里的人。

启明影业总裁蒋茗洲拎着手包,站在黑色轿车旁,一身干练黑色小西装外套,暗灰色西装面料阔腿裤,踩着一双高跟鞋。

见程弥出来,蒋茗洲看过来。

两个人的视线对上,蒋茗洲对她笑了一下。

她来找谁,显而易见。

程弥也不端着假装不知道,步伐换个方向,朝她走过去,直到在蒋茗洲面前停下。

蒋茗洲说:"站着说话不方便,我们找一家咖啡店聊聊?"

程弥大概知道蒋茗洲要聊什么。

她点头:"可以。"

蒋茗洲笑了一下:"行,那走吧。"

她打开车门坐进车里。

程弥本想自己走过去打开车门,蒋茗洲的司机比她快一步,从驾驶座下来帮她打开车门。

程弥坐进车里。

学校附近都是一些价格对学生比较友好的店,现在又是放学时间,环境大多吵闹拥挤,不方便谈话。

蒋茗洲挑的这家咖啡店离学校不算远,因为环境高端价格不菲,人比较少,谈话声也轻声细语。

两个人到咖啡厅后,蒋茗洲问程弥要喝什么。

"美式。"

蒋茗洲抬眼看她一眼,忽然说:"有没有人跟你说过,你某些时候和祁晟长得有点像?"

她丈夫,大影帝。

程弥看着她,一秒后说:"没有。"

蒋茗洲:"是吗?"

而后她低下眼,合上菜单递给服务生。

"一杯美式,一杯拿铁。"

服务生走了。

成功人士说话从来不弯弯绕绕地浪费时间，蒋茗洲开门见山："李深那件事你不用担心，已经解决了。你们不用担心，后续不会再有什么麻烦。"

她会说出这句话，程弥一点不意外。

从今早起床后警察没找上门，昨晚的事也没传出半点儿风声后，她就知道这件事已经被摆平了。而且，她心里有数是谁摆平的。

蒋茗洲昨晚在走廊上那通电话估计就把这事了结了，而且，肯定还会给李深什么东西做交换。不然就李深那只老狐狸，不可能就这么放过一个可以折磨程弥的好机会。

蒋茗洲跟程弥说："李深呢，以后这个人你能离远点就离远点。"

这事不仅涉及自己，还涉及司庭衍，程弥跟她说："谢了。"

蒋茗洲笑了一下："不用谢，我这忙不是白帮的。"

她推了一本合同过来："昨晚赶出来的合同，看看。"

程弥看蒋茗洲指尖按着合同，推至她面前。

那是一份艺人签约合同，密密麻麻几页纸张。

咖啡送上来，蒋茗洲轻抿一口拿铁："这是根据你的自身情况拟定的合同，你从头到尾细看一遍，如果觉得有哪里不合适，或者是不太懂的，我可以联系我的律师帮你解答。"

久经职场，蒋茗洲身上有一种经历和岁月沉淀下来的强势气场，但又不会被其控制，时时刻刻把它施压在别人身上，而是化为己用，很从容地收放自如。这种人，反而更容易让人感觉如临重压。

但坐在蒋茗洲对面，年仅十八的程弥却丝毫没露怯。合同就放在眼下，她打开。

纸上条款严谨正式，过目后，程弥终于知道蒋茗洲话里那句根据她的情况拟定的合同是什么意思。

一般情况下艺人和公司签署合同，不管是演戏还是唱歌，这些都归该经纪公司所管。蒋茗洲这份合同自然也是，但这份合同没有只侧重演员身份，歌手部分没被一笔带过。

花大笔墨的意思便是要重点培养。

程弥全程静默无声，看完最后一条条款后，合上。

蒋茗洲在对面很有耐心地等着："没问题？"

程弥说："为什么想签我？"

蒋茗洲笑了一下："我觉得你这么聪明应该知道，程弥，你知道自己长得很漂亮，而且不是现在到路上一抓能抓一把的那种。这么说吧，你要比普通漂亮女生漂亮很多，站在人群里你是最突出的那个。"

确实，她说的这些，程弥自己是清楚的。

蒋茗洲说："李深这人虽然为人不怎么样，但挑人的眼光一向很准，看他手里捧出来的那些人就知道了。我们这行也一直需要新鲜血液，不管哪家公司，每年都会挖掘一批新人。"

程弥："嗯，贵公司每年签约的艺人都会引起很大关注。"

启明是圈内数一数二的大公司，挑人要求苛刻，极其难进。每一次只要新签艺人，帖子和艺人照片就会在网上满天飞。

程弥说完那话后，蒋茗洲看着她。

她在注视，程弥亦回视。

蒋茗洲笑道："签艺人也是一项投资，一个艺人公司的成功，选人方面眼光很重要。

"我想把你签下来，是因为认为你有很大潜力，后续我也有信心能把你捧红。"

程弥指尖搭在杯上，轻微摩挲，礼貌地微笑一下："谢谢蒋总赏识。"

不用明说，这就是定下的意思了。

蒋茗洲笑了下，拿出笔递给她。

程弥接过笔，在乙方那处签下名字。签好名字后，她把其中一份和钢笔递还给蒋茗洲。

蒋茗洲稍弯嘴角，手抬至合同上方："合作愉快。"

程弥回握："合作顺利。"

松手后，蒋茗洲看了眼时间，而后抬眼看向程弥："你接下来要去哪儿？顺便送你一趟。"

程弥知道蒋茗洲很忙："不用，就在这附近。"

"那我们先走了,还要去机场,下次见。"

蒋茗洲说完,一直候在一旁的助理走上来拿过她的大衣和包包。

程弥注视着他们的身影消失在咖啡厅,坐一会儿后,才起身带上合同离开。

程弥当天刚签约成为启明影业旗下艺人,隔天便不知道从哪里走漏风声,这个消息瞬间在网上满天飞。一时间认识不认识程弥的人,全七嘴八舌地涌动在各大贴吧论坛里。

震惊的,高兴的,质疑的,看戏的,每一样都不缺人。

程弥之前因为一套头像图在网上火过一段时间,有过不少颜粉,后续即使她的账号没再发过什么,销声匿迹一般,也没能从哪里打听到关于她的半点儿消息,有些粉丝还是被她那张脸死死钉在原地。

程弥签约当艺人这消息突然出来,这个沉默群体一下炸了,像极喜极而泣。那些经常混迹网络的人,虽然见过一批又一批网红,但还是有人把程弥认了出来。

言论杂乱,程弥一下被熟知,曾经那套天台夕阳图又在网上火了一遍。有人说小网红都能签约启明影业了,还真是头一回见,摆明在质疑,底下附和的声音不少。

但被程弥那张脸吸引的人同样不少,一夜之间,程弥那个在黎楚手里的账号涨了很多粉丝。

而对于奉高论坛来说,平时这种网红签约当艺人的事可能闹不到论坛上,就算有,过几个小时热度可能就下去了。但因为程弥就读于奉洵高中,就是一个生活在这些人身边的人,这种舆论火热效应瞬间被放大百倍,从消息出来那一刻起,奉高论坛的帖子就没停过。

程弥从入学那天开始,就一直是学校论坛里的红人,没一天不在论坛上出现,这帮人讨论她早已讨论得熟练。再加上程弥的私生活是曝光在他们的眼皮底下的,她跟司庭衍、厉执禹兄弟两个那场风波还没过去,又一个大浪打过来,论坛里大多话语都不客观,带着主观性情绪。

而程弥在这种情况下,一夜睡得安稳。就算隔天去学校,她也没被那些有色眼光影响半分。

学校里只有一个人不带任何八卦目的,跟她真挚地说了恭喜,就是孟茵。

那两天,程弥一直生活在周围的窃窃私语声里,只有在家里那短暂一晚时间才能摆脱那些目光和声音。

这天周末,司惠茹出门办事,家里就程弥和司庭衍两个人。

程弥跟司庭衍混一起后都变得勤奋好学不少,以前刚来奉洵那阵子,周末一般不着家,现在一大早便拿上试卷去司庭衍的房间。

她不是来找司庭衍说话的,是真来学习的。

司庭衍学习的时候程弥一般不打扰他,自己干自己的事,不懂的问题打上标记,写完作业后问司庭衍。

有一次两个人一个上午一句话没有,等放下笔已经是中午,当时正好司惠茹在外面喊他们出去吃饭,程弥直接凑过去,轻碰了下司庭衍的脸后才笑着离开他的房间。

这天周末也是,程弥一大早就去司庭衍的房间。高三作业堆成小山,到下午程弥才写完几张试卷。她放下笔休息一会儿,撑着下巴稍歪头看司庭衍。

司庭衍做题时,一些小习惯跟程弥不太一样。

程弥有时候碰到难题会下意识地紧眉,但司庭衍不一样,他做题时没什么表情。程弥怀疑不是他遇到难题时不会皱眉,单纯因为智商太高。

平时作业里那些普通题目,根本难不倒他。

程弥知道,司庭衍肯定知道她在看他。司庭衍专注的时候,还能分心注意周围。

程弥手爬过去,正欲摸上他脸侧,司庭衍抬眼看她。

她是故意逗他的,见得逗,笑了,示意他桌上的题本:"司老师,作业还没写完呢,做个好榜样,先写作业,不用这么急着搭理我。"

司庭衍冷眼看了她一会儿,见她又准备凑过来,冷漠地转了回去。

程弥碰了个空。

就听他说:"写作业。"

这人记仇呢，故意整她的。

程弥笑了笑。

不过谁怕谁？程弥坐了回去。

临近黄昏，司惠茹有事外出还没回来，家里静悄悄的。司庭衍房门没关，夕阳透过走廊那扇窗斜落在地板上，映红半边白墙。

不知道为什么，这个场景让程弥想起初中某一年。

她跟黎楚初中读的学校离家里不近，有一年因为不想浪费时间每天放学往返学校和家里，那年程弥的母亲程姿还没去世，程弥和黎楚两个人得到程姿和黎烨衡两位家长的同意后，在学校附近租了个房子。

当时那个房子白墙上也有一扇窗，每到放学夕阳也跑满客厅。

黎楚当时把她家里那台电脑也一起搬来了，程弥和黎楚经常放学回到出租房里将书包一放，然后就坐在一起打游戏，两个人轮换着打。

所以关于初中，程弥有很深一段记忆是停留在那间房子里的：白墙上的夕阳，电脑上的游戏，楼下小摊小贩的叫卖声和食物香气。

程弥突然意识到自己已经很久没摸过电脑，或者说，很久没再上过那个游戏。

黎楚爱在游戏上花钱，她以前那个账号有一堆黎楚送的东西。人这种生物，一件沾上回忆的事物一旦阔别许久，就会想回去看看它是什么样。

程弥也难逃这种俗套定理，也不是伤春悲秋，就是有点想上去看看。

司庭衍家里有电脑，而且就在他的房间里。

程弥没去烦司庭衍，从椅子上起身。台式电脑跟书桌同样靠着墙，在书桌里边一点，程弥经过司庭衍的椅子后面。

司庭衍一开始没注意她。

程弥走到电脑旁，手搭椅背上稍拖开椅子，弯身打开主机，主机一闪一闪地亮着红色小灯。

司庭衍是在这时起身过来的，意识到他想做什么，程弥腰腹靠上桌沿，伸手就要去拦。

还好离得近，她的手和司庭衍的手同时碰上电线插头。

司庭衍要拔掉电线,程弥按着没让:"你干什么?我写完作业了。"

"谁说你写完了?"司庭衍说得面不改色,"你上次让我给你买的那两本练习题还没写完。"

程弥看他说得脸不红心不跳的样子,跟真的一样,轻声笑语:"强词夺理呢,司庭衍。"

"我明明只让你给我推荐两本练习题,"程弥说,"你直接给我买的,那又不是我的作业。"

司庭衍说:"那就是你的作业。"

然后他稍使劲,无视程弥的手,一把拔掉了电线。台式电脑运作到一半,瞬时归为平静。

程弥倒没恼,意识到不对劲儿。她平时拿手机在司庭衍旁边打游戏,可没见他不同意过。

事出反常必有妖,司庭衍有问题,而且这个问题可能还不小,司庭衍可是最会不动声色地把人拐坑里的。可这次他明显情急之下反应有点大,暴露情绪了。

程弥有点意外,脑子转得快,一下知道问题出在哪儿了。她又作势伸手要去拿电线插头,不出意料被司庭衍抓住。

插座在司庭衍那边,她去拿电线,整个人往他那边偏。

司庭衍则是靠在电脑桌沿。

程弥微仰着眼看他:"怎么,电脑里面有不能让我看的东西?"

也不知道司庭衍被她说中没有,房间里没开灯,只房间门前一抹橙红的光。

程弥看不太清司庭衍眼里的含义,但仍紧盯他的眼睛:"谋权篡位的,谈情说爱的,或者那些看了会让人害羞的,有什么是我没看过的?你这里面是哪种,为什么不能让我看?"

她语气是调侃的。

司庭衍一直盯着她的脸看。

日色渐淡,周围环境开始变得混沌。

其实程弥知道司庭衍的电脑里没那种东西,如果真是那些东西,司庭衍不可能不让她看。司庭衍从来不是什么正人君子，他那些暗藏灵魂下的东西从来不屑掩藏。

司惠茹是在这时候回来的，钥匙转动声、脚步声传来。

司惠茹没过来这边，估计是以为他们在学习，没过来打扰，直接带着一袋子菜去厨房了。

房间门没关，程弥还是对他电脑里的东西很感兴趣："所以你的电脑里是什么东西？"

司庭衍无懈可击地说："不知道。"

程弥笑："真这么见不得人？"

司庭衍这次理都不理她，连个给她问的机会都没有，回书桌边去了。

周一程弥去学校，网上关于程弥的热度已经渐渐下来，但奉高没有。毕竟程弥就生活在他们身边，一举一动他们完全不用通过网上得知，一个眼神就能看到。

不过这种目光不带恶意，对人没什么影响。程弥从小到大也习惯别人用这种目光看她，早已经处之泰然。

所以，她签约启明影业，成为其公司旗下艺人，这个消息被爆在网上后对她的生活和心理上没什么影响。

下午最后一节课，其他班一个男生突然来到（4）班找程弥。男生戴着眼镜，刘海都快盖住眼睛，文文弱弱的。

程弥从教室里出来，照刚进去叫她的同班同学指的走到他面前。

她问："你找我？"

男生看程弥一眼，迅速把头低下去了："那个，有人让我告诉你，让你去一趟学校后面那条小巷。"

程弥只能看到他的发顶："谁叫的？"

男生说："我朋友。"

"你朋友？"程弥说，"叫我去做什么？"

男生挤出几个字："告……告白。"

怎么朋友告白弄得跟他要告似的？

虽然知道他看不到，但程弥还是笑了一下："那我就不过去了，你帮我跟你朋友转达一下，我在追司庭衍。"

她刚才在问孟茵题，才听一半，想回去继续听，对男生的话也没去想太多。结果她刚转身要进教室，小臂就被男生抓住了。

男生脸色煞白："你……你一定要去。"

程弥的注意力终于真正放到这个男生身上，察觉出猫腻，她问："怎么回事？"

男生似乎对她不去这件事格外恐惧，没再低着头，眼神带着痛苦惧色，恳求地看着她："算我求求你，你……你过去吧，你不过去我会死的。"

他言语混乱夸张，可程弥知道，他这次在说真话。

走廊上路过的人奇怪地瞥了他们一两眼。

男生拖着她的小臂，犹如抓着救命稻草一般："他们……他们让我过来叫你，你不过去，他们会打死我的，他们真的会打死我。"

程弥心里在渐渐发寒。

这种恐吓性手段，她并不是第一次见到，而且已经熟悉进骨子里。

脑海里突然闪过上次在清吧里，那个走向二楼的一闪而过的带笑身影。

她问面前戴眼镜的男生："他叫什么？"

男生立马摇摇头，明显是怕说了后她不去："我……我不知道。"

程弥突然说："额头到右眼有刀疤？"

男生愣住。

即使心里已经确定是他，但在被肯定这一瞬，程弥心里还是有什么在被拉着坠下。她忽然很确定，上次在清吧出现的身影百分百就是那个人了。

与其说她在询问，不如说她是在告诉男生："叫陈招池。"

"你真的认识他？！"男生说。

"什么意思？"

"他跟我说，你认识他的，只要我跟你说，你就会知道的。"

但是他不敢这么说，像他，如果别人告诉他陈招池叫他去学校后巷，他就不敢去。

程弥没再说什么。

男生小声问她:"你……你会去吗?"

程弥沉默了一会儿,看向他:"学校后面的小巷子,是吧?"

不速之客

Chapter 08

Chapter 08 不速之客

那节自习课程弥没上,她去了学校后面那条小巷。

学校后门那片是块荒废地,老房子扎堆矗立,两年前下的拆迁通知,到现在仍没见动静。

程弥本来以为去到那里之前,在附近就能未见其人先闻其声。只要那人在的地方,周围就从来没有安静过。

可一切出乎她的意料,一路过去程弥仿若闯入无人之境,往外走闹街就在不远处,鸣笛声仿佛从遥远的地方传来。

程弥没有担惊受怕,每一步都带着坚定。即使她知道等待她的,是那段曾经把她的每一根骨头打碎的无边末日。

其实,程弥一直知道陈招池总有一天会来找她,他们之间那堆烂账远远没有算完。

巷头那盏路灯年久失修,铁锈爬满灯柱,程弥路过它,走进巷里。巷道深长,杂草丛生,墙上爬满斑驳黑灰,上面胡乱贴着几张东西。

程弥刚踏进去,目光下意识地被墙上那几张突兀的白纸吸住。

在她看清墙上那些东西是什么的那一瞬间,巷道尽头那方灰白天色像在轰然间倒塌。墙上那些打印纸上黎楚的衣服几乎被撕碎,在那些魔爪下,那些不该露的地方全露了。

程弥脚下发软,几乎站不住。一股火直蹿天灵盖,她恨不得陈招池立马从世上消失。

可同时,这把火也把她自己烧得浑身焦透、遍体鳞伤。

程弥跑去墙边,混乱又用力地撕扯下墙上那些纸张。指尖在墙上狠狠抠出一道痕迹,血珠从指甲盖渗出,程弥却像没感觉到一样,只顾着狠狠撕扯。

陈招池！你究竟还想怎样？！

纸张撕裂声似要把空气撕破，那些纸张被程弥一团一团抓在手里。纸张被抓出扭曲蜿蜒的褶痕，像一个背着罪的人在痛苦地匍匐前行。

撕下最后一张，程弥一刻不待，将这些东西在手里撕得稀碎。可程弥知道，就算她毁掉这些纸张，也抹不掉她该负罪前行的事实。

如果不是她，黎楚根本不用承受这些屈辱苦痛。她的黎楚应该是永远高昂着头颅的，意气风发，前途明亮坦荡。

旁边有一个废弃铁皮垃圾桶，程弥走过去要扔掉这些碎纸张，才发现自己的手在轻微发抖。她正想松手把那些东西丢进垃圾桶，手忽然一顿。

这里不知道会不会有人过来，这个垃圾桶不知道有没有人过来扔东西。

这些东西要是被人看到怎么办？虽然已经被她撕得稀碎，但万一呢？

程弥的手停在垃圾桶上方，收了回来。

巷子里静悄悄的，陈招池没出现。

程弥转身，离开巷子。

她回到教室，班里还在上自习课。

（4）班自习课氛围一向松散，好学生学习，成绩烂的学生说话。

环境吵闹，程弥进去后没引起多大关注。她没坐下来上自习，拿上书包走了。

没到放学时间，路上空荡不少，公交车站亭下更是一个人都没有。

程弥坐上公交车去清吧。

她到那里时，清吧还没营业，只开了半扇门。

程弥心脏上那把火，随着越来越接近清吧，越发火烧火燎。同时她每迈近一步，如坠入冰窖，通体冰凉。

她走进清吧，里面没有流光溢彩，也没声乐震荡，只有一抹从五彩玻璃窗外投射进来的日光。日光变成五颜六色，投落在地板上，灰尘在光柱里浮动。

清吧里最中央那个卡座里，坐着两个人。背对门口，男生身体放松地陷在沙发里，腿敞开着，指间把玩着酒杯。

空气不是安静的。

女生坐在男生的腿上，抱着他的脖子笑意盈盈。程弥站在这里，只能略微看到女生的半边脸，两个人在接吻。

程弥没回避，立在门边，冷脸看着。

那人也没回头，仿佛脑后长了眼睛一样，语气慢悠悠地说："你什么时候有这种偷窥的癖好了？"

程弥没兴趣看，也没那个耐心等，径直走进去。

陈招池腿上面那女生看着不大，接吻是一回事，当场被人看到又是一回事，到底还是脸皮薄，脸上和耳朵通红。然后陈招池拍了拍她的头："完事了，走吧。"

那女生红着脸，"嗯"一声从他身上下来，跑掉了。

脚步声还没消失，陈招池问程弥一句："怎么样，送你的礼物还喜欢吗？"

他的声音隐隐带着笑意，却每个字音都渗着令人恶心发寒的恶劣。

学校后面小巷里的那些画面还印在脑海里，程弥死死克制住才没去拿桌上那酒瓶子。她走过去，抓过陈招池的前襟，用力到指尖几乎要把他的衣料铰破。

程弥往常很少会被人激成这个样子，只有陈招池。

她由上至下逼视陈招池，每一个字都像是咬着牙说出来的："陈招池，你恶不恶心？"

陈招池单眼皮锋利，额头到右眼那处有一条狰狞刀疤，不笑的时候凶神恶煞，但此刻他是笑的。

他被程弥抓着衣服，也没要挣脱出来的意思，仍是瘫在沙发里，对程弥笑说："怎么能这样呢？程弥，我们可是老朋友。"

性格毕竟放在那里，这种情况下程弥还是没有歇斯底里。只不过此刻看着陈招池这副笑模样,程弥带着一种报复性心理,想毁掉这副虚伪假笑。

"老朋友?"程弥知道怎样最能刺激陈招池,"陈招池,你这种烂货,谁要跟你做朋友?"

她说到这里的时候,陈招池脸上那丝笑还没散去。

程弥用最平静的语调说:"连你妈都不要你,你是有多烂?"

果然,陈招池闻言脸色一变。程弥被他狠狠甩向沙发,整个后背砸上去,被他掐着脖子压在了沙发上。

陈招池脸色阴沉:"程弥,你是不是现在就想死?"

程弥对他说:"你还算个男人的话,现在就杀了我。"

陈招池却笑了:"那岂不是便宜你了?"

程弥冷眼看他。

陈招池去抬她的下巴:"我看你在这边混得挺风生水起的,学校里人气那叫一个高,前两天还签了个什么公司准备出道。"

他语气照旧带笑,却让人发凉:"而我呢?程弥,我在局子里有时候连觉都睡不好呢。"

果然,在程弥的预料之中,这些往事枷锁,总有一天是要套回她的脖子上的。

不,她的脖子上一直戴着。

但是,陈招池也活该。

程弥一个字一个字地说:"你在里面怎样都跟我没关系。"

陈招池微皱眉,一副受伤样:"怎么这么不讲义气?程弥,我们可是一起进过看守所的。"

有多久没仔细想起过这些事了,程弥不知道。陈招池不是要提醒她,而是要把这些刻进她的脑海里那般。

"你忘了?"他指了指自己脸上那道疤,"这可是你留的。"

陈招池说完轻拍了拍程弥的脸:"还有,你差点把我弄成瞎子,记起来没有?"

程弥别开脸,不让他的脏手碰。

陈招池说："你来这里不就是想摆脱这堆脏事吗？"

"一年多了，你忘得怎么样？"他故意恶心人，"但这些事这么有趣，怎么能忘掉？"

陈招池笑："我来帮你回忆一下？"

黎烨衡把她送到奉洵，急于帮她摆脱掉的那些往事，再次被血淋淋地在程弥面前撕开，一字一字，每一秒每一帧，再次刀割一般凌迟在程弥身上。

"你毁了黎楚，害死了江训知。江训知，他可是死得很惨呢。"

江训知，一个程弥和黎楚之间不可踏及的雷区。

江训知是黎楚的好朋友，这三个字是一把剑，一把被程弥握着直直捅进黎楚的心脏，把黎楚的心脏刺得血肉模糊的剑。

程弥听不得陈招池叫这个名字，略微发抖："你不配叫'江训知'这三个字！"

说完她抬腿直撞他的腿间，要挣脱。

陈招池早预料到她的这种反应，一招制住，掐着她的脖子："你这招倒还是一直做得很熟练啊。还有我告诉你，程弥，江训知就是被你害死的！连你那小姐妹黎楚都这么认为，你的良心过得去吗？！"

话音刚落，陈招池的眼睛一阵刺痛。

程弥的指尖直抠刺向他的眼睛，又在陈招池吃痛那瞬间一脚踹开他。她利落地挣脱，从沙发上起来，看着他："这些事轮不到你说我，谁都可以，就你陈招池不配。"

程弥很清楚陈招池今天找上她，是要开始动手折磨她了。

她说："我今天不是来求你的。我们的账慢慢算，别把黎楚和其他人拉进来。"

陈招池被她刺痛眼睛竟然也没生气："我以为之前这些教训能让你学聪明一点，没想到你一点长进也没有啊。"

"聪明点？跪在你脚下求饶吗？"程弥说，"陈招池，做梦去吧。"

陈招池笑了一下："是吗？我也希望你能做到。"

他的脸色认真起来："绝对不要跪在我面前求我。"

程弥这副身骨从没低下过，因此她付出了惨痛的代价。

陈招池朝她勾唇一笑："这次我希望你能撑住。"

程弥从清吧出来后，没再去哪里，回了家。回去后家里没人，司庭衍和司惠茹都还没回来。

她回了房间，平日里的镇定在这时有点破功。

她想到那些从学校后巷墙上撕下来的东西，踱步到床边。从书包里拿出那些碎纸张，用打火机一张一张烧掉。

窗外红云渐渐转为暗红，房里一切陷入黑暗，灰烬里火焰跳跃。

程弥抱臂坐在地上看着。

不知过了多久，她的房间门被打开。程弥什么都看不到，但仍是看向了门口。

她知道是谁，但没开口。

两个人互相沉默着，彼此感受着对方的呼吸、心跳。

黑暗中，司庭衍开了口："你今天没等我。"

房间的窗外，天际远挂着一抹橙红，摇曳在被黑夜吞没前的最后一丝昏暗里。

地板上火舌卷上纸张，蔓延，吞噬，把一切烧得面目全非。

程弥的脸庞随那点火光半明半暗，火星不灭，像烧不尽那段往事。

司庭衍说完那句话后，还是站在门口。

程弥离火光远了一点，地上光亮弱小，起身稍远离一点便陷入黑暗中。她起来往司庭衍那边走时，将校服外套拉链悄无声息地拉到顶，遮住陈招池在她的颈上掐下的红痕。

程弥和平时相比没什么变化，向司庭衍那边走的步伐不疾不徐，透着股漫不经心的闲散。随着距离渐近，门口司庭衍的身影在程弥眼里变得清晰几分，虽还是隔着黑夜那层朦胧感。

程弥缓缓停在了司庭衍面前，呼吸离他越来越近："去找我了？"

夜色像杯中酒，被摇晃得一片混沌，但程弥仍能感觉到司庭衍黑眸里那如有实质的目光，想把她紧锁一般。

她正想打破这混沌,司庭衍开了口:"今天为什么没来找我?"

程弥微撤后一点点才去看他的眼睛,几秒后答非所问:"在那里等我等到这么晚?"

她又问他:"你们教室还有人吗?"

司庭衍没说话,只是目光直落在她的脸上。

程弥没听到他回答,夜色使她的声音听起来有点懒:"嗯?"

对视几秒,司庭衍直视她的眼睛,说出了一句话:"你没来,我会去找你。"

这话让程弥脸上的松散神色稍微收了一点,她想在司庭衍眼中看出点什么。有时候程弥总觉得她和司庭衍之间似乎有点什么东西是断开的,而且绳子在司庭衍那边,但是她完全摸不到另一头。

或者说,有时候司庭衍对她的认真,超出她的认知范围。她知道自己有招男生喜欢的本领,但是像司庭衍明显不是那类男生。

可程弥格外清楚,他对她说的每个字都是真的。

正是因为这样,她有时候才会想,司庭衍真的单凭她的一张脸,就轻轻巧巧地上了钩吗?

司庭衍是一直在关注她的,甚至在她和厉执禹刚在一起的时候就在关注。

那次在学校里她碰见司庭衍、厉执禹兄弟俩谈话,司庭衍已经挑明,他在程弥拍下厉执禹和初欣禾的那张照片前,在程弥甚至还没对他动歪心思前,就已经在对她缓缓收网。

司庭衍确实是个会做这种事的人。

只不过有时候程弥好奇,她到底是哪点触动到了司庭衍?

程弥这么想也就这么问了,她一般不遮不藏,和司庭衍是两个极端,虽然知道问了司庭衍也不会说,但还是会问。

即使知道到这时候是不该问了,但程弥还是问了。

"司庭衍,"程弥问他,"你是什么时候注意到我的?"

司庭衍看向她。

程弥说:"我第一次来你家那天晚上?那次浴室?还是哪次我们坐在

一起吃饭的时候？"

地上那堆余火彻底归为灰烬。

她说完，一片沉默。

司庭衍只看着她，没说话。

程弥忽然笑了："就知道你不会说。"

她又逗他："这么害羞做什么？"

也不知道她问的这些话哪句刺激到司庭衍了，紧接着她颈侧耳下那块小疤被他重重按上。

一阵刺痛，可程弥没退开。

司庭衍不留情，脸上却不显一丝恼怒，很冷静，渗出寒意的那种冷。

程弥不避不躲，眉心轻微动了一下。只是这么一个细微动作，耳下那阵持续两秒的痛感，却在不知不觉中消失了。

房间里，有楼下路灯的微光透进来。

程弥能看清司庭衍脸上每一寸肌肤，司庭衍的肤色万年不变地泛着冷色调的白。

程弥承认，这一刻她很想疯掉，疯了般想去毁掉司庭衍的清冷，可理智太过清醒，清醒有时候是一种极大的痛苦和惩罚。

然而下一秒，她这种清醒就被人拽入了地狱。

司庭衍往前一步，程弥被迫退进屋，然后门板"砰"一声在她眼前被摔上。程弥的床离门不远，不过几步距离，她就被司庭衍逼退到床上。

整个后背倒进了床被里，身子轻弹一下后，司庭衍紧逼上来。

随后，颈间拉链一阵响动，程弥一下知道司庭衍要干什么。

司庭衍发现了她刚才的异样。

程弥迅速抓上了自己的校服领子，半分不让。

司庭衍力气比她大，但程弥死死拽着。她的脖子上那些被陈招池掐出来的红痕，被谁看到都可以，唯独司庭衍，只有司庭衍她不能让他看到。

陈招池重新找上她，对程弥来说，危险不只来自陈招池。

还有另一个，就是司庭衍。司庭衍这种性格，撇开好坏不说，他和陈招池某种程度上来说是一路人，只不过他们永远不会走上同一条路。

司庭衍像暴烈的光，阴暗被他踩在脚下，他是它的主宰者。

而陈招池，是道路上蔽日的枝桠，是阴暗的座下鬼。

可也正是司庭衍这种人，最容易因一念之差堕入地狱。他能主宰阴暗，也能放任自我受其控制。

程弥不确定，司庭衍会不会被她拽到另一条路上。司庭衍这种性格的人一旦发疯，那就不是她担心陈招池会找上司庭衍的事了，而是即使陈招池不动他，他自己也会找上门。

这两个人一旦撞上，司庭衍会被毁了的。

程弥紧抓衣领："司庭衍，你松开。"

司庭衍目光睨着她："你先说，有什么不能让我看的？"

程弥的几丝凌乱发丝沾在嘴角，她看着面前的他："我里面什么都没穿。"

司庭衍看着她的眼睛，像是在分辨她话里的真假。但是程弥在这方面很会装腔作势，司庭衍一直是她的手下败将。

程弥口吻淡然："你知道的，司庭衍，我很怕热，还很懒。"

程弥平时大事上不犯懒，但在小事上难逃人性中的懒惰，平时跟司庭衍一起写作业，她躺他的床上看书，十次有九次要叫他帮忙递水。

她不轻易放松，但在放松状态下会一身懒骨，还问过司庭衍，能不能借她一个机器人，平时帮她拿拿东西送送水。

当然她就是说着玩玩，司庭衍那堆宝贝都是拿去比赛和拿奖的，程弥不会胡来。

程弥看着司庭衍："我跟你说过的，我有时候不想动，连衣服都懒得穿。"

她又说："虽然给你看没什么。"

她愿意，可是像司庭衍，看了肯定会做点什么。

"但我现在不太想。"

换作平时，程弥这爱逗弄人的脾性不会就这么结束这个话题，可今天她结束得干净利落。

很明显，司庭衍也意识到这个问题了。

还是那张脸，还是那种神情，可程弥莫名感觉到一阵低气压，几乎快要让她喘不过气。

但最后，司庭衍只张了张唇："你明天要是不来找我……"

声音平静，程弥却从中抓到了一丝微不可察的委屈，被他压制着，不是很明显。程弥愣一下后，才想起他在说什么，问题又转回了原点。

他要她等他，找他。

司庭衍冷漠地拽了一下她握在衣领上的手："我明天一定会脱下来。"

说完，他没再看她，起身。

回过身时，他停了一下，目光落在某处。程弥一直在注意他，坐起来的时候顺着他的目光看了过去。

梳妆台边那张椅子上放着一个篮球，司庭衍在看那个篮球。篮球上写着一个"黎"字，是黎烨衡的，程弥当年从黎烨衡那里拿来的。

她的视线从篮球上离开，看向司庭衍的背影。

她看不到他的神色，他转身往她的房间外走去，很快，房门被打开，又在她眼前关上。

那扇门关上以后，程弥和司庭衍都没再从各自的房间出来。

那团灰烬堆在地上，程弥没去管。

她在窗边，风把她身上的颓废吹得一干二净，放在桌上的手机振动了一下。

黑暗里屏幕亮光格外刺眼，程弥回头看，过会儿走过去，打开台灯拿起手机看了一眼，是黎烨衡的信息。

明天出差回去，回奉洵，用不用叔叔给你带点什么回去？

程弥愣了一下，她跟黎烨衡已经很久没联系了。当初她被黎烨衡送过来，是因为他要到国外出差一个多月。

他明天回来，这么快一个多月过去了吗？

房门忽然被敲响,程弥回过神,是司惠茹在外面叫她吃饭了。

程弥应好,从房间里出去,不多时司庭衍也出来了,程弥看了他一眼。

饭桌上,司惠茹告诉他们:"你们的叔叔明天要回来了。"

程弥没有注意到对面司庭衍筷子一顿。

司惠茹明显很高兴,笑着问程弥:"你叔叔应该跟你说了?"

程弥也对她笑了一下:"嗯,说了。"

就在这时,程弥感觉到司庭衍落在她身上的目光。

程弥回视过去。

灯光下,司庭衍眼底格外黑沉,可这次不再似往常那样波澜暗藏。没有滔天怒火,只是情绪发沉从他眼底跑了出来。

程弥不知道他在想什么,但仍看着他。

半响,司庭衍冷漠地从她脸上移开目光。

午夜零点五十分。

午夜场才开始,江畔一家酒吧内电音震耳炸得火热。

舞池里"群魔"乱舞,有朋友叫戚纭淼过去,戚纭淼不去,一个人在卡座里发呆。

这几天,戚纭淼没有一天缺席聚会,脾气不再像平时那么一点就炸,可仍旧没朋友敢惹她。

这种状态下的戚纭淼更让她们心里发慌,她浑身气压阴沉,是低落的,可又没消极到一身狼狈,身上反而多出一分刺人的阴冷。

半个小时后,去舞池蹦迪的朋友们还没回来。戚纭淼伸手想拿东西喝的时候,旁边沙发稍陷,一个人在她旁边坐了下来。

她侧眸,眼尾黑色眼线微扬,瞳眸里像罩了一层阴影,带着细碎的有攻击性的冷意。

但旁边的人不为所动,反倒笑了一声:"怎么,不欢迎我?"

戚纭淼这张脸去哪里都被搭讪过,招来的也都是那种敢玩敢野的,一般男生招架不住她这款,搭讪都得露怯。

现在，坐戚纭淼旁边的不例外又是吊儿郎当那款男人。

戚纭淼跟这人不认识，冷声冷调地说："滚一边去。"

男生一点没恼，反而当自己是自己人一样，喝下自己酒杯里最后那口酒，伸手拿过戚纭淼手里的杯子："哟，一个女孩子，脾气这么暴。"

戚纭淼的眼神像要杀人一般。

男生往自己杯里倒好酒，酒瓶递还给戚纭淼。

戚纭淼不接："你最好现在马上给我滚。"

男生闻言，半点儿起身的意思都没有，笑了一声："我要是不滚呢？"

戚纭淼没耐心到极点，几乎是半刻不停，猛一抬手打掉男生手里的酒瓶。

玻璃碎裂声瞬间刺破震响电音，酒瓶在地上砸碎，玻璃四溅，酒液流淌。

戚纭淼怒视男生这番挑衅："不滚的话，你可以试试，下一次这酒瓶子我会砸到你的头上。"

她这话十分真，她是真会这么做。

可男生丝毫不怕，脸上仍挂着那吊儿郎当的神色："不愧是能跟程弥结下梁子的人啊。"

戚纭淼听不得"程弥"这两个字，这两个字一笔一画都像针一样戳在她的皮肉里。最近几天，这些针不断在她身上翻搅，刺痛，已经深扎到拔不出。

所以当身边的男生说出程弥的名字，她条件反射地看了过去。随着她瞥过去，两张东西从男生手里递了过来。

戚纭淼被吸引目光，顺势看过去。

那是两张照片，流光溢彩下照片上的画面有些模糊不清。但仅凭轮廓戚纭淼还是看出是谁了，就是最近折磨她在不甘、欲望里不断翻腾的那个人。

上面那张照片明显是有人匆忙下拿手机拍的，旁边有警察指着镜头，画面有点摇晃，可能刚按下快门手机就被抢走了，但不难看出是在什么地方，还有镜头外那个人的状况。

照片里是在看守所，程弥腕间戴着手铐。

戚纭淼的目光微顿一下，她没见过这样的程弥。

照片上，程弥和现在有点不同，气质和现在是一样的，只是在这张照片里她要比现在刺儿得多，整个人的气场也更低郁阴沉。她没看镜头，扎着高马尾，侧脸张扬漂亮到惹眼。

而下面那张照片，被上面这张挡了半边，露出一半。

戚纭淼目光再移一寸，看到了浓妆艳抹的程弥。

戚纭淼窥伺到了程弥肆意张扬过往里的冰山一角。在看到她曾在阴暗里苟活过的那一瞬，戚纭淼心里不可抑制地涌过一层暗浪，这波暗潮漫过这些天横贯她心上的那根刺。

那些司庭衍和程弥日渐亲近带来的不甘和愤恨，渐渐被覆盖和吞没。

然后，她心里闪过一丝快感。

有的人天生对黑暗的人性敏感又感兴趣，就如现在戚纭淼面前这个男生，他介绍自己："陈招池。"

戚纭淼的目光终于落回男生脸上。

陈招池说："不跟我说你叫什么？"

戚纭淼直接拆穿他："你不是知道吗？"

他连她跟程弥有仇都知道，还装什么不认识，明显就冲着这点来的。

陈招池听笑了，倒是没对这点反驳什么，也不弯弯绕绕，懒懒说起程弥这个人："程弥她妈就是给人唱歌、陪人喝酒的。"

戚纭淼仍旧冷眼看他："你觉得我会对这些感兴趣吗？"

"怎么，"陈招池挑眉，明显不相信，"你对这些不感兴趣？"

他停顿了一下："哦，如果是别人，你可能真不感兴趣。但是程弥，你敢说你不感兴趣？"

戚纭淼没说话了。

陈招池笑了一下，继续讲："她呢，跟她妈骨子里是一回事，但非要装清纯，所以才会惹上这么些事儿。"

"所以呢，你要告诉我这些干什么？"

陈招池脸上又是那副懒懒笑意，看起来像是很好接触，话出口却是渗着恶毒寒意的。

"你不想让她身败名裂？"

人的罪恶在黑暗里蠢蠢欲动，一旦见光，又有人同行，顿时蓬勃横生，遮天蔽日。

父亲带她去清吧见李深导演那天，她在角落里看到的，司庭衍来接的程弥。

和朋友去女生厕所堵程弥那天，她后来亲眼看见司庭衍带着他干净的校服外套进去了，门在她面前锁上。后来出来，程弥身上穿着他的校服外套。

明明，是她更先喜欢司庭衍的。

但这些陈招池是不知道的，除了奉洵高中的人，外人只知道戚纭淼跟程弥在那次《GR》杂志模特风波上是对头，陈招池也是。

陈招池的声音在她耳边响起："她已经身败名裂过一次了，只不过躲到了你们这里，你们都对她的过去一无所知，所以她混得风生水起。不过，你看，她为什么在原来那地儿活不下去？因为大家都不会接受她这种人。"

这话什么意思，根本不用说太多，他们都心知肚明。

让程弥身败名裂的方法很容易，让她再走一遍老路，把她那些深埋地底的东西再次挖出来。

陈招池没说太多，将两张照片放到戚纭淼手里，从沙发上起身。

"先走了，待会儿见。"

一开始戚纭淼没听懂这句话，直到她看见陈招池穿过人群，随着挥臂人群对他的簇拥去到台边，手一撑，一双长腿一跃，整个人跳去台上。

他接过另一位 DJ 递过来的耳机，挂上脖子，站在打碟机前，长手一指，下一秒音乐震响，尖叫声几乎掀破屋顶。

天光乍破，那些躲在昏天黑地下的肮脏无所遁形，被正义死死踩着跪进了地里。关于程弥的流言蜚语是在中午开始长脚疯跑的，从她那张戴着手铐的照片开始。

那条帖子带的内容更是直接粗暴。

　　这女的以前犯过人命，坐过牢。

　　这短短的一句话和一张照片，瞬间像一颗巨石砸进了无波无澜的水池。满屏感叹号、问号，夹带"可怕"这两个字眼，飘满帖子。
　　一些小小的质疑声，也在照片这个证据确凿的物证下渐渐缄默。
　　震惊、好奇、幸灾乐祸、落井下石，一时间人性原形毕露，大家疯了一般狂欢，这是一场恶意狂欢的盛大宴会。
　　有人说："之前就说过她不是善茬，还有人帮她说话。她是我老家那边的，我朋友跟她上过同一个学校，烂死了这个人，真的超级烂！她们女生都不跟她玩的。"
　　恶言疯长里，另一张照片加沸了谣言。霓虹中，浓妆艳抹地喝酒的程弥，那堆往事被扒了个底朝天。
　　那时候，得知另一个人的为人最便捷的手段便是通过"老同学"，还有特别混乱和封闭的网络谣言。论坛的讨论从程弥做过酒吧DJ，到她妈是个陪酒的，她也是个陪人喝酒的，最后定性她是不良少女。
　　好像她有多脏，他们说出来的话就要有多脏。
　　从头到尾没人出来说过一句不是。
　　渐渐地，论坛开始涌出很多"以前听说过程弥"的人。不管是真是假，是恶是恨，一切都成了事实，他们说的每个字都成了程弥活过的过往。
　　永远有人乐于沉浸在毁灭所谓的罪恶里，却往往不知有时候他们本身是最大的罪恶。
　　关于自己的那些流言蜚语程弥是中午时知道的，她一直对从旁人眼睛里投射过来的异样眼光格外熟悉，在午睡过后从桌上起来不久，就感觉到了不对劲。
　　但她没有很意外，果然，打开论坛后跟她想的一样。奉高论坛飘满了关于她的帖子，给她这么大排面，议论的无非还是那些往事。
　　手段很熟悉，陈招池一贯的风格，他永远最清楚怎么去毁掉一个人。

招惹上陈招池这种人,不管她一开始罪大罪小,最后都是要被他弄得身败名裂的。但陈招池不知道的是,这招对付她已经没用了。

可程弥忽略了一点——不管什么谣言,最终都逃不过男女关系。

她看到那些火热发酵的帖子时,大家还只是在津津有味地嚼她那些过去,等她下午再看到别的一些东西时已经来不及。

在这场舆论风波里,不管是厉执禹还是司庭衍,没一个能幸免。

原本这些都和他们无关,大家怎么样都不会把矛尖直指他们。可直到某条言论,在众多已经无趣到让人眼睛疲劳的骂声中,突然爆出让人瞳孔一惊的信息量。

其实我家一直跟司庭衍家住的一栋楼,说出来大家可能很震惊,程弥是跟司庭衍住在一起的。

这跟程弥那些往事相比,让人震惊的程度根本不相上下。

跟司庭衍、程弥他们住同栋楼的那人紧接着又说了,她妈某次跟司庭衍的妈妈聊过天,问过司庭衍的妈妈程弥这个生面孔是谁,司庭衍的妈妈说是女儿。

她说,司庭衍的妈妈要再婚了,程弥是男方那边带来的孩子。

那些不明所以的人全都跑了出来。

这么说程弥跟司庭衍是姐弟?!不是吧,程弥追她继母的儿子?

论坛里一时间混乱不已。

学校这个论坛在学习上收效甚微,校方早已经没去管它,等发现学生言论严重不文明到必须关闭论坛的时候已经晚了,那些八卦早已飞出论坛在学校里满天飞。

除了程弥,司庭衍也承受了很严重的口舌之殃。

程弥一直很平静,直到看到这个消息。

那一瞬间,她握着手机的手第一次感觉到发麻。她千防万防,防陈招池，防司庭衍，不想让陈招池发现一丁点儿她跟司庭衍的关系，可万万没想到有人就这么把司庭衍拉到了日光下，彻底将他暴露在陈招池的视野下。

原本还有一丝侥幸心理，只要陈招池还不知道，她私底下跟司庭衍这段关系还能残存，可是现在，程弥那点侥幸心理就这么被生生打碎了。

已经放学，她想起平时上学或者回家在楼里偶尔能碰上的那张脸。

将手机扔回桌里，她起身离开教室。

放学铃声刚敲响不久，走廊上人挤人。

程弥踏出教室往高二楼层走这段路时，不断有目光从四面八方涌过来。程弥从小在别人的目光下长大，但眼前落在她身上的这些跟那些从小艳羡欣赏她的不一样。

好奇的、看热闹的、厌恶的，各种异样眼光落在她身上。她有多久没这种感觉了？这种人人看见她都如躲瘟神的样子。

她本来以为自己早对这种排挤目光免疫，却还是在它销声匿迹后又卷土重来这一刻，感觉有点不适应。仿佛一朝之间，又被拽回之前那段灰暗迷蒙的日子。

只不过现在不像当时，那时候她什么都已经来不及阻止，一切不过是在深渊边缘的挣扎，然后迅速失控坠落。

那个时候她心气太傲，什么都不放在眼里，陈招池那些把戏在她看来就是儿戏。

直到陈招池亲手毁了黎楚和江训知。他不毁她，毁掉了她身边的人，让她看着，不断凌迟她。

凭借脑海里那点不怎么费力便翻找出来的记忆，程弥找去了高二（9）班。

教室里每一张课桌上书本高叠，人还没走光，两三个学生拿着扫把在打扫教室。第一组中间第三排，一个扎着马尾辫的女生拿着笔在认真写作业。

程弥走进去，径直去到她桌边。

日光被程弥微挡，练习册上投落阴影，女生抬头。厚片眼镜下，女生五官规规矩矩，看起来斯文又内敛。看到程弥，她脸上闪过一阵惊讶，紧接着浮起一丝心虚。

这人还是太嫩了，装都不会装，一下子让人攥住尾巴。把她和司庭衍住一起这消息放出去的，百分百是她了。

程弥没恼羞成怒，也没嗤之以鼻，只抬手平静地在她的桌面上叩了叩："出来一下。"

说完也没等女生回复，程弥直接往教室后门走去。

她这样女生反倒觉得她捉摸不透，女生有点害怕程弥，脑子里还没反应过来脚已经跟出去。

程弥一路走在前面，往楼上走，天台在六楼。爬了三层楼后，她推开生锈铁门。锈迹腐蚀出生涩声响，悠长深远地回荡在楼梯间里，最后被天台上的风吹散。

天台上一片空旷，水泥地微泛粗糙。

程弥走到护栏边转身等女生过来，在程弥那双眼睛下，女生步伐犹豫，又不敢停下，一直走到她面前。

程弥说："你在网上说话不是挺大胆的，怎么怕我？"

面对面性子这么温文安静，在网上说话倒是大胆，大概那阵被找上门的紧张劲缓过去一点了，现在才想到找补，女生目光有点躲闪："不是我说的你跟司庭衍住一起。"

"你怎么知道我在说什么？我可一句话都没提过。"

跳进程弥的坑里，女生瞬间哑声了，抿了抿唇。

程弥说："你怎么没想过我会记住你的脸？就算你没想过，也应该想到我们那栋楼只有我们三个奉高的学生。"

更何况，每次女生的妈妈遇到司庭衍，总要拉住司庭衍介绍自己的女儿，想让女儿跟他做朋友，学习上提高提高成绩，然后每次都被司庭衍那颇为冷淡的态度弄得在背后翻白眼。

程弥看她："还是说，你觉得我不会跟你计较？"

女生低着头，一声不吭。

程弥开门见山地说:"现在说出去这些,我可以不跟你计较。"

已经泼出去的水,再计较是浪费力气,也于事无补,程弥不想把时间浪费在这种事上,这个女生也不值得她这样。

"但以后就不一定了,我们平时在楼里总能碰到,你应该看过比别人更多的东西。"

程弥性格的原因,没见过他们私底下相处的人,肯定都觉得她对司庭衍就是玩玩而已,就跟她戏耍厉执禹一样。

但程弥跟司庭衍在家里要比在学校更亲近一些,司庭衍也并不是大家所想那般对她无动于衷,这个女生多少肯定知道一点。

她的目光没离开过女生:"我跟司庭衍之间的事,记得以后别图嘴上痛快,不然我以后一定会来找你。"

原本一开始程弥是打算让陈招池连注意到司庭衍的机会都没有,她在追司庭衍不是秘密,陈招池那边早晚会知道,但她只要在他知道这事前快刀斩断乱麻,就什么事没有。

但现在这个风口浪尖上,司庭衍被她们推了出来,陈招池不可能不注意到他了。

她只能及时刹车,好在因为某些事,陈招池目前有可能会跟大家一样,相信她追司庭衍就是一时感兴趣而已。

程弥做这些不是怕陈招池,她不怕死,也不怕陈招池。

陈招池也正是因为知道这点,所以威胁她身边的人,拖他们下水,让程弥一辈子活在苦痛愧疚里。

她和陈招池之间的仇恨,开端仅仅因为她的一句话。

程弥以前玩音乐,经常能碰见一些志同道合的朋友,和陈招池就这么认识的。陈招池吉他、架子鼓、打碟样样会,身边吸引了不少女孩子。

一开始两个人很聊得来,算得上朋友,程弥连陈招池那点扭曲心事都知道。他年幼时父亲去世,母亲另嫁,将过往一切皆抛掉,包括和前夫曾经浓情蜜意生下来的儿子。

那时陈招池年仅五六岁,他母亲拿他当死人,打骂、驱赶,不管他的死活。日积月累的鞭痕血疤腐烂成心结,爱耗尽就变成恨一般的执念。

谁提陈招池的母亲，就是触他的逆鳞。

程弥一开始跟陈招池相处得还算友好，但掩盖不了陈招池这人不是什么好人的事实，没多久就开始追她。

陈招池自然是没追上手，十天半个月后他就耗尽了耐心，最后竟然直接打算用强的。

那天正赶上陈招池心情不好，头上被他妈打伤了。被按在沙发上的程弥没让他得逞，捞过酒杯重重砸了他一下，然后蹬开了他。

那天她没压制住怒火，对陈招池说了一句话。她说："陈招池，你这么无耻，活该你妈不要你。"

一句话，彻底将自己和身边人一起推入了地狱。

程弥是到后来才知道，自己惹到了一个疯子，一个在他的世界没有是非对错，只有喜恶黑白分明的变态。她得罪一分，他百倍奉还。

即使没有什么理由，但陈招池就是谁让他不爽了，他就会睚眦必报。在陈招池那里，什么道理都是不存在的。

程弥也要被迫活在没什么道理的世界里。她没有精力陪陈招池再玩一次，或者说，没勇气再看身边人彻底沦为陈招池发泄的玩物。

程弥跟那女生说完话就让她回去了，天上一片厚云，西边却夕阳斜挂。

程弥没站多久，手机振动，司惠茹告诉她她叔叔下飞机了。不仅黎烨衡，今天黎楚也会一起回来。

司惠茹发自内心地高兴，从昨晚便定好今天晚上一家人到酒店吃顿饭。

程弥收起手机，离开了天台。

她的教室在二楼，三楼是高二年级，路过高二那层，程弥突然想起昨天司庭衍说的话。

司庭衍要她去找他，程弥知道他会一直等她。

她想到了，但脚步没停，没往他的教室走，径直离开了三楼。

日落西沉，绿荫寂静。

教学楼人去楼空，一层浅薄昏黄的光蹉跎在老墙上。

司庭衍坐在教学楼下西边那层台阶上，一身校服笔挺干净，精致五官透着一丝冷郁病态感。

他一副好学生样，却浑身凛冽气息。

脚边一台银色小机器人，静默在地，主人没测试它去拿这拿那，它就只乖乖站在原地。

这是司庭衍要给程弥的机器人。

程弥想要一个能让她使唤、帮她拿东西的机器人。

可他没找到她，她没去实验楼竞赛班找他，没在他的教室等他，也没在她自己的教室里。

那人回来了，她去找他了。

不知道过去多久，空气里响起一阵手机振动声，周围空无一人。

司庭衍接了电话，司惠茹的声音传来："小衍，你怎么还没过来？妈妈今天早上把酒店地址发到了你的短信上，看到了吗？"

司庭衍"嗯"了一声。

司惠茹说："叔叔和姐姐们都到了，在等你，你现在在哪里？"

除了司惠茹在讲话，那边没有任何声音，应该都在听司惠茹打这个电话。

司庭衍知道程弥也能听到。

他声音有点冷淡："在学校。"

依旧只有司惠茹的声音："怎么还在学校？今天学校里有事是吗？"

"嗯。"

"那现在好了没有？"

司庭衍很直接："没有。"

司惠茹大概是听出了他话里的冷硬语气，顿了一下，一时不知说什么："小衍……"

这不仅司惠茹能听出来，那边的程弥也能。

那边响起男人的声音，应该是在对司惠茹说话。

司庭衍隐约听见是，"让小衍忙自己的事，忙完再过来，不着急"。

他直接挂断了电话。
天上那片厚云不知道什么时候开始下起雨,西边边际却有夕阳。
雨斜在夕阳里。
三年前司庭衍在嘉城住院,程弥第一次跟他说话那天也是这种天气。

  她叫程弥,今天又来病房了。
  隔壁床下去散步了,她问我知不知道隔壁床去哪里了,这是她第一次跟我说话。
  她给了我一罐旺仔牛奶,不是很难喝,其实我最讨厌喝牛奶了。
  她站在窗边等了隔壁床那个人好久。
  医生跟隔壁床说很快能出院了,我快见不到她了。
  他不在,她就不会来了。
  ……

司庭衍因为出生那会儿做的那场先天性心脏病手术出现并发症,身体一直不太好,在三年前心脏病复发。

嘉城离奉洵不算特别远,医疗条件要比奉洵好不少,司惠茹带着司庭衍过去那边治疗。

那时医院的规划还没有特别先进,加上病房紧张,司庭衍那间双人间病房里病人混住,隔壁床那位病人病因跟他不一样,不是心脏病,而是因为工作劳累过度。

而当时住在他的隔壁床的,就是黎烨衡。

意外的是,司惠茹跟黎烨衡也认识。

司庭衍跟司惠茹其实是嘉城人,只不过后来司惠茹因为一些事情带他搬去了奉洵,她和黎烨衡就是原来住在嘉城那会儿认识的。而且是黎烨衡帮司惠茹解决过一点棘手的事,两个人因此认识。

黎烨衡五官标致,身材高,更是一位成功人士。四十岁的男人,温文尔雅,成熟内敛,是个女人都很容易动心。

司惠茹跟黎烨衡的关系就是在那段时间的相处里迅速升温的。

而在住院这段时间里，司庭衍天天能见到程弥。

程弥天天都会过来，每次一放学就会到医院这边来看黎烨衡。黎烨衡的女儿一次都没来过病房，程弥却一天都没缺席。

每天她都给黎烨衡削个苹果。她削苹果很熟练，每次削完了总要递到黎烨衡嘴边。

这是一个有点亲昵的动作，黎烨衡这种人不可能看不出来，但每次迎接程弥的，只会是黎烨衡长辈般无奈地笑："多大的女孩子了，这样不好。"

一句话将未明的少女心思划入了长辈和晚辈分明的界限中。

那天黄昏里飘了点小雨，程弥也是一放学就来了病房。病房里一片静谧，只有司庭衍一个人在，他靠在病床上做题。

推门进来的程弥看了他一眼，两个人对视上，各自沉默着移开视线。隔壁床的黎烨衡不在。

这病房里只有司庭衍，程弥问他："你好，你知不知道隔壁床这位去哪儿了？"

> 你好，你知不知道隔壁床这位去哪儿了？

那是那次在病房里，程弥第一次跟他说话。司庭衍永远记得那天程弥开口对他说话的样子。外面下小雨，她蓬松的长发散在身后，发尾微沾点湿意，眼睛笑起来有点弯，温柔地对他笑。

司庭衍本来不想理她，最后还是开了口，声音低低泛着冷，回了她"散步"两个字。

程弥又笑了，一点不见外，递给他手里那罐旺仔牛仔："谢了哦。"

后面两个人就没话了，因为程弥去了窗边，那个地方大概能看到在楼下廊道里散步的黎烨衡和司惠茹。

程弥在那里站了很久，也没说什么，后来没等黎烨衡回来就走了，没再看过病房里另外一个人一眼。

后来，司庭衍还是每天都能见到程弥，直到黎烨衡出院那天，司庭衍再也没有见过她了。

那一年的程弥跟司庭衍说过两句话,有十九个字。

可她一个字也不记得了。

……

夕阳西下,天际微光如残弱烛火,隐现几秒过后彻底熄灭。

教学楼寂静伫立,短暂一阵小雨过后,空地润湿了一小片。暮色转黑,教学楼下那个身影还在。

司庭衍和机器人依然立在檐下。

程弥没来找他。

奉高离吃饭这个酒店不算远,打车过来十几分钟。

随着入冬,天色暗得越来越早,没一会儿天空泼黑。

包间里服务生正陆陆续续上菜,久等司庭衍没来,司惠茹看得出有点焦急,又给司庭衍打了一个电话。

一个服务生刚从包间里退出去带上门,这里面一下尤其安静。

大家看司惠茹在打电话也没出声干扰。

一时间包间里只有司惠茹耳边手机听筒里传来的声音。

"嘟,嘟。"

这个号码的这串拨电话声程弥也听过不少次。

下一秒,"嘟——"

忙音仓促在空气里收尾,通话自动挂断。

程弥慢慢低了一下眸,右手中指那枚银色素戒拿水杯时轻碰在玻璃上,发出一阵轻响。

包间门在这时被打开,桌上所有人下意识地朝门口看去,包括程弥。

是司庭衍,他肩身直挺,没被什么低落情绪压垮半点儿肩身。黑色短发下是那张一贯冷漠藏匿各种极端想法的脸,皮相却是白皙晃眼到有点脆弱感,但不显柔弱,反而有点刺人,像他现在那双黑色眼睛。眼睫暗影攀附在眼下冷白的肌肤上,眼底视线是没声音的,却让人心上陡生凉意。

司庭衍一进来，视线便直落在程弥那里。程弥一抬眼，视线便和他正对上。

眼神对视，坚刃一样直刺向她。

这种微妙反应桌上其他人没注意到，司惠茹看司庭衍来了，脸上的着急转为笑，放下手机让他赶紧进来："小衍，快过来坐下，马上要吃饭了。"

两个人视线僵持，最后是程弥先挪开。

然后，一阵包间门关上的声音响起。

一张转盘圆桌，程弥右边是黎楚，黎楚过去是黎烨衡和司惠茹。程弥左边和司惠茹隔着一个空位，司庭衍在这个位子坐下。

两个人隔着一米距离，余光里都有对方的身影，却谁都没转过头。

以后就是一家人，见面总得客套性认识熟络一下，更何况司庭衍和黎楚两个人还没见过面。司惠茹跟司庭衍说："小衍，来，跟烨衡叔叔打个招呼。"

黎烨衡和司惠茹不愧能走到一起，两个人虽然性格截然不同，但有些地方他们有点相似，比如平时一样不会端着架子跟小辈相处。

黎烨衡五官其实深邃到有点严肃，但笑起来是温和有礼的："小衍，快跟叔叔一样高了。"

这不是司庭衍时隔多年第一次再见黎烨衡，他们碰面其实不算特别少，黎烨衡偶尔出差路过或者平时有空，都会见一见司惠茹，有时候会在家里过夜。

本来以两个人这种碰面频率，加之司庭衍也不排斥母亲结婚，按理来说司庭衍早该和黎烨衡熟悉。但让司惠茹焦急的是，司庭衍一直对黎烨衡不咸不淡，两个人的关系就从没拉近过一分。

不比程弥，虽然一开始司庭衍跟她也陌生，但现在司惠茹能看出他们两个人相处得很好。这件事倒也挺让司惠茹意外，司惠茹完全没想到他能这么去接纳一个人。

从小到大，司庭衍就不爱跟人相处，程弥是第一个司惠茹看到司庭衍让这么接近他的人。

不过,好在黎烨衡不介意这些,也没因此对司庭衍有过任何偏见。

司惠茹又跟司庭衍介绍黎楚:"这是黎楚姐姐,姐姐特意从学校请假回来的。"

黎楚就坐在司庭衍对面,和程弥截然不同的风格,相同的是都自带气场。

黎楚皮肤很白,五官冷淡挂,双眼皮像扇利刃,脑后束发,发色奶奶灰挑染闷青,一边碎长刘海散在脸边,左耳戴一个耳钉。

装扮偏向中性化却不显男性特征,是女生里独成一派的漂亮。

她眼神里常年带冷傲之色,但不会让人感觉到不舒服和不礼貌,对司庭衍点了下头。

司庭衍同样淡淡回点了下头。

司惠茹问黎楚:"黎楚最近能在家里住几天是吗?"

黎楚点头:"嗯,请了几天假。"

其实黎楚的大学离奉洵这个城市不远,除了奔波点,平时周末来回没问题,只不过她很少回来。

饭桌上,大家相互或多或少有交流,除了程弥和司庭衍。他们之间仿佛有道屏障,没有任何目光和语言交流。

黎烨衡跟司惠茹说:"这段时间,麻烦你照顾程弥这孩子了。"

司惠茹忙说不会:"程弥很懂事的,不用人操心,跟弟弟也相处得很好。"

司惠茹这话音落下,程弥终于看了司庭衍一眼。

司庭衍没接她的视线,一脸冷淡。

"哦?是吗?"黎烨衡听完似乎也觉得意外,毕竟他也清楚司庭衍这孩子什么脾性。

"嗯,程弥很能逗小衍开心。"司惠茹笑着说。

司庭衍却忽然打断对话,拿起筷子:"吃饭。"

程弥也没说什么。

在别人口中相处得挺好的两个人,却看起来一点也没有相处得很好的样子。

坐程弥旁边的黎楚看了他们两个一眼。

这顿饭因为有黎烨衡在，吃得很顺利且不尴尬。黎烨衡这人平时在生意场上游刃有余，家庭聚餐这种小饭桌对他来说可能根本连问题都算不上。

这顿饭吃到尾声，黎烨衡让服务生进来："麻烦一下，蛋糕可以上上来了。"

程弥今天胃口一般，吃得不多，水倒是喝了不少。听到"蛋糕"两个字，她将水杯凑在唇边的手停了一下。

黎烨衡和黎楚都不是爱吃甜品的人，司惠茹这段时间相处下来也没见她吃过什么甜的，司庭衍也是。

而今天更不是她和黎楚、黎烨衡三个人中谁的生日，只能是司惠茹和司庭衍两个人其中一人的生日了。

程弥脑子转得快，可没快过司惠茹接下来说的话。

司惠茹笑着跟她们说："今天是小衍的生日。"

即使程弥已经猜出大概，可在听到这句话后还是一愣。

今天是司庭衍的生日。

司庭衍听司惠茹说完后无动于衷，跟今天不是他的生日一样。

程弥并不知道今天是司庭衍的生日，司惠茹这几天没提起过，司庭衍也没跟她说过。放到平时她就算错过，也能跟司庭衍道一下歉，然后给他补一句生日快乐和礼物。

偏是在这种她心里格外清楚这些都不能去做的节骨眼上。

司庭衍如果是个被动性格还好，她想什么时候脱身都可以，只要不给他甜头他就不会回应了。

但司庭衍不是，不会让她牵着鼻子走，也不是她给一点甜头就回应她一下。而是只要她给他一点什么，他就会彻底将她拉回他的世界里。

如果司庭衍不是这样一个人，程弥应对陈招池那个疯子要容易得多。可又偏偏司庭衍是这么一个人，程弥才会被他吸引。

蛋糕上来后，司惠茹给他们每个人切了一块放在他们面前。

巧克力馅的蛋糕，甜到发腻，但程弥把它吃完了。

明天她和司庭衍还得上学，黎烨衡和司惠茹便打算吃完饭后直接带他们回家。

从包间出来后司庭衍没和他们同行，去了趟洗手间，司惠茹也过去了。

程弥跟黎烨衡和黎楚三个人在包间外等他们。

程弥已经有段时间没跟黎烨衡和黎楚见面。她在奉洵这边生活，黎烨衡工作忙，这趟在国外一忙就是个把月，黎楚则是上大学后便经常待在学校。

以前也这样，三个人很难碰到一起，今天三个人能碰在一起实属难得。

黎烨衡将西装外套搭在手臂里，问她们两个的近况。黎烨衡一向关心她们两个的生活，不会因为工作忙碌就放着她们两个不管。

程弥象征性地说了一下，不报喜不报忧，平平无奇。

以前她明明有很多能跟黎烨衡聊的话。

黎楚则是连答都不怎么想答，她因为母亲的关系，一直跟父亲黎烨衡关系不是很好。

三个人的话凑起来都没几分钟，说完后司惠茹和司庭衍还没回来。

黎烨衡将目光从转角处收回，话题落到不久后要与之结婚的司惠茹身上："过段时间我会跟你们惠茹阿姨到民政局领证，以后就是一家人了，你们要把阿姨和弟弟当一家人。"

刚来奉洵那会儿，黎烨衡结婚这件事肯定能让程弥心里泛起一点波澜，但今天她很平静。

旁边的黎楚也像是感觉到了，眼风从她身上过了一下。

程弥一边长发别在耳后，另一边松散在脸侧。

黎烨衡说："你们惠茹阿姨一直过得很不容易，平时你们多体谅她一点，有事的话也可以跟你们阿姨聊聊。"

黎楚没说话。

程弥回话了，对黎烨衡笑了一下："好。"

黎烨衡点了点头："还有，和弟弟你们也要好好相处。"

黎楚已经听得不是很耐烦，虽然面上没表现出来。站在这里，听黎烨衡说这么久已经是她的极限，她直接走了，自己先坐电梯下楼去了。

程弥不像黎楚，从来不拂黎烨衡的面子，没离开。

黎烨衡倒是没说黎楚半句，父女相处一贯这样。

他继续把话跟程弥说完："小衍身体不是很好，你们惠茹阿姨这辈子的心力都在他身上了，你们做姐姐的也要多照顾弟弟一点，可以的话，尽量不要让你们惠茹阿姨添堵。"

这次，程弥看着黎烨衡的目光停了一瞬。

弟弟吗？

这时，程弥余光里注意到电梯那边转角处的人影，回过头，是司惠茹。

他们来的这间包间旁边有条过道，隔着长走廊那边是电梯，司惠茹就站在那里。

司惠茹还是和第一次见程弥的时候一样，性子温绵柔弱，双手局促地握在身前，电梯那边转角离这边远一点，司惠茹不知道他们在说什么，有些谨慎又讨好地朝她笑了一下。

程弥顿了几秒后，收回视线，回答了黎烨衡要她多照顾弟弟的话。

很明显，也只能是弟弟。

她说："知道了。"

也就是在这时，一个人影从旁边过道的转角处走过，程弥下意识地看过去，猝不及防地对上了司庭衍的视线。

程弥无比确信，他听到刚才那番话了。因为司庭衍的视线很冷，泛着阴沉。

她把他当成弟弟来相处，司庭衍确实是会生气。可他眼里隐约有一丝捉摸不透的情绪，在程弥心脏上狠狠抓了一把，酸涩瞬间满胀。

没等她看懂那抹情绪是什么，一秒后，司庭衍移开眼神，冷漠地和她擦身而过。

从酒店出来,所有人一起坐黎烨衡的车回去。

程弥、黎楚和司惠茹坐在后座上,司庭衍在副驾驶座上,一路上车里只有司惠茹和黎烨衡的交谈声。

快到家的时候,车还没到居民楼下,几个人便远远看见下面站着一个人影。

女生手里拎着一个丝带绑得很精致的礼物盒,身影带着这个年纪的少女特有的纤薄娇俏,一件短款黑色牛仔外套下是及大腿的裙子,一双白皙细腿在黑夜里十分晃眼。

程弥一瞥就知道,是戚纭淼。

让程弥意外的是司惠茹也认识,下车后还是司惠茹先看到然后叫住的司庭衍。她越过车顶对从副驾驶座那边下来的司庭衍说:"小衍,妈妈没看错的话,那个小姑娘应该是你的同学吧?"

黎烨衡看了一眼:"小衍的同学?"

"嗯,小姑娘经常来家里找小衍问一些功课上的问题的。"

这时戚纭淼稍踮脚朝司庭衍挥了挥手,叫他的名字。

司惠茹说:"小衍,你同学找你有事,你过去看看,这外面一到晚上就冷,带人到家里坐坐。"

说完她和黎烨衡先行上楼了。

程弥从司惠茹身后下车,也没去注意什么,关上车门后走进楼里。

黎楚走在她前面。

司庭衍没跟上来。

回到家里,平时三个人总显得空荡安静的屋子,在黎烨衡和黎楚来了之后顿时显得热闹不少。家里没多余房间,程弥和黎楚睡一间。

程弥换鞋的时候黎楚吱声了:"哪个房间?"

从玄关这里看去有两个房门对着,程弥说:"右边那个。"

黎楚推着行李箱过去了。

程弥看一眼她的背影,收回目光,踩上室内鞋后也回了房间。

黎楚进去房间后没关门,也没开灯,只地板上落一方走廊上照进来的光块。入眼几个摄影镜头,黎楚的摄影包摊开放在地板上。

程弥进来,黎楚抬眼,五官和肤色冷淡到像有股厌世感。她又低下眸,继续整理她那堆设备。

程弥走进去,黎楚不喜欢太亮的环境,她没去摸墙上的开关,而是走到书桌那边打开台灯,一层薄光瞬间沾上房间里昏暗的四壁。

程弥回身靠在书桌桌沿,目光落在黎楚那里。

黎楚的行李箱竖在一旁,她没有把它打开安置的打算,也肯定知道程弥在看她,但没抬眼。

左耳耳钉有些刺眼。

楼外风在吹,窗台上窗帘微动。

程弥便也没说什么,回身在书桌前坐了下来,拿过练习册翻到今天讲的那块知识点,拿笔写写巩固记忆。

过一会儿,身后传来窸窣动静。

程弥突然问:"今晚几点的飞机?"

即使她们见面后谁都一句话没提,但都心照不宣,明天是江训知的忌日。

她们都要过去看他的。

黎楚没对她继续沉默:"今晚飞嘉城的飞机只有一班。"

自从两年前那些事发生过后,两个人的关系便一直这样不冷不热,没彻底闹掰,但也不算热络。

程弥拿起手机打开网页,网络不好,手机卡半天才订好一张票,晚上十一点的。

退出去前,程弥看到黎楚上大学那座城市飞嘉城只能在奉洵转机,难怪她今晚会回来。

十一点,这个点也差不多能过去了。

不会在那边久待,程弥放下手机,只在衣柜里拣了身衣服,随手拎过一个包。

过了会儿,司惠茹过来叫她们去喝汤:"汤我出门前就熬好了,还热乎着。我听烨衡说你们待会儿还要回嘉城那边，虽然离奉洵不远，但到那边也是半夜了，路上肯定会饿，你们喝点汤再过去。"

这才刚吃完，但程弥和黎楚都默契地没拒绝司惠茹这个笑脸。她们都清楚以后和司惠茹是要长久相处的，黎烨衡是真的要跟她过日子。

两个人一前一后地从房间里出来。

对面司庭衍的房门关着，程弥知道他不在。她们刚才在房间里，房门没关着，没见司庭衍回来过。

黎楚走在程弥前面，往厨房那边走，程弥去了趟浴室。洗手洗一半，身侧的浴室门被从外面打开。程弥没回头去看，抬起眼睫，视线落向镜子。

浴室门口，司庭衍眼底没有撞见她的意外，也没有视而不见的冷漠。

明显他是来找她的，眼眉淡淡笼了一层阴暗平静的冷色。

程弥十指在冰凉水下，她没停顿，对视两秒后低下眼，继续冲洗。

洗好后关上水，她没立即转身。水珠顺着她的指尖掉落到瓷砖上，她拿下旁边的擦手巾，慢条斯理地擦了擦手。

没等她擦干，手腕被一拽，擦手巾落地。

紧接着，她的背部撞上浴室门。

痛感没在意料之中传来，后背撞压在撑在门板上的筋络分明的手背上。这一声着实不小，外面的人也听到了，司惠茹紧张地问了程弥一句怎么了。

程弥被夹在门板和司庭衍中间，却一点没慌乱。司庭衍也是，脸上甚至没有一丝怒意。

双方都没因为失态落下风。

司惠茹的脚步声在接近，程弥看着司庭衍的眼睛："有话跟我说吗？"

司庭衍同样盯着她的眼睛："如果我说没有，你现在就会出去是吗？"

程弥没有故作冷漠，和平时状态差不多，丝毫不紧绷，甚至连眼睛都跟以前一样，含着情的。

可反而越是这样，越是衬得她没心肝，比刀子扎到身上还要疼一百遍。

　　她看着司庭衍："外面能看到我们。"

　　浴室门上面半截是磨砂玻璃，他们靠得近便隐隐约约能看见人影。

　　司惠茹就快到浴室门外。

　　司庭衍却说："然后呢？"

　　他紧盯她的眼睛，接下来那句话几乎要将程弥冻结："你怕黎烨衡看见？"

　　程弥的神情上终于有一丝顿意，她看着司庭衍，几秒后终于出声拦住外面的人："阿姨，我没事。"

　　司惠茹的脚步在几米外停下了："没事吗？没事就好，浴室里瓷砖滑，你要小心一点。"

　　可这句话，丝毫没有进入浴室里那两个人的耳朵里。

　　没等司惠茹说完，司庭衍便冷声道："黎烨衡算什么？"

　　程弥神色再次一顿。

　　她出现这反应，不是因为司庭衍话里无法控制的一丝薄怒，而是清楚司庭衍问出这话时，是把黎烨衡放在了什么位置，不是长辈，不是继父。

　　而是——

　　程弥下巴连颈处被司庭衍的虎口贴合，他修长指节搭在她的耳下处："我比不过他是吗？"

　　他眼里暗念阴沉："他让你做什么你就做什么，我算什么？"

　　是的，他完全没当黎烨衡是长辈，而是男人，一个能跟他抢夺爱意的男人。

　　这不是程弥第一次见司庭衍眼里拥有这种情绪，以往她经常摸不透，可今天知道了。

　　司庭衍知道，知道她以前心里对黎烨衡那点儿想法。

　　程弥虽然意外，但不至于意外到情绪不受控。她目不转睛地看着司庭衍的眼睛，想和往常一样伸手去碰碰他。

　　司庭衍却躲过了。

程弥的手落空。

司庭衍直望进她的眼睛里:"程弥,来这个家之前你是不是一直认为没见过我?"

程弥看着他:"什么意思?"

司庭衍说:"三年前你在病房见过我,你还记得吗?"

程弥的视线没从他的脸上离开。

三年前,有点距离的一段记忆了。

那年程弥只有某段时间频繁去医院,黎烨衡因为身体出了点问题住院,所以她三天两头会去医院。

可在这一刻,程弥却不是因为这个想起那段往事,而是因为面前这张好看的脸。这张一直在她的记忆里沉寂,却随时能被唤醒的脸。

不像过目便忘,怎么想也想不起的那些过路人,程弥突然发现自己一直记得司庭衍的脸,而且再回想,竟清晰得可怕。

她记得病号服穿在他身上很整洁,记得他当时脸色苍白,还有那双看起来虽平静却让人感觉危险的黑色眼睛,连带模糊地想起,那罐不知道怎么会给到他手里的旺仔牛奶。

可现在回想起,程弥记忆里更深的都是别的东西,那天在窗边她看见黎烨衡和司惠茹在楼下散步,那时候程弥还不知道司惠茹叫司惠茹。

还有——

她突然有点明白,司庭衍为什么会知道她年少无知时的心事了:"你看到了?"

司庭衍看到她在黎烨衡入睡时,望了他一整宿。

这句话却不知道刺激到司庭衍的哪根神经,她话音刚落,他几乎同时出声:"那时候每次你一看他,我真的很想让他消失在你面前。"

程弥知道只要自己皱皱眉,司庭衍就会放过自己,可是她没有。这一刻,她很想彻底融进司庭衍血肉里。

她五指伸进司庭衍短发,摸摸他头发。

"那时候就先对我上心了吗?对不起啊,司庭衍。"

她温柔至极,却也伤人至极。她在沉沦,却也一直清醒。

"这就是为什么每次提到黎烨衡你就不开心的原因？"

而且不止一次这样，已经很多次了。

司庭衍稍离，声音冷漠："不要让我听到你说这三个字。"

酒店走廊上，她乖顺听话那幅画面仿佛还在眼前，司庭衍逼她："现在去跟他说我们的关系。"

程弥温柔回应："懂事点，过几天阿姨就要和他去领证了。"

她的目光落进他的眼睛里："我这话说出来，阿姨会怎么想？他们还结不结婚了？"

司庭衍的眼神中那些藏匿于黑暗里的东西跑了出来："你就这么听他的话？"

程弥看似温和，但实则狠起来没人比她更狠。对司庭衍这句话，她沉默不回应。即使司庭衍有本领让她短暂失控，但她清楚自己要做的是什么。

可即便如此，下一秒司庭衍说的话还是让她愣了一下。

司庭衍看着她，声音里隐约带点儿隐忍情绪，仔细听还带着一丝委屈："程弥，你为什么只能看到他，不能看看我？"

黎楚

Chapter 09

黎楚来浴室敲门，催程弥走了。磨砂玻璃门外，程弥能隐约看见黎楚靠在旁边墙上。

程弥反手要打开门。

视线被司庭衍低下的眉眼紧摄，他没放过她，按住她的手，双手交叠在门把上。

司庭衍说完那句话后，气势也没卑弱下去，眼神里那丝冷意照旧硌着她的视线。他们两个现在这样，外面的黎楚能看到。

程弥没因此有一丝慌忙着急，也没回头去看，仍是看着司庭衍。司庭衍突然说："今天下午你没来找我。"

程弥没挪眼。

司庭衍："是不是去机场了？"

黎烨衡下午坐飞机回来。

其实程弥没有，但仍没回答他这个问题。她的眼睛里潋滟着一层水光，描摹他的眼睛，跟他说了一句话。

"生日快乐啊，司庭衍。"

司庭衍看着她没说话。

浴室里水滴缓慢滴落在盥洗台，程弥以为司庭衍还得再折腾她一会儿。

但没有，她握在门把上的手没动，反而是司庭衍按在她的手背上那只手，握着她的手一起转动下门把。

浴室门被打开了。

司庭衍将视线从她脸上撤开，气息不再离她近在咫尺。门外的黎楚没等到程弥，迎面碰上司庭衍出来。

两个人对上视线，没说什么。

司庭衍走了。

浴室里，程弥的情绪恢复得很快，她重新走到镜前，还是平时那副闲散从容样，像这事对她完全没影响。

黎楚靠在浴室门旁边那墙上看着。

过了会儿，程弥回身对黎楚说："走吧。"

她又说："谢了。"

平时黎楚不可能会主动找程弥，一般都是因为有事，这次自然也是。

刚才程弥和司庭衍在浴室的时候，是能听到外面的说话声的。一开始，他们在浴室里闹出那么大动静，司惠茹以为是程弥摔倒了，紧张到过来看程弥，听她说没事后，放下担心，又叮嘱她一句"小心地上滑"后才离开。

紧接着，浴室里的他们就清楚听到浴室门外的司惠茹叫了司庭衍一声，司庭衍没应声。

司庭衍回来时外面那几个人都看到了，司惠茹便想顺便去司庭衍的房间叫刚回来的他出来喝炖汤。然后就被黎楚支开了，她说马上要跟程弥去机场。

司惠茹从知道她们今晚要赶去嘉城，就已经打算给她们准备点小食路上吃，一听黎楚这么说，立马就去拿。

此刻，黎楚还是那样站在外面，看着程弥："你们再不出来，他妈快发现他没在房间了。"

黎楚说完起身走了。

浴室里安静空荡，程弥随手将头发扎起，走了出去。

再出去时，司庭衍在餐桌前，两个人都一样，谁都没表现出异状。

司惠茹匆忙递给她们两个吃的东西，程弥接过时还对她笑了一下。

司惠茹没问她们要去嘉城做什么，司惠茹应该也不知道她们这次要去见的那位朋友是在墓园里。

离开前，黎烨衡嘱咐她们两个路上注意安全。

程弥和黎楚一起拉着行李箱离开了。

午夜十一点，飞机在轻微颠簸里起飞。

机舱窗外，奉洵整座城市的瑰丽灯火，渐渐缩小成细碎光斑，最后彻底消失在云层里。

程弥和黎楚的座位没在一起，程弥坐在窗边。

一千多公里，两个小时，途中飞过无数山河和城市灯火，程弥却毫无困意，脑海里一直有一丝东西紧绷着。

最后，飞机来到嘉城这座城市上方。

程弥的神思却开始在飞机轰鸣声里变得浑噩。

灯火零星，透过机舱窗户，仿佛一眼能看到那个天台。

程弥被装在这个世界里，梦中神思并不安稳，也跟着沉沉浮浮。

到最后，彻底堕入黑暗。

黎楚的怒骂尖叫声，伴随衣服碎裂声直刺天际。屈辱愤怒穿破云层，声音彻底在程弥的耳膜旁尖锐地撕裂开。

程弥喘不过气，心脏在喘息声里快要溺毙。双腿像灌了铅，像戴着沉重镣铐，她却一刻不肯停下，哪怕不断被勒出血痕，鲜血淌满灰暗的楼梯间。

最后，她跌撞着冲开了天台的铁门。

黎楚那身白色衣服，在天台的灰色地里格外显眼，像一把锋利发光的刀刃，直直插进了程弥的双眼。

那个时候太混乱，她的神志也已经被刺激到癫狂。

程弥再回想当时接下来的场景已经是一片混沌。她不知道自己是怎么去到陈招池面前的，也不知道自己怎么甩开那帮大男人的。

她只记得自己那时已经疯了，只想着要杀了陈招池。

最后脑海清晰时她握着刀，勒着被踢跪在地的陈招池的喉咙，在一片惊叫怒吼声里刀尖直下。她要陈招池再也无法看黎楚一眼。

他陈招池，要一辈子长跪着朝黎楚忏悔。

最后，恶人四散逃窜。

程弥没追，跑去黎楚身边，用衣裳将怀里的黎楚紧紧包裹，颤抖着死死抱在怀里，额角贴着额角。

废弃的破楼天台没有围栏，放眼望去一览无余。

她们都看见了江训知的车。

她们想不出江训知那么温柔有礼的一个人，在最后一刻，那总是带着笑意的清秀眉眼会是怎样一副神情。

他们三个人当中，最理智温和的大哥哥，最后丧失神志一般冲向意图逃窜的那些人。

两车相向，在疾速里毁灭。

程弥怀里从头至尾没哭过的黎楚，身体里爆发出了最尖锐的一声破碎尖叫，在巨大的金属撞击声响里，响彻云霄。

……

遥远处传来一道声音，和耳边这道尖锐哭声重叠。

"到了。"

程弥感觉有人轻碰了她一下。她慢慢睁眼，黎楚那张淡淡的脸出现在她面前，和几秒前在她脑海里那张破碎痛苦的脸重合到一起。

黎楚说："下飞机了。"

两个人从机场出来后，拦车去了酒店。

午夜一点，已经是十一月九日。

两年前，江训知就是这一天在那场车祸里去世的。

车上气氛低沉，程弥和黎楚一路无话。

到酒店后黎楚拿了衣服到卫生间洗漱，程弥没看手机，撑着下巴在窗边看了会儿夜景。

其实，黎楚到今天对程弥这番反应和态度，程弥真的并不怪她。

当初那些祸都是她惹下的，惹下陈招池这个祸害本身就是她最大的罪恶，即使并不是她硬冲上去招来的罪恶，但确实是因为她，那些不幸才落到他们身上。

还有，那年如果不是她在报警之后，还给江训知去了一个电话，江训知根本不会在那帮人要逃跑的时候，出现在天台下。

那天晚上江训知应该在黎楚家楼下，等着接黎楚去游乐园。

江训知比黎楚大五岁，比程弥大六岁，她们两个是在七八岁那年遇见的江训知。

那时候，黎楚因为母亲去世还没被黎烨衡接回去之前，在孤儿院待过一段时间，程弥几乎整天都跑去那里陪她，而江训知是那孤儿院里一位阿姨的儿子。

那个时候，作为哥哥的江训知已经很知书达理了，眉目温和，对孤儿院里所有小孩都很温柔。黎楚很叛逆，程弥也调皮，江训知从来不生她们的气，甚至和她们成了好朋友。

黎楚暗恋了江训知很久。

出事那天，正值高三的黎楚期中考试成绩出来，因为超出预期，已经大学毕业的江训知按照约定要答应她一个愿望。

黎楚跟江训知表白了。

意外的是江训知笑了，说在电话里说不算数，不过这次是他这个当哥哥的需要当面跟她说。他开车从工作的城市赶回来，准备带黎楚去趟游乐园。

这些，都是黎楚那天挂断电话后跟程弥说的。

江训知其实很了解黎楚，黎楚虽然看起来酷酷的，但其实她并不会因为别人给她的性格定性，就不去喜欢那些其他女生喜欢去的地方和东西。

无论是可爱、漂亮、冷酷、丧闷，每个人都有权利去喜欢它们。

江训知是程弥见过的最温柔的男生，他尊重黎楚的所有性格，尊重她可爱的那面，也尊重她身上那股冷酷劲儿。

同样的，他也尊重程弥，在别人因为程弥唱歌玩闹诋毁她的时候，江训知这个哥哥从来不会跟她说这些不能去做，只告诉她喜欢的事情就去做，但首先要注意安全，还给程弥收拾过烂摊子。

就是这样一个人，在黎楚出事那天，选择了那样偏激的一个方式，和那帮人彻底共毁灭。

而那天,黎楚还没有听到他的告白。如果程弥不打那个电话,如果不是因为她这个人身上那堆烂账,江训知不可能走得这么惨烈。

程弥正想着,身后的浴室门打开,黎楚从里面出来了。

"去洗澡了。"黎楚说。

黎楚甚至还愿意跟她说话,让她去看江训知。

程弥回过身,黎楚已经上床,背对她在床上睡下。

程弥看了她的背影一会儿。

那头奶奶灰的头发半湿,黎楚这么多年来一直留着这个发色,像不腻一样。

那时候她们还无话不说,每时每刻分享最亲密的秘密。黎楚跟程弥说过,江训知夸过她这个发色好看。

程弥将视线从黎楚的背影上收回,拿上衣服进了浴室。

墓园。

天幕灰白,薄雾蒙蒙,空气里凝结着冰凉水滴。台阶延伸,每一级地砖都肃穆。

程弥和黎楚两身黑色衣服,一起往上面走着。

每一步,程弥都在忏悔,都在诉说。

踏完这些长长的台阶,我希望这一切只是做了一场噩梦。可我知道它不是噩梦,我永远永远在忏悔。长长的阶梯,背负我的罪名,直到陪我葬入坟墓。那么希望我身边的女孩再无苦痛,也希望你来看她的时候,告诉她没关系。如果可以,让我的女孩永远平安快乐。

……

白菊花被放在了墓碑前。

程弥和黎楚在嘉城待了一天,隔天一大早落地奉洵。

司惠茹担心她们两个吃不好,特意请假在家,做了早饭等她们回来。黎烨衡也在家,刚出差回来休假两天。

黎楚实在太困，进门后没等厨房的司惠茹走出来，已经回程弥的房间睡了。不用想都知道，昨晚她肯定没睡好。

虽然回嘉城这趟，除了去墓园也没做什么，但程弥也感觉身上有点疲累。

每年这几天，她们总要把当年那路重走一遍。不管记忆好坏，只要是深刻的，人在记忆里打滚总会掉一层皮。

程弥只跟班主任魏向东请了一天假，吃完早饭还得去上学。身上是日常服饰，时间已经不早，她回房间换了校服。

她回到房间时，黎楚已经睡了，半边脸埋在枕头里，气息沉稳平静，入睡很快。

程弥有点意外，原本她以为黎楚还得花点时间才能入睡。

窗帘拉着，房间内一片昏暗。黎楚睡得沉，程弥没去开灯，只让房门半开透进来点光亮。

衣服司惠茹叠好了，放在她的房间的椅子上。

日光从走廊上进来，半道光影映在地板上。程弥脱下外套搭在椅背上，顺手脱掉上身贴身的毛衣。

衣服正褪到肘间，房门外面传来一阵开门响声。

程弥正对门口，顿一下，抬眼看去。

司庭衍也看到她了。

他刚拉开房门，手还没离开门把，校服拉链把他的灵魂规矩地束在衣领里，黑色衣领一丝褶纹都没有，连带眼神都像带几分无情无欲，皮肤更是视感冰凉。

程弥不知道司庭衍这个点为什么还在家，换平时他已经去学校了。

空气安静不已，偶尔传来一两声司惠茹和黎烨衡在厨房里的低语。

衣服还没全脱掉，门廊外的日光光影爬上她腰间那一小截肌肤，莹白得扎眼。

两个人视线相对，各自沉默，空气里隐约掺杂了一些锋芒。

司庭衍从她脸上转开视线，关上房门，身影从程弥眼底消失。

程弥动作没停顿，回过头，自然如常地脱下了衣服。

等她弄好以后出去，餐桌上只有黎烨衡一个人。

刚才她在房间里听声响，司庭衍吃完后回房间了。司惠茹还在厨房忙活，香气阵阵飘出来。程弥过去餐桌边，拉开椅子坐了下来。

对面，黎烨衡即使休假也不得闲，电脑在桌面上，面前的饭菜没动，估计在等司惠茹。听到程弥坐下来的动静，黎烨衡视线从笔记本上离开，看向她，语气是长辈似的关心："最近学习还跟得上？"

程弥拿起手边透明的玻璃水杯，浅喝一口："跟得上。"

黎烨衡点点头："跟得上就行，平时也要注意多休息。钱不够的话记得跟叔叔说。"

黎烨衡打到程弥的银行卡上那些钱，程弥其实一分都没花过，但她没多说什么，也点头："嗯。"

她刚说完，司庭衍从房间里出来。

司庭衍这次视线没停在程弥的脸上，而是阴沉地晃过，停都没停，往门口走去。

黎烨衡看见司庭衍走，正想问他什么，司惠茹也听到声响，从厨房里慌忙出来。

"小衍，把药带身上没有？"

"带了。"

司庭衍的声音相比平时要更冷一点。

程弥看着他。

司庭衍已经去到玄关，话音落地后响起一阵关门声。

关门声很平常，不带一丝震怒，却莫名让程弥感觉，在她看不见的那些黑暗的角落，有什么东西在不见天日地悄然疯长。

它们本就疯狂，又靠毁灭和欲念滋生成长，直欲把人拖下地狱。

程弥从门板上收回视线，低下眉眼，慢条斯理地继续吃自己的。

司惠茹回到桌边，满脸担忧："小衍不知道昨晚忙什么，到半夜还没睡。"

程弥稍停了一下。

黎烨衡顺手挪开旁边的椅子："你昨晚起来了？"

和司惠茹相比，黎烨衡的气场要强不少。但两个人的相处氛围意外和谐，功劳还得算在黎烨衡身上。司惠茹就算面对黎烨衡，也没有表现出一分娇气，还是那种绵柔怯懦的性子，全靠黎烨衡引导和轻言。

这两个人不管性格还是社会地位，原本是不会有交集和不可能会走到一起的。

司惠茹没在椅子上坐下，声音温温柔柔的："厨房里那道菜还没盛上来，我去端过来。"

黎烨衡说："这些菜就够了，以后不用做那么多。"

他大概是经常对下属这么说话，习惯了。

看司惠茹听了他这话后有点手脚无措，他微叹口气，缓下言语："你喜欢做这些东西，那就做吧，我挺喜欢吃的。"

这还是程弥第一次真正近距离接触他们私底下相处的情景。以前她想象过，但没想到黎烨衡是这样一副包容姿态。

她指尖下垂，松松握着筷子，来回扫他们两个人一眼，纯当一个观众，只觉稀奇，没多余想法。

不过也是，黎烨衡这人一直这样，该严格时严格，该温柔时温柔，对她和黎楚都是这样。

没多久，司惠茹从厨房里出来，到桌边放下那道海鲜，又顾虑起司庭衍："不知道是不是学习压力太大了，平时有作业，还要竞赛，之前又耽搁了九月那次竞赛，但半夜学习身子熬不住的，电脑昨晚开了一整晚。"

听司惠茹这么说，程弥细想起司庭衍刚才的脸色。似乎真的比平时要病态一点，眼下也略带青灰，虽然不明显。

司庭衍那心脏并不能熬夜，早上晚去学校的原因显而易见，但他完全没表现出来一丝不舒服的样子。

不过不得不说，司惠茹比程弥还不了解司庭衍。司庭衍学习上确实从不马虎，但绝不可能熬一整夜学习。

司庭衍这人每分每秒都是规划好的，该做的事会在特定时间内完成，而且不多一分不少一分。这点程弥之前就发现了，她跟司庭衍一起学习，有时候一道难题会卡半天，司庭衍则是能精准预测且控制自己的解题时间。

这样一个人，不可能因为完不成学习任务拖一整晚。

司惠茹还在说："不知道要不要问问他们老师，能不能不让小衍参加竞赛了。"

黎烨衡闻言笑了一下，将笔记本放到一旁："不是小衍自己想走的竞赛这条路？"

司惠茹哑口，确实是这样。

黎烨衡道："能看出小衍是个很有主见的人，这事你不让他做，他自己想做也会去做的。"

说完他让司惠茹坐下："吃饭吧，吃完好好睡一觉，昨晚是不是光顾着担心小衍了？也要注意注意自己的身体。"

他们都知道黎楚在睡觉，也没去打扰她，但给她留了饭菜。

程弥不紧不慢地吃完饭，又接过司惠茹给她准备的一杯鲜榨果汁，才从家里离开。

一天没来学校，再回到学校里，她的待遇丝毫没改变。

时间只要多一秒，流言就会越来越疯魔，越来越有戏剧性，越来越恶心地活在大家的认知里。

程弥在他们眼里，早已经是一个十恶不赦的大罪人。

她走在学校里依旧瞩目，与各式各样的视线擦肩而过。

到了教室，就连他们班同学也不例外。

以前，程弥不是没有过流言蜚语，她太容易引起注意，话题总不断。但以前那些小恩怨跟现在这些比起来，根本比不了，以往班里那些对八卦不感兴趣的好学生，这次一个两个都抬起了头，目光落到了她的身上。

程弥他们这组收作业的组长，出了名的开朗好相处，连她来收程弥的作业都显得态度有点冷淡。

一整个早读，程弥嘴没张开过一秒。

第一节课铃声响起，郑弘凯踩着铃声进教室，一屁股坐上凳子后，就伸手拍拍程弥的肩膀，他这举动跟班里其他人形成鲜明对比。

程弥稍回过脸，问他："干吗？"

郑弘凯跷着脚抖腿，说："你被说成这样，也不解释解释？"

"哪样？"

"还能哪样？"郑弘凯说，"你不知道？"

"有用吗？"她反问郑弘凯。

郑弘凯转着笔："不管有没有用，能堵一张嘴是一张呗。"

程弥笑笑，没说什么。

郑弘凯又碰了碰她的肩："喂，你真做过那些事？"

程弥说："没有。"

她脸上是带着放松的笑的，扫过郑弘凯一眼："你看，你不也不信？"

郑弘凯立马反驳："我可没这么说啊，可别诬蔑人。"

解释真没那么容易，更何况这些照片都是事实。她以前就试过，站出来说不是，站出来否认，那时候甚至没有这些照片，也没人会信。

但她还是会在别人来问她的时候，说一句她没有。

郑弘凯说："对了，你发现没，今天拿手机讨论你的人少了点？"

"什么？"

"你还真没看学校论坛啊？"

论坛，她去上面自找不开心吗？

这节课上英语课，老师从教室门口进来，让他们把单词本拿上来，要听写单词，程弥从桌底摸出单词本。

郑弘凯却跟没听到英语老师的话似的，还找她搭话："论坛昨晚被端了，神奇不？"

"学校舍得关了？"程弥本来就对这个话题兴致缺缺。

虽然学校论坛早成八卦聚集地，但因为或多或少有些学习帖子，所以学校也一直没关闭。

郑弘凯开玩笑："可能你面子比较大。"

她这事闹得太大。

程弥懒得理他。

郑弘凯以为她生气了："生气了？"

老师已经开始准备听写单词。

程弥笑了一下，委婉回话："再说下去你的单词借我抄抄？"

可惜郑弘凯没听懂，又说："不过也不知道论坛这事是不是学校干的，我一个搞电脑的哥们儿说，要是学校关的，会直接关闭论坛，或者顶多让我们发不了帖。"

英语老师念了个英语单词，程弥默写，纸上笔尖行走流畅，写完转了下笔。

郑弘凯："但现在我们论坛是卡得要死，怎么进都进不去，那哥们儿说一看就是被人端了。"

听到这里的时候，程弥在写下一个单词的手突然停了一下。

郑弘凯还在继续说："什么破服务器，他说的我没听懂。"

他这句话没说完，程弥却已经想起司庭衍。

论坛卡死崩溃这件事，和司庭衍这个人，在郑弘凯的话里毫无联系，郑弘凯也没提到有关司庭衍的半个字，程弥却突然把这件事和司庭衍在脑海里瞬间联系到了一起。

司庭衍昨晚半夜没睡，电脑开了一整晚。

这两件事抛开程弥的主观臆测，不细想根本联系不到一块儿，但因为司庭衍昨晚的举动有点异样。

正是这点儿异样，再加上论坛突兀地卡死，让程弥一下猜出了他昨晚到底在做什么。

这确实是司庭衍会做出来的事。

程弥深信不疑，端了论坛让那帮人闭嘴，这件事百分百是司庭衍做的。他解决问题的方式向来不温柔，直接又偏激。

他们两个人在这之前刚大闹过一场，刚才在家他也是对她置之不理。

后面郑弘凯那张嘴还没停下来，英语老师点名，让他安静点，别打扰其他同学。

英语老师说完郑弘凯，念了个单词。

程弥默写下来，却在中间卡了一下壳，明明早读刚背过。这不太像她，她很少会因为一个人烦躁到行为被干扰，司庭衍一直算一个。

默写的单词字母颠倒,程弥画掉,重新顺畅地写出来。

上午最后一节课下课,程弥要去食堂才发现自己没带饭卡。

孟茵经常中午跟她一起去食堂,程弥问她:"孟茵,我中午能不能跟你借一下饭卡?明天请你吃饭。"

孟茵在写作业,听她说完后笔是停了,但没立即看她,动作有点慌乱。不是因为害怕,是有点尴尬,她那双圆圆的眼睛躲闪几番,"我"字卡了半天。

程弥这才发现孟茵有点不对劲,也想起孟茵早上话格外少。加上课程紧张,两个人早上没说什么。

不过孟茵一直这样,性格比较安静,一开始刚转学过来,她们两个同一张桌,却几天都没说一句话,所以程弥也没觉得奇怪。

直到现在,她发觉不对劲了。

孟茵看起来像在做心理建设,程弥没打扰她,只在旁边注视着她的侧脸。过一会儿后,孟茵看向了程弥,眼里很纯净。

程弥知道孟茵是在心里做出了一个选择,正想跟平时一样微笑着跟她说好,结果"好"字还没发出一点声音,程弥旁边的窗外突然响起一个女生的声音。

女生隔着窗喊孟茵。

孟茵霎时一顿,看向了窗口。

是她那个在校外开了奶茶店,跟她从小一起长大的朋友。她朋友招了招手让她出去:"孟茵,走啦,去食堂吃饭啦。"

孟茵看了程弥一眼。

她朋友叫她:"快点啊孟茵,坐着干吗?快出来。"

如果程弥没记错,孟茵跟她说过,她这个朋友是高二的。因为不同楼层不方便,加上在学校有其他朋友,两个人中午不会一起到食堂吃饭。

是程弥经常带孟茵去食堂。

但今天孟茵的朋友上来叫她了。

程弥一下子懂了,也知道不久前孟茵说她跟朋友吵架了,是因为什么。还有,她朋友说的话她不喜欢,那些是什么话。

现在的程弥人人避之不及,跟她走近无疑是把自己往火坑里推。

因为是程弥,孟茵似乎是有这个勇气的。

朋友还在外面叫她,急着拖她离开烂泥地一样。

旁边的人都往这边看了过来,班里的人都知道她跟程弥走得最近,目光似乎都带着嫌恶。最后,孟茵低下了头。

勇气在她慢慢低下头的过程中,举了白旗。

朋友见她不动,直接进来找她了,像一副好闺密的模样。

许久,孟茵垂着头,拿上校卡,没敢再看程弥,起身跟她朋友走了。

程弥的视线在她的背影上停留几秒后收回。

这时,后面已经看了很久的戏的郑弘凯开口:"啧啧啧,她平时不跟你玩得挺好?也是无语,被人吹几句就倒了。"

程弥就知道他没好话:"行了,别说了啊。"

郑弘凯说:"要不要我帮你教训一下她?"

程弥瞥他:"幼不幼稚?"

郑弘凯笑:"开玩笑,爷不动女生。"

他又问:"你还吃饭不?"

"吃啊。"

当然吃,她跟身体过不去干什么?

程弥带上手机和钱包:"没带饭卡,不还能到外面吃吗?"

"拂我的面子了啊,我刚想说给你饭卡。"

他这话程弥早猜到了。

郑弘凯看她要走:"我跟你上外面吃?"

程弥从座位上离开:"随你。"

奉高不设门禁,学生自由出入。

食堂每天人挤人,但在校外吃的人也大把。程弥早上吃得并不清淡,司惠茹张罗了一大桌菜,现在有点想吃清淡的。

她就去了一家家常菜店铺,郑弘凯说有点后悔跟她出来了。

程弥说:"你要回去也可以。"

明明现在大家都对她避之不及。

郑弘凯说:"干什么呢,瞧不起我是吧?"

"哪有!"

意外的是两个人去到那家家常菜店里,来吃饭的学生竟然不少,座位已经坐了不少。

程弥和郑弘凯挑了张靠墙的桌子坐下。服务生过来,程弥看了眼菜单后点了几个自己爱吃的菜,又把菜单推到郑弘凯那边。

来到这里,程弥都没办法逃脱那些打量的目光。

店里吃饭的人又多,等餐时间应该需要挺久。程弥干脆拿出手机来看,看没一会儿,店外有人进来,伴随着一道熟悉的声音,戚纥淼的。

程弥有一丝不好的预感。

果然,对面的郑弘凯骂了句脏话:"司庭衍?"

只听到戚纥淼的声音,还没看到司庭衍,程弥已经感觉如芒刺在背。她知道现在只要她转头,一定会准确无误地对上那道视线,但她没有。

她拨弄菜单那根手指只顿了一下后,又恢复自然,背脊从进来后没紧绷过,照旧撑着下巴等服务生过来。

戚纥淼的声音由远及近,最后在她身旁戛然而止。明显,戚纥淼也看到了她,口中喋喋不休在司庭衍耳边聒噪的话突然停下。

空气像突然静止。

司庭衍那道目光最让人无法忽略其存在,程弥能感觉到。

除去程弥本身那些事儿,这几天她和司庭衍那点事被传得沸沸扬扬,即使论坛已经不能上,但八卦就是人的本性,到哪里都不缺耳朵。

本身程弥和司庭衍的样貌在奉高都是顶尖的,不缺少关注,之前程弥追司庭衍这事又被放到论坛上讲,闹出了很大动静。

而最近程弥跟司庭衍那层"姐弟"关系被捅出来后,这次不仅是引起了众人的好奇,更是直接惊掉了人的下巴。两个人的关系像是披上一层禁忌,讨论他们两个的,一下跟讨论程弥自身那堆破事儿的热闹程度不相上下。

周围无数目光被好奇驱使落过来,在司庭衍和程弥身上打转,更何况旁边还有个同样话题不断的戚纭淼。

热闹。

这尴尬氛围没维持多久，郑弘凯似乎来了几个朋友，一帮人正嬉笑着满嘴跑火车，小饭店一下显得格外拥挤。

司庭衍看都没看那帮人一眼，也没再看程弥，冷冷地对戚纭淼撂下一句："别跟着我。"

说完他走去不远处唯一一张空桌边坐下。

戚纭淼原本冷视程弥的目光，从她身上收回。

郑弘凯本就对戚纭淼有意思，想跟她搭句话。戚纭淼理都没理，连个眼风都没给他，跟上了司庭衍。

郑弘凯刚进来的兄弟说："这女的好辣，你行不行啊郑弘凯？多久了还没把人追到手？"

郑弘凯粗暴地调整了一下椅子，一阵尖锐声响起，他骂："滚。"

他又跟程弥介绍："我的几个兄弟，跟咱们一块儿拼下桌。"

程弥没拂人面子："行啊。"

这几个人进来后，眼睛就没离开过程弥，拖拖拉拉地坐下，问郑弘凯："这美女是谁啊，不跟我们介绍介绍？"

郑弘凯让服务生拿了瓶汽水："介绍个屁，都一个学校的，你们不是听我们一块儿吃饭才过来的？啧，一个个装什么正人君子？"

郑弘凯被戚纭淼无视的那团火还烧着，眼下他看那边的司庭衍更不爽。

郑弘凯故意提高音量，在桌下踢了程弥旁边那男生一脚，揶揄道："刚在外面不是还说要追程弥吗？怎么到人面前就屁到屁都不敢放一个了？"

说完一帮大男生哈哈大笑，整个饭店全是他们的声音。

程弥和司庭衍两桌隔得有点远，位置背对背，互相看不到对方。

程弥听郑弘凯说完，不像一些情窦初开的少女面容羞红，反而大方地笑笑，没说什么。

既是郑弘凯的兄弟，这帮人自然也不是什么好学生。谈情说爱都跟玩儿似的,更何况程弥现在名声很臭,他们不可能不知道。

男生不来矜持那套,顺势跟程弥搭话。

"程尧,你楼上(17)班的。"男生比郑弘凯他们几个看着要"正"一点,流里流气在他身上没那么明显,长得还不错。

程弥笑了一下:"程弥。"

程尧:"我知道,我们俩一个姓。"

郑弘凯他们无语了,拿起桌上的牙签筒就扔向男生:"老不老套?!你是来追人不是来攀亲戚的!"

程弥没接话,只笑笑。

几个大男生,胃口都不小,后面又叫了好几个菜。一帮人叽叽喳喳,好在男生吃饭快,没在饭店里把午休时间都搭进去。

程弥要走的时候,不太巧,司庭衍和戚纭淼那边也正好吃完。

司庭衍他们那桌近门口,也因为背对程弥,他看都没看程弥一眼,走了。

戚纭淼很快追上去。

程弥的视线也没在他们身上停留过久,她和郑弘凯他们回了学校。

那两天,郑弘凯的兄弟追程弥追得特别猛,带早餐、买零食、买奶茶,每节课下课都来找程弥,戳在她的座位窗口外边跟她说话。虽然那些吃的,最后都是落入郑弘凯他们那帮狐朋狗友的肚子里。

最近程弥人见人嫌,她身边理应没什么人跟她说话,可她这两天耳边反而比平时还要聒噪。

除了回家。

这两天,程弥和司庭衍的关系降至冰点,两个人一句话没说。

两个人情绪却又都不露破绽,状态和平时一样,司惠茹他们完全没发现他们两个不对劲儿。

程弥最近放学后都是直接回家,没再去过司庭衍的教室,没再找过他。

而陈招池也像短暂销声匿迹一样,没再出现在程弥面前。

这人永远这样让人捉摸不定。

在人惴惴不安的时候,吊着人的灵魂无限折磨;又或者在人松口气时,猝不及防地捂人口鼻,让人窒息而死。

就像今天,程弥回家走到居民楼下的时候,陈招池给了她一个大惊喜,他出现在了司庭衍家楼下。

程弥知道他随时会找上自己,但没想到会在这里。

时隔几日,两个人再次见到。

闹市区的破败居民楼拥挤不堪,挂在墙上的电线攀缠蜿蜒,夕阳斜在楼壁上,外街车流汹涌,鸣笛喧嚣。

陈招池就那么站在楼下,插兜背靠墙,咬着烟,拿着手机不知道在看什么。

他一头板寸,额头上一道长刀疤,一直顺延到眼皮那里。

但今天他的额头那里不止刀疤,还有了新鲜痕迹,额角一块微渗血的纱布,未包全,露出瘀青和点点血痂,挂在眼皮上,像是要长进眼睛里。

烟雾弥漫下,他那双眼睛在后面看着程弥。

程弥脚步只稍微顿下,几乎让人察觉不到,却被他一眼看出来了。

陈招池对她说:"程弥,这不像你啊。怎么,你有什么好害怕的?"

他是笑着说这话的,可明明是笑着的,却像渗着寒意一般。在这太阳还没落山,空气里还带点温度的当下,像一条冰冷的蛇爬上程弥的脚踝,像要直袭她的心脏,将她内心那点畏怯拖出来嘲弄折磨。

程弥没让他得逞,不露一点声色,甚至在陈招池说话的时候无视他,直接往楼里走。

陈招池对她这种态度也没震怒,吊儿郎当的,晃悠着往她面前一挡:"这么不给面子呢?"

程弥抬眼看向他,冷淡而平静地说:"滚。"

陈招池嗤笑一声:"别这么冷漠嘛,程弥。看在我送你那么大一份礼物的份上,不应该对着我笑笑?"

陈招池这种人,越硬他越来劲儿,可同时越软弱他也越疯狂。

程弥对他一直是前者,可这次陈招池要她笑,她却真的笑了。

"陈招池，你不觉得人对你笑是觉得你可怜吗？"

她笑起来很好看，却笑得让人恨得牙痒。她明显让陈招池不高兴了，可陈招池没对她发怒，仍是笑着的。

"你这笑我不太喜欢呢。你这样会让我想再送你一个礼物，让你笑得好看一点。"说完，他垂在身侧的手按了下手机里的什么。

尖叫声、衣服撕裂声、怒骂声，突然从听筒涌进空气里。

就算程弥这辈子死了也知道这阵声响的画面是什么，陈招池居然在看当年把黎楚拖到天台上的视频，而且此刻正变态般按大音量。

程弥一下难以维持冷静："陈招池，你是不是有病？！"她伸手就要去摔他的手机。

陈招池早有防备，将手机揣回兜里，拽过程弥将她压制在了墙上。他伸手去钩她的下巴，笑道："对嘛，就应该这样，我不太想看死人脸，发脾气多好看！"

程弥看着他："陈招池，把那视频给我删掉。"

"凭什么？"他又替她说了，"我不配看黎楚？"

"程弥，"陈招池笑了一下，"我看她，她自己乐意着呢。"

"闭嘴，听到没有？"程弥冷言，就要抬腿要他的命。

陈招池在她这里吃过苦头，困住她，眸中神色也在突然间变得阴晴不定。

"我凭什么删掉？程弥，我不仅看黎楚，还看你。"

程弥死盯着他，却还勉强保持着理智。

陈招池脸上那丝狠又放松下来了："我在里面那两年，天天想，每时每刻都在想，你用刀在我脸上留疤的样子，还有流血的感觉。你知道吗？我出来后看视频，发现我想的和录下来的，一帧都不差，完全一模一样。"

陈招池说了："你说我怎么可能忘掉你？"

他的眼睛里带着笑意。

陈招池抬手，指腹顺着她的右额角抹下，最后停在她的眼睛上："这种感觉，应该让你试试的。"

撇开连累别人不说，程弥是不怕陈招池的，她说："你有胆现在就这么做。还有，我想跟你说，陈招池，那是你活该。"

"我活该吗？"陈招池突然掐她的脖子，"程弥，我是该死，你不该死吗？"

陈招池入狱是因为江训知，那场车祸死者江训知有责任，但陈招池同样有责任，最后陈招池入狱两年。

"我们本来应该在里面做伴的，你呢？"陈招池说，"你为什么要联合那个女人从里面跑了？"

当年程弥在陈招池的脸上划的那一刀，因为陈招池的母亲一纸刑事谅解书，她逃脱了手上那只手铐。程弥这边赔偿巨款，和陈招池的家属之间达成和解，由此陈招池的母亲出具了一纸谅解书，双方私了。

那纸谅解书是黎烨衡出手的结果，程弥是被黎烨衡和黎楚从局子里捞出来的。

那天从里面出来，黎烨衡和黎楚在外面等她，然后把她接回了家。

而陈招池，则是死死地被留在了监狱里。

陈招池越发用力地掐程弥的脖子："我这辈子最讨厌那个女人了，你们为什么要给她钱？"

陈招池在被他母亲当死人对待的日子里，不，连死人的待遇都不如，甚至连畜生的待遇都不如，被当成畜生打骂，丢弃，送去被人凌辱，最后对母亲由深深的爱变成了入骨的恨，恨到已经成执念，没了它都活不下去。

陈招池说："你们凭什么让她给我做主啊？为什么要给她钱？你们知不知道她卷钱跑了啊？她跟她那老公和儿子卷钱去过好日子了。"

程弥已经快喘不过气，但只皱一下眉头，没露出痛苦神色，想挣脱，但力量悬殊，根本挣脱不开。

陈招池脸上的笑逐渐变得变态："说回来，程弥，你说我们之间的烂账这么多，我怎么可能放过你呢？我们都是烂人，所以，一起烂掉吧。"

说完，他松手。

空气涌入，程弥轻微咳嗽起来，眼睛狠狠盯着陈招池。

陈招池喜怒无常，上一秒还目眦欲裂，这一秒脸上已经挂上笑容了。

"还有啊,我还想问问你呢,见面实在有太多话要说了,都忘了问你。"

程弥还有点不舒服,靠在墙上。

陈招池忽然靠近她,笑里全是恶意:"你怎么这么失败?黎烨衡就要跟别人结婚了。"

陈招池从以前就知道程弥对黎烨衡那点懵懂心思。但他从不对黎烨衡下手,不是因为忌惮黎烨衡是长辈,而是清楚怎么样能最痛苦地凌迟程弥。

黎烨衡是程弥永远都得不到的妄念,还有什么比这更让人绝望的?

清醒的万念俱灰,可比抱着死人遗憾要惨多了,陈招池喜欢这种变态的折磨感。

而陈招池不知道的是,程弥现在巴不得他这么想。

陈招池说:"现在你纠缠司庭衍,不就是为了恶心黎烨衡吗?你有必要做到这种程度吗?程弥。"

程弥巴不得他这么想,这样他就不会注意到司庭衍对她的重要性。只要把司庭衍往安全处推,她怎样都好。

江训知和黎楚的那些经历若再来一次,她会死的。哪怕只有一点可能,程弥也不会让司庭衍冒这个险。陈招池是个烂人,真的会拖着他们一起下地狱。

她想的这些,陈招池统统不知道。

"那又怎样?"程弥的声音听起来很云淡风轻,"关你的事吗?"

"当然关我的事啊,怎么不关我的事?"陈招池嘻嘻地笑,"我这不是关心你嘛!"

程弥不理他。

"还住一起是吧?"陈招池"啐"了一声,"那你岂不是能听到他们晚上——"

程弥知道他要说什么,一阵反胃,抬手一巴掌结实地落在他的脸上,却丝毫没有咬牙切齿,语气淡淡的。

"陈招池,要想下辈子投个好胎,嘴巴最好积点德。"

投个好胎,找个好妈。

一句话,又精准碾在了陈招池的痛点上。

陈招池的脸色一下变阴,程弥知道他又要发疯了。

陈招池恨不得弄死程弥,拳头狠狠带起了一阵风。他要揍人,向来不管是男的女的。可拳头还没挨到程弥的脸上,忽然被旁边横出来的一只手抓住了。

修长白皙的女生手指用了很大力气,抓在陈招池的手臂上。

陈招池回头看过去,程弥也是。

是黎楚,她穿着黑色皮衣,配上那张脸,漂亮里带着冷艳。黎楚这身打扮,看着不像是随意路过。

程弥的目光落在她的脸上。

黎楚从她脸上移开视线,接下来的话让程弥一时没反应过来。

黎楚对陈招池说:"走了。"

是的,她是对着陈招池说的。

陈招池看了黎楚好几秒,而后十分给她面子地松了手。他转回头看程弥:"看在她的面子上,这回我放过你。"

黎楚这几天经常不在家,问去哪儿了也不说,程弥终于知道她是跟谁混在一起。还有,陈招池会出现在家里的楼下,原来是来等黎楚。

陈招池转过身,搂过黎楚的肩。

程弥伸手去拽黎楚:"跟我回去。"

黎楚被程弥扯住,回过头,眼神不冷不热,和她对视半晌后,弄开她的手,一句话都没跟她说,跟陈招池走了。

那天晚上,程弥没等到黎楚回来。

打去的电话自然都是石沉大海。

司惠茹下班回来后张罗了一桌饭菜,到饭点时桌边只有程弥和她两个人。

黎烨衡只休假两天,早飞回嘉城工作,已经几天不在家。司庭衍放学后被老师留在学校的物理实验室里,今晚会晚点回来,这个程弥是从司惠茹口中得知的。

而黎楚，司惠茹给她打了个电话，黎楚那边接了。

司惠茹叫她回来吃饭，黎楚说她已经回学校。

这次黎楚回来就请了几天假，算算时间是该回去了，但程弥知道她跟司惠茹说已经回学校这句话是假的，她现在肯定跟陈招池在一起。

黎楚下午如果是去车站，肯定是一个人去，不会叫陈招池过来接。而陈招池这个人，也不可能是个特意过来一趟，只为了送一个女生去车站的人。

那顿饭只有程弥和司惠茹两个人，程弥吃完后回房间，司庭衍还没回来。

那两天，连司惠茹都开始发现他们两个之间不对劲。

司惠茹私下问程弥："程弥，跟小衍闹别扭了吗？"

程弥当时正准备出门上学，笑着说："没呢，怎么这么说？"

司惠茹一直担心孩子们相处不好，听程弥这么说暗暗松了口气："没什么，小衍最近脾气不太好，可能是学习上压力太大了。"

程弥去拿挂在墙上的折叠伞，手稍停了下，继续拿下来，语气淡然又随意："他最近脾气不好吗？"

毕竟是自己儿子，司惠茹从小看到大的，她说："可能是看不太出来。"

司庭衍比一般人会藏得多。

程弥微弯唇："嗯，那我最近也多照顾照顾他的情绪。"

司惠茹怕委屈程弥，连忙摆手："不用不用，小衍会自己消化情绪的。"

说白了，就是司庭衍自己不喜欢人烦他。

程弥笑笑，手机振动，她看了一眼，对司惠茹说："那我先走了，朋友到楼下了。"

是郑弘凯和程尧他们，最近他们都跟程弥混在一起。每天上学放学，上课下课，这帮人都会自动黏上程弥。程弥没在意，也没过分排斥，随他们去，懒得浪费口舌。

而关于她的那些流言的口舌，众人却锲而不舍地疯嚼着。

在这座不大的高中校园里，学习烦闷无聊，帅哥美女那些脸那些事便是课堂外的消遣，更何况最近程弥的风波不小。人本质上爱凑热闹，而且越热闹越爱往上凑，不分环境。

那几天，大家都在说司庭衍和程弥。

但这几天，谁都看得出来，程弥和司庭衍疏远了。她整天和别的男生混在一起，没再找过司庭衍。

而那帮男生里面程尧长得不赖，在学校也不是没被女生讨论过，行事也高调，大家都知道他在追程弥。

没了论坛，但依旧没能封住大家的嘴。

学校里不少人说程弥就是见异思迁，有了别的男生就不要司庭衍了。她说一个月把人追到手，这还没到三十天就腻了。

程尧是长得帅，但司庭衍长得要比程尧好看得多，她们都说程弥眼睛有问题，又说她人品这么差，没脚踏两条船都是积德了。

那些日子，程弥和司庭衍两个人都没能在学校里安生。

黎楚的大学离奉洵不远，来回四五个小时车程。

隔天黎楚没课，从大学坐车回奉洵，但没回家，而是直接去了江边某家酒吧。

陈招池是那里的DJ。

从酒吧门口进去，在音乐震天响的"群魔"乱舞里，台上的陈招池有点耀眼夺目。

黎楚很快被陈招池看到，她没过去，去陈招池常坐的那个卡座坐下。

陈招池没立即过来，黎楚喝了两杯酒过后，他才姗姗来迟。他在沙发上坐下，一条手臂搭在黎楚的身后，又倾身去拿酒杯："几杯了？"

黎楚说："一杯。"

陈招池哼笑了声，没去瞥桌上的酒瓶，说："两杯。"

黎楚看他。

陈招池也看她："黎楚，这是我的酒，你喝了多少以为我心里没数？在我面前，别骗我说你不会喝酒。"

陈招池笑，又去捏她的下巴，转到自己这边来："我知道你很会喝。"

说着他把酒杯碰去她唇上，弄开她的唇。

浓烈酒液瞬间辛辣地滑入口，烧得胃里一阵火辣。

不像别的女生，黎楚一点都不无助，被他灌了几口后，抬手去拂陈招池的手："那如果我跟你说别灌我呢？"

陈招池盯着她，没笑。两秒后，他说："你求我。"

黎楚看着他，不说。

陈招池笑了，酒杯继续压入她的口："那就继续喝。"

这次，黎楚没再跟他开口，嘴硬得不行。

而陈招池是个软硬不吃的变态，她不张口，更不可能放过她。

他真的把手里那杯酒灌到一滴不剩，酒灌得又急又猛，根本没给黎楚缓一下的时间，有酒从黎楚的嘴角流出来。

陈招池伸手，指腹揩过她白皙的肌肤，半点抱歉的意思都没有："啧，我下次温柔点。"

黎楚拍开他的手，去拿自己的酒杯。

她刚要喝，被陈招池拿走了，他说："我让你喝了吗？"

酒杯被狠狠放到桌上，然后陈招池俯身，酒气和男生气息一下挤进黎楚的下颌处。

陈招池稍歪头，下巴贴在黎楚的下颌处，唇游走在她肌肤上，扣着她的腰的手紧到似乎要把她捏碎："黎楚，你是真的不怕死？"

"怕什么？"黎楚缩都没缩一下。

陈招池在她耳边，扣着她的腰的手稍松，爬到她的那边脸上，指腹在她的脸上游走："你要想报复我，我特别欢迎，但黎楚，被我搞死了就不能怪我了。"

黎楚胆大，跟别的在陈招池怀里搔首弄姿的女孩儿不一样，还经常忤逆他。就像现在，她直接把他轻推开了，去拿刚被他夺走的酒杯，说："谁说我要报复你？"

陈招池这次没拦着她了，一只手挂在沙发椅背上看着她。

黎楚说："陈招池，我是讨厌你。"

她拿上酒杯，靠回他的臂弯里："但我更讨厌程弥，是她害死江训知的，不是她就不会有这些事。"

陈招池看着她的侧脸，语气是带笑的："你这么在我面前骂我，还跟我说你那前任，就不怕我发火？"

黎楚看向他："发呗。"

"你真以为我不会？"陈招池还是那副悠闲样子。

他转而拿过自己的手机，不知道按了几下什么，将手机扔到了黎楚手里："听听。"

是个音频界面，黎楚一边手拿酒，一边去点手机。

陈招池的声音立马响起："你怎么这么失败？黎烨衡就要跟别人结婚了。"

一秒后，还是陈招池的声音。

"现在你纠缠司庭衍，不就是为了恶心黎烨衡吗？你有必要做到这种程度吗？程弥。"

然后，是程弥的声音。

"那又怎样？关你的事吗？"

她没否认，等于变相承认。

黎楚面无表情地听完，直到最后手机没再跳出来什么话，她问："那天在楼下就跟她聊这个？"

陈招池："要不然呢？"

黎楚将手机扔还给他："给我听这个做什么？"

陈招池将手机重新塞回她的手里："这么着急还我干什么？还没完。"

黎楚握着那手机。

陈招池下巴往手机上指了指："你不是讨厌程弥吗？"

黎楚看着他："所以呢？"

陈招池那点阴暗心思在拐着她走："她对你爸藏着这种心思，你不觉得恶心？"

黎楚回过头，语气里带一丝认同："恶心啊，我跟她因为这个闹翻过。"

"真的假的？"陈招池嘻嘻笑，"这不像你啊，黎楚，你不该是为朋友两肋插刀吗？你和程弥不是最姐妹情深了？"

黎楚又点开那音频听，像个病入膏肓的患者，慢悠悠地说："曾经是，现在不是了。"

她的语气隐隐带着恨。

陈招池："那现在有个机会给你表现一下。"

只一句话，黎楚一下知道陈招池要叫她做什么，也不知道这叫心有灵犀，还是疯的人都一样。

他说："发吧。"

黎楚没看他，还在慢慢听着那音频。

陈招池质问她："不敢发吗？"

黎楚没应他，直接切进他的手机的某个软件，登上自己的账号，干脆直接地发了出去。这一发肯定会搅起腥风血雨，她却跟扔石子一样随意。

然后，她把手机扔还给陈招池："你说呢？"

黎楚的账号发出来的那个音频，真正疯传起来是在隔日白天。刚发出来那时候是凌晨，没多少人看到，太阳一升起来，大家的窥探欲也跟着苏醒。

黎楚那账号是个摄影分享号，平时往上面发发吃喝玩乐的日常照，还有构图配色都很独特的一些照片。

万物在她的镜头下好像都活着，有的在光彩夺目地活着，有的在痛苦地行走。这样一种风格，有一大批时常活跃在网络上的粉丝。

那个音频，很快飞速响在无数手机里。这下不仅奉高，在网上都掀起一阵风波。

程弥一下子和所有不堪的词汇捆绑到了一起，脱都脱不下来。因为在那段音频里，她根本没有否认。

而且，有人扒出程弥跟黎楚曾经是好闺密，而音频中的男主角正是黎楚的爸爸，姐妹俩肯定是因为这个闹翻了。

这音频从黎楚的账号发出来可信度极高,没有人怀疑真假。正常人如果不是朋友可恨,谁会真的忍心扎朋友刀?

网上议论纷纷,奉洵高中的人更是大跌眼镜,这几天就没不惊讶过,从一开始程弥那堆烂事,到她和司庭衍的关系,再到她接近司庭衍的目的,又到她如今甚至想要破坏黎烨衡的家庭……无论真假,议论肆意疯长。

谣言疯乱的时候,程弥正在看郑弘凯和程尧那帮人打篮球。现在是下午第二节课,是程弥他们班这周其中一节体育课。

程尧不是他们班的,但旷了课,跟郑弘凯他们一起打篮球,说白了就是来找程弥。程弥坐在篮球架旁边的椅子上,接到已经把她签到自己的影视公司旗下的蒋茗洲的短信。

网上大部分谣言已经被公关解决,还有,她问了程弥一个问题。

那些事做过没有?
追过人,没破坏过婚姻。

蒋茗洲回知道了,让她最近少参加点活动。
这就是让她最近先别惹事的意思,先安生几天,等风波过去。
程弥刚跟蒋茗洲发完信息,郑弘凯他们那帮人的篮球就没控制好飞了过来。

程弥余光里注意到了,但抬眼时篮球已经来到面前,又急又快。她根本躲避不及,眨眼间篮球已经砸上她的手。程弥"嗒"了一声,手机跟着清脆地砸落到地上。

篮球"砰砰"地跑远,程尧急冲过来也没拦住砸到程弥身上的篮球,骂那帮人:"你们是没看到这里有个人?"

那帮男的一看程尧这副急样,个个看热闹不嫌事大:"急了急了,程尧你急什么啊,担心啊?"

程尧捞过旁边的矿泉水就砸了过去:"滚你们的。"

那帮男生哈哈大笑,又过来问程弥有没有事。刚才篮球砸过来又快又狠,程弥细皮嫩肉的,右手食指一下红肿起来。

郑弘凯凑过去:"没事吧你这?"

程尧说自己的兄弟:"你管这叫没事?"

一帮人又要揶揄,程弥去拿手机,想去趟校医室。

程尧说:"去趟校医室吧。"

程弥的手机没摔坏,只屏幕蹭到地上有了点小刮痕,她抬眼,对他们笑笑:"你们打,我自己过去。"说完起身走了。

郑弘凯在后面撞了撞程尧,示意他上去:"快上去啊,愣着干吗,还得兄弟帮你追女人?要是我现在早就成功了。"

程尧:"滚,用你教?"

程弥走了没几步,程尧就从后面追上来了:"我跟你一起过去。"

去到校医室,女校医正在帮住校生熬中药。校医帮程弥看了下手指,说问题不大,冷敷一下后拿些膏药回去贴就行。冷敷需要点时间,校医帮程弥弄完就去内间忙活自己的事了。

程弥让程尧回去,程尧拒绝:"回去干吗?"

叫也叫不走,程弥懒得说了。

她坐在校医室里那张床上,旁边是扇窗,她从床上起来,靠去窗边透气。

校医室在三楼,往外望绿荫浓绿,阳光轻纱一般。光影透过枝叶罅隙,在微风里摇晃。对面不远处是操场上有些年头的破败老楼。

程尧侧靠去程弥身边,跟她有一搭没一搭地聊着。这种环境容易让人心生旖旎,更何况程弥那张脸一眼就能让人见色起意。

程尧熟练得很,凑近了程弥,他们都没注意到楼下路过的一个身影。同时,郑弘凯他们躲在外面走廊上偷看,一见这场面边憋笑边疯狂按手机快门。

然而,让他们血脉贲张的场面没出现。

程尧被程弥云淡风轻地笑着推开了。

五分钟后,校医室里突然进来一个人。

校医在把熬好的中药装瓶,被吓了一跳,回过头去,是熟悉的学生。校医有点惊讶:"司庭衍?"

"怎么跑那么快?"她说完脸色转为焦急,"心脏不舒服了?"

说着,校医就要放下手里熬中药的瓦罐过去。

司庭衍却问:"老师,请问刚才在这里的人去哪儿了?"

司庭衍剧烈运动过后脸色有点淡,眼神被衬得有些凉森森的。

校医微愣,又很快反应过来:"你是说刚过来那个小姑娘和她——同学?"

女校医差点被刚才走廊外那帮孩子的玩笑给带跑了,到嘴边的调侃之语,硬生生转为"同学"两个字,却更显刻意。

司庭衍是在窗边人影交叠时路过的这栋楼楼下,一眼认出那是程弥。

校医说:"他们走啦,拿了膏药后就走了。"

戚纭淼她们那帮小姐妹一下课就扎堆在走廊上。

今天这么热闹,她们更要嚼某个人的舌根了。她们最讨厌程弥,最近看程弥出事,一个个暗地里高兴得不行,都说程弥是活该,心火拱得很旺,也通体舒爽。

特别是傅莘唯,上次被程弥按压在女厕所水池里吃了好几口水,这仇还没跟程弥算,现在很解气:"你们知不知道程弥给我们表演了个什么?"

"什么?"

"现世报啊。"

女生们笑声娇俏。

一个女生说:"真讨厌,干那么多坏事。"

"可不是吗?"傅莘唯哼了一声,"你看她现在自身难保,还勾三搭四呢。"

这时戚纭淼开了口:"她跟程尧在一起了?"

"对,还没给你看,她们都看过了。"傅莘唯去拿手机。

戚纭淼的教室在楼上,她刚从上面下来。

傅莘唯将手机给她看:"我哥发给我的,程尧是我哥的兄弟,这照片还热乎着呢。"

这个哥自然不是什么亲哥,她瞎认的。

照片上,程尧和程弥看着距离无限暧昧。

傅莘唯说:"我哥说程尧还在努力,我看肯定是勾搭上了。"

有一个也刚凑过来看的女生说:"可是这不是还有点距离?"

"这凑得多近啊!"傅莘唯无语,翻了个白眼,"你觉得程弥会拒绝吗?她肯定高兴死了。"

戚纭淼被围在女生堆中间,喝着她的可乐。

她们都没注意到,这时转过走廊转角的人。

傅莘唯说:"我一开始还信她是真要追司庭衍呢,根本就是玩玩。"

有女生接茬:"这还没到一个月,她就腻了,这是有多花心啊!"

傅莘唯:"她那哪儿叫追司庭衍啊,根本就是拿他来气别人的好吗?"

有女生看到傅莘唯身后走过来的司庭衍,开始给她使眼色。戚纭淼也看到司庭衍了,但没阻止傅莘唯,眼神很冷静地看着司庭衍。

傅莘唯说得起劲儿,根本没注意到那些小眼色:"她根本就不喜欢司庭衍,喜欢的是那个老男人好吗?还跟别人在一起了。"

司庭衍越来越近,一个女生脸色都变了,伸手重重扯了傅莘唯的校服一下。

傅莘唯不高兴:"干吗?"

女生朝她身后示意。

上课铃在这时候打响。

傅莘唯一副不明所以的样子,回头去看。正逢司庭衍路过她,傅莘唯对上他漠然的侧脸,一下脸色煞白。

司庭衍恍如没看见她们一般,径直路过。他即使不跟人对视不跟人说话,都自带让人不敢说话的气场,傅莘唯一下双腿有点发软。

上课铃已经打响,还有最后一节课,大家没再站在走廊上,各回各班。

傅莘唯跟戚纭淼她们不是同一个班的,她是她们这堆姐妹里唯一一个尖子生学霸,高二(1)班的学生。

而且,上个月调换座位,她现在跟司庭衍是同桌。

傅莘唯在背后议论人有点心虚,而且说的还是司庭衍,更被他亲耳听到了。她其实有点怕司庭衍,从以前就很怕,一句话都不敢跟他说。

他们的座位在窗边第三排,那节课傅莘唯过得有点战战兢兢,讲台上老师的文言文讲解她一句都没听进去。

而司庭衍半点儿没被影响,连做了两张物理竞赛试卷。

傅莘唯紧张又混乱,每一分钟都是煎熬,直到最后放学铃声打响,傅莘唯才骤松一口气。

司庭衍很快收拾东西走了,桌上很整齐。

今天轮到傅莘唯值日,跟她一起值日的另一个女生走过来叫她:"莘唯,打扫教室啦。"说完看到她的额头,"你很热吗?怎么流汗了?"

傅莘唯抹掉汗:"对啊,好热的。"

其实她是紧张和悸动,连手心都在冒汗。她起身去教室后面拿扫把打扫教室,教室里的人稀稀拉拉地离开,到最后教室只剩她和另外三个打扫的同学。

有同学在关窗,傅莘唯扫到他们那排座位的时候,衣角不小心带到司庭衍桌上的一本课本。"哗啦"一声,课本一下掉到地上。

傅莘唯连忙蹲身拿起来,要拍拍干净放回桌上。忽然瞥到地上有张字条,傅莘唯伸手捡起。她随意一瞥,却登时一愣,这字条上面分明是司庭衍的字迹。

> 程弥骗我。
> 她说要追我三十天,她没有。
> 她好像和别人在一起了。
> 程弥不喜欢我了。

郑弘凯他们放学后要去台球厅,叫上程弥一起。

程弥不去，虽然这几天在学校经常跟他们一起，但放学后不会跟他们去鬼混。

说服程弥不成，他们顺路送程弥回去。

郑弘凯虽然对戚纭淼有意思，但身边一直不缺女生，个个小脸白皮，他那些狐朋狗友甚至都当着女孩子的面，说郑弘凯找的是戚纭淼的赝品，长相、身材都有戚纭淼的影子，就是差点劲儿。

戚纭淼那股骄纵跋扈是天生的，很少有人模仿得来。

程弥一路在那女生矫揉造作的嗲声里回到家里楼下。那女生跟郑弘凯说话，跟程尧说话，跟任何人说话，就是不跟程弥说话，时不时还要翻几个白眼，明里暗里问郑弘凯为什么要跟这种人玩在一起。

跟程弥不是一个段位，程弥压根儿就没当她存在过，不是大度，而是这种小手段不值得她计较。

远远地，还没走到楼下，程弥一眼就看到了楼下那个人。他穿着跟他们这帮人一样的校服，可和他们像穿着两件不同的东西。

郑弘凯、程尧他们拉链不拉，吊儿郎当，敞怀邋遢。而楼下那个人校服不垮，规矩又干净地穿在身上。

一道无形横沟，隔开了两路人。

不止程弥，旁边的程尧和郑弘凯他们也都看到了司庭衍。

也没人小声讨论为什么司庭衍会在这里，明显大家私底下都听过程弥那些八卦，知道程弥跟司庭衍是姐弟，还有那段复杂三角恋传闻。

司庭衍立在楼下，不避不躲，视线直看程弥。

旁边那些声音嘈杂哄闹，程弥的目光也和司庭衍的正面碰上，这是最近他们第一次真正正眼看对方。

司庭衍冷静的眼神下涌藏着什么，无声无息中像要把她吞没。

视线在半空交会，谁都没移开。程弥看着他，慢慢放缓脚步。

明明司庭衍比他们这里任何一个人都更是一个品学兼优的好学生，气场却比谁都有压迫性，不是凶狠，而是让人莫名感觉到冷漠和危险。

渐渐地，身旁这些人不知不觉受他影响，声音都小了下来。

程弥停了下来，没让郑弘凯他们过去。但她停下来，也没能阻止郑弘凯那张嘴。

郑弘凯一直不爽司庭衍,他心胸狭隘,一想到自己追不到手的戚纭淼,却上赶着对司庭衍热脸贴冷屁股,便心生愤懑,看到总要嘴贱刺几句。更何况他身边这个女生不会看脸色,还跟他说司庭衍长得还蛮帅的。

郑弘凯冷哼一声,却没在脸上表现出来,笑着精准下刀子,调侃程弥和程尧:"说好了啊,你俩那顿饭跑不了,干脆明天就定了,把饭请了。"

一帮人起哄。

郑弘凯去撞程尧的臂膀:"兄弟,你感觉怎么样?"

程弥无意中眼风扫过司庭衍,脸色淡,眼神也是。但他很冷静,也不会怒意横生,跟郑弘凯完全不一样。

郑弘凯他们还在起哄,程弥看向他们,打断:"明天再见吧,我回去了,你们去台球厅玩得开心。"

程尧问了她一句:"真不去?"

程弥其实从没给过程尧一丝希望,照旧拒绝:"不去。"

她连找个借口意思一下都没有。

郑弘凯那女朋友拽着他的衣服,嚷嚷要走了,声音很尖,像在故意吸引谁注意。

程弥的目光终于短暂地落在她身上一下。

离开前,程尧跟程弥说:"行,那走了。"

程弥点头。

在女生的撒娇声中,郑弘凯和程尧他们离开。

司庭衍还在楼下等程弥,程弥回过身,两个人的视线再次碰上。

还没到晚上六七点,居民楼下人影来往不算热闹,外面街口交错,鸣笛声在错综复杂的电线下穿梭。空气中泛着几丝凉意,像把喧嚣都冻结,包括司庭衍的眼神,他注视着她。

程弥也看着他。

两个人一开始谁都没动,半晌后程弥自然而然地走上去。

跟司庭衍不一样,程弥对付别扭的方式从来不是故作冷漠,而是只要对方看她一眼,她都能如常地跟对方说话和微笑,只不过话里的疏远亲近不同。

这种温和的态度，反而最扎人。

程弥走上去，开口："找我？"

意外的是司庭衍只冷淡地看了她一眼，而后转身上楼，什么都没对她做。

他平静到程弥觉得他不对劲儿。

她站在原地看司庭衍往楼道里走，视线落在他的背影上几秒后，也跟着上楼。

楼道里空荡安静，只脚步声一前一后。

天边黄光早堕入灰白，光线蒙着一层暗灰。

程弥走在司庭衍后面，落后他半截，两个人的脚步声偶尔重叠。有那么短暂一下安静，她的视线定在司庭衍的背影上。

很快脚步又频率不一。从一楼到二楼，到三楼楼梯转角的时候，前面的司庭衍停了下来。

程弥就知道，司庭衍不会放过她。她落后他两三步，看司庭衍停下后脚步也没有任何停顿，走了上去。

程弥知道就算自己不上去，司庭衍弄也会把她弄上去。

果然，人都还没从他身边路过，整个人就被他冷着一张脸拽去窗边。

他脸上不显一分恼羞成怒，力道却完全不小，用力到程弥根本不用生出不切实际的想法去挣脱。

司庭衍眉眼间压着有些让人喘不过气的情绪，全施加在她身上，像要将她的手脚、灵魂全紧紧束缚住。

程弥和他一样都疯，有那么一刻，甚至疯狂到想跟他一起失控下去。

但程弥还有一丝理智，而且控制得轻而易举。她不能像司庭衍那么不管不顾。

她正想转开身子，可司庭衍像早防备到她会逃脱。程弥的身子被他扣得死紧，根本动弹不得。司庭衍虽不野蛮，却也不算特别温柔。

"司庭衍，松开。"

程弥这才发现司庭衍没在看她,以往他总是看着她的,她脸上的表情他分毫都不放过,而今天没有。

司庭衍的视线擦过程弥的脸侧,眸色如波澜不惊的黑潭一般,直落在楼下,和楼下还没走远,正好回过头的程尧视线对上。

程弥很快也感觉到不对劲,司庭衍给了她这么一个机会,骨节分明的指节稍拨弄过她的下巴。程弥的视野一下落到楼下,和抬头往这边望的程尧正正对上了。

司庭衍不仅自己看,还要程弥看。

还是窗边,还是如此距离,程弥脑子里忽然闪过一丝什么。她很惭愧完全没有去顾及楼下人此刻的想法,而是收回目光,看向了司庭衍。

"看到我在校医室了?"她在空当间问出了这句话。

司庭衍也收回了略带攻击性的视线,沉默便是答案。

楼下不远处不仅有程尧,还有郑弘凯他们,只不过程尧落在最后。

即使那些人早隔有一段距离,但只要他们跟程尧一样回头,就能看到他们。被他们看到,这些都是爱多嘴的人,明天她和司庭衍这件事准满天飞。

程弥没发飙,也没生气,甚至语气是柔和的,像要继续和他亲近一样:"去旁边?"

这点小伎俩司庭衍根本不会自愿上钩,他当然没听她的话:"你怕他们看到?"

"你说呢?"程弥直视他,"不仅他们会看到,惠茹阿姨过会儿也要回来了。"

司庭衍说:"那就继续。"

程弥闻言,反而不再抗拒,甚至主动抬起手,抓上了司庭衍腰侧的校服。

这似乎在司庭衍的意料外,他稍愣怔了一下。也就是在这一刻,程弥趁他不备,带着他转去旁边墙上了。

司庭衍眸色一下变暗,抓住程弥,将她压制到墙上。

程弥知道他生气了,她的肩身顶在墙上,姿态没有着急忙慌,眼神里还带着温柔,也没怪罪他。

司庭衍会跟她冷战这么几天,程弥清楚,司庭衍身上有着骄傲,也有尊严。

可程弥不知道他那些骄傲每分每秒都在被侵蚀,到最后一举被他的汹涌病态吞没。他要程弥,不管她喜不喜欢他,同不同意,她这个人只能是他的。

程弥愈发发觉他眼里情绪不对,想伸手摸他的眼睛。

司庭衍那双薄唇忽然翕动:"是别人也不能是我,是吗?"

淡冷的声音里,带着一丝尊严被打碎之意。

程弥手稍顿,她万万没想到司庭衍会说这句话,却又在忽然间懂他在说什么了。她和别人在一起气黎烨衡,为什么别人可以,他不可以?

程弥温柔道:"为什么要跟他们比?我明明更喜欢你,司庭衍。"

程弥的语气永远听起来无足轻重,似有几分真又似有几分假,感情分明没掺几分在里面,却又听起来深情至极。

她这句话司庭衍明显不喜欢,那些在他的身体里生息不绝的暗欲没被安抚一分,反而更疯狂肆虐。

两个人面对面,程弥背后是墙,前面是他这张让人随时欲望脱缰的脸。

他高高在上,为什么要被她拽低到这里?

程弥只觉视线一暗,又骤亮,紧接着司庭衍的脸靠近她的颈项。

司庭衍的声音在她颈侧有点发闷,可又泄露出了不太正常的占有欲。

"是你先招惹我的,程弥。你怎么可以不喜欢我?"

司庭衍伏在程弥的肩上,程弥只觉热息拂在上面。

不多时,有人从楼下上来,皮鞋踩在楼梯上的阵响回荡在楼道里,声响越来越近,程弥被司庭衍紧锁着,叫他:"有人来了,回家。"

司庭衍没听她的话。

皮鞋声渐近,最后出现在三楼楼梯转角。是个中年男人,嘴里若有似无地哼着小曲儿。看到墙角的司庭衍和程弥,男人的小曲儿断在嘴里,他狐疑地看了他们几眼。

程弥的身体被司庭衍禁锢得透不过气，稍动动司庭衍。

司庭衍不是很满意，更执拗地用了几分力气。

司庭衍要真整起人来，程弥都不确定自己是不是他的对手。

她倒没把脸遮遮掩掩。

男人的脚步声和目光从他们两个人身边经过，往楼上走。直到男人的皮鞋声消失在楼上，都不用她挣动，司庭衍自己把她松开了，然后看都没看她一眼，转身上楼。

这人记仇得要死，根本不让她好过。

程弥待在原地，看他的背影，几秒后才跟着上楼。

回到家里，司庭衍已经进房间，程弥也没找他，回自己的房间。她推门进房间，第一眼便注意到桌上的香薰，之前黎楚住她房间里时放的。

这回，黎楚回学校很多东西都没收走，还有几件衣服在椅子上。

看到有关黎楚的东西，程弥自然难免想到今天网上那段音频。音频是从黎楚的账号发出来的，想都不用想是谁让她发的，这音频只有陈招池手里有。

程弥走进房间，慢走到桌边，抬手拿开香薰上面的玻璃罩放在一旁。她拿过精油，滴了几滴在晶石上，香气醒神。

黎楚在的时候，房间里经常有这个味道。

一开始程弥以为她会买助眠的，最后反倒发现是提神的，早上起来很容易让人迅速清醒。就像现在，相比刚才在楼梯间里，程弥脑子清醒了一点。

空气里夹带一点手指上的膏药的苦涩味道，她抬眼看向不远处的梳妆台镜子。

天色渐渐转暗，没浓到漆黑化不开，窗外整座城区泡在半明半暗的混沌里。程弥在这样的昏暗里，想起了许多事情，想黎楚，想司庭衍。

房外传来开门声，是司惠茹回来了。

程弥拿过手机，给黎楚发了条短信，没质问她音频的事。

别跟陈招池混一起。

这条短信自然石沉大海，程弥也没指望过黎楚会回，将手机放回桌上，到书桌边写作业去了。

程弥和司庭衍的关系没有丝毫好转。她照旧没去招司庭衍，而司庭衍也不是会卑微地跟在她身后的人。

虽然他在她面前，早已经什么都不剩。

隔日她去到学校，程尧照旧过来找她。他明显没把她和司庭衍昨天那事告诉郑弘凯他们，要不然现在教室里不会是这副风平浪静的样子，后桌睡觉的郑弘凯肯定大喇叭四处讲了。

程尧也没提起这事半句，跟昨晚目睹他们两个在窗边纠缠的人不是他一样。

他跟程弥和往常一样插科打诨，给她带早餐。

程弥轻车熟路，送到后面郑弘凯的课桌上，对靠窗外的程尧笑了笑："不是一直跟你说不用给我带早餐吗？还是说你是给郑弘凯带上瘾了？"

每次毫无例外，程尧那堆东西都是进了郑弘凯的肚子。

程尧看着她，表情似乎跟平时一样，又似乎有点不一样："你吃一口应该不难吧？"

这话听着没什么问题，但又似乎带着偏见，就像在说"反正你跟谁暧昧都可以，我一个早餐，也没什么不能吃的"。只不过没明着说出来，但大家心里都跟明镜一样。

程弥脸上还是笑的："什么叫，我吃一口不难？"

程尧笑笑，像是反应过来自己话有点重了，找补："没呢，你是挺难追的。没事，我会送到你愿意吃我的早餐为止。"

后面下课程尧还是会过来，大课间从小卖部带了堆零食过来。

大课间饥饿感最强，那堆零食男生抢着吃。程弥靠在教室最后面那扇窗旁透气，没过去掺和。

程尧靠过来，拿了瓶牛奶给她："真不吃？喝点牛奶。"

程弥撑着下巴看窗外，回过头来，对他礼貌地笑道："我牛奶过敏。"

程尧便将牛奶扔回郑弘凯桌边那堆男生里了，问她："那薯片？"

程弥将头转了回去:"上火呢。"

程尧问:"还生气?"

"生什么气?"程弥笑了,实话实说,"犯不着。"

确实犯不着,对她有偏见的人多了去了。

一个个都去在意,她的生活精力都要被耗尽,在这方面别人够让她过得不舒坦了,她得让自己过得舒坦点。

正是下课,班里闹哄哄的,程弥和程尧站这儿,没一会儿郑弘凯他们也过来了。他手里拿罐可乐,带着下课过来串班的女生,戳在程弥旁边。

教室后面一下拥挤不少,几个男生你一句我一句,周末他们有篮球赛要打,个个头脑被热血熏晕,扬言要血虐隔壁职高。

程尧问程弥:"周末要不要一起去?"

程弥看起来像是细想了一下,其实就是随口说,注意力没怎么在这儿:"不去了,有事呢。"

她说完这句后,郑弘凯旁边那女生忽然张了口,说:"程弥,你有什么事啊?你老这么吊着程尧不太好。"

程弥没有很大动作,闻言回过头,学着女生那副笑里藏刀的样子,看着她:"你哪只眼睛看到我吊着他了?"

女生像一下被她问哑然了,噎了一下。程弥又撑着下巴看向程尧:"我有吗?"

程弥是知道程尧在追她,而且锲而不舍,但可从来没装作过不知道,又或者欲拒还迎,都是直接掐断程尧暧昧的心思。

没等程尧说什么,那女生又戗回来:"你哪儿没有啊?你跟司庭衍腻腻歪歪,还在这里装什么啊!"

程弥的视线再次落在她身上。

女生这话轻飘飘地从嘴里抛出来,却像巨石一样砸进这人堆里。先是郑弘凯,着着实实被可乐呛了一大口,咳得惊天动地:"你说的真的假的?"

"我干吗说假话啊?"女生本来就不喜欢程弥,一点愧疚都没有,"就昨天下午你们送她回家啊,她后脚上楼就跟司庭衍在窗边拉拉扯扯。"

一般人听到这种跟身边人相关的大跌眼镜的事,除了惊讶以外,肯定会质疑上一两声。而郑弘凯没有,震惊也只有一瞬,很快信了。

他信了程弥就是女生口中说的那种人,或者说,程弥在他们眼里一直是这种随便的女生,关于程弥的那些谣言,他们是信的。

郑弘凯对女生说:"昨天下午的事了?!你怎么没跟我说?"

他都没问站在这里的程弥一句真假。

女生扭捏着,轻哼了一声:"谁叫你昨天就记得打游戏,让我回家了,我干吗要跟你说?"

"还生气呢,这么小心眼儿?"

几个人已经在窃窃私语地议论程弥。

郑弘凯转过头来看程弥:"程弥,我知道你猛,没想到你这么猛。"

他又对程尧说:"程尧你不行啊,连司庭衍都上手了,你这昨天还被人拒绝呢。"

程尧在旁边淡笑听着,也没说什么。或许正是因为那份喜欢也就是玩玩而已,所以程弥被说什么他也不介意。他说:"那我再努力努力呗。"

一帮男的都哈哈大笑,明显所有人都没觉得这些话有什么不对劲的地方。

程弥原本以为她跟司庭衍昨晚那事就这么过去了,没想到让嘴巴最不安分的一个人看到了。跟这帮人解释是徒劳,她跟司庭衍又确实是发生过拉扯。

撇开事实不讲,郑弘凯他们这帮人信也是信那女生,不会信她。

在程弥想有什么好办法阻止这件事扩散的时候,女生又开始阴阳怪气地说:"程尧,再努力努力,说不定还能更进一步呢!"

大家都知道什么意思,闷声笑。

女生又问程弥:"你说是不是啊?你以前是不是没少做这些?我觉得应该挺熟练的。"

女生语气里满满的调侃,程弥瞥她一眼。

或许是之前大家都没把程弥这些事摆在明面上说,今天有人开头,加上程弥看起来似乎不生气,大家就肆无忌惮起来。

郑弘凯问程弥:"那个,程弥,我有点好奇,你之前干那活儿,其他女孩儿也跟你一样长这么好看?"

那些在学校里乱飞的关于程弥的流言,说她什么的都有。经由人性恶意膨胀出来的东西,不会好听到哪里去。他们只会狂欢,不分好坏,不分真假,只往深处踩,直到把这个人彻底踩进泥里毁掉。

这些侮辱难听的谣言,不管是郑弘凯,还是程尧,还是这学校里看程弥不顺眼的那些人,都是相信的。不然,郑弘凯不会对程弥问出这种话。

那女生一听却炸了,抬手就要打郑弘凯:"你在问什么呢?!你什么意思?"

郑弘凯一直很大男子主义,根本不可能因为女生在兄弟面前掉面子,也不喜欢女生当着兄弟的面不给他面子,哄都没哄:"能有什么意思啊?就你想的那个意思呗。"

程弥一开始还能不理他们,到此刻脸色已经隐隐有些挂不住,虽然还没失态。她说:"你们说够了没有?"

"什么说够了没有?"郑弘凯的一个兄弟说,"你都做过的,为什么不让说?别这么玩不起嘛。"

一帮人说完笑了。

"对嘛,别这么玩不起。"郑弘凯是他们这里面的大哥,爱出头,说着甚至很轻浮地冲程弥伸出了手。

程弥一巴掌甩了过去,"啪"一声,声响清脆。她没有变脸色,还是笑着的:"你再手贱一下。"

郑弘凯在这么多人面前被拂了面子,一下被惹怒了,两个人平时的和气瞬间被打破了:"装什么?!"

说完他就要再伸手去抓她的衣服,带着一股狠劲。

程弥站的位置最靠近窗户,在郑弘凯冲过来的时候,抓过他的衣领。她用了十成十的力道,指甲几乎都要把郑弘凯的衣服掐破,转身猛地把郑弘凯压在了窗台上。

女生力气是不敌男生，但程弥算到把郑弘凯压到窗台上，他不敢用蛮力。

果然如此，郑弘凯上身几乎整个悬在窗外的时候，他不敢动了。也不知道程弥哪儿来的力气，压制得他动弹不得，虽然脸色还是很凶。

身后有脚步声和女生的尖叫声，程弥头都没回，手作势要松："别动我，你们动一下我可指不定会做出什么事。"

那些人一下不敢去拽程弥，包括程尧。

程弥没管，现在只要她手一松，郑弘凯就会掉下去。她看着郑弘凯："我很少生气，但要惹我生气了，你今天也别想活。"

郑弘凯有点轻微恐高，肌肉微不可察地发抖，但脸上仍凶神恶煞："我就不信你敢！"

"怎么不敢？"程弥若有所思，脸上刚才带上的那丝愠怒已经消失，嘴角又带上笑，"你对那些刺我的话不深信不疑吗？流言是有三六九等？既然都信了怎么还挑部分信呢？"

说完，她直视郑弘凯的眼睛："是我真犯过事这件事本身不配你相信是吗？"

郑弘凯像是突然想起这茬儿，脸色煞白。

程弥不紧不慢地说："你们不都说我什么都能干，杀人放火都干过吗？这时候怎么不信了？"

程弥从一开始就没相信过，郑弘凯这帮人跟她交好是因为相信她清白。不过是她名声坏，他们名声也坏，就这么凑到一起。

"就你们那脑子里都想的什么，以为能瞒过我？"程弥说，"不就是为了给自己的下流找借口！"

班里早已经乱成一团，有人已经飞奔去找老师。

程弥有过一瞬不太正常的念头，但在这一刻，她的视线忽然被别处吸引。

楼下教学楼旁的小道上，路过的人惊讶到捂上嘴巴。他们大概是去上什么实验课，路过的人手里都拿着一本课本。

而程弥，一眼对上了底下司庭衍的目光。

司庭衍沉默地看着她，没阻止她，可也没让她放手去做。隔着距离，分明不近，可程弥莫名在他那双眼睛里平静下来。

魏向东是在这时候来到教室的，看到这场景大惊失色："程弥，有什么矛盾接下来跟老师好好说，这人命的事不是闹着玩的，来，快进来！"

程弥本来就没打算闹出人命，就是恐吓一下郑弘凯。不知道是应该怪她突然冲动，还是怪郑弘凯太过窝囊被她吓住。

没等魏向东过来拉，她自己把郑弘凯拽进来了，同时视线从底下的司庭衍脸上移开。

魏向东骤松一口气，赶忙过来。

郑弘凯被勒到差点缺氧，他指着程弥："程弥你给我记着！我跟你没完。"

程弥说："好啊。"说完，甚至没听魏向东要说些什么软化矛盾，转身回了座位。

程弥跟郑弘凯这事，学校打算息事宁人。

上午和下午程弥被叫过去办公室几趟，连魏向东也是这个意思，现在他们高三剩下的时间一天比一天少，这么折腾下去会影响学习。

但程弥态度没变过，教室里有监控，她要报警。

"老师们都知道你委屈，"副校长都来了，"但程弥，高考同样重要。"

程弥说："没关系。"

她一直是这副态度，没有特别严肃，但话头就是松都不松一下。

司惠茹是在下午来到学校的，接到消息后立马请假从公司赶过来。郑弘凯的父亲也在，司惠茹进接待室时正逢郑弘凯跟他爸梗着脖子瞪着眼吵架。

郑弘凯的父亲平时在工地上打工，工服上泥污满身。他对郑弘凯这个儿子不是纵容那一挂，既严厉又凶狠，也明显很厌恶这个儿子，话里话外都在骂郑弘凯给他惹麻烦，给他造孽。

而这个严父底下也没出孝子。

郑弘凯红着脸梗着脖子跟他父亲吵，中间隔着两个劝架的老师，让他们父子俩互相消消气。

他父亲唾沫横飞:"尽给我丢脸!你怎么不早点下去找你妈?!"

郑弘凯顶着老师冲着他爸喊:"我就是不死,你要怎样?我就要活到九十九气死你这个老不死的!"

司惠茹明显被这场面吓住了。

程弥在接待室里面,坐在沙发上跷着腿看热闹,转眼看到门口外不知所措的司惠茹,起身去带她进来。

郑弘凯和程弥碰上,指了她一下。

郑弘凯被一个老师推出了接待室,接待室里一下安静了不少,只剩郑弘凯的父亲粗重的喘气声,老师们都松了一口气。

魏向东本来就认识司惠茹,连忙给她倒了杯水,让司惠茹坐,习惯性道:"司庭衍妈妈,坐。"

司惠茹在单人沙发上坐下,程弥没坐着,站她旁边。

长沙发上还坐着副校长。

郑弘凯的父亲那边老师还在安慰,他还时不时骂郑弘凯几句,因为嗓门大,每说一句办公室里的人就心颤一下。

司惠茹从那边收回目光,包包抓紧在腿上,问在对面坐下来的魏向东:"老师,你在电话里跟我说那事……"

"嗯,对的,是这样,"魏向东说,"早上大课间程弥和班里同学起了点冲突。"

魏向东只打电话让司惠茹过来,当时办公室一团乱,也没细讲,只让司惠茹过来。

司惠茹问:"是什么冲突?"

魏向东正在整理措辞,副校长先开口了:"就小孩子嘛,打打闹闹,男孩子一时没注意,做得过火了点儿。"

这话一时让魏向东哑然。

程弥看了副校长一眼,副校长还想说什么,被程弥截断,她声音坦荡自然,自己跟司惠茹说:"一个男生对我耍流氓,我要报警。"

一句话,简洁明了。

副校长一噎。

魏向东都不用准备措辞了，稍点了点头："嗯，对，就是这么个事。"

司惠茹在听到程弥说完后已经皱了眉头："那老师们叫我来是……"

副校长又开口了："是这样，程弥现在已经高三了，这件事如果闹大了可能会耗费她的精力，现在这个关头还是学习重要一点。"

看司惠茹眉头皱得更深，副校长继续说："但我们不是不准备处理这件事，只是说用比较温和的处理方式，这边我们还是会对男生进行一个处分。"

司惠茹突然说："这处分是不是对这位同学没什么影响？"

这话瞬间问住副校长和魏向东。

程弥站在沙发旁，听完司惠茹的这句话，看了司惠茹一眼。司惠茹性子温软，虽然程弥知道她不会谴责和怪罪自己，但可能也会选择跟老师们一样的处理方式，尽量不要再影响到自己以后。

可似乎，不是这么一回事。

"也不是。"这次是魏向东开口，"是这样，因为程弥情急之下做出了点不好的举动，学校上面也会给处分。"

魏向东继续说："但学校的意思就是，闹到报警对学校影响也不太好，如果这件事就这么过去的话，程弥的这个处分可以不记。"

他提醒了一下："不过这个处分比较轻，没什么影响。"

程弥说了："这个处分就算严重，我也会报警。"

气氛凝滞，魏向东打圆场："对的，程弥就是这个意思。"

副校长还想说什么，接下来突然被司惠茹温柔却又坚定的声音打断："我们要报警的。"

当时接待室里没人说话，正安静着。她这话接待室里人人听到了，一时就连不掺和这事的其他老师都看过来。

程弥也是。

司惠茹身姿有些柔弱，却像要把程弥护在身后。她说："那个处分，我相信我的孩子也没做错什么，这事不是小事，我们会报警。"

郑弘凯的父亲也听到了。

他对郑弘凯一向没有好脸色,但对其他人的礼节还是在的,走过来在旁边的椅子上坐下,对司惠茹说:"这位家长,真的很对不起,这儿子是我没教好,但还是想拉下这张老脸,问问你们这回可不可以不跟这臭小子计较?他妈不在了,现在学习又要——"

司惠茹抱歉地说了一句:"对不起。我的孩子也不能受委屈。"

到最后,不知道是对自己这个儿子失望,还是因为其他,郑弘凯的父亲没再多求什么。

魏向东明显一直碍于学校面子,在和家长沟通,劝和,等副校长走后,才松一口气。他跟郑弘凯的父亲说:"这样也好,男孩子就应该让他们自己承担责任,做错什么,要他们自己去承担,也不算一件坏事。"

郑弘凯的父亲勉强笑了笑:"也是。"

待郑弘凯的父亲背影沧桑地离开后,魏向东跟程弥说:"有这种防范意识挺好的,只不过以后别那么冲动,上午那种情况太危险了。"

还有最后一节课,程弥还得回教室去上课。

司惠茹没走,留在接待室里跟魏向东聊她的近况。

程弥回到教室,郑弘凯不在。

生物老师在上面讲课,她走回座位坐下。一节课四十分钟,眨眼就过去,铃声打响,程弥收拾好东西离开教室。

司惠茹还在楼下家长接待室,程弥拎着书包走下楼梯。

底下有两个女生的声音传上来:"我的天哪,吓死人了,那个血。"

另一个声音说:"我也觉得,我晕血,鸡皮疙瘩都起来了。"

"那个男生的手肯定要废了,都那样了。"

"也是倒霉,自己都不知道怎么就被碎酒瓶子弄成这样的。"

另一个女生有异议:"也不是吧,是不是真的恶有恶报啊?不是说他早上刚欺负那谁来着吗?"

两个女生正好走到楼梯转角,抬眼和下楼的程弥正碰上。生面孔,应该是上了体育课,脸色有点运动过后的潮红,她们低下头,匆匆忙忙走了。

程弥知道她们在说郑弘凯,只稍微惊讶一下这么巧合,便没再多想。

她转过楼梯,脚步忽然稍停,司庭衍正从楼梯口上来。

她没记错的话,司庭衍这节课不是体育课。

没等程弥反应过来,司庭衍没跟她说什么,和她错身而过。

司惠茹在接待室跟魏向东谈了一节课。

程弥过去,司惠茹从里面出来,魏向东在把茶几上的纸杯收进垃圾桶里。

一节课,在接待室里跟他们班主任魏向东聊了什么,司惠茹没跟她说,开口还是往常的温婉样:"走吧,我们回家,阿姨今晚给你们做顿好吃的。"

"嗯。"

"小衍今天没竞赛课要上。"

程弥便问:"我去楼上叫一下他?"

虽然他们刚在楼梯上碰到,但两个人一句话都没说。

司惠茹说不用:"到校门口接他一起回去就好了。"

一齐走到校门口,程弥和司惠茹碰到救护车停在校外。担架床滚轮声由远及近,医护人员穿着白大褂火急火燎地飞奔而过。地上血滴坠落一长串,夹带着男生的哀号声。

透过晃动的人影,担架上郑弘凯那张脸扭曲又痛苦。在郑弘凯被抬上救护车前,程弥看清了,他受伤那只手是右手。今天碰她的,就是流血那只手。

司庭衍从学校里面出来,经过她们两个身边:"走了。"

音色质感低冷,干净到不带任何杂质,入耳让人感觉遥不可及。附近大家都在看热闹,只有司庭衍,看都没往救护车那里看一眼。

程弥的视线也早从那方混乱上离开,落在他的背影上。

司惠茹看司庭衍走远,叫了程弥一声:"回家了。"

程弥跟上。

司庭衍走到街边拦了辆出租车,坐在副驾驶座,程弥跟司惠茹拉开车门坐在后面。

刚在校门口看见郑弘凯，司惠茹一直记着报警的事，跟程弥说："你们老师刚才拿给了我一个U盘，说是早上拷贝好的教室监控录像。"

程弥说好，下意识地想问她要，待会儿吃完饭后好自己上派出所。

司惠茹却没拿给她："待会儿回家吃好晚饭，阿姨带你过去。"

司惠茹神情真诚又柔软，程弥到嘴边的话落了回去，最后她只点头："麻烦你了，阿姨。"

司惠茹忙摇头说不会。

回到家里在楼下下车后，司庭衍走在最前面，程弥和司惠茹落在后面。一进屋司惠茹就到厨房里忙活去了，司庭衍和程弥在玄关。

客厅灯还没开，只玄关和厨房亮着灯。

两个人都没说话。

司庭衍在换鞋，眼睑微合，灯光照下来，睫毛在他白皙的肌肤上投下暗影。这种暗亮分明的环境下，有些乍一眼不会注意到的东西都变得明显起来。

程弥本来想问司庭衍郑弘凯那件事，但眼下注意力先被别的东西吸引了。

司庭衍的校服后面有一小点血迹，不是特别显眼，不像随手溅上，反而像是从衣物下透出来的一样。

程弥的视线紧落在他的侧脸上，她叫了他一声："司庭衍。"

司庭衍抬眼看向她。

程弥靠在门边，紧盯他的眼睛："后背怎么回事？"

可能是潜意识认为他身上有伤，程弥感觉司庭衍那张有点漂亮的脸比平时要苍白一点。

但他那性子，完全没因为这份苍白弱下半点儿。被她问了这么一句后，司庭衍没慌忙无措欲盖弥彰，但也没承认。

他这副态度让前一刻还认为他身上有伤的程弥有点摇摆不定，像自己多疑了一样。

恰逢司惠茹端水从厨房里出来，给他们两个都倒了一杯水。

程弥接过，道谢。

司庭衍直接拿过水杯回房间了。

程弥看了他一眼。

派出所那边给郑弘凯下了行政处罚，郑弘凯要到拘留所被拘留五天。

学校那边出通告，郑弘凯是留校察看处分，程弥则是下周一升旗仪式上要念检讨。

这件事算在学校里闹大了，郑弘凯本来名声就不好，现在更坏，身上背着各种鄙夷，人送绰号"咸猪手"。

郑弘凯自那天出事以后就没回过学校，也不知道谁从哪里听来的消息，说他那只咸猪手被碎酒瓶子伤了。

大家都说恶有恶报。因为那酒瓶子很离奇，根本找不到是谁。也不知道是谁故意算计的，还是真的郑弘凯坏事做多了倒霉。

程弥跟程尧他们那帮人彻底没来往，郑弘凯又没来学校，那几天过得很清净。

她没再去原来邓子帮忙找的那家清吧打工，自己找了另一家，赚点生活费的同时练练嗓子。新找的这家清吧人没之前那家多，场子冷清不少，她十一点多就下班了。

今天周末，路上比平时热闹一点，程弥回到家时司惠茹意外还没睡，在沙发上打电话。

程弥打了声招呼。

司惠茹问她："程弥，你能联系到黎楚吗？"

"怎么了？"

司惠茹穿着睡衣，有点焦急地用手捏着手机："之前我问黎楚这周要不要回家，她说要的，但这么晚了还没回来，手机也没打通。"

程弥看得出司惠茹是真在担心。

但司惠茹明天还得上班。这个月她之前请过假，为了那点全勤奖，跟老板商量明天周末补回来，今天已经上了一天。

程弥肩上挂着包，滑落挂到小臂上。她跟司惠茹说："她应该是开了静音,你先去睡吧,别着急,我去给她打电话,她要回来的话我去接她。"

司惠茹还是不太放心,程弥又说:"有事的话我会给你打电话。"

这才让司惠茹稍稍放下心来,司惠茹又拉着程弥嘱咐几句后,程弥才回房间。

司庭衍的房门底下没光,他已经睡了。

程弥边推门进房间,边拿出手机按了黎楚电话。自然是跟司惠茹一样的情况,漫长的等待过后,那边传来自动挂断声。

程弥往复打了几次,黎楚都没接。

黎楚上次跟陈招池走后就没回来过。

程弥这几天其实没少发信息给她,虽然清楚黎楚一直没迈过去她们两个之间那道坎,自己不应该自作多情到认为黎楚是为了自己去牺牲。但哪怕有这么一点可能,黎楚是为了她和江训知去报复陈招池,程弥都不可能让这个可能发生。

但她发给黎楚的那些短信,无一例外黎楚都没回复。

房间里黎楚有些东西没带走,应该能找到点她之前跟陈招池在哪儿混的蛛丝马迹。

程弥走到书桌边,指尖挑开黎楚一只落在桌上的打火机。金属打火机"啪嗒"翻了个个儿,上面纹纹细致,没带任何场所的名字。

电话再次传来忙音,程弥将手机拿离耳边,顺手滑回桌上,又翻了会儿,一点暴露信息的东西都没有。

今天周末,黎楚不可能在学校,肯定会回奉洄找陈招池。

陈招池过夜生活无非是那几个地方,越乱越闹的他越爱去,现在这个点,大概率是在酒吧。

奉洄的酒吧不少,但火的就那几家,只不过程弥要全跑一遍还是得花点时间。

程弥想今晚就跑一趟,走到衣柜前,随手拎了件外套。

她拿出来的时候,不小心碰到黎楚挂在旁边的一件外套,外套从衣架上落下来,"啪嗒"掉到了程弥的脚边。程弥弯身去拿,想帮黎楚重新挂回衣柜里,忽然眼尖地瞥到地上的一张白色纸巾。

她动作稍停,而后伸手去捡。

那是一张正方形纸巾,质地有点硬,上面用黑色圆珠笔写了个手机号码。

手机号码下面有一个显眼的 Logo(标志)。英文字母,是某家酒吧的名字,这张纸巾是那家酒吧的定制纸巾,被人拿来写手机号码搭讪。

这家酒吧程弥有印象,刚来奉洵那阵子和厉执禹他们去过,人挺多的,应该就是陈招池常去的地方了。

程弥把黎楚的衣服挂回衣柜,带上外套出门。

街边一家露天烧烤摊上,郑弘凯喝得烂醉倒在一张折叠木桌上。他没醉死过去,嘴里骂骂咧咧蹦着脏话。

"我去的是拘留所,又不是出不来了!"耳边手机里又一个兄弟挂断他的电话,郑弘凯唾沫横飞,"狗眼看人低是吧,我迟早跟你们没完!"

他今天早上十点多从拘留所出来,家不能回,饭吃不上,电话从早打到晚,没一个接他的,平时一帮人义气得不行,现在让送点钱一个个跑没影。

安静了一会儿,他又骂,这回嘴里不是骂兄弟了:"程弥,这回我不会放过你。"

陈招池和黎楚,还有他那帮兄弟从烧烤店出来的时候,听到的就是这么一句咒骂程弥的话。

郑弘凯酒品不好,又是撒酒疯又是骂人的,引得来烧烤店吃夜宵的人频频往那边看。老板看不过去,满脸不耐烦又想走过去赶人,然后就被陈招池叫住了。陈招池咬着烟,往那儿抬了下下巴:"那人怎么回事?"

老板是个光头,很矮,比陈招池矮了两个头。

他往郑弘凯那边看了一眼:"能怎么回事,没钱呗,还要来吃,我赶了他好几趟,那小子说他打电话找人过来结账。喏,你看,他打到现在,连个魂都没见着,听那话今天是刚从局子里出来。"

老板说真晦气:"就当我今晚这单被狗咬了,得赶紧叫走,影响生意了都,店里客人吃个烧烤都吃不好。"

说完他就想过去,却被陈招池抬手拽了一下,然后怀里很快多出一张一百的钞票:"这桌我还了。"

陈招池说完,便抬脚朝郑弘凯那张桌子走去。

黎楚在他背后,看了他一眼,几秒后也跟了上去。

陈招池走过去后,长腿一跨在小木凳上坐下。郑弘凯跟一团烂泥一样瘫在桌上,握着啤酒的右手缠着绷带。那绷带一看就是很久没换,发黄发黑,又透着点血红。

陈招池弹了下舌,抬手拍了拍郑弘凯的脸,问他:"谁弄的?"

郑弘凯的神志已经被酒精灌晕,彻底醉倒在桌上,嘴里含糊不清地在骂人。具体听不出在骂什么,但他在骂谁倒是听得挺清楚,"程弥"这两个字重复出现在他的骂声里。

陈招池听笑了,对身后的黎楚道:"不上来给这男的一耳光?他在骂你那小姐妹。"

黎楚冷漠地睨了他一眼,要走了。

陈招池跟脑后长眼睛似的,伸手拽住她,扯到身边:"干什么,一点就炸?黎楚,我可不会哄你。"

他刚说完,桌上的郑弘凯用受伤那只右手胡拍,痛得脊椎反射性一紧,嘴里骂的是程弥。

陈招池在旁边冷眼看着,冷笑:"废物。被谁搞了都不知道。"

午夜不好打车,程弥在楼下站了有一阵才拦到出租车,到酒吧时里面还很热闹,电音不断轰炸着程弥的耳膜。

程弥才意识到自己已经有段时间没来酒吧,连钻进鼻间的混浊烟味都有点不适应。

时间似乎都被她用来跟司庭衍拉扯了。

在酒吧里转一圈后没找到人,程弥问了下服务生。

她没打听黎楚,打听的是陈招池。

没问错,震天音响里程弥说一遍陈招池的名字,服务生立马就反应过来了。服务生跟程弥说陈招池不在,跟朋友出去吃烧烤了。

"哪里的烧烤摊？"程弥问。

"就附近那个，你出门转转就看到了，他们平时都在那儿吃。"

"行，谢了。"

程弥从酒吧出来，江边湿气扑面，路灯下有酒鬼扶着灯杆呕吐。路尽头是街头，灯光在黑夜里过分璀璨，程弥直接往那边走了。

街上不少夜宵摊，炸的、烤的、蒸的，食物香气跟酒吧就隔几步远，远远地程弥就听到了喝醉酒的胡言乱语。而还没走到这道声音那里，她已经先看到了黎楚。

烧烤店门口，黎楚站着，那头万年不变的奶奶灰不见了，染成了黑色。

但程弥还是一眼认出了她，黎楚黑发不长，高扎一个马尾，照旧留一缕在脸边，不知道什么时候耳骨上又打了一个耳洞，细碎光芒在黑夜里有点刺眼。

在程弥看到她的时候，黎楚似乎也有所察觉，抬眼看了过来。

黎楚以往一头奶奶灰都显得她白，现在染成黑色，皮肤被衬得更白皙了。

程弥的白皙程度和她不相上下，鬓发散在身后，和她对视。

没等黎楚移开视线，陈招池也看了过来，那桌除了一个趴桌上的人，就只有他们两个人。

"哟，巧了。"陈招池说，"好久不见啊，程弥。"

程弥没应他，也没停在原地，直接朝他们那里走过去，要去带黎楚走。

她没把心思藏着，陈招池当然知道她要来做什么。

看她走过来，陈招池下巴往旁边桌上的郑弘凯示意了一下："巧不巧，刚才我们还在说你呢。"

确实很巧，他话音刚落，桌上的郑弘凯就又发了一次酒疯，骂程弥，说让程弥给他等着。

程弥这才注意到桌上那个人是郑弘凯。

陈招池笑着问她听到郑弘凯的话没有："听见没有？"

程弥停在他们面前:"听到了。"

她对陈招池笑了一下:"你应该学着他点儿,虽然骂得难听,但是比你光明磊落。"

陈招池没被她激怒,也笑:"然后跟他一样,被你和你的小朋友整着玩儿吗?"

程弥原本已经没去在意他要说什么,伸手要把黎楚拉到自己身后,却在陈招池话音落地后手一顿。她很快反应过来,目光移到了陈招池的脸上。

陈招池上次额角那伤还没好,瘀青里结着血痂,爬在刀疤上。

"啊,"他语气慢悠悠地,"我忘了跟你说,我说的可不是黎烨衡,那个名字叫——"

陈招池看着她的眼睛,一字一顿地说:"司庭衍。"

程弥怔住了,旁边的黎楚似乎也不知道,看向了陈招池。

这是程弥第二次在陈招池面前情绪破绽暴露得如此严重。

这让陈招池通体舒爽,谁让他们两个有仇呢?

陈招池双手稍撑在桌子上,站了起来,眼里一直戏谑的神情变得有点不一样,像是又恨又疯,抬手微圈住程弥的脖子。

"你知不知道,我这头上的伤怎么来的?"陈招池说,"就是你的小朋友砸的。"

陈招池额头上这片伤,一个多星期前他去家里楼下接黎楚,程弥就看到了。可那时候陈招池还在说她靠近司庭衍是为了报复黎烨衡。

程弥稍稳住心神:"陈招池,你别瞎说。"

陈招池笑了:"不信?"

他稍歪头想了一下:"那……你回去看看司庭衍的后背上有没有伤?"

这句话,让程弥神志彻底崩溃。她想起今晚在玄关,司庭衍背后的衣物渗出的那么点血迹。

陈招池说:"这次可不是我犯贱,是他自己找上门的。在你们学校论坛都在骂你的第二天,他就找上我了。"

学校论坛骂她的第二天,那天是江训知的忌日,那时候她和黎楚远在嘉城,到墓园去看江训知。那时,她和司庭衍开始冷战,回来后司庭衍一整晚没睡,全用来研究黑掉论坛,让那帮人闭嘴。

"是不是挺早的?"陈招池掐着她的脖子的手逐渐收紧,"程弥,被我耍得团团转的感觉怎么样?"

程弥冷眼:"变态。"

陈招池挑眉:"没错,我是,但司庭衍也差不多。"

说完他靠近她,看着她的眼睛。

"他也是个变态,"陈招池笑说,"你最好不要招惹他。"

旧事

Chapter 10

两年前,嘉城。

时隔一年再来这座城市,司庭衍还是在病房里。

那段时间嘉城天气总是雨雾蒙蒙,白天天空中不挂一点热阳,晚上也不见星月。医院长廊昏暗冗长,连接尽头的暗淡白日,消毒酒精的味道经久不散,病房整日浸在闷潮空气里。

司庭衍有先天性心脏病,出生时脏便动过一次大手术,手术半成功半失败,虽然暂时不再有生命危险,但不幸有并发症。

那时候,司庭衍还没被带到车站丢弃,父亲厉承勋还没再婚,事业蒸蒸日上,亲生母亲也在世,司庭衍打小在家里就是个小少爷,身体一直被妥善照顾着。

但后来母亲去世,父亲破产后再婚,继母常湄来到他们家里。

司庭衍有严重的心脏病,继母常湄认为他是累赘,对此一拖再拖,最后把他领到车站丢弃。经过人贩子拐卖、孤儿院收养,几经波折后被司惠茹领养,司庭衍才没有因为心脏病年幼丧命。

司惠茹把司庭衍当亲生的养,司庭衍有一点异样都会让她胆战心惊,钱都拿来给司庭衍治心脏病。只不过司庭衍有些小病已经在三四岁的时候被拖成大问题,心脏病越来越常复发。

两年前,他再次回到嘉城住院,当时医生建议动一场大手术。但因为风险过大,连两成把握都没有,司惠茹不敢也不舍得冒险,却又想司庭衍好,一直犹豫不决。

那段时间,病房外每到深夜总有司惠茹难过压抑的低哭声,还有男人低低的安慰声,黎烨衡偶尔会抽空过来。

后来某天,黎烨衡没过来,司惠茹打他的电话也没打通,却在推着司庭衍到楼下散步路过急诊的时候碰见。

轮椅里司庭衍身姿笔挺,司惠茹没推着他上前。

冗长的走廊尽头,急诊手术室门口被悲伤、哭声和尖叫淹没。

有人走了。

黎烨衡紧紧抱着情绪失控,朝程弥大喊大叫的黎楚:"跟我们无关的,你为什么要害我们?为什么要害江训知?"

江训知的死已经让黎楚疯了,她身上披着程弥的外套,最后对着程弥撕心裂肺地吼:"为什么死的不是你?!"

那时候的程弥不会知道有那么一个人一直在看着她,她侧脸安静,立在黎楚对面不言不语,任黎楚骂,垂在身侧的手带血。

最后,在那条走廊上程弥被警察带走。

那是司庭衍再一次离她很近,近到只有一臂之隔。

程弥戴着手铐从他身边经过。

……

程弥不知道司庭衍怎么会知道陈招池的存在,从头到尾,陈招池没有在舆论里露过脸。

陈招池像看懂她在想什么一样,开口便是:"我们当年那点破事,他应该是知道的。"

他又对着程弥的脸轻吹了一口气:"回去看看吧,看看他从什么时候开始盯着你的。"

程弥被他抓在手里,完全没当回事儿,稍偏头躲过他的气息。她看着陈招池:"你最没资格说他。"

"怎么,心疼了?"陈招池话里带笑,"前段时间说你故意靠近司庭衍的那音频放出来,你那时候怎么不心疼?"

程弥稍敛神,看着他。她想起陈招池那次去楼下接黎楚,并录下那些音频时,头上已经顶着这头伤。足以说明,那时候他已经跟司庭衍交手过了。

也就是说，陈招池那时候早知道司庭衍跟她是玩真的。

陈招池问程弥："你以为我当时让黎楚发那音频，就是为了让你的名声臭掉？"

程弥不语，就算先前不知道陈招池在这里埋了一个坑，此刻也很快想通他为什么这么做了。比起让程弥名声大坏，陈招池明显是在对付司庭衍，用黎烨衡去刺他。

那段音频里，程弥没对陈招池说的话有过半句否认，也没对司庭衍有过半句解释，直接把他从她的世界推开。

陈招池对程弥说："你还真上当了啊，给了我一把刀扎司庭衍。你怎么这么伤人心呢？他这么喜欢你。"

程弥口吻淡然："你会不会太自作多情了？真以为司庭衍会在意这些吗？"

"还装吗？"陈招池从没觉得程弥演技这么拙劣过。他又逼近程弥的眼睛一分，语气虽不重，但是笃定的："我敢跟你说，能让司庭衍发疯的就只有你。"

这个不用陈招池说，程弥自己知道。司庭衍对她的疯狂，她是见过的。

陈招池离程弥稍远了一点："你千算万算，没算到司庭衍会这么快找我算账，是吧？也别跟我装什么你跟他不熟，没用。"

陈招池一副无足轻重的神态。

他越是这样，程弥也越是淡定。

这是一种让陈招池有点不爽的反应，但程弥就是能做到，而且她是真的不怕他，不是装出来的。

程弥那双桃花眼此刻是冷静的，带着对陈招池的一丝嘲讽，她说："陈招池，能不能男人一点？我们两个之间的事，你直接冲我来，我一个女的都这么说了，你不敢吗？"

陈招池五指稍收："然后呢，现在弄死你吗？"

程弥对他笑了一下："对啊。"

陈招池笑嘻嘻地松开了："不呢，我还没玩够。"

桌上的郑弘凯还在含糊不清地说着什么,没人去听。

"就算没你,司庭衍跟我那梁子也是结下了,我就是要搞他。"陈招池转了下手腕,再次看向程弥,"不过你别担心,司庭衍也不是什么善茬。"

程弥:"行,你不是男人。"

陈招池对此没有反应,只是稍低下身,单手起开易拉罐:"你知不知道,我们变态之间是有吸引力的?"

将啤酒凑到唇边,他继续说:"跟他玩起来,比跟你带劲得多。"

程弥已经不想再跟他说什么,没忘记今晚过来这么一趟是为了带黎楚回去。她跟陈招池说话的时候,黎楚一直在旁边。

烧烤店里铁架上白烟浓厚,隔着几米远味道都呛人。

程弥走了几步过去,停在黎楚面前:"手机静音了?"

黎楚简单问了一句:"什么事?"

"电话接一接,惠茹阿姨一直在等你回去。"

"哦,知道了。"

这时陈招池在椅子上坐下,开口了:"敢情你是来接她回去的?"

程弥没什么不好承认的,看向他:"要不然呢,让她跟你这个浑蛋混一起?"

"可以啊。"他对黎楚抬了抬下巴,"我准了,你要回去就回去。"

黎楚一记眼风扫向他,看起来像一个白眼,她看回程弥,没理陈招池:"我说接电话,没说要回去。"

程弥语调平静得没起伏,没跟她弯弯绕绕,开门见山地说:"如果你抱着什么想法,请及时止损。"

如果她是为了报复陈招池,赶紧停手。程弥不用讲太明白,她们都听得懂。

但黎楚偏抱着胸问:"什么想法?"

这话当着陈招池的面明说不好,他要一个不高兴会对黎楚不利,可黎楚自己说出来了。她往陈招池那边稍偏了一下头:"报复他吗?"

程弥和黎楚身高差不多,面对面站着,谁的气势都没减一分。黎楚反问程弥:"我为什么要这么做?因为你吗?"

她不留面子,程弥也没觉得难堪:"不是这样最好。"

黎楚说:"我没这么做的必要。"

程弥看着她。

黎楚:"还有,你应该知道,我要是不喜欢一个人,连个眼神都不会给他。"

她这是直接摊牌了。

不仅程弥,连旁边的陈招池也看向她。但没几秒,他似乎被别处吸引目光,视线落在程弥背后,而后发出一声嗤笑。

程弥还看着黎楚,听见这声笑,突然预感不太好。

她回过头。

街道上不少店面已经闭门,只剩几盏明亮和昏暗间隔,司庭衍往他们这边走过来。

第一反应不是他为什么会跟她来这里,程弥没留时间震惊,视线落在司庭衍身上一秒后,转身想带他立马离开这个地方。

她刚倒退一步,手臂一紧,整个人被从椅子上站起来的陈招池猛拽了回去。

紧接着,程弥呼吸一窒,陈招池再次捏上她白皙的颈项,让她朝着司庭衍那个方向。这次力气不小,程弥的话全被封锁在喉咙里。

她看见不远处司庭衍的脸色瞬间冰冻到极点。

陈招池从背后靠近她耳边,眼睛是盯着前面的司庭衍的:"跑什么?就这么怕我动他?"

陈招池声音被酒精熏出一点哑,从容不迫,手上却带着一股狠劲儿。

程弥颈侧血脉跳动,眼睛紧紧看着司庭衍。陈招池就是用她来激他,司庭衍不可能不知道,可依旧义无反顾地往这边来。

再这么下去肯定会出事。

程弥不知道哪里来的力气,手猛往后抓,精准地抠抓向陈招池的眼睛,整个人力道同时往下坠。

陈招池没防住这招,被程弥一起带倒在地。

黎楚在旁边冷眼看着，谁都没帮。

程弥早就瞄好旁边那把小木凳，管不了那么多了，抓过来猛地往后一砸。颈间顿时涌入一股空气，呛得程弥剧烈咳嗽。

陈招池骂："程弥，你是不是找死？！"

程弥迅速挣离陈招池，朝司庭衍跑去。

没跑几步两个人碰上，程弥抱上司庭衍的腰身，用自己挡住他，紧紧贴着他。她喉间的窒息感还没缓过来，胸口剧烈起伏，但出口的话是安抚又理智的。

"司庭衍，我们回家。"

司庭衍顶着她往前的那力气不小，即使他的神情看起来并没有暴怒。

司庭衍明明长着一张最干净、最听话的脸，却眸色阴沉，语调甚至很冷静："我现在不想听到这句话。"

说完，程弥被他扯去一旁。

她没抓住人，司庭衍步伐坚定地朝陈招池走过去。

陈招池的额角在流血。

司庭衍抓住地上的陈招池的衣领，往桌面上一掼。桌上的易拉罐瞬间哐当滚满地，在寂寥的夜晚声响格外刺耳。

陈招池才喝一半的那罐酒倒下，酒液淌满桌。

司庭衍面色冰冷，跟陈招池没有任何开场白，直接狠狠握上陈招池的脖颈。

以牙还牙，陈招池怎么掐的程弥，司庭衍要他怎么还。

而陈招池竟然也没动，嘴角甚至带着笑，从容的神情显出几分可怕。

下一秒，他从兜里掏出一把折叠小刀。

他这动作明目张胆，司庭衍不可能不知道，但丝毫不在意。

陈招池一刀利落地划上司庭衍的手腕。

这一切就发生在眨眼之间，程弥的神思跟着渗出的那丝血红一断，她立马拔腿跑过去："司庭衍！"

司庭衍面色不为所动，任腕间血流渗出。他握着陈招池的脖颈，骨节分明的五根指节越收越紧。

程弥上前，司庭衍完全不看她，和陈招池对峙着。

他们再这么下去会出大事的！

只见陈招池死握着那把小刀，又是一刀，又狠又果断地在司庭衍的手腕上落下。

程弥失了理智："陈招池！"

即使这样，司庭衍也未处于下风。

司庭衍指间越收越紧，狠绝到陈招池的脸部开始充血，比陈招池这样对程弥时还下狠劲儿。

随着他的用力，一丝血红从他的手腕上蜿蜒而下，司庭衍却感觉不到疼一般。

程弥见状，手直接握上司庭衍的手腕。

陈招池的刀落下来，被程弥横中插进，她丝毫不松，也不躲避。

司庭衍的目光终于从陈招池的脸上移开，第一秒落在圈在自己的手腕上的那只手上，白皙上一丝薄红格外刺眼。

司庭衍抬眸看向程弥，眸中暗涌着一些让人喘不过气的压抑情绪："松手，听见没有？"

程弥隐约从他的声音里听出一点凶意，但没动："你放手，不然我会一直这么握着。"

司庭衍盯着她。

陈招池觉得有趣，也不手软，又是一刀倏然而下。

而司庭衍立刻松开了手，刀锋落下前反手掰过陈招池的手。

也就是在这时，陈招池松开手里的折叠小刀，取而代之的是随手抄过的一个酒瓶，猛力向司庭衍的头上砸去。

但酒瓶却在水泥地上摔得四分五裂。

司庭衍动作比陈招池快，早拽着程弥躲过。

程弥本来就一直想着要拽司庭衍走，反应也快，没拖司庭衍的后腿。

烧烤店老板听到声响，从店里匆忙跑出，要阻止他们再把小摊弄得一片狼藉。不远处的超市门口，几个地痞刺头也刚好买完烟出来。

刚才跟陈招池一起喝酒的兄弟看到这场景，一个个骂骂咧咧地急冲过来。

寡不敌众,这种情况下傻子才留下来。

程弥拽上司庭衍就跑,却又在下一秒因为他的心脏病犹豫了一下。

没等她做出决定,她的手被司庭衍紧扣住。夜风很快飞速掠过他们的耳际。

程弥有点意外,司庭衍这个性格,就算是死也不可能跑掉。可现在他拽着她走了,原因不难知道。

因为她。他自己的命无所谓,但她不是。

今晚本没什么风,夜是静止的,现在身边风声浪潮般涌过。

老城区街巷错杂,路灯和夜色不断交错。时间被拉长,两个人不知道穿绕多少街巷,直到最后身后没再有那些错杂的脚步声,耳边风声终于静止在一条小巷里。

小巷狭窄昏暗,墙边几簇杂草,一丝灯光都没有。

两个人刚停下,两秒后司庭衍后背渐靠上墙,身姿照旧笔挺,面色严肃,眼睛闭着,像在忍受什么,却一点也不显狼狈。

借着夜色,程弥看清司庭衍的脸色,苍白里带着几分冷毅。

快跑过后,程弥的心脏也在起伏。

几秒过去,司庭衍那双看起来总显得有点凉薄的眼睛掀开了一条缝,视线直落在程弥身上。

程弥也一直看着他。

刚才她跑动剧烈,外套从肩颈上掉下半边,长发被风吹得松散。黑暗中有什么东西在他们的眼神里发热发烫,伴随着越发躁动的心跳。

不管现在,也不管以后,理智似被火烧,欲望放浪在空气里。到最后,他们什么话都没说,紧紧看着对方的双眸。

没说刚才在烧烤店前发生的事,没说陈招池,也没说以后。

最后是程弥先开口:"去医院。"

司庭衍没说什么,牵上她的手离开巷子。

医院急诊灯火通明,楼外车棚底下停了一片车。

医生给司庭衍包扎的时候程弥在旁边,给他拿着手机。

司庭衍的伤口比程弥深,但不算太严重,没伤到底下的动脉,也没失血过多,医生给伤口处理后包扎,又让他到窗口拿点涂抹的药。

程弥手背上那道血痕也简单消毒处理了一下。

司庭衍去拿药的时候,程弥到医院旁边的便利店买了瓶水,买完水回到医院时司庭衍还没出来。

三更半夜,拿药的窗口还排着几个人。

程弥没进去,站在门口等他,发凉的空气被吸进肺里,到这一刻程弥的脑子才真正冷静和清醒。

她和司庭衍之间打着死结,是怎么也解不开了。

又等了一会儿还没见司庭衍出来,程弥正想进去找他,抱着的双臂指尖不小心按到拿在手里的手机。

屏幕一亮,直接解锁。这是司庭衍的手机,根本没设密码。

程弥不是故意窥探司庭衍的信息,只是眼风下意识地扫过,然后视线稍停住了。手机屏幕上不是主界面,而是深黑色背景,页面是手机短信箱。

说是短信箱,可是里面只躺着一行短信对话框,其余地方干干净净。而那个短信对话框的手机号码,还有短信内容,程弥再熟悉不过。

那是她的号码,还有很多天前她发给他的最后一条短信。那时应该是自习课快放学,她给他发了两个字。

等我。

而那天司庭衍真的等她了,且没等到她。那天正值陈招池来到奉洵后第一次找上她,她没去找他。

浮动在上面的两个字,此刻变得有点刺眼。

程弥指尖点进去,果然,从她开始发给他的第一条短信,到最后一条,都完完整整地躺在他的短信箱里。

你未来女朋友的手机号码。
司同学,看到桌上的旺仔牛奶没有?
下节一起上体育课。
放学等我。
加油。
……
等我。

他的短信里只有她。

程弥感觉胸口莫名有点发堵。

她想起以前刚追司庭衍那会儿,有一次司庭衍代表学校去参加一个机器人比赛,她当时给他发了条没什么营养的短信骚扰他,就"加油"两个字。

那次司庭衍回来后,她笃定他已经看过短信,问司庭衍他的手机里那些短信,她的是不是已读状态。

当时,司庭衍留下一句让她没听懂的话,他说她没猜对。现在,程弥知道她当时哪里没说对了。

她说,他的手机里有很多短信。

追司庭衍的人一堆,当时程弥以为他的短信箱里肯定挤满女生的追求短信,可司庭衍的手机里压根就没别人的信息,只有她的。

几秒后,程弥关上了司庭衍的手机。

没多久,司庭衍从里面出来:"走了。"

程弥看他:"嗯。"

她没跟司庭衍说起短信这件事,手机也没还他。

司庭衍也没找她要。

两个人从急诊出来后打车回家,已经半夜,家里一片安静,玄关灯还开着。这一看便是司庭衍出门前开的,程弥问他:"我出去你就跟着一起出去了?"

司庭衍看她一眼,懒得说什么,往房间走去:"去洗澡。"

程弥今晚在清吧打工到很晚，回家后又马上出去找黎楚，到现在还没洗澡，她的动向司庭衍一清二楚。

没记错的话，程弥记得今晚她回家的时候下意识地看了眼司庭衍的房间，他的房间是关着灯的。

程弥隔几步走在他身后，悠哉地问了一句："躺在床上耳朵还听着我呢。"

司庭衍正要进房间，看了她一眼，瞳眸几乎要和黑夜融为一体，却依旧很显眼，视线锁着程弥。

他没说话，推门进去了。

然后，他的房门打开着，没关。

四周寂静无声，黑夜攀爬在人的五感上，神思被拖得清醒。几米外的房门没关，两秒后里面的台灯亮起，昏黄灯光淡薄一层落在门外地板上。

明和暗交界，程弥在暗处，看着司庭衍房门里那片光影。

司庭衍不知走去书桌边拿什么，停下一瞬后，侧影从薄光里晃动而过。眼睛和耳朵再次陷入安静，停一会儿后，程弥抬脚往他的房间走。

直到他的门前停下，程弥靠上门边。

司庭衍坐在床尾，正好看过来。

程弥和他无声对视，过了一会儿开口："这么快？我澡还没洗呢。"

司庭衍也盯着她，眼神里情绪分辨不明，空气一瞬寂静。

在程弥以为司庭衍接下来都快起身过来的时候，他伸手，口吻有点无情："想什么？手机拿给我。"

他在这儿整她呢。

程弥看着他的眼睛，没被他这句弄得愣神发蒙，弯唇对他笑，将回去："好啊。"

她离开门边，走进房间，朝司庭衍走过去，然后就真的只递手机给他。她说："记得设个密码。"

司庭衍的视线从她手上的手机回到她的脸上。

这句话已经够明显，司庭衍手机里的一些东西已经被她看到。是一些什么东西,不用明说,两个人都心照不宣。

司庭衍坐着,她站着,司庭衍抬眼盯着她。

然后他抬手,拿过她手里的手机。

程弥手里一空,没说什么,对他笑了一下后,转身往房门外走。

她从浴室出来的时候,司庭衍的房间还亮着灯,他没睡,房门开着。

程弥脚下微湿,往那里走去。

走到两个人房门中间的走道,她没进司庭衍的房间,而是进了自己房间。

司庭衍在玩手游,似乎抬眸看了她一眼。

程弥回到房间,肩上披了条擦头巾,不知道为什么,已经深夜,她却半点睡意也没有,注意力再怎么被司庭衍分走,心里照旧有块地方一直被压着。

程弥离开自己的房间,去了司庭衍的房间。

程弥走到桌边,盯着司庭衍。

司庭衍的目光从试卷上离开。

"睡不着。"程弥对他笑了一下,"所以来骚扰你一会儿。"

朦胧光线下司庭衍的五官仍精致毕现,他放下笔起身,没靠近程弥。

程弥靠在桌沿,看他目光从她脸上移开,走去床头那边,真准备要睡的样子。

程弥也不急,就那么看着他。

司庭衍腕骨分明的手腕上缠着白色绷带,脱下身上外套搭在旁边的椅子上,背对着她。

程弥抱胸看着他,突然问:"两年前也去嘉城那里的医院了?"

三年前,司庭衍到嘉城那边的医院住院程弥是知道的,当时司庭衍和黎烨衡同住一间病房,他们见过面,她给过他旺仔牛奶,虽然一开始程弥没想起这些。

而她现在问的是两年前,两年前是她惹下大祸那年。

程弥之所以这么问,是因为她猜司庭衍当时在医院看到她了。

那时她那事在小地方内轰动一时,学校里尤其传得凶,这也是为什么当初黎烨衡执意送她来奉洳。更何况,那时候黎烨衡和司惠茹已经走得比前一年还近。

程弥又问:"你和惠茹阿姨都知道我当年那事?"

提到这个,背对她的司庭衍稍做停顿。

是的,不仅如此,两年来他没停止过让陈招池消失的念头,但这些没人知道。

程弥直觉司庭衍的沉默不像在思考她的问题,而像是由此开始滋生什么潜伏已久的阴暗念头。

寂静里,突然出现另一阵声音。

门外清晰无比地响起一阵开门声,是从司惠茹的房间那个方向传来的。

程弥停顿了一下,但司庭衍没有。

门外很快响起脚步声,没往他们这边走,而是朝门口玄关那里去。到玄关那边后,脚步声停下。

程弥一下便知道司惠茹是起来做什么了,半夜不放心醒来,起来看她和黎楚回来没有。估计是在玄关看到她的鞋,但没看到黎楚的,司惠茹折身回了客厅。

然后程弥发现,脚步声离他们越来越近,司惠茹在朝他们这个方向走来。

司庭衍肯定也听到了,但无动于衷。

明明他妈现在跟他们就隔着一扇门,而他们两个半夜还待在一个房间里,此刻司惠茹要是开门一眼就能看到他们。

刚才,程弥进来司庭衍的房间只带了门,但没锁,现在门外的司惠茹只要按下门把就能打开。

司惠茹的脚步声停下了,几米外的房门外,司惠茹就站在外面。

司庭衍跟程弥都安静下来。

过了会儿,房间门外重新响起室内鞋走在地板上的声音,像是朝着某个方向走近了一两步,不是往司庭衍的房间,而是往她房间。

程弥一下知道,司惠茹是想看看黎楚回来没有。但只要现在司惠茹打开对面她的房门,就会发现连她也不在床上。

鞋在玄关处,人回来了,但不在自己的房间,不在客厅,不在浴室,不在厨房,也不在司惠茹的房间。

家里就只剩下司庭衍的房间,那她只会在哪里,答案不言而喻。

程弥的目光终于往房门那里扫了一眼。

时间在这一刻被无限拉长,程弥甚至能想象出司惠茹此刻站在她的房门外犹豫的模样。

司庭衍明显也知道司惠茹是想去她的房间,看着她,在夜色里声音低冷,只有他们两个彼此感知:"怕吗?"

一秒,两秒……

房门外走廊上司惠茹的脚步声动了,她没有打开程弥的房间门,也没打开司庭衍的。大概是觉得不妥,怕程弥不喜欢和介意,司惠茹没擅自去开她的房门。

声响渐远,外面很快响起一阵关门声,司惠茹回了自己的房间。

走廊上响起关门声后,程弥才看回司庭衍:"你就真的不怕?"

司庭衍很坦然自若:"我妈不会随便开我的房门。"

除非是要打扫,或者司庭衍心脏病发作的时候,司惠茹才会不经询问进儿子的房间。

程弥问他:"那如果呢,被阿姨知道了呢?"

他们都不知道司惠茹如果得知"姐弟"两个其实整天混在一起,会是怎样一副态度,又会不会因此影响她跟黎烨衡的婚姻。

司庭衍回过身,盯着她的眼睛,眸里照旧黑漆,此刻有一丝不容她拒绝的冷毅在。

"她一定会知道的。"

程弥的视线和他胶着,她知道他这句话是什么意思。不管司惠茹以后意见如何,同不同意,他都会把她带到司惠茹面前。他们两个的事,不管早晚,司惠茹一定会知道的。就算不是司惠茹自己发现,司庭衍也会捅到她面前。

程弥笑了一下，说他："疯子。"

司庭衍冷漠地垂视她。

程弥朝他走了过去，微仰着脸对着他的眼睛："当然，我也是。"

随即她像是有了好心情，明媚一笑，冲司庭衍说："睡吧，不闹你了。"

这一天，月朗星稀，程弥一夜好眠。

隔天周日，程弥再睁眼时已经日上三竿。

这个点司惠茹已经去上班了，程弥从床上下来，穿了件长衬衫，下床出门。

她刚打开门，司庭衍刚好从外面回来。程弥眼尖，看到他手里拎着的东西："去给我买早餐了？"

程弥喜欢吃清蒸小笼包，但楼下不是每个早上都有，偶尔那个小贩会骑着车载着笼屉在楼下吆喝。所以，程弥来到奉洵后也没吃过多少次。

司庭衍关上门，往餐桌那边走，跟她说："去洗漱。"

程弥从浴室出来到餐桌边，司庭衍已经在桌边坐着，在看程弥看不懂的那些书。

两个人已经挺久没单独坐一起吃饭。

程弥在他旁边坐下。

司庭衍没有把小笼包拿出来放盘上，闷在塑料袋里，袋里水汽氤氲。

程弥吃包子一直有这么一个习惯，不喜欢拿出来放凉，装在袋子里拿竹签吃才有味道。

司庭衍知道她的这个习惯。

程弥坐下后，拿竹签扎了个小笼包吃。她托着下巴看司庭衍："你吃过了？"

"吃了。"司惠茹每天起来都会做早饭给他们吃。

司庭衍从书上离开视线，看了她一眼："我妈在厨房里还给你留了个三明治。"

"阿姨很早就出门了？"程弥问。

"嗯。"

"怎么不叫我起床？"

司庭衍看她，没说话，收回眼。

程弥一看他这样就想逗他，她轻咬口小笼包："怎么？想让我多睡会儿，舍不得喊我起床？"

司庭衍继续看他的书。这人能做到一心两用，不管是跟她说话，还是看书，都能做到同时认真。

程弥将竹签伸到袋里想再扎个小笼包吃，看司庭衍的手机在旁边。她顺手拿过来，果不其然，即使她昨晚跟司庭衍说设置密码，司庭衍照旧锁都没锁。

程弥甚至有点怀疑司庭衍是不是故意让她看的，问司庭衍："你以前对我的那点儿想法，被我看到没关系？"

司庭衍看她，回得很快："我为什么要瞒着？"

被她知道，她才会更靠近他。

"那你有没有想过，"程弥同样回得很快，"即使没有以前那些事，我也一样会被你吸引。"

司庭衍看着她，让人感觉危意隐藏在一双眼睛里。

程弥托着下巴，指尖搭在脸边，朝他靠近了点，眼里漾着潋滟水意，语调温柔："我不说谎的，司庭衍。"

就算是假话，这么一个人，这么一句话，谁都会自愿走进陷阱里。

程弥说完退了回去，轻车熟路地玩他的手机。她点开他的社交软件，果然，列表的人屈指可数。

司惠茹的工作号、学校里几个老师的，还有她。

新朋友那里浮着红点，程弥点进去，放眼看去留言几乎都是女生名字，留言规规矩矩，甚至连缩写都用上，生怕让司庭衍察觉出什么，可早已心思袒露。

我是高二（4）班许菁婷。

高二（1）班 UI。

我叫李恬，高三（7）班的。

钱雨雨。

……

她一行行滑下来，高一、高二、高三的都有。

程弥突然想起以前那个在论坛看过的"心事簿"高楼，现在那帖子应该不在了，毕竟论坛没了。

但程弥记得很清楚，有个女孩说，她每天都会给司庭衍发验证消息，即使知道他从来不加人。有一天她梦见司庭衍通过了她的好友验证，高兴了好几天，但仅仅是一个梦而已。

她们中没有任何一个人加上过司庭衍。

司庭衍的 QQ 不加人，是她们共同知道的他的习惯。

但她们还是天天会往他的号里递上一条好友验证，即使石沉大海，即使加上了也不敢跟他说话，即使司庭衍的空间里没什么东西，还是期待着有天点开列表，看到他通过她们的好友验证消息。

她问司庭衍："看过这些好友验证消息没有？"

司庭衍根本就不怎么打开："很少。"

程弥有点想顺手帮她们点下通过。但想必那些女生即使再怎么喜欢司庭衍，再怎么想司庭衍通过她们的好友验证，应该也不想是通过她的手。

如果她真同意她们的申请了，她们回头要是知道司庭衍的好友验证消息是她通过的，得恨死她。

程弥关上司庭衍的手机，想起自己明天升旗仪式上要念的检讨还没写。她问司庭衍："今天你功课多不多？"

司庭衍看着她。

"我今天有点忙，你能不能帮我写个检讨？"

这是郑弘凯对她动手动脚那天，她对郑弘凯也动手回去的处分。

司庭衍没拒绝："明天再给你。"

星期一那天是个多云天，奉洵高中每两周举行一次升旗仪式。

校门口严查校服铭牌、仪容仪表，操场上乌泱泱一群人。

以往升旗仪式，程弥一进校门就会找到自己班级站到队伍后。但今天没有，因为上周违规违纪的同学都得到升旗台那边排队等着念检讨。

违纪的女生屈指可数，加上程弥就两个女生，另一个女生逃过教导主任的眼皮，嘴里还在嚼泡泡糖，手里拿着张检讨。

男生也大多吊儿郎当，个个手里都拽着张字迹潦草的纸。

而程弥没有，没带稿。

她想过不再惹事，这口气就这么咽下去乖乖做个检讨。但也就是早上在床上睁眼那一刻，她改了想法，于是早上出门前便也忘了找司庭衍要检讨。

无聊地站了几分钟后，程弥看见了司庭衍。

他不是在升旗台底下高二（1）班的大长队里，也不是升旗手，而是今天的优秀学生讲话。

有老师在跟他讲话，司庭衍也第一眼看到她了。他手里也拿着张稿子，程弥直觉那张稿子是她的。

两个人根本不在同一拨人群里，直到升旗仪式开始都没说上一句话。

升完旗后副校长讲完话，就是优秀学生代表发言。

程弥来奉高这段时间，还没见司庭衍上去过，以往都是一些生面孔。估计这是司庭衍第一次发言，他上去的时候底下隐约有些骚动。

程弥站的那队伍里，有两个男生也聊起来了："司庭衍，他以前不从不发言的？"

"肯定就是他不想呗，就他那成绩，刚进我们奉高那天，学校肯定第一个就抓他上来演讲。"

但司庭衍入学到现在从没上升旗台发言过，偏偏在程弥需要当着全校的面检讨的今天，他也一起上了。

程弥果然猜得没错，司庭衍拿的那稿子是她的，因为他上去没带稿。

司庭衍咬字清晰，声音不是热络型，加上他那冷冰冰的性格，讲话的时候底下一片肃静。

司庭衍发言正式又简短,很快下来。优秀学生发完言,就排到他们这些问题生了。

司庭衍下来的时候程弥直勾勾地盯着他看,司庭衍也没有回避,直直朝她走过来。

旁边跟程弥一道站着的人一下就知道司庭衍是来找程弥的,他们两个那点事在学校不是秘密。只不过这么明目张胆的,还是让他们好奇不已,眼风不时瞥向两个人。

程弥知道司庭衍是要过来干什么,要给她那张检讨。

她突然很好奇司庭衍写的稿子,即使她自己知道要上去说什么,但她好奇他会写什么,让她上去念什么。

司庭衍来到她面前停下,将那张折叠成一半的纸张递给她,程弥接过。

将检讨拿给她后司庭衍便走了。

程弥打开,纸张里面的景象映入眼,她蓦然笑了一下。很巧,这时广播里教导主任正好念到她的名字。

上台检讨的顺序是按年级来的,这里高三有三个人,程弥所在的(4)班排最前面。

她合上纸张,没有任何停顿也没露怯,直接上了台。

她接过教导主任手里的话筒时,教导主任还低声警告她:"好好念检讨。"

程弥对他笑了一下,说好。

她站在升旗台上,底下全是黑白色校服。

听违纪学生念检讨比听学校领导讲话有趣得多,底下一个个方才听校长讲话蔫头耷脑的学生眼下都伸着脖子看着听着。

因为台上站的是程弥。

程弥在学校可出名了不止一次,她的过去,她的不堪,还有她沾惹上的各种麻烦,全都被人赤裸裸地放到日光底下嚼着。

司庭衍讲完,程弥上台讲,大家的反应更是躁动。

程弥望着底下那些人,没有满身刺人的敌意,没有无法忍受的愤懑。

她站在升旗台上,坦荡又明亮,对着手里的话筒说——

"我没杀过人,没坐过牢……"

程弥的声音透过广播传出来,在场的人怎么想都没想到她的发言是这样,都愣怔住了。

程弥面色坦然,继续道:"也没陪过酒,更没陪过别的。"

一阵风吹过,把她的声音送得更远,也开始吹起底下一阵骚乱。

"还有,我没勾引过什么所谓的继父,没破坏别人婚姻。"

升旗台这边的主任和老师们很快反应过来,教导主任匆匆忙忙地让老师去抓程弥下来。

程弥没半点慌乱,腰身站得很直,身后长发被风吹起。

"关于那天在教室和郑弘凯起争执,我打了郑弘凯一巴掌。"她讲完了她的最后一句话,"是他先动手欺负的我,我认为我那巴掌打得没错。以上就是我的检讨。"

程弥说完,操场上人群骚动,七嘴八舌涌成细语浪潮。

一个男老师匆忙跑上来,正要抢走她手里的话筒,程弥自己递给了他,还对他笑了一下。然后她走下了升旗台,手里还紧拽着司庭衍给她的那张稿子。

这张纸上没有长篇大论的认错,而只是一张白稿,一张一个字都没有的检讨。

空白的纸上,没有任何罪过。

司庭衍在告诉她一个字都不需要检讨。

想到司庭衍,程弥嘴角微弯了一下。他们两个无形中达成共识,真是默契得可以。

身后,是大家对她出格言语的议论,程弥统统将它们甩在了身后。

程弥原本以为周末那天晚上跟陈招池彻底撕破脸后,接下来的日子会开始不安生。可意外地风平浪静过了几天,陈招池没出现,郑弘凯也没来学校上课。

学校后面也没给程弥下处分,也没再叫她写检讨,程弥知道是班主任魏向东去学校领导面前压下来的。

唯一一点风波便是学校里的人对她那日在升旗仪式上的发言窃声议论。

有人信，有人不信，但这些不重要了。

要继续恶意揣测下去的人拦也拦不住，就算证据摆在他们面前，他们也不会信。

除此之外便是很多人说，关于她的那一系列谣言，程弥那天什么都澄清了，但唯独没澄清的是关于追司庭衍这件事。

而且那天升旗台那里空荡宽阔，大家排队站在底下，都能看到司庭衍从升旗台下来后走过去给了程弥一张纸。

司庭衍脱稿发言，那张纸只会是写给程弥的。

有人说，程弥上升旗台说的那些话是司庭衍给写的。

不管是她，还是司庭衍，都活在了大家的注视下。连司庭衍那天上升旗台发言，手腕那里缠着绷带都有人注意到。

而程弥在那几天没等来陈招池，倒是等来了黎楚。

黎楚自从上次在楼下被陈招池接走后，就没再回过这个家一次。那晚黎楚回来是傍晚，司惠茹不在，家里只有程弥和司庭衍。

程弥当时正好到厨房倒了杯水，出来后正和推门进来的黎楚碰上。

黎楚没忽视她，看了她一眼，但没说什么，关上门直接回房间。不知道为什么程弥觉得黎楚今天气色不太好，像累了很多天睡眠不足那种疲色。

她本来在司庭衍的房间里，看见黎楚回来，将水杯放上桌，后脚也跟着黎楚进了房间。

黎楚进屋后外套都没脱掉，就要走到床边躺下："今晚借你的床躺躺。"

说这话的时候，黎楚没看程弥，就要掀开被子躺下。

程弥却一步没停，径直走到她身后，直接把她的右手袖子捋了上去。

手腕那里有两处明显被烫伤的痕迹，疤痕丑陋，能想到被烫时这块皮肉有多扭曲。

而黎楚一点也不在意，似乎觉得程弥有点烦，轻挥开她的手。她瘦，宽大袖子空荡荡地落下，伤痕又被掩盖。

程弥心里冒上点火，目光回到黎楚的脸上："陈招池干的？"

黎楚虽然心理状态不算特别积极乐观，但不会做这种事。

但她对程弥这个问题一点也不想答，拉开被子要睡下："我要睡了，别吵我。"

程弥没让她逃避："为什么？"

黎楚已经闭眼。

因为对黎楚的愧疚，程弥这两年对她很少硬声过，不像以前说什么都口无遮拦。但此刻她的语气有点不容拒绝，即使不算强硬。

"黎楚，我问你，怎么回事？"

而黎楚也不是个善茬，向来性子冷，那双眼睛有时候看人都让人感觉像利剑一般。她睁开了眼："你能别问了吗？"

程弥说："不能。"

本来以为她们会大吵特吵一场，可让程弥意外的是黎楚竟然张口了："陈招池他妈死了。"

程弥怎么都没想到是这么一个回答。

"可能恶有恶报吧，他妈死得挺惨，"黎楚看着她，语气并不悲凉，"死前一句都没问过他。"

陈招池这人就靠仇恨活着，人一走，他的仇恨一下变得像笑话。

程弥说："所以呢，他发疯了？"

何止发疯，他那破出租房里所有东西都被摔得稀烂，靠酗酒度日。

他发疯的时候连黎楚抱着他都没用，他用烟头烫她，让她从他的出租房里滚。黎楚说："你倒是对他挺了解。"

难怪这几天陈招池没来找过他们。

"所以他烫你，你也不吭声？他发疯的时候你不会走？"程弥心里压着火，却没发泄出来，"黎楚，陈招池就是个人渣，你觉得我会认为你喜欢他？"

黎楚本来望着天花板的眼睛斜回程弥身上："揣测我？你为什么觉得我不会喜欢陈招池？你之前对黎烨衡有心思的时候想过后来会喜欢司庭

衍吗?"

黎楚很少叫黎烨衡"爸",都是直呼其名。

她牙尖嘴利,程弥竟找不到借口反驳。

黎楚似乎不想再跟她说了,翻身背对她,只抛下一句话,像仁至义尽。

"你们要不想出事,最近就别去惹陈招池。"

那晚黎楚没在家留宿,程弥半夜醒来,床上旁边的黎楚已经不见人。

程弥觉得黎楚是知道她会拦着不让黎楚再去找陈招池,特意在她睡觉的时候走人。

隔天上学,大课间的时候一位许久没碰面的"老熟人"来找了程弥。

厉执禹出现在她的座位窗边,指节在窗沿上叩了叩,对她偏了下头:"出来下,说个事儿。"

程弥已经有段时间没在学校见过厉执禹,"红毛"偶尔还能在学校里碰上,但厉执禹是一直没来学校。

程弥出去了,和厉执禹在走廊尽头面对面站着。

厉执禹开门见山地问:"司庭衍的手,怎么回事?"

"你找过他了?"程弥问。

"没。"厉执禹对司庭衍的了解程度跟程弥不相上下,"我问了,你觉得他会说?"

确实不会。

司庭衍的手腕是陈招池弄伤的,被厉执禹知道,厉执禹肯定会找上陈招池。陈招池这人有病,厉执禹被牵扯进他们的事里不是好事,程弥不想再把人卷进来。

她说:"你怎么就知道我会知道?"

"你有没有天天跟他在一起我不知道?"厉执禹从楼下收回目光,看向她,"还用我说吗程弥?司庭衍那条命,他自己就是拿来给你耗的。"

厉执禹跟司庭衍一样,眼瞳深黑,直看人的时候有一股锐利在。他说出这话不是在试探,而是每个字都笃定不疑。

司庭衍自己那条命,就是拿来给程弥耗着的。

这话不用从厉执禹口中说出来，程弥自己知道。但听厉执禹说完，程弥抱在胸前的手，指尖仍是下意识地在手臂上轻抠了一下。

她神色却还是很自在，对厉执禹说："是吗？"

她没承认，也没否认，继续这个话题，轻飘飘引开司庭衍手腕受伤那话题。但厉执禹也是聪明人，又把话绕回来："司庭衍那手谁弄的？会跟你没关系？"

他说："我也不跟你计较，告诉我那人是谁就行。"

厉执禹无非就是要罩着他弟，不让人欺负司庭衍。

程弥也不想多说："我不知道。"

她知道这话回答得很生硬，自己都觉得扯，厉执禹更不可能信她说的。

果然，厉执禹将手机在手里转了一下，半点儿没信她的，淡笑了一下："你是以为你不说我就没办法知道？"

可能是知道既然是她不想说的事，嘴巴很难被撬开，这样问下去很没意思。厉执禹没再做无用功，没逼她，招呼也没打直接走了。

厉执禹走后，程弥也没在那里站着，要从走廊回教室。经过楼道口的时候，余光感觉有熟悉身影，她回过头果然看到司庭衍从楼上下来。

他不是来找她的，身边有老师。

那两张脸程弥认识，校长和司庭衍实验室的老师，老师在跟校长夸司庭衍，校长高兴得两眼眯成缝，拍了拍司庭衍的肩膀。

校服下司庭衍的身量笔挺，跟大人站一起气质丝毫没被压一头。

他也第一眼看到了程弥。

程弥视线扫过去的时候，他就已经是在看着她。

程弥莫名想起刚刚厉执禹说的话，说司庭衍自己的命就是拿来给她耗的。

她看着司庭衍。

司庭衍眼睛黑潭一般，深不可测。无论谁和他对视，不超过两秒就会败下阵来，所以很少有女生敢那么直白地看他。

程弥是例外。

现在是下课时间，周围不少同学打闹。

程弥的视线短暂地在司庭衍的手上落了一下，又移回他的眼睛上。

司庭衍也在看她。

人声吵闹里，他们有心照不宣的秘密。

程弥往楼梯口那边走，司庭衍则从楼上下来，校长还在跟司庭衍说话，两个人同时到达楼道口。

程弥故意没去接司庭衍落在她脸上的灼灼视线，和他擦肩而过。

晚上，司庭衍被实验室老师留在学校留到很晚，程弥跟司惠茹吃完饭他还没回来。

吃完饭程弥没事，去外面站了会儿，没等到司庭衍，索性回去洗了个澡。

随着期中考试过去，高三学习抓得越来越紧，试卷发得越来越勤。

程弥洗完澡刚在房间里做完一张物理试卷，房门便被打开了。程弥笔尖正在试卷上落下一个答案，闻声回头。

果然，司庭衍来找她算账了。

程弥撑着下巴，指尖搭在脸侧，转了下手里的笔，对他笑了下："正好，有个题要问你。"

司庭衍拿着装盘的葡萄，司惠茹经常会洗些水果在他们两个学习的时候送到他们的房间，估计是司惠茹让他给她送葡萄。

程弥看着司庭衍靠近。

司庭衍走了过来，把瓷盘放到程弥的桌上。

程弥问："阿姨让你送进来的？"

话都没让她说完，司庭衍就抓起她的手把她整个人从椅子上扯了起来。

程弥还没反应过来，司庭衍便在她的脸上轻扯了一下。

程弥任他动作，笑："疯了吗司庭衍？不就在楼道那里没跟你打个招呼？"

司庭衍的语气很不容拒绝："你下次不打试试？"

程弥看着他："我要下次还不打招呼呢？"

司庭衍说："那就现在试试。"

不等她下次长教训了。

"你怕我吗？"司庭衍突然问，可说是问，又只让她有一个答案。

程弥笑了下："我怕什么？司庭衍，我同样不是圣人。"

程弥最近睡眠还不错，晚上很快就能睡过去。

思绪坠入混沌，直到半夜被一阵手机振动嗡响扯出一丝清明。程弥的手机就随手扔床头柜上，她摸过来，眼睛被屏幕光刺得微眯。

她定神看清上面的来电显示时，浑噩头绪突然清醒几分，黎楚的来电。

黎楚从昨晚走后就没再回过家，程弥打电话过去她也不接。别说在深夜，她平时都不会给程弥打电话。

出什么事了？

程弥几乎一秒没停，直接接听了："黎楚？"

可没听到黎楚应声，程弥听得很清楚，那边只有粗重的喘息声，很重，很累，像苟延残喘，身上像有很重的伤。

下一秒，程弥没等来黎楚的声音。

噩梦一般，陈招池的声音出现在她的耳边，带着闷哼："我不教训你们，你们倒先找人来教训我了？厉执禹，司庭衍的哥哥是吧？"

程弥脑中"嗡"一声响。

陈招池的声音和平时不一样，被烟酒浸出一片破碎嘶哑，程弥终于直面了黎楚口中所说的那个母亲去世后发疯的陈招池。

而厉执禹撞上了他的枪口，不仅厉执禹，他们每个人都要被陈招池拉着陪葬。

其实不管早晚，这一天终会来的。

疯魔数日的狂躁在此刻带着最阴寒的冷意，陈招池说："准备给自己收尸吧程弥。

"或者，帮司庭衍。"

陈招池以前还有兴趣周旋,眼下明显耐性尽消。

短短几句话,不到二十秒,程弥甚至连反应的时间都没有。耳边手机里传来干脆利落的挂断声,忙音过后只余一片寂静。

她像做了一场梦,又像狂风席卷过境。

程弥睁眼望着天花板,却又像没在看,而是透过它在看什么。

黎楚、江训知,还有此时此刻在她对门房间里安然无恙的司庭衍。

凉意瞬间爬上她的心脏。